ALEXANDRE
DUMAS
**Robin Hood,
il principe dei ladri**

A cura di Giancarlo Carlotti

Titolo dell'opera originale
ROBIN DES BOIS, LE PRINCE DES VOLEURS

Traduzione dal francese di
GIANCARLO CARLOTTI

© Giangiacomo Feltrinelli Editore Milano
Prima edizione nell'"Universale Economica" – I CLASSICI
giugno 2021

Stampa Grafica Veneta S.p.A. di Trebaseleghe - PD

ISBN 978-88-07-90392-2

www.feltrinellieditore.it
Libri in uscita, interviste, reading,
commenti e percorsi di lettura.
Aggiornamenti quotidiani

razzismobruttastoria.net

Robin Hood, il principe dei ladri

Prefazione

L'avventurosa vita dell'*outlaw* (fuorilegge, bandito) Robin Hood, tramandata di generazione in generazione, è diventata un argomento molto popolare in Inghilterra. Purtroppo gli storici sono quasi privi di documenti con cui ricostruire la curiosa esistenza di questo celebre bandito. Disponiamo però di leggende e tradizioni su Robin Hood che contengono qualche elemento di verità e aiutano a far luce sugli usi e costumi della sua epoca.

I biografi di Robin Hood non sono concordi sulle origini del nostro eroe, certuni gli danno natali illustri, altri gli contestano il titolo di conte di Huntingdon. Una cosa è certa: Robin Hood fu l'ultimo sassone che tentò di opporsi al dominio normanno.

I fatti che compongono la storia che ci accingiamo a raccontare, per quanto possano sembrare ammissibili e verosimili, possono essere tutto sommato un mero frutto della fantasia perché mancano le prove della loro autenticità. Eppure la fama universale di Robin Hood è arrivata sino a noi con tutta la freschezza e lo smalto dei primi giorni. Non esiste scrittore inglese che non gli consacri qualche elogio. Cordun, un autore ecclesiastico del Trecento, lo chiama *ille famosissimus sicarius* (il celeberrimo bandito), Major gli assegna la qualifica di "umanissimo principe dei ladri". L'autore di uno stranissimo poema latino risalente al 1304 lo paragona a William Wallace, l'eroe scozzese. Il celebre Gamden dice parlando di lui che "Robin Hood è il più cortese dei briganti". E per finire il grande Shakespeare, in *Come vi piace*, volendo descrivere lo stile di vita del duca e alludendo alla sua felicità, così si esprime: "Dicono che è già nella foresta delle Ardenne con una banda di allegri compagni, che vivono alla maniera del vecchio Robin Hood d'Inghilterra, passando il tempo liberi da ogni preoccupazione come nell'epoca felice dell'età dell'oro".

Se volessimo elencare in questa sede i nomi di tutti gli autori che hanno tessuto le lodi di Robin Hood, sfideremmo la pazienza del lettore. Basti dire che in tutte le leggende, canzoni, ballate, cronache che parlano di lui è descritto come persona di grande spirito e di audacia senza pari. Generoso, buono e paziente, Robin Hood era adorato non soltanto dai compagni (nessuno di loro lo abbandonò, né lo tradì) ma anche da tutti gli abitanti della contea di Nottingham.

Offre l'unico esempio di uomo che, senza essere mai stato santificato, ha avuto il giorno di cui è patrono. Sino alla fine del Cinquecento, il popolo, i sovrani, i principi e i magistrati di Scozia e Inghilterra celebrarono la festa dedicata al nostro eroe con giochi istituiti in suo onore.

Il bel romanzo *Ivanhoe* di Walter Scott ha fatto conoscere Robin Hood anche in Francia. Per meglio apprezzare le vicende di questo gruppo di banditi, è necessario segnalare che, quando l'Inghilterra fu conquistata da Guglielmo, le leggi normanne sulla caccia punivano i bracconieri con la perdita degli occhi e la castrazione. Questo doppio supplizio peggiore della morte costringeva i poveracci che vi erano stati sottoposti a rifugiarsi nei boschi. L'unica risorsa per sopravvivere era la medesima attività che li aveva contrapposti alla legge. I bracconieri erano di solito i sassoni depredati dalla conquista normanna, perciò derubare un ricco signore normanno equivaleva a riprendersi i beni dei propri padri. Questa situazione, spiegata alla perfezione nel romanzo epico *Ivanhoe* e nel racconto delle avventure di Robin Hood, ci permette di non confondere gli *outlaws*, i fuorilegge, con i comuni ladri.

1.

Correva l'anno di grazia 1162, e sul trono d'Inghilterra sedeva Enrico II. Due pellegrini dalle vesti infangate per il lungo viaggio e dal volto stravolto dalla fatica stavano percorrendo al tramonto gli angusti sentieri della foresta di Sherwood, nella contea di Nottingham.

Faceva molto freddo. Gli alberi, sui quali iniziavano a spuntare le prime timide gemme di marzo, fremevano al soffio degli ultimi venti d'inverno e una tetra coltre di nebbia calava sulla contrada via via che i raggi del sole calante si spegnevano tra le nuvole viola all'orizzonte. Presto il cielo divenne buio mentre le raffiche di vento che passavano sopra la foresta facevano presagire una notte di burrasca.

"Ritson, il vento si fa sempre più forte," disse il più anziano dei due viaggiatori, stringendosi nel mantello. "Non temi anche tu che il temporale possa sorprenderci prima che arriviamo? E poi siamo davvero sulla strada giusta?"

"Stiamo arrivando a destinazione, milord, e se la memoria non m'inganna tra un'ora busseremo alla porta del guardaboschi," rispose Ritson.

I due proseguirono in silenzio per tre quarti d'ora, poi l'uomo chiamato milord dal compagno di viaggio sbottò spazientito: "Arriviamo o no?".

"Tra dieci minuti, milord."

"D'accordo. Ma questo guardaboschi, questo Head, è degno della mia fiducia?"

"Sicuramente, milord. Mio cognato è un tipo rozzo, ma franco e onesto. Ascolterà rispettoso l'ammirevole storia che gli racconterà Vostra Signoria e le crederà. Non penserà nemmeno alla lontana che si tratti di una bugia perché non concepisce la diffidenza. Ecco, milord, guardi quella luce tra gli alberi!" esclamò allegro Ritson, interrompendo l'elogio del guardaboschi. "Eh, sì, viene proprio dalla casa di Gilbert Head. Quante volte da ragazzo l'ho salutata contento, quella luce, quando verso sera tornavamo stanchi dalla caccia!"

Ritson si fermò a guardare trasognato la tremolante luce che gli rammentava il passato.

"Il bambino dorme sempre?" chiese il gentiluomo, indifferente alle emozioni del domestico.

"Sì, milord," rispose Ritson, il cui viso tornò di colpo impassibile. "D'un sonno profondo. Davvero non comprendo perché Vostra Signoria si dà tanta pena per la vita di questo piccolo essere così pericoloso per i suoi interessi. Se volete sbarazzarvi per sempre di quel bambino, perché non gli ficchiamo una lama d'acciaio nel cuore? Sono ai vostri ordini, basta che lo diciate. Se mi promettete di inserire il mio nome nel vostro testamento, il piccino addormentato non si risveglierà mai più."

"Taci," lo interruppe il gentiluomo. "Non desidero la morte di questa creatura innocente. Per quanto possa temere di essere scoperto in futuro, preferisco vivere nell'angoscia al rimorso per avere commesso un delitto. E poi ho motivo di sperare, anzi, di credere che il mistero della nascita di questo piccino non sarà mai chiarito. Se succedesse il contrario, potrebbe essere solo per colpa tua, Ritson, e ti garantisco che dedicherò ogni istante della mia vita a sorvegliare attentamente che cosa combini. Questo bambino, cresciuto da contadino, non soffrirà della bassezza del suo stato, vivrà felice secondo i propri gusti e abitudini e non rimpiangerà mai il titolo e la fortuna che perde oggi, perché non ne saprà nulla."

"Sia fatta la vostra volontà, milord!" replicò poco convinto Ritson. "Però, se devo essere sincero, la vita di un essere così piccino non mi sembra valere la pena di una trasferta dalla contea di Huntingdon a quella di Nottingham."

I due viaggiatori misero finalmente piede a terra davanti a una graziosa casupola incastonata come un nido di uccellini nel folto della foresta.

"Ehilà, Head," gridò Ritson con voce allegra. "Apri, presto. Ehilà! Qua fuori piove, e vedo sin da qui che hai il camino acceso. Apri, brav'uomo, è un parente quello che ti chiede ospitalità."

I cani ringhiarono all'interno della casetta, poi il guardaboschi rispose guardingo: "Chi è che bussa?".

"Un amico."

"Quale amico?"

"Tuo cognato, Roland Ritson. Forza, apri, Gilbert."

"Sei Roland Ritson di Mansfield?"

"Certo, certo, sono io, il fratello di Margaret. Dai, apri!" disse spazientito Ritson. "Chiacchiereremo a tavola."

Finalmente la porta si aprì per far entrare i due viaggiatori.

Gilbert Head strinse cordialmente la mano del cognato, poi salutò con educazione il gentiluomo. "Siate il benvenuto, messer cavaliere, e non accusatemi di aver disobbedito alle leggi dell'ospitalità se ho tenuto per qualche istante la porta chiusa tra voi e il mio focolare. Questa casa è isolata e la foresta pullula di fuorilegge, perciò dobbiamo essere prudenti perché non basta essere forti e valorosi per scansare i pericoli. Vogliate dunque accettare le mie scuse, nobile forestiero, e considerate la mia casa la vostra. Sedetevi accanto al fuoco e asciugate i vestiti, noi intanto ci occuperemo dei vostri cavalli. Ehilà, Lincoln!" gridò Gilbert, socchiudendo la porta di una stanza adiacente. "Porta i cavalli dei viaggiatori nel fienile. La nostra stalla è troppo piccola per accoglierli. E vedi che non manchino di niente, greppia piena e paglia alta fino al ventre!"

Spuntò immediatamente un robusto contadino vestito da guardia forestale, che attraversò la stanza e uscì senza nemmeno degnare di uno sguardo curioso i nuovi arrivati. Poi una bella donna sulla trentina a dir molto venne a offrire le mani e la fronte ai baci di Ritson.

"Cara Margaret! Sorella cara!" esclamò quest'ultimo, senza smettere di accarezzarla e guardarla con un misto di stupore e ingenua ammirazione. "Non sei cambiata per niente, la tua fronte è pura, gli occhi sono brillanti, le labbra e le guance rosee e fresche come quando il buon Gilbert ti faceva la corte."

"È perché sono felice," spiegò Margaret, lanciando uno sguardo innamorato al consorte.

"Puoi anche usare il plurale, Maggie," la corresse il guardaboschi. "Grazie al tuo bel carattere non ci sono mai stati litigi o malintesi nel nostro matrimonio. Ma abbiamo già parlato abbastanza di questo, pensiamo ai nostri ospiti. Forza, caro cognato, togliti il mantello, e voi, messer cavaliere, sbarazzatevi degli abiti grondanti, sembrano le foglie degli alberi coperte dalla rugiada del mattino. Poi ci mettiamo a tavola. Presto, Maggie, un paio di ceppi nel camino, sulla tavola i piatti della festa e nei letti le lenzuola più bianche. Presto."

Mentre la donna giovane e vispa obbediva al marito, Ritson scostò le falde del mantello, fino a scoprire un bel piccino avvolto in una copertina di lana blu. La faccina del piccolo, che doveva avere sì e no quindici mesi, tonda, fresca e rosea, parlava di una salute perfetta e di una costituzione robusta.

Ritson aggiustò premuroso le pieghe della cuffietta, poi accostò la bella testolina alla luce e chiamò la sorella.

Margaret arrivò di corsa.

"Maggie, ti faccio un regalo, così non mi accuserai di tornare a mani vuote dopo otto anni di assenza... Tieni, guarda che cosa ti ho portato."

"Santa Maria Vergine!" esclamò la donna, giungendo le mani. "Santa Maria Vergine, un bambino! Ma, Roland, è tuo questo piccolo angelo? Gilbert, Gilbert, vieni subito a vedere che amore di frugoletto!"

"Un bambino! Un bambino in braccio a Ritson!" Gilbert, meno entusiasta della moglie, lanciò un'occhiataccia al cognato. Poi aggiunse, serio: "Cognato, sei diventato una balia da quando l'esercito t'ha congedato? Ragazzo mio, è un'idea davvero bizzarra battere la campagna con un lattante sotto il mantello. Che cosa significa? Perché sei venuto qui? Questo bambino da dove arriva? Forza, parla, e sii sincero, voglio sapere tutto".

"Caro Gilbert, il bambino non è mio, è orfano, e questo gentiluomo è il suo tutore. Sua Signoria conosce la famiglia di questo angelo e ti dirà perché siamo venuti da te. Nel frattempo, brava Maggie, provvedi a questo prezioso fardello che mi pesa sul braccio da due giorni... ehm, volevo dire due ore. Sono già stanco del mio ruolo di balia."

Margaret s'impossessò del piccolo addormentato, portandolo nella sua stanza dove lo posò sul letto, gli coprì le mani e il collo di baci e l'avvolse nel suo caldo mantello della domenica prima di tornare dagli ospiti.

Cenarono in allegria, e alla fine il gentiluomo disse al guardaboschi: "L'interesse che la vostra affascinante consorte dimostra per questo bambino mi spinge a farvi una proposta relativa al suo benessere futuro. Ma prima consentitemi di darvi alcune informazioni sulla famiglia, sulla sua nascita e sulla situazione attuale di questo povero orfano di cui sono l'unico protettore. Suo padre è stato mio compagno d'armi durante la nostra giovinezza vissuta sui campi di battaglia, oltre a essere il mio migliore amico, il più intimo. Nei primi giorni del regno del nostro glorioso sovrano Enrico II soggiornammo insieme in Francia, in Normandia, in Aquitania e nel Poitou, ritrovandoci poi nel Galles dopo anni di lontananza. Prima di lasciare la Francia, il mio amico s'era innamorato perdutamente di una ragazza che aveva sposato e portato in Inghilterra dalla propria famiglia. Purtroppo la sua famiglia, un ramo fiero e orgoglioso di una casata di principi e per giunta imbevuto di sciocchi pregiudizi, si rifiutò di accogliere nel suo seno la giovane perché era povera e come unica sua dote aveva quella della bontà. Questa offesa le spezzò il cuore, tanto che morì otto giorni dopo aver messo al mondo il bambino che vorremmo affidare alle vostre cure e che non ha più padre, perché il mio povero amico è caduto in battaglia in Normandia quasi dieci mesi or sono. L'ultimo pensiero del mio amico morente è stato per il figliolo. Mi ha spedito da lui, rivelandomi il nome e l'indirizzo della nutrice del piccolo, e facendomi giurare in nome della nostra vecchia amicizia che sarei stato il tutore e lo scudo dell'orfanello. L'ho giurato, e intendo onorare il mio voto, però, mastro Gilbert, è un compito improbo. Sono ancora soldato, passo la vita nelle guarnigioni o sui campi di battaglia, e non posso occuparmi di questa fragile creatura. Come se non bastasse, non ho parenti o amici ai quali affidare serenamente questo bene prezioso. Non sapevo più a quale santo votarmi quando ho chiesto consiglio a vostro cognato Roland Ritson. Ha pensato subito a voi, m'ha detto che siete sposato da otto anni con una donna virtuosa e adorabile ma non avete avuto ancora la gioia di essere padre, e sareste stato senza dubbio disposto, ben inteso dietro compenso, ad accogliere sotto il vostro tetto un povero orfano figlio di un soldato valoroso. Se Dio vorrà accordare lunga vita e salute a questo piccino, sarà il compagno della mia vecchiaia, e io gli racconterò la storia triste e gloriosa dell'autore dei suoi giorni e gli insegnerò a marciare con passo fermo lungo gli stessi sentieri in cui marciai con il suo prode genitore.

Nel frattempo voi crescerete il piccolo come se fosse vostro, e non gratuitamente, ve lo giuro. Rispondete, mastro Gilbert. Accettate la mia proposta?".

Il gentiluomo attese ansioso la risposta del guardaboschi, che prima di accettare consultò con lo sguardo la moglie. Purtroppo per lui, la bella Margaret era girata dall'altra parte, verso la porta della camera accanto, perché tentava di captare con un sorriso sulle labbra l'impercettibile mormorio del respiro del piccino.

Ritson, che stava scrutando con la coda dell'occhio l'espressione dei due coniugi, capì che la sorella era disposta ad accogliere il bambino nonostante le perplessità di Gilbert, perciò disse con voce suadente: "Le risate di questo angioletto faranno la gioia della vostra casa, mia dolce Maggie, e per san Pietro!, te lo giuro, udirai anche un altro rumore non meno rallegrante, quello delle ghinee che Sua Signoria ti verserà ogni anno. Ah, già ti vedo ricca e costantemente felice mentre porti per mano alle feste del paese il bel piccino che ti chiamerà mamma. Sarà vestito come un principe, radioso come il sole, e anche tu brillerai di piacere e d'orgoglio".

Margaret non rispose, ma guardò sorridente Gilbert, il cui silenzio fu male interpretato dal gentiluomo, che gli disse accigliato: "Mastro Gilbert, vedo che esitate. La mia proposta non vi aggrada?".

"Perdonatemi, messere, la vostra proposta è sicuramente accettabile, perciò terremo il bambino, se la mia cara Maggie non ha nulla in contrario. Dimmi, donna, che ne pensi? La tua scelta sarà la mia."

"Questo valoroso soldato ha ragione, gli è impossibile crescere il bambino," replicò la giovane donna.

"Allora?"

"Allora? Diverrò sua madre." Quindi Maggie aggiunse, rivolta al gentiluomo: "E se un giorno desidererete riprendere il vostro figliolo adottivo, ve lo restituiremo con il cuore a pezzi, ma ci consoleremo della perdita pensando che sarà più felice presso di voi che sotto l'umile tetto di una guardia forestale".

"Quanto ha detto mia moglie vale anche per me," aggiunse Gilbert. "Da parte mia, giuro che veglierò su questo bimbo e gli farò da padre. Messer cavaliere, ecco il pegno della mia fedeltà ai patti."

Quindi sfilò dalla cintola un guanto e lo gettò sulla tavola.

"Fede per fede e guanto per guanto," rispose il gentiluomo, gettando a sua volta un guanto sulla tavola. "Ora non ci resta che metterci d'accordo sul prezzo della pensione del piccolo. Tenete, brav'uomo, ecco. Ogni anno riceverete la stessa somma."

Estrasse dalla giubba una piccola sacca di cuoio piena di monete d'oro che tentò di mettere in mano alla guardia forestale.

Ma Gilbert si rifiutò di prenderla.

"Conservate pure il vostro oro, messere. Le carezze e il pane di Margaret non sono in vendita."

Più e più volte il sacchetto di cuoio passò dalle mani di Gilbert a quelle del gentiluomo. Alla fine si giunse a un compromesso suggerito da Margaret: il denaro ricevuto ogni anno come compenso per il mantenimento del bambino sarebbe stato riposto in un luogo sicuro per essere restituito all'orfano al compimento della maggiore età.

Risolta la questione con soddisfazione di tutti, si augurarono la buona notte. L'indomani, Gilbert, alzatosi all'alba, stava guardando con una certa invidia i cavalli degli ospiti mentre Lincoln li strigliava.

"Che bestie magnifiche!" disse al domestico. "Stenti a credere che abbiano trottato due giorni, tanto sono ancora energiche. Per la santa messa, soltanto un principe può montare purosangue del genere, e devono costare un mucchio di soldi alto quanto le mie ronzine. Ma mi stavo dimenticando di loro, le mie povere ragazze! La loro rastrelliera sarà ormai vuota."

Gilbert entrò nella stalla, ma la trovò deserta.

"Toh, non ci sono. Ehi, Lincoln! Le hai già portate al pascolo?"

"No, padrone."

"Davvero strano," borbottò Gilbert, poi si precipitò in preda a un presentimento nella camera di Ritson. Vuota. Si disse allora che forse il cognato era andato a svegliare il gentiluomo, e corse alla stanza del cavaliere. Anche quella era vuota. In quel mentre arrivò Margaret, con il piccolo orfano in braccio. "Donna, le nostre bestie sono scomparse!" gridò il marito.

"Possibile?"

"Hanno preso i nostri cavalli e ci hanno lasciati i loro."

"Ma perché se ne sono andati così?"

"Tu che dici, Maggie? Io non ci capisco nulla."

"Forse non volevano farci capire in quale direzione andavano."

"Che abbiano da nascondere qualche cattiva azione?"

"Non hanno voluto stare a spiegare perché sostituivano le loro bestie stanche con le nostre più riposate."

"Non è per questo, i loro cavalli non sembrano aver viaggiato da giorni e giorni tanto si mostrano vivaci e vigorosi."

"Bah, lasciamo perdere! Tieni, guarda piuttosto quanto è bello questo bambino, come sorride. Dagli un bacio."

"Forse il misterioso gentiluomo voleva ricompensare la nostra ospitalità scambiando i suoi due cavalli di pregio con i nostri ronzini."

"Forse, e temendo che rifiutassimo sarà partito mentre dormivamo."

"Se è così, lo ringrazio di cuore. Ma non sono affatto contento che il cognato Ritson se ne sia andato senza nemmeno salutare."

"Eh, ti sei scordato che dalla morte della tua povera sorella Annette quello gira alla larga dalla contrada? Vedere la felicità della nostra casa deve aver riaperto le vecchie ferite."

"Hai ragione, moglie," replicò Gilbert con un lungo sospiro. "Povera Annette!"

"La cosa terribile è che non sappiamo né il nome né il paese del protettore del bambino. Chi possiamo avvertire se si ammala? E che nome gli diamo?"

"Sceglilo tu, Margaret."

"Sceglilo piuttosto tu, Gilbert. È un maschio, è compito tuo."

"Allora gli daremo, se sei d'accordo, il nome del fratello che ho tanto amato. Non posso pensare ad Annette senza ricordarmi anche dello sventurato Robin."

"Bene, è deciso. Il nostro dolce Robin!" esclamò Margaret, ricoprendo di baci il bambino che già le sorrideva come se fosse stata la sua mamma.

L'orfano fu dunque chiamato Robin Head. In seguito, senza una ragione nota, Head diventò Hood, e così il piccolo straniero divenne famoso sotto il nome di Robin Hood.

2.

Sono trascorsi quindici anni da quel giorno, anni in cui la calma e la felicità non hanno mai smesso di regnare sotto il tetto del guardaboschi. L'orfanello crede ancora di essere il figlio adottivo di Margaret e Gilbert Head.

In una bella mattina di giugno, un uomo di mezza età vestito da contadino agiato stava percorrendo in groppa a un vigoroso pony la strada che porta dalla foresta di Sherwood al grazioso villaggio di Mansfield.

Il cielo era sereno, il sole appena sorto illuminava quelle lande solitarie e la brezza che passava attraverso i boschi diffondeva l'acre, penetrante sentore delle foglie di quercia e i mille profumi dei fiori selvatici. Sul muschio e sui fili d'erba le gocce di rugiada scintillavano come tanti diamanti, e sugli alberi cantavano e volteggiavano gli uccelli mentre i daini bramivano nel cuore della foresta. Ovunque la natura si ridestava e le ultime nebbie della notte si dileguavano.

Il volto del viaggiatore si andava a mano a mano distendendo grazie alla bella giornata, il suo petto si gonfiava. L'uomo respirava a pieni polmoni mentre con voce forte e sonora offriva al vento il ritornello di un antico inno sassone che augurava la morte ai tiranni.

D'un tratto una freccia gli sibilò accanto all'orecchio, andando a conficcarsi nel ramo di una quercia a lato della strada.

Il contadino, più stupito che spaventato, smontò

da cavallo, corse a nascondersi dietro un albero, impugnò l'arco e si mise sulla difensiva. Ma ebbe un bello scrutare il sentiero e gli alberi fin dove si spingeva lo sguardo e prestare ascolto ai minimi rumori della foresta, non vide nulla, non udì nulla e non seppe che pensare di questo attacco imprevisto.

L'inoffensivo viaggiatore era finito nei paraggi di un cacciatore maldestro? Ma in quel caso avrebbe sentito il rumore dei suoi passi, i latrati dei cani, avrebbe visto il daino che fuggiva attraversando il sentiero.

Un fuorilegge, un proscritto come ce n'erano tanti nella contea, individui che campavano uccidendo e rapinando e passavano la giornata a tendere agguati ai viaggiatori? No, tutti quei vagabondi lo conoscevano bene, sapevano che non era ricco e che mai avrebbe rifiutato loro un pezzo di pane e un bicchiere di birra quando avessero bussato alla sua porta.

Aveva offeso qualcuno che ora voleva vendicarsi? No, non aveva nemici nel raggio di venti miglia.

Allora di chi era la mano invisibile che voleva ammazzarlo?

Sì, ammazzarlo! Perché la freccia era passata talmente vicina alla tempia da smuovere i capelli.

Mentre rifletteva sull'incidente, il nostro amico si disse: "Non corro un pericolo immediato perché il mio cavallo non sente nulla. Anzi, resta tranquillo manco fosse nella stalla e allunga il collo verso il fogliame come se fosse davanti alla sua greppia. Però se rimane qui indicherà al mio assalitore dove mi nascondo. Ehi, cavallino, al trotto!".

Diede il comando con un fischio sommesso, e il docile animale, da tempo abituato a questa manovra tipica del cacciatore che tende un'imboscata ma non vuole essere notato, drizzò le orecchie, volse gli occhioni attenti verso l'albero che nascondeva il suo padrone e gli rispose con un piccolo nitrito prima di allontanarsi al trotto. L'uomo attese vanamente un nuovo attacco per un buon quarto d'ora, sempre vigile.

Dopodiché si disse: "Bene, dato che con la pazienza non ottengo nulla, proviamo con l'astuzia".

Quindi, calcolando in base all'angolazione della freccia il punto in cui poteva essere appostato il nemico, scoccò un dardo a sua volta in quella direzione, sperando di spaventare il delinquente o di costringerlo a spostarsi. La freccia andò a conficcarsi nella corteccia di un albero senza che nessuno rispondesse alla provocazione. Sarebbe andata meglio con un secondo lancio? La seconda freccia partì, ma fu intercettata in pieno volo da un'altra scagliata da un arco invisibile che la incocciò quasi ad angolo retto sopra il sentiero e la fece cadere volteggiante al suolo. Era stato un colpo talmente rapido e inatteso, indice di tale precisione, destrezza di mano e occhio sicuro che l'uomo uscì stupefatto dal riparo, dimentico del pericolo.

"Che colpo! Meraviglioso!" gridò, correndo lungo il margine del bosco per vedere chi fosse il misterioso arciere.

A questo complimento rispose una risata allegra, poi, poco lontano, una voce argentina e dolce come se fosse di donna intonò:

Ci son daini nella foresta, fiori al limitar del bosco,
ma lascia il daino alla sua vita selvatica, lascia il fiore
             sullo stelo
e vieni con me, amor mio, caro Robin Hood.
So che tu ami i daini nella radura e i fiori sulla mia
               fronte,
ma abbandona per oggi la caccia e la raccolta
e vieni con me, amor mio, caro Robin Hood.

"Oh, è Robin, quello sfrontato di Robin Hood. Vieni qui, ragazzo. Ma come, osi scagliare frecce contro tuo padre? Per tutti i santi, ho temuto che ci fossero dei banditi intenzionati a farmi la pelle. Oh, che discolo di un figliolo, usa come bersaglio la mia testa ingrigita! Eccolo qua," aggiunse il buon vecchio. "Eccolo, il malandrino! Canta la canzone che ho composto per accompagnare gli amori di mio fratello Robin, quando scrivevo ballate e lui corteggiava la bella May, la sua fidanzata."

"Che c'è, caro padre? Che succede? La mia freccia vi ha forse colpito di striscio l'orecchio?" rispose da dietro un cespuglio un ragazzo, che subito riprese a cantare.

Nessuna nube sull'oro pallido della luna, né rumori
                              nella valle,
non altre voci nell'aria oltre la dolce campana del
                              convento.
Vieni con me, amor mio, vieni con me, caro Robin
Hood.
Vieni con me nella gioiosa foresta di Sherwood,
vieni con me sotto l'albero del nostro primo
giuramento,
vieni con me, amor mio, caro Robin Hood.

Gli echi della foresta ancora ripetevano il languido ritornello quando un giovanotto che dimostrava all'incirca vent'anni, sebbene ne avesse in realtà poco più di sedici, andò a fermarsi di fronte al vecchio, che senza dubbio avrete riconosciuto, ossia il buon Gilbert Head che abbiamo incontrato nel primo capitolo della nostra storia.

Il ragazzo gli sorrideva tenendo in mano in segno di rispetto un berretto verde arricchito da una penna d'airone. Una massa di capelli neri lievemente ondulati coronava una fronte spaziosa più bianca dell'avorio. Da sotto le palpebre spuntavano due iridi di un azzurro scuro appena velato dalle lunghe ciglia che proiettavano la loro ombra sulle guance rosa. Era uno sguardo che sembrava galleggiare dentro un fluido trasparente come smalto liquido, in cui si riflettevano i pensieri, le convinzioni, i sentimenti di una candida adolescenza. I tratti del viso di Robin rivelavano coraggio ed energia. La squisita bellezza di quel volto non aveva nulla di effeminato, e il sorriso era quello di un uomo padrone di sé, mentre le labbra rosse come corallo, una curva aggraziata sotto il naso dritto e sottile dalle narici mobili e fini lasciavano intravedere una dentatura abbagliante.

Il giovane era abbronzato, ma una pelle candida spuntava alla base del collo e al di sopra dei polsi.

Un berretto verde con una penna d'airone, un giacchino attillato di panno verde, calzoni di pelle di daino, un paio di *unhege sceo* (scarponi sassoni), legati sopra le caviglie con robuste corregge, una tracolla con borchie di brillante acciaio che reggeva una faretra piena di frecce, un piccolo corno e un coltello da caccia in cintura e un arco in pugno, ecco come era vestito ed equipaggiato Robin Hood, con una stravaganza che tuttavia era ben lungi dal nuocere alla sua bellezza adolescenziale.

"E se mi avessi perforato il cranio invece di limitarti a stuzzicare l'orecchio?" chiese il buon vecchio al figlio con simulata severità. "Non fidarti di queste trovate, sir Robin, uccidono più spesso di quanto facciano ridere."

"Perdonatemi, caro padre. Non avevo alcuna intenzione di ferirvi."

"Lo credo bene, perbacco! Però poteva succedere, caro figliolo. Un'accelerazione del cavallo, uno scarto a destra o a sinistra, un movimento del capo, la tua mano che tremava, un errore di valutazione, bastava un nonnulla e sarebbe diventato uno scherzo mortale."

"Però la mia mano non ha tremato e il mio occhio è sempre sicuro. Non rimproveratemi, caro padre, e perdonatemi la monelleria."

"Te la perdono di cuore, però, come diceva Esopo in una delle fiabe che t'ha insegnato il cappellano, quello che è uno scherzo per un uomo può ammazzarne un altro."

"È vero," ammise Robin contrito. "Vi scongiuro, dimenticate la mia bravata, anzi, il mio errore. L'ho commesso per orgoglio."

"Orgoglio?"

"Sì. Non mi avete forse detto ieri sera che non sono ancora abbastanza bravo con l'arco da sfiorare l'orecchio di un capriolo per spaventarlo senza ferirlo? Volevo provarvi il contrario."

"Bella maniera di dimostrare quanto sei bravo! Comunque basta, ragazzo mio. Ti perdono, è chiaro, e non serbo rancore, soltanto ti chiedo di non trattarmi più come se fossi un cervo."

"Padre, non temete, non temete," disse convinto il ragazzo. "Per quanto io possa essere monello, un po' irresponsabile e portato agli scherzi, non dimenticherò mai il rispetto e l'affetto che vi devo. Non vorrei l'intera foresta di Sherwood in cambio di un vostro capello."

L'uomo anziano afferrò la mano che gli offriva il ragazzo e la strinse con affetto dicendo: "Dio benedica il tuo eccellente cuore e ti doni la saggezza!". Poi aggiunse, con un ingenuo moto d'orgoglio che aveva senza dubbio represso fino a quel momento poiché era più urgente mettere in riga l'imprudente arciere: "E dire che è un mio allievo! Sì, sono stato io, Gilbert Head, a insegnargli a tendere un arco e a scoccare una freccia! L'allievo è degno del maestro, e se continua così non ci sarà tiratore più infallibile in tutta la contea, anzi, in tutta l'Inghilterra!".

"Che il mio braccio destro perda la forza e nessuna delle mie frecce colpisca più il bersaglio se mai tradirò il vostro amore, padre mio!"

"Figliolo, ormai sai che sono tuo padre solo nel cuore."

"Oh, non voglio più sentire che non potete accampare diritti su di me, perché se la natura ve li ha negati li avete acquisiti con le premure e la devozione di quindici anni."

"Invece dobbiamo parlarne," disse Gilbert mentre si riavviava a piedi, tenendo per la briglia il cavallo che un fischio energico aveva richiamato indietro. "Ho un brutto presentimento, di guai in arrivo."

"Che folle idea, padre!"

"Sei già grande, sei forte, sei pieno di energia, grazie al cielo, ma l'avvenire che ti si para davanti non è più quello che intravedevo quando ti guardavo crescere sulle ginocchia di Margaret, quando eri solo un bambinello debole, ora allegro, ora musone."

"Che importa? Ho un unico desiderio, che l'avvenire somigli al passato e al presente."

"Invecchieremmo senza rimpianti se fosse svelato il mistero delle tue origini."

"Davvero non avete più rivisto il valoroso soldato che mi ha affidato a voi?"

"Mai più, e ho avuto soltanto una volta sue notizie."

"Che sia morto in guerra?"

"Forse. Un anno dopo il tuo arrivo mi sono arrivati attraverso un messaggero sconosciuto un sacco pieno di monete e una pergamena chiusa con un sigillo di cera privo di stemma. L'ho data al mio confessore, che l'ha aperta e mi ha letto il contenuto, che ti ripeto parola per parola. 'Gilbert Head, ho posto dodici mesi fa un bambino sotto la tua protezione, prendendo con te l'impegno di pagarti per l'incomodo una rendita annuale. Ora te la invio. Lascio l'Inghilterra e non so quando potrò tornare. In seguito a ciò, ho fatto in modo che tu possa ugualmente incassare ogni anno la somma pattuita. Alla scadenza dovrai solo presentarti nell'ufficio dello sceriffo di Nottingham per essere pagato. Cresci il bambino come se fosse figlio tuo, al mio ritorno verrò a reclamarlo.' Nessuna firma, niente data. E da dove veniva quella lettera? Lo ignoro. Il messaggero se ne andò senza degnarsi di soddisfare la mia curiosità. Ti ho ripetuto spesso quello che ci raccontò il gentiluomo sconosciuto sulla tua nascita e sulla morte dei tuoi genitori. Non so nulla di più sulle tue origini, e lo sceriffo che mi paga la tua pensione risponde ogni volta che glielo domando che non conosce né il nome né il domicilio di colui che gli ha dato mandato di saldarmi tutte quelle ghinee ogni anno. Se il tuo tutore venisse a reclamarti oggi, Margaret e io ci consoleremmo della tua perdita pensando che ritroverai le ricchezze e gli onori che ti appartengono per diritto di nascita. Ma se dovessimo morire prima della ricomparsa del cavaliere sconosciuto, la nostra ultima ora sarebbe avvelenata da un grande dolore."

"Quale grande dolore, padre?"

"Il dolore di saperti solo e abbandonato a te stesso, indifeso proprio nel momento in cui diventi uomo."

"Avete ancora tanti giorni da vivere."

"Dio solo lo sa!"

"Dio farà in modo che succeda."

"Sia fatta la sua volontà! In ogni caso, se una morte prematura dovesse separarci, sappi, figliolo, che sei il nostro unico erede. La casa in cui sei cresciuto e le terre che l'attorniano sono tue, e con esse il denaro per il tuo mantenimento che abbiamo accumulato per quindici anni. Non dovrai temere la miseria, e potrai essere felice se sarai anche saggio. La sventura ti ha colpito alla nascita ma i tuoi genitori adottivi hanno fatto il possibile per metterci riparo. L'unica ricompensa a cui ambiscono è che pensi spesso a loro."

Il ragazzo era commosso, grossi lacrimoni iniziavano a scendere dai suoi occhi. Tuttavia cercò di limitare l'emozione per non aggravare quella del vecchio. Girò così la testa dall'altra parte, si asciugò le lacrime con il dorso della mano e disse quasi spensierato: "Padre, d'ora in poi evitate un argomento tanto triste. Pensare a una separazione, per quanto remota, mi rende debole come una femminuccia, e la debolezza non si addice a un uomo". Si credeva infatti uomo maturo. "Un giorno saprò senza dubbio chi sono, ma non saperlo non m'impedirebbe di dormire tranquillo né di risvegliarmi allegro e contento. Perdinci! Se ignoro il mio vero nome, nobile o plebeo che sia, non ignoro chi voglio essere, il più abile arciere che abbia mai scoccato una freccia contro i daini della foresta di Sherwood."

"Già lo siete, sir Robin," replicò orgoglioso Gilbert. "Non sono il vostro istitutore, signoria? Ma ora in marcia, Gip, bravo ronzino," aggiunse il vecchio montando in sella. "Devo sbrigarmi ad andare a Mansfield e tornare di corsa, altrimenti Maggie farà una faccia più lunga della più lunga delle mie frecce. Intanto, caro figlio, esercitati, e non tarderai a uguagliare il Gilbert Head dei tempi d'oro. A dopo."

Robin si divertì per qualche minuto a staccare a colpi di freccia le foglie che sceglieva in cima agli alberi più alti, poi, stanco del gioco, si sdraiò all'ombra sull'erba di una radura a ripensare al colloquio di poco prima con il padre adottivo. Ignaro del mondo, non desiderava nulla oltre la serenità di cui godeva sotto il tetto del guardaboschi. Per lui la felicità suprema consisteva nel poter cacciare in tutta libertà nella solitudine della foresta di Sherwood ricca di selvaggina. Che cosa gli importava se l'attendeva un avvenire da nobile o da villano?

Un prolungato fruscio nel fogliame accompagnato dal rumore di ramoscelli spezzati non molto distante strappò il nostro giovane arciere dalle sue fantasticherie. Robin alzò la testa e vide un cerbiatto spaventato che sbucava dal sottobosco, attraversava di corsa la radura e spariva in un lampo nelle viscere della foresta.

La sua prima reazione fu quella di afferrare l'arco e partire all'inseguimento, ma per puro caso o forse per istinto di cacciatore prima di avviarsi verificò il punto da cui era sbucato l'animale e in tal modo scorse a qualche tesa di distanza un uomo accucciato dietro un poggio che dominava la strada maestra. Così nascosto, questi poteva vedere senza essere visto da coloro che passavano, e in quel momento, l'occhio vigile e la freccia incoccata, aspettava qualcuno.

I vestiti erano quelli di un onesto boscaiolo che, conoscendo le rotte della selvaggina, si concede il piacere di una tranquilla caccia di posta. Ma se fosse stato realmente un cacciatore, in particolare di daini, non avrebbe esitato a inseguire la preda in fuga. Allora che senso aveva quell'imboscata? Era un bandito in attesa di viandanti?

Robin sospettava che quell'individuo stesse per commettere un crimine, perciò per impedirlo si nascose dietro un gruppo di faggi e sorvegliò attentamente le mosse dello sconosciuto, il quale, sempre accovacciato dietro la collinetta, gli dava le spalle ed era piazzato tra lui e il sentiero.

D'un tratto il bandito, o forse il cacciatore, scoccò una freccia verso la strada e si drizzò come se volesse avventarsi verso il bersaglio, ma subito dopo si fermò, lanciò una sonora imprecazione e si rimise in posizione di tiro con la freccia pronta.

La seconda freccia scagliata fu seguita come la prima da un'odiosa bestemmia.

Robin si domandò con chi ce l'avesse. Stava forse tirando uno scherzo a un suo amico come aveva fatto lui poco prima con il vecchio Gilbert? Non era certo un giochetto facile. Però non vedeva nulla nel punto che l'uomo prendeva di mira. Eppure quello doveva scorgere qualcosa perché si accingeva a incoccare una terza freccia.

Robin stava per uscire dal nascondiglio per andare a fare due chiacchiere con l'arciere sconosciuto quanto maldestro, quando intravide, dopo aver scostato involontariamente alcuni rami di faggio, un cavaliere e una giovane dama fermi in cima al sentiero nel punto in cui la strada per Mansfield curvava. I due sembravano inquieti e incerti se fare dietrofront oppure sfidare il pericolo. I cavalli sbuffavano mentre il cavaliere si guardava intorno per scoprire dove si trovava l'aggressore per sfidarlo e al tempo stesso tentava di placare il panico della compagna di viaggio.

D'un tratto la giovane lanciò un grido angosciato

e parve sul punto di svenire. Una freccia s'era appena conficcata nel pomo della sua sella.

Ormai era certo. L'uomo in agguato era un vile assassino.

Robin, al colmo dell'indignazione, scelse una delle frecce più appuntite della sua faretra, tese l'arco e prese la mira. Un attimo dopo la mano sinistra dell'assassino rimase inchiodata sul legno dell'arco che stava di nuovo minacciando il cavaliere e la sua compagna.

Il bandito lanciò un ruggito di dolore e collera, quindi si girò per cercare di scoprire da dove arrivava questo attacco imprevisto. Purtroppo per lui, la corporatura snella del nostro giovane arciere gli permetteva di rimanere nascosto dietro il tronco del faggio, e per giunta il giubbetto si mimetizzava con il fogliame.

Robin avrebbe potuto uccidere il malvivente, invece si accontentò di spaventarlo dopo la precedente punizione scoccando una nuova freccia che gli portò via il berretto, facendolo cadere a venti passi di distanza.

Il ferito si alzò in piedi, disorientato e spaventato, reggendosi la mano ferita con quella sana, poi lanciò un urlo, pestò i piedi per terra, girò per qualche secondo su se stesso, osservò a occhi sbarrati gli alberi tutto intorno e se la battè gridando: "È il demonio! Il demonio! Il demonio!".

Robin salutò la fuga del bandito con una risata allegra, quindi sacrificò un'ultima freccia che doveva spronarlo a proseguire la corsa ma gli avrebbe anche impedito di sedersi a riposare per qualche giorno.

Passato il pericolo, uscì dal riparo e si appoggiò con aria di superiorità al tronco di una quercia a lato del sentiero, apprestandosi a dare il benvenuto ai viaggiatori. Ma appena i due, che avanzavano al trotto, lo videro, la fanciulla lanciò un urlo e il cavaliere partì alla carica spada in pugno.

"Ehilà, cavaliere, trattenete il braccio e moderate la furia," gridò Robin. "Quelle frecce contro di voi non uscivano dalla mia faretra."

"Eccoti, miserabile! Eccoti dunque!" andava ugualmente ripetendo il cavaliere in preda a una collera irrefrenabile.

"Non sono un assassino, anzi, vi ho salvato la vita."

"E allora dov'è l'assassino? Parla o ti apro il cranio."

"Statemi ad ascoltare e lo saprete," rispose impassibile Robin. "Quanto ad aprirmi il cranio, non pensateci nemmeno, anzi, permettetemi di farvi notare, messere, che questa freccia, puntata contro di voi, vi perforerà il cuore ancor prima che la vostra spada possa sfiorarmi. Siete avvertito, e ascoltatemi sereno, perché dirò la verità."

"Vi ascolto," replicò il cavaliere, quasi affascinato dal sangue freddo di Robin.

"Me ne stavo tranquillamente sdraiato sull'erba dietro quei faggi quando è passato un daino in corsa. Stavo per inseguirlo, ma prima che potessi incamminarmi ho visto un tale che scagliava delle frecce contro un bersaglio invisibile, almeno per me. Allora ho lasciato perdere il daino e mi sono appostato per sorvegliare quel tipo che mi sembrava sospetto, e infatti ho scoperto che prendeva di mira questa graziosa damigella. Si dice in giro che io sia il più abile arciere di Sherwood, e ho voluto approfittare dell'occasione per provare a me stesso che è la verità. Con il primo colpo ho inchiodato la mano del bandito al suo arco con una delle mie frecce, con il secondo gli ho cavato il berretto, che sarà facile ritrovare, e con il terzo l'ho messo in fuga, e secondo me sta ancora correndo. E questo è tutto."

Il cavaliere, sospettoso, non aveva ancora abbassato la spada.

"Su, messere, guardatemi dritto in faccia e ammettete che non ho l'aria di un brigante," aggiunse Robin.

"Sì, sì, figliolo, l'ammetto, non avete l'aria di un brigante," disse finalmente lo straniero dopo aver valutato attentamente Robin. La faccia limpida e franca, lo sguardo pieno di fuoco della persona coraggiosa, le labbra piegate in un sorriso di legittimo orgoglio, tutto in quell'adolescente ispirava, anzi, imponeva fiducia.

"Dimmi chi sei, poi, ti prego, portaci in un posto in cui i nostri cavalli possano pascolare e riposarsi," aggiunse il cavaliere.

"Con molto piacere. Seguitemi."

"Ma prima accetta questa borsa, nell'attesa che sia Dio a ricompensarti come si deve."

"Tenetevi il vostro oro, messer cavaliere. Non mi serve, non ne ho bisogno. Mi chiamo Robin Hood e abito con mio padre e mia madre a due miglia da qui, ai margini della foresta. Venite, nella nostra casetta troverete una cordiale ospitalità."

La fanciulla, che era rimasta sino ad allora in disparte, si avvicinò al cavaliere. Robin vide brillare due immensi occhi neri sotto il cappuccio di seta che le proteggeva il capo dal freddo del mattino, notando anche la bellezza celestiale del volto che divorò con lo sguardo mentre s'inchinava educatamente davanti a lei.

"Dobbiamo credere a questo giovane?" chiese la dama al cavaliere.

Robin levò con fierezza il capo e affermò, senza lasciare all'altro il tempo di rispondere: "Se non lo fate vorrebbe dire che sulla terra non esiste più la buona fede".

I due stranieri sorrisero. Ora non dubitavano più di quel giovane.

3.

La piccola carovana procedette all'inizio in silenzio. Il cavaliere e la fanciulla pensavano ancora al pericolo che avevano corso. Invece nella mente del giovane arciere stava sbocciando tutto un mondo di idee nuove. Stava infatti ammirando per la prima volta la bellezza di una donna.

Essendo orgoglioso per istinto quanto per indole, non voleva sembrare inferiore a coloro che gli dovevano la vita, perciò mentre li guidava recitò la parte dell'uomo orgoglioso dalle maniere spicce. Subodorava che quelle due persone modestamente vestite che viaggiavano senza seguito appartenessero alla nobiltà, però nella foresta di Sherwood si riteneva uguale a loro, addirittura superiore nel caso di imboscate omicide.

La sua massima ambizione era essere ritenuto un abile arciere e un boscaiolo spericolato. Il primo titolo lo meritava già ampiamente, ma il secondo non gli era ancora riconosciuto a causa dell'aspetto giovanile.

A queste prerogative naturali, Robin aggiungeva il fascino di una voce melodiosa. Ne era consapevole, perciò cantava a ogni piè sospinto, e così pensò bene di dare ai viaggiatori un'idea del suo talento intonando una ballata allegra. Purtroppo per lui, l'emozione gli paralizzò le corde vocali sin dalle prime strofe e fece tremare le labbra. Ritentò, ma di nuovo si ritrovò pressoché privo di voce e si limitò a esalare un lungo sospiro. Un altro tentativo ancora, medesimo sospiro, medesima emozione.

L'ingenuo giovane già soffriva delle timidezze dell'innamorato. Stregato senza saperlo dalla bella sconosciuta che cavalcava alle sue spalle, dimenticava i versi delle canzoni perché pensava soltanto ai suoi occhi neri.

Dopo un po' comprese la causa del suo turbamento ed esclamò, ritrovando un minimo di lucidità: "Pazienza, tanto la vedrò tra poco senza cappuccio!".

Il cavaliere interrogò gentilmente Robin sui suoi gusti, abitudini e occupazioni, ma il ragazzo rispose con freddezza, cambiando tono solo quando vide messo in discussione il suo amor proprio.

"Non hai avuto paura che quel bandito miserabile cercasse di rifarsi su di te per il suo fallimento?" chiese lo straniero dandogli del tu.

"Figuriamoci, messere. Era impossibile temere una cosa del genere."

"Impossibile?"

"Sì, grazie all'esercizio, per me anche i tiri più difficili sono un gioco da ragazzi."

Si intuiva troppa buona fede e troppo nobile orgoglio nelle risposte del giovane perché lo straniero potesse prenderlo in giro, perciò aggiunse: "Sei tanto bravo da riuscire a colpire a cinquanta passi quello che colpisci a quindici?".

"Certo. Però, messere, spero che non userete come prova di ciò la lezione che ho impartito a quel bandito," rispose Robin con fare scherzoso.

"Perché?"

"Perché quella quisquilia non dimostra un bel niente."

"E quale dimostrazione migliore potresti darmi?"

"Lo vedrete appena se ne presenterà l'occasione."

Rimasero di nuovo in silenzio per qualche minuto, fino a quando il terzetto giunse ai margini di una vasta radura attraversata in diagonale dal sentiero. Proprio in quel mentre si alzò in volo un grosso uccello da preda, e un cerbiatto allarmato dal rumore degli zoccoli sbucò dalla boscaglia attraversando la radura per rifugiarsi dall'altro lato.

"Attenzione!" gridò Robin con una freccia tra i denti mentre ne incoccava una seconda. "Che cosa preferite, selvaggina di penna o di pelo? Scegliete."

Ancor prima che il cavaliere avesse avuto il tempo di rispondere, il cerbiatto cadde a terra stecchito e l'uccello da preda piombò volteggiando nella radura.

"Dato che non avete scelto mentre erano vivi, sceglierete quando saranno sul girarrosto."

"Ammirevole!" esclamò il cavaliere.

"Magnifico!" sussurrò la fanciulla.

"Le Vostre Signorie devono proseguire sempre diritto, e dopo quel gruppo d'alberi scorgeranno la casa di mio padre. Vi saluto! Vi precedo per annunciarvi a mia madre e spedire il nostro vecchio domestico a recuperare la selvaggina."

Detto ciò, Robin se ne andò di corsa.

"Un ragazzo a posto, non trovi, Marian?" disse il cavaliere alla compagna. "Un giovane davvero piacevole, e anche il più grazioso boscaiolo che abbia mai visto in Inghilterra."

"È ancora molto giovane," obiettò la fanciulla.

"Forse ancor più di quanto facciano pensare l'altezza e il vigore delle membra. Marian, non ho bisogno di ricordarti che la vita all'aria aperta aiuta lo sviluppo fisico e mantiene in salute. È tutta un'altra cosa dall'atmosfera soffocante della città," concluse con un sospiro il cavaliere.

"Messer Allan Clare, sospetto che i vostri sospiri non siano cagionati dagli alberi verdi della foresta di Sherwood bensì dalla loro affascinante feudataria, la nobile figlia del barone di Nottingham," fece notare la giovane dama con un sorrisino.

"Hai ragione, sorellina, e ammetto che preferirei passare i miei giorni a vagare per la foresta avendo come sola dimora una capanna da boscaiolo e Christabel per moglie piuttosto che sedere su un trono, se potessi scegliere."

"Fratello, è una bella idea ma un po' fantasiosa. E poi sei certo che Christabel sia disposta a cambiare la sua esistenza principesca con quella miserabile di cui parli? Su, caro Allan, non cullare folli speranze, dubito che il barone ti concederà mai la mano di sua figlia."

Il giovane si rabbuiò, ma in un attimo scacciò la nube di tristezza dal viso e disse serafico alla sorella: "Mi pareva di averti sentito parlare con entusiasmo dei vantaggi della vita in campagna".

"È vero, Allan, lo ammetto, talvolta ho gusti strani. Ma non credo che siano gli stessi di Christabel."

"Se Christabel mi ama sul serio, amerà anche la mia dimora, quale che possa essere. E così prevedi che il barone si opporrà? Mi basterebbe pronunciare una parola, una sola, e il fiero, irascibile Fitz-Alwine accetterebbe la mia richiesta per non finire proscritto e vedere ridotto in macerie il suo castello di Nottingham."

"Taci. Ecco la casetta," lo interruppe Marian. "La madre del giovane ci sta aspettando sulla porta. È una bella donna."

"Altrettanto si potrebbe dire del suo bambino," rispose sorridendo il giovanotto.

"Oh, non è più un bambino," sussurrò Marian, arrossendo di colpo.

Fortunatamente, quando la fanciulla mise piede a terra aiutata dal fratello e il suo cappuccio gettato all'indietro lasciò scoperto il volto, il rossore era sfumato in un rosa appena accennato. Robin, che si trovava presso la madre, ammirò stupefatto la prima donna capace di fargli battere il cuore all'impazzata. Il giovane arciere era talmente turbato, la sua emozione così scoperta e genuina che esclamò senza nemmeno sapere che cosa stava dicendo: "Ah, ero certo che occhi tanto belli potessero illuminare solo un viso altrettanto bello!".

Margaret, sbalordita dalla sfacciataggine del figlio, si girò verso di lui e lo richiamò all'ordine. Allan scoppiò a ridere, e la bella Marian arrossì a tal punto che lo sfrontato Robin, per nascondere l'imbarazzo e la vergogna, si tuffò tra le braccia della madre. Ciò nonostante, l'ingenuo monello non dimenticò di spiare con la coda dell'occhio il volto di Marian, senza notare eventuali segni di collera. No invece, era illuminato da un sorriso benevolo che la ragazza s'illudeva potesse passare inosservato. Pertanto il colpevole, convinto di aver ottenuto la grazia, si azzardò ad alzare timidamente lo sguardo sul suo idolo.

Un'ora dopo arrivò Gilbert Head, recando in groppa al suo cavallo un uomo ferito che aveva raccolto per strada. Il guardaboschi calò lo sconosciuto dalla sua scomoda posizione con infinite precauzioni e lo trasportò in casa chiamando Margaret, che era impegnata a sistemare gli ospiti al piano di sopra ma accorse subito sentendo la voce del marito.

"Tieni, donna, eccoti un poveraccio che ha un gran bisogno delle tue cure. Un burlone gli ha tirato l'atroce scherzo di inchiodargli la mano all'arco con una freccia mentre mirava a un cerbiatto. Forza, Maggie, sbrighiamoci. Il poveretto è molto indebolito dalla perdita di sangue. Come va, amico?" aggiunse il vecchio, rivolgendosi al ferito. "Coraggio, te la caverai. Forza, solleva un tantino la testa e non lasciarti abbattere. Fatti coraggio, perbacco! Non è mai morto nessuno per una punta di freccia nella mano."

Il ferito rimase accasciato con la testa incassata tra le spalle, la fronte bassa, come se volesse nascondere il volto.

In quel momento Robin entrò in casa e corse accanto al padre per aiutarlo a reggere il ferito, ma appena l'ebbe guardato bene si ritrasse e fece segno al vecchio Gilbert che doveva parlargli.

"Padre, badate di nascondere ai viaggiatori al piano di sopra la presenza di quell'uomo in casa nostra," disse sottovoce. "Dopo vi spiego il motivo. Siate prudente."

"Ma che cosa potrebbero mai provare a parte la pietà i nostri ospiti per la presenza di questo povero forestiero coperto di sangue?"

"Lo saprete stasera, padre. Nel frattempo seguite il mio consiglio."

"Lo saprò stasera. Come no?" disse contrariato Gilbert. "E invece io voglio saperlo subito perché trovo assai strano che un ragazzetto come te si permetta di darmi lezioni di prudenza. Dimmi, che rapporto c'è tra il ferito e le signorie?"

"Vi scongiuro di aspettare, ve lo dirò stasera quando saremo soli."

Il vecchio lasciò Robin per tornare dal ferito. Un attimo più tardi quest'ultimo lanciò un lungo grido di dolore.

"Ah, Robin, un altro dei tuoi capolavori," disse Gilbert, correndo dietro il figlio e bloccandolo mentre si apprestava a uscire. "Stamattina t'avevo proibito di dimostrare la tua abilità a spese dei tuoi simili, e tu m'hai obbedito in questo modo, come può testimoniare lo sventurato forestiero!"

"Cosa?" replicò indignato ma rispettoso il giovane. "Credete che..."

"Sì, credo che sia stato tu a inchiodare la mano di quell'uomo al suo arco. Ci sei solo tu nella foresta capace di una bravata del genere. E poi guarda, il ferro di questa freccia ti tradisce. È marcato con la nostra sigla. Spero che non oserai negare."

Gilbert gli mostrò la punta che aveva estratto dalla ferita.

"Ebbene sì, padre, sono stato io a colpire quell'uomo," rispose imperturbabile Robin.

Il vecchio Gilbert si rabbuiò. "È una cosa orribile, un vero crimine, caro mio. Non ti vergogni di aver ferito gravemente per scherzo un uomo che non ti aveva fatto alcun male?"

"Non mi vergogno né mi pento della mia condotta," ribatté Robin. "Vergogna e pentimento si addicono piuttosto a chi stava aggredendo tenendosi nascosto due viaggiatori inoffensivi e indifesi."

"E chi sarebbe il colpevole di questo soprusò?"

"L'uomo che avete così generosamente raccolto nella foresta."

Poi Robin riferì al padre i dettagli dell'accaduto.

"Quel miserabile t'ha visto?" chiese inquieto Gilbert.

"È fuggito come se avesse il diavolo alle calcagna perché pensava che fosse opera del demonio."

"Scusami se sono stato ingiusto," disse il vecchio, stringendo con affetto fra le sue le mani del ragazzo. "Ammiro la tua abilità. A questo punto dovremo sorvegliare attentamente i dintorni della casa. La ferita di quel malandrino non tarderà a guarire, e come ringraziamento per le mie cure e l'ospitalità potrebbe tornare assieme ai suoi complici per mettere a ferro e fuoco casa nostra." Poi, dopo aver riflettuto un istante, Gilbert aggiunse: "Mi sembra di conoscerlo, ma ho un bel rovistare nella memoria, non mi viene il nome. Deve aver cambiato faccia. Quando l'ho conosciuto non recava in viso i segni avvilenti del vizio e del crimine".

Il colloquio fu interrotto dall'arrivo di Marian e Allan, salutati cordialmente dal padrone di casa.

Quella sera la casa del guardaboschi fu insolitamente animata: Gilbert, Margaret, Lincoln e Robin, soprattutto quest'ultimo, risentivano del cambiamento e del trambusto apportato nella loro pacifica esistenza dall'arrivo degli ospiti. Il padrone di casa non smise un istante di sorvegliare il ferito mentre la moglie preparava la cena. Nel frattempo Lincoln si occupò dei cavalli, ma sempre facendo buona guardia all'esterno. Soltanto Robin non era impegnato in qualche attività, però lo era il suo cuore. La presenza della bella Marian faceva sbocciare in lui sensazioni sconosciute fino a quel giorno, che lo lasciavano come paralizzato da una muta ammirazione. Arrossiva, impallidiva, rabbrividiva al minimo movimento, parola o sguardo della fanciulla.

In nessuna delle sagre e feste di Mansfield aveva mai visto una simile beltà. Certo, ballava, rideva e chiacchierava con le ragazze del paese, e aveva già sussurrato all'orecchio di qualcuna banali frasi d'amore, ma l'indomani le aveva già dimenticate mentre cacciava nella foresta. Invece adesso sarebbe morto piuttosto che azzardarsi a rivolgere anche solo una parola alla nobile amazzone che gli doveva la vita. Intuiva che non l'avrebbe mai dimenticata.

Aveva cessato di essere un bambino.

Mentre Robin adorava Marian in silenzio, standosene seduto in un angolo della sala, Allan si complimentò con Gilbert per il coraggio e l'abilità del giovane arciere. Era proprio fortunato a essere padre di siffatto figlio. Gilbert, che sperava sempre di incontrare qualcuno che potesse dargli informazioni sulle origini di Robin, non mancava mai di confessare che il ragazzo non era figlio suo e perciò raccontava nei minimi dettagli come e quando uno sconosciuto gli aveva portato il bambino.

Fu così che Allan apprese con stupore che Robin non era figlio del guardaboschi, il quale aggiunse che il protettore sconosciuto dell'orfano veniva probabilmente da Huntingdon, dato che era lo sceriffo di quella cittadina a pagare ogni anno la pensione del piccolo. Al che il giovanotto replicò: "Noi siamo nati a Huntingdon, che abbiamo lasciato solo pochi giorni fa. Caro guardaboschi, la storia di Robin è verosimile, ma ho qualche dubbio. Nessun cavaliere di Huntingdon è morto in Normandia all'epoca della nascita del bambino, e non mi risulta che un membro delle famiglie nobili della contea si sia mai abbassato a sposare una francese povera e di umili origini. Inoltre, perché portare il bambino così lontano da Huntingdon? Voi direte che l'hanno fatto nel suo interesse e dietro consiglio di Ritson, un vostro parente, che aveva pensato a voi e s'era reso garante della vostra bontà. Ma non sarà stato piuttosto perché volevano nascondere la nascita di quell'esserino abbandonandolo, dato che non osavano ucciderlo? Il dettaglio che conferma i miei sospetti è che da allora non avete più rivisto vostro cognato. Quando torno a Huntingdon m'informo per bene e cerco di scoprire la famiglia di Robin. Mia sorella e io gli dobbiamo la vita. Magari potessimo ricompensargli in questo modo il debito sacro della nostra eterna riconoscenza!".

Poco per volta la gentilezza di Allan e le parole dolci e amichevoli di Marian restituirono a Robin la solita giovialità e un po' di autocontrollo. Da quel momento nella casetta del guardaboschi regnò la gioia più genuina, più sincera, più cordiale.

"Ci siamo persi mentre attraversavamo la foresta di Sherwood per andare a Nottingham," raccontò Allan Clare. "Conto di rimettermi in viaggio in mattinata. Robin, vi andrebbe di farmi da guida? Mia sorella rimarrà qui affidata alle cure di vostra madre, e noi rientreremo in serata. È lontana Nottingham?"

"Circa dodici miglia," rispose Gilbert. "Con un buon cavallo sono meno di due ore. Devo andare a trovare lo sceriffo che non vedo da un anno, perciò vi accompagnerò, messer Allan."

"Saremo in tre, ancor meglio!" esclamò Robin.

"No, no!" intervenne Margaret, poi aggiunse sottovoce, accostandosi all'orecchio del marito: "Che ti viene in mente? Lasciare due donne sole in casa con quel bandito!".

"Sole?" fece ridendo Gilbert. "Per te non contano nulla il nostro vecchio Lincoln e il mio fedele cane, il prode Lance, che strapperebbe il cuore a chiunque osasse aggredirvi?"

Margaret guardò supplichevole la giovane straniera, la quale asserì che avrebbe seguito il fratello se Gilbert non avesse rinunciato al viaggio di piacere.

Il guardaboschi cedette, pertanto si decise che alle prime luci del giorno soltanto Allan e Robin si sarebbero messi in viaggio.

Scesa la notte e chiuse le porte, i nostri amici si misero a tavola e fecero onore alle doti culinarie della brava Margaret. La portata principale fu un quarto di cerbiatto arrosto. Robin era al settimo cielo, era stato lui ad abbatterlo, e ora la sua bella si degnava di trovare deliziosa quella carne.

Seduti uno accanto all'altra, i due affascinanti giovani discutevano come vecchi amici. Da parte sua, Allan ascoltava estasiato le cronache della foresta e Maggie faceva sì che non mancasse nulla in tavola. In quelle ore la dimora del guardaboschi sarebbe stata il perfetto modello per uno di quei quadri d'interni della scuola olandese in cui l'artista riesce a rendere poetica la vita quotidiana della casa e della famiglia.

D'un tratto un lungo fischio proveniente dalla camera occupata dal malato fece girare i convitati verso la scala che portava al piano di sopra. Appena il fischio si spense udirono una risposta identica in un punto abbastanza remoto della foresta. I commensali trasalirono, uno dei cani da guardia all'esterno abbaiò inquieto, poi di nuovo regnò il silenzio più assoluto nei dintorni della casetta.

"Sta succedendo qualcosa d'insolito," disse Gilbert. "Non mi stupirebbe se ci fossero qui attorno certi individui che non hanno il minimo scrupolo quando si tratta di frugare nelle tasche degli altri."

"Temete sul serio la visita di qualche ladro?" chiese Allan.

"Ogni tanto succede."

"Credevo che avrebbero lasciato in pace la casa di un onesto guardaboschi, che di solito non è ricco, e avessero piuttosto il buon senso di prendersela solo con i ricchi."

"I ricchi sono rari, e i vagabondi si accontentano delle briciole di pane quando non trovano la carne. Vi garantisco che i fuorilegge non si vergognano di strappare un tozzo di pane dalla mano di un poveraccio. Però dovrebbero rispettare la mia casa come anche la mia persona e i miei familiari, perché più di una volta gli ho permesso di scaldarsi le ossa davanti al mio focolare e di mangiare alla mia tavola in inverno e nei tempi di vacche magre."

"I banditi non sanno cosa sia la gratitudine."

"Lo sanno così poco che hanno tentato più volte di entrare qui con la forza."

Sentendo quelle parole, Marian rabbrividì, avvicinandosi involontariamente a Robin. Il ragazzo avrebbe tanto desiderato consolarla, ma ancora una volta l'emozione gli tolse il fiato e la favella. Gilbert, notando il terrore della fanciulla, aggiunse sorridendo: "State tranquilla, nobile damigella, abbiamo tanto coraggio e siamo bravi con l'arco, e se i fuorilegge osano mettere fuori il naso rischieranno di darsela a gambe come gli è già successo tante volte, portandosi dietro come unico bottino una freccia là dove non batte il sole".

Marian lo ringraziò, poi, con uno sguardo d'intesa al fratello, aggiunse: "Insomma, la vita nella foresta non è priva di inconvenienti e di pericoli".

Robin equivocò il senso della frase. Credendola rivolta a sé, non capì che la fanciulla stava alludendo al teorico amore del fratello per la vita di campagna, pertanto disse entusiasta: "Io qui trovo solo piacere e felicità. Mi succede di frequente di passare una giornata intera nei villaggi vicini, ma torno sempre alla mia bella foresta con una gioia che non riesco a esprimere. Preferirei la morte al supplizio di essere costretto a vivere rinchiuso dentro le mura di una città".

Stava per continuare sulla stessa falsariga quando alla porta d'ingresso risuonò un colpo violentissimo. Le pareti della casetta tremarono, i cani accucciati presso il focolare scattarono verso l'uscio abbaiando e Gilbert, Allan e Robin corsero all'uscio mentre Marian cercava riparo tra le braccia di Margaret.

"Ehi, chi è lo zotico che tenta di sfondare la mia porta?" gridò il guardaboschi.

La risposta consistette in una seconda bussata ancor più violenta. Gilbert ripeté la domanda, ma l'abbaiare furibondo dei cani rese impossibile ogni sorta di dialogo e solo a stento si udì all'esterno una voce stentorea che sovrastava il baccano pronunciando la formula sacra: "Aprite, in nome del Signore!".

"Chi siete?"

"Due monaci dell'ordine benedettino."

"Da dove venite e dove state andando?"

"Veniamo dalla nostra abbazia di Laiton e andiamo a Mansfield."

"Che cosa volete?"

"Un tetto per la notte e qualcosa da mangiare. Ci siamo persi nella foresta e stiamo morendo di fame."

"Però la tua voce non mi sembra quella di un moribondo. Come faccio ad assicurarmi che non menti?"

"Poffarbacco, aprendo la porta e guardandoci in faccia!" replicò la medesima voce con un tono che l'impazienza già rendeva meno umile. "Forza, testone d'un guardaboschi, apri perché le gambe non ci reggono più e lo stomaco urla."

Gilbert si consultò con gli altri, ancora esitante, ma a quel punto intervenne un'altra voce, di persona anziana, timida e supplichevole.

"Per l'amor di Dio, aprite, buon guardaboschi! Vi giuro sulle reliquie del nostro santo patrono che mio fratello dice la verità."

"Tutto sommato qui in casa siamo quattro uomini, e aiutati dai nostri cani avremmo ragione di costoro, chiunque siano," disse Gilbert in maniera di essere udito da fuori. "Robin, Lincoln, trattenete un attimo i cani, e sguinzagliateli se si tratta di banditi."

4.

Appena la porta iniziò a girare sui cardini, un tale si insinuò nello spiraglio in modo da impedirle di chiudersi e varcò lesto la soglia. Era un giovane di taglia colossale, che indossava un lungo saio nero con cappuccio dalle maniche ampie e si appoggiava a un grosso, nodoso bastone di corniolo. Aveva a mo' di cintura una corda da cui penzolava un enorme rosario.

L'impressionante monaco era seguito da un uomo più anziano vestito alla stessa maniera.

Dopo i saluti di rito, tutti si sedettero di nuovo a tavola assieme ai nuovi venuti e nella sala tornarono la gioia e la serenità. I padroni di casa non avevano dimenticato il fischio al piano di sopra e quello di risposta dalla foresta, tuttavia celarono l'angoscia che provavano per non spaventare gli ospiti.

"Mi congratulo, bravo guardaboschi, la tua tavola è ammirevolmente imbandita!" magnificò il grosso monaco che stava divorando un pezzo di cervo arrosto. "Se non ho aspettato il tuo invito di sedermi a cenare con te, è perché me l'impediva l'appetito, acuto come la punta di un pugnale."

L'eloquio e le maniere di quel personaggio sfrontato erano in realtà più degni di un soldataccio che di un uomo di chiesa. Ma a quell'epoca i monaci avevano libertà d'azione. D'altronde erano numerosi e la sincera devozione e le virtù della maggior parte di loro erano bastanti a guadagnare il rispetto della popolazione per l'intera categoria.

"Caro guardaboschi, la benedizione della santissima Vergine faccia scendere sulla tua casa la felicità e la pace!" disse il monaco più anziano mentre spezzava il pane. Nel frattempo il confratello ingurgitava a quattro palmenti e beveva un boccale di birra via l'altro.

"Mi perdonerete, padri, se ho tardato ad aprire la porta, ma sapete, la prudenza..." fece Gilbert.

"Vi capiamo, la prudenza è d'obbligo," disse il monaco giovane che stava riprendendo fiato tra due poderosi bocconi. "Nei paraggi si aggira una banda di feroci banditi, e non è manco un'ora che siamo stati assaliti da due di quei miserabili, convinti, nonostante le nostre proteste, che nella bisaccia avessimo qualche pezzo del vile metallo che chiamano argento. Per san Benedetto! Non volevano sentir ragione, e stavo per eseguire una cantica a colpi di bastone sulle loro schiene quando hanno ricevuto il segnale della ritirata con un lungo fischio al quale hanno prontamente risposto."

I commensali si guardarono preoccupati. Invece il monaco non parve affatto turbato mentre proseguiva con grande applicazione la sua ginnastica gastronomica.

"La Provvidenza è grande!" riprese dopo una breve pausa. "Senza l'abbaiare dei cani messi in allarme da quei fischi, non avremmo mai scoperto la vostra dimora e, visto che cominciava a piovere, avremmo avuto per dissetarci solo l'acqua pura, secondo le regole del nostro ordine."

Detto questo, il monaco riempì e vuotò in un amen il bicchiere.

"Bravo cane," aggiunse poi, chinandosi ad accarezzare il vecchio Lance, che si trovava per caso accucciato ai suoi piedi. "Nobile animale!"

Ma Lance si rifiutò di abbandonarsi alle carezze

del monaco, anzi, si drizzò, allungò il collo per annusare ed emise un ringhio sordo.

"Ehilà, che cos'è che t'inquieta, bravo Lance?" domandò Gilbert mentre cercava di tranquillizzarlo.

Il cane, quasi volesse rispondere, corse alla porta senza abbaiare, annusò di nuovo, drizzò le orecchie e girò la testa verso il padrone come a chiedere con gli occhi che lanciavano lampi di collera che gli aprissero la porta.

"Robin, allungami il bastone e prendi il tuo," disse sottovoce Gilbert.

"E io ho muscoli d'acciaio e un pugno di ferro attorno a un bastone di solido corniolo, tutto al vostro servizio in caso di aggressione," s'intromise il monaco più giovane.

"Grazie," rispose il guardaboschi. "Credevo che la regola del vostro ordine vi proibisse di usare la forza."

"La regola del mio ordine m'impone per prima cosa di prestare soccorso e assistenza ai miei simili."

"Abbiate pazienza, figli miei, non attaccate per primi," consigliò il monaco anziano.

"Seguiremo il vostro consiglio, padre, ma prima dob…"

L'esposizione del piano di difesa di Gilbert fu interrotta bruscamente da un grido di terrore lanciato da Margaret. La poveretta aveva appena intravisto in cima alle scale il ferito, che tutti credevano agonizzante nel suo letto. La donna, ammutolita per lo spavento, indicò con il dito la sinistra apparizione. Gli altri si volsero immediatamente, ma la scala era di nuovo deserta.

"Su, Maggie, non tremare così," disse Gilbert prima di riprendere il discorso. "Quel poveretto non s'è mosso dal letto, è troppo debole. Dobbiamo averne pietà, altro che paura. Se fosse attaccato non sarebbe in grado di difendersi. Hai avuto le traveggole, Maggie."

Con queste parole il guardaboschi cercava più che altro di nascondere la preoccupazione, perché solo lui e Robin conoscevano la professione del ferito. Era evidente che quel bandito era in combutta con i complici là fuori, però non bisognava mostrare alcun timore per la sua presenza entro casa perché altrimenti le donne avrebbero perso la testa. Lanciò quindi un'occhiata d'intesa a Robin, il quale salì di sopra senza che gli altri se ne accorgessero e senza fare più rumore di un gatto a caccia di notte.

La porta della camera era socchiusa e all'interno filtravano i riflessi delle luci della sala. Robin vide nella penombra che il ferito, invece di essere relegato sul letto, si stava sporgendo fino alla cintola dalla finestra per discutere a bassa voce con qualcuno all'esterno.

Il nostro eroe strisciò allora sul piancito fin quasi ai piedi dell'uomo per origliare.

"La giovane dama e il cavaliere sono qui. Li ho appena visti," stava dicendo il ferito.

"Possibile?" esclamò l'interlocutore.

"Sì. Stavo per farli fuori stamattina, ma poi è arrivato il diavolo a difenderli. Una freccia partita da chissà dove m'ha perforato la mano, così quei due mi sono sfuggiti."

"Inferno e dannazione!"

"Il caso ha voluto che si siano persi e abbiano cercato riparo per la notte dallo stesso brav'uomo che m'ha raccolto sanguinante."

"Tanto meglio, ora non ci sfuggono."

"Quanti siete, ragazzi?"

"Sette."

"Loro sono soltanto quattro."

"Però il problema è entrare perché la porta mi pare robusta e ho sentito ringhiare una muta di cani."

"Lasciamo stare la porta, conviene che resti chiusa durante la lotta. Altrimenti la bella e suo fratello potrebbero scapparci un'altra volta."

"Che conti di fare, allora?"

"Perbacco, vi aiuto a entrare dalla finestra. Ho ancora una mano buona, la destra, e adesso lego a questa sbarra le mie lenzuola e le coperte. Forza, preparatevi a salire."

"Come no?!" gridò all'improvviso Robin, poi afferrò il bandito per le gambe e tentò di buttarlo di sotto.

L'indignazione, la rabbia e la necessità assoluta di fugare i pericoli che minacciavano la vita dei suoi genitori e la libertà della bella Marian centuplicarono le forze del ragazzo. Il bandito tentò invano di resistere a quell'esplosione di collera. Alla fine dovette cedere, perse l'equilibrio e precipitò dabbasso, andando a cadere non sulla nuda terra bensì nel serbatoio pieno d'acqua che si trovava sotto la finestra.

Gli uomini all'esterno, sorpresi dalla caduta inopinata del complice, si dileguarono nella foresta mentre Robin scendeva di sotto per raccontare l'accaduto. All'inizio risero tutti, ma dopo le risate arrivò il momento della riflessione. Gilbert spiegò che i malviventi avrebbero attaccato di nuovo la casa, una volta ripresisi dallo stupore, perciò tutti quanti si apprestarono di nuovo a respingerli. Il vecchio monaco, padre Eldred, propose una preghiera collettiva per invocare la protezione dell'Altissimo.

Il suo giovane collega, il cui appetito s'era finalmente placato, non obiettò, anzi, attaccò con voce stentorea il salmo *Exaudi nos*. Ma Gilbert ordinò di fare silenzio, pertanto padre Eldred si limitò a pronunciare a bassa voce un'orazione commossa una volta che i commensali si furono inginocchiati.

La preghiera era ancora in pieno svolgimento quando sentirono provenire dalla zona del serbatoio gemiti frammisti a fischi sfiatati. La vittima di Robin stava chiedendo aiuto ai fuggiaschi, i quali, vergognosi per la figuraccia, tornarono indietro in punta di piedi, aiutarono il poveretto a uscire dal serbatoio e lo depositarono mezzo morto sotto la tettoia mentre decidevano un nuovo piano d'attacco.

"Dobbiamo catturare Allan Clare e sua sorella, vivi o morti," dichiarò il capo della banda di tagliagole.

"Sono questi gli ordini del barone Fitz-Alwine, e preferirei sfidare il diavolo o essere azzannato da un lupo rabbioso piuttosto che tornare a mani vuote dal barone. Senza le castronerie di quell'imbecille di Tagliaferro, saremmo già rientrati al castello."

I nostri lettori avranno già capito che Tagliaferro era il nome del sacripante conciato per le feste da Robin. Quanto al barone Fitz-Alwine, avremo presto modo di conoscerlo, basti sapere per adesso che questo vendicativo signore aveva giurato di uccidere Allan, soprattutto perché Allan amava sua figlia, Christabel Fitz-Alwine, ed era da lei riamato. Ma voleva eliminarlo anche perché Allan era a conoscenza di certi segreti politici che, se divulgati, avrebbero significato la morte o per lo meno la rovina del barone. Dovete sapere che nell'epoca dei feudatari, il barone Fitz-Alwine, signore di Nottingham, esercitava la giustizia alta e bassa in tutta la contea e non aveva scrupoli a impiegare la sua sbirraglia per eseguire una vendetta privata. E che sbirraglia! Tagliaferro ne era un perfetto campione.

"Forza, ragazzi, seguitemi daga in pugno, e non risparmiate nessuno se fa resistenza. Per prima cosa proviamo con la diplomazia." E dopo aver arringato i sette complici al soldo di lord Fitz-Alwine, bussò vigorosamente con il pomo della spada alla porta della casetta e sbraitò: "In nome del barone di Nottingham, nostro grande e potente signore, ti ordino di aprire e consegnarci…". Purtroppo l'abbaiare furioso dei cani coprì la sua voce, perciò il resto della frase fu a stento udibile. "…il cavaliere e la giovane che si nascondono da te."

Gilbert si girò verso Allan come per chiedergli con lo sguardo di cosa era colpevole.

"Colpevole io!" ribatté Allan. "Oh, no, ve lo giuro, caro guardacaccia, non sono colpevole di alcun crimine, di alcuna azione disonorevole e punibile, e i miei unici torti li conoscete…"

"Benissimo. Siete pur sempre mio ospite, e vi dobbiamo aiuto e protezione nei limiti del possibile."

"Apri, maledetto ribelle!" gridò il capo dei tagliagole.

"No che non apro."

"La vedremo."

Il capobanda fece tremare a colpi di mazza la porta, che avrebbe ceduto se non fosse stata rinforzata da una sbarra trasversale.

Gilbert puntava a guadagnare tempo per completare i preparativi di difesa. Dal momento che la porta non poteva reggere a lungo, voleva far sì che quando l'avrebbe aperta i banditi trovassero pane per i loro denti. Simile in questo al comandante di una cittadella presa d'assalto, stava distribuendo i compiti, assegnava a ciascuno un posto di combattimento, ispezionava le armi e raccomandava soprattutto prudenza e sangue freddo. Non accennò al coraggio, però, perché quelli che aveva accanto avevano già dato prova di possederne a sufficienza.

"Cara Maggie, nasconditi con la nobile damigella in una camera di sopra," disse poi alla moglie. "Qui le femmine non servono." Margaret e Marian obbedirono a malincuore. "Tu, Robin, vai a dire al vecchio Lincoln che c'è lavoro per lui, poi andrai ad appostarti a una finestra del primo piano per sorvegliare i banditi."

"Non mi accontenterò di sorvegliarli, li prenderò di mira nonostante il buio," rispose il giovanotto, che si avviò arco in pugno.

"Voi avete la vostra spada, messer Allan. Voi, padre, avete il bastone, e visto che la regola del vostro ordine non lo proibisce fatene buon uso."

"Io mi offro di togliere la sbarra alla porta," disse il monaco più giovane. "Forse il mio bastone incuterà un certo rispetto al primo entrato."

"Che sia. Separiamoci. Io mi piazzo in quell'angolo, da dove farò piovere frecce sugli intrusi," propose Gilbert. "Voi, Allan, state pronto a dare una mano ovunque sarà necessario. Tu, Lincoln…"

Era appena entrato nella sala un vecchio colosso, armato di un bastone proporzionato alla sua corporatura.

"Tu, Lincoln, ti piazzerai dall'altro lato della porta. I vostri bastoni agiranno di concerto. Però prima sposta il tavolo e le sedie in modo che il campo di battaglia sia sgombro. Spegniamo anche le luci, basteranno le fiamme del camino. Quanto a voi, miei bravi cani, e tu Lance, mio prediletto, sapete bene dove mordere," aggiunse accarezzando i bulldog. "Padre Eldred, che sta pregando per noi, pregherà presto per i mutilati e i defunti."

In effetti padre Eldred stava pregando con fervore inginocchiato in un angolo della stanza, dando le spalle ai protagonisti del dramma.

Durante i preparativi dei difensori, gli assedianti, stanchi di martellare inutilmente la porta, avevano optato per un'altra tattica. La casetta del guardaboschi era condannata, ma fortunatamente Robin vigilava dalla sua postazione.

"Padre, i banditi stanno ammassando della legna davanti alla porta e si preparano a darle fuoco," bisbigliò dall'alto della scala. "Sono sette in tutto, senza contare il ferito, che senza dubbio è più morto che vivo."

"Per la santa messa!" sbottò Gilbert. "Non diamogli il tempo di accendere il fuoco. La mia legna è secca e la casa arderebbe in un batter d'occhio come un falò di san Giovanni. Aprite, presto! Benedettino, apri, e state in campana tutti quanti!"

Il monaco, tenendosi da parte, allungò un braccio per togliere la sbarra, poi tirò il catenaccio. Un ammasso di fascine crollò nella stanza dalla porta aperta.

"Urrà!" gridò il capobanda, poi si lanciò a testa bassa dentro casa. "Urrà!"

Ma ebbe giusto il tempo di lanciare quel grido e

fare un passo, uno soltanto, dopodiché Lance gli saltò alla gola e il bastone di Lincoln e quello del monaco si abbatterono simultaneamente sulla sua nuca. L'uomo crollò esanime al suolo.

Il bandito successivo fece la medesima fine.

Idem il terzo, ma gli altri quattro poterono entrare in lizza senza essere bloccati come i precursori dai cani che ancora non volevano saperne di mollare le loro prime prede. Scoppiò così una battaglia in piena regola, che Gilbert e Robin, felicemente appostati, avrebbero potuto far cessare in men che non si dica imbottendo di frecce il nemico armato solo di lance. Purtroppo Gilbert non voleva versare sangue altrui, perciò preferiva lasciare a Lincoln e al benedettino il privilegio di riempire di botte gli sgherri del barone Fitz-Alwine, accontentandosi come Allan Clare di parare i colpi di lancia.

Per ora, quindi, l'unico sangue versato era quello causato dai morsi dei cani. Invece Robin si vergognava dell'inazione e non vedeva l'ora di dimostrare la sua abilità, perciò, degno allievo di Lincoln nell'arte del bastone come lo era di Gilbert in quella dell'arco, s'impadronì di un manico di alabarda e aggiunse i suoi mulinelli ai fendenti terrificanti dei compari.

Un bandito, un vero colosso, un Ercole, lo vide arrivare e si staccò da Lincoln e dal monaco lanciando insulti feroci per andare ad affrontare il ragazzo. Ma Robin non arretrò e schivò l'affondo di lancia che minacciava di trafiggerlo, quindi rispose con un colpo in pieno petto, mandando il bandito a sbattere contro il muro.

"Bravo, Robin!" gridò Lincoln.

"Morte e dannazione!" farfugliò il brigante, che vomitava fiotti di sangue e sembrava sul punto di rendere l'anima a Dio. Ma di colpo si drizzò dopo aver finto di barcollare per un attimo e si avventò su Robin ebbro di furore, la punta nella lancia pronta a trafiggere. Robin era spacciato! Lo sventurato giovane, gongolante per la presunta vittoria, s'era dimenticato di mettersi in guardia, pertanto la punta stava per passarlo da parte a parte quando il vecchio Lincoln, sempre vigile, abbatté il colosso con una bastonata dritto sulla cima del cranio.

"E quattro!" gridò allora tutto contento il vecchio.

Infatti c'erano già quattro banditi stesi al suolo, e ne rimanevano solo tre in grado di combattere, anche se sembravano più propensi a tagliare la corda. Purtroppo per loro, il gigantesco ramo di corniolo manovrato dal padre benedettino non cessava di accarezzare le loro schiene.

Che spettacolo quel monaco a testa scoperta, il volto acceso da una sacrosanta collera, le maniche rimboccate fino al gomito, la lunga tonaca sollevata fin sopra le ginocchia! L'arcangelo Gabriele in lotta con il demonio non avrebbe potuto essere più terrificante.

Mentre l'eroico monaco continuava a battersi arma in pugno sotto lo sguardo ammirato di Lincoln, il buon Gilbert, aiutato da Robin e Allan, era indaffarato a legare per bene le membra dei vinti, almeno di quelli che respiravano ancora. Due di loro imploravano pietà, un terzo era morto, e il capo, che Lance stava ancora sbranando, lanciava orribili lamenti striduli e solo ogni tanto ritrovava sufficiente energia per gridare ai compagni: "Ammazzatelo! Ammazzate questo cane!".

Ahimè, i compari non l'udivano, e anche se l'avessero sentito erano troppo impegnati a difendersi per dargli una mano.

Fu invece soccorso da una persona su cui non contava: Tagliaferro, il malvivente che era quasi annegato nel serbatoio e che i complici avevano depositato moribondo sotto la tettoia, Tagliaferro che, risvegliato dai rumori della zuffa, era strisciato in pieno campo di battaglia per tentare di accoltellare il coraggioso Lance. Purtroppo per lui, Robin lo scorse e l'afferrò per le spalle, lo rovesciò sulla schiena, gli strappò di mano il pugnale e rimase inginocchiato sul suo petto fin quando Gilbert e Allan l'ebbero legato mani e piedi.

Questo tentativo di Tagliaferro non fece che accelerare la morte del capobanda. Lance fu preso dall'accesso di furore tipico dei cani quando tenti di strappargli l'osso di bocca, pertanto affondò ancor di più le zanne aguzze nella gola della vittima, lacerando la carotide e le giugulari. La vita abbandonò il corpo del delinquente assieme al suo sangue.

I banditi superstiti continuarono a battersi, pur consapevoli della morte del loro capo. Ma ancora per poco, poi anche la fuga diventò impossibile perché Lincoln chiuse e sbarrò la porta. Erano topi in trappola.

"Pietà!" implorò uno di loro, stordito, anzi maciullato dalle bastonate del monaco.

"Nessuna pietà!" rispose il monaco. "Volevate delle carezze? Eccovele!"

"Grazia, per l'amor di Dio!"

"Nessuna grazia a nessuno di voi!"

Nel frattempo il bastone di corniolo non la smetteva di abbattersi, e se si sollevava da una schiena era solo per colpirla di nuovo.

"Grazia! Grazia!" gridarono alla fine in coro i tre.

"Prima giù le lance!"

I banditi mollarono le armi per terra.

"Ora in ginocchio!"

I banditi s'inginocchiarono.

"Molto bene! Non mi resta che asciugare il bastone."

Il gioviale monaco chiamava asciugare il bastone un'ultima e vigorosa gragnola di colpi assestata sulle spalle dei vinti. Eseguita questa operazione, incrociò le braccia e, appoggiando il gomito destro sull'estremità della robusta arma, nella medesima posizione di Ercole trionfante, disse: "Sarà il capofamiglia a decidere la vostra sorte".

Gilbert Head era padrone della vita di quei malandrini. Avrebbe potuto metterli a morte secondo gli usi e costumi di quell'epoca in cui ciascuno si faceva giustizia da sé, ma aveva orrore del sangue versato quando non si trattava di legittima difesa. Pertanto decise diversamente.

Aiutarono i sei feriti ad alzarsi e rianimarono i più malridotti, poi bloccarono a tutti le mani dietro la schiena e li disposero in fila legati insieme come si fa con i galeotti, dopodiché Lincoln li condusse ad alcune miglia dalla casetta assistito dal giovane monaco, abbandonandoli alle loro riflessioni in uno dei punti più sperduti della foresta.

Tagliaferro non faceva parte della carovana. Aveva infatti sussurrato nel momento in cui Lincoln stava per legarlo: "Gilbert Head, fammi stendere su un letto. Devo parlarti prima di crepare".

"No, cane ingrato. Dovrei invece appenderti a un albero vicino."

"Ascoltami, ti prego."

"No, tu scarpinerai con gli altri."

"Ascoltami. Quello che devo dirti è della massima importanza."

Gilbert stava per rifiutare di nuovo quando gli parve di sentir uscire dalla bocca di Tagliaferro un nome che risvegliò in lui tutto un mondo di ricordi dolorosi.

"Annette! Ha pronunciato il nome di Annette!" sussurrò il guardaboschi, accostandosi al ferito.

"Sì, ho pronunciato quel nome," disse con un filo di voce il moribondo.

"Allora parla, dimmi tutto quello che sai di lei."

"Non qui. Di sopra, quando saremo soli."

"Siamo già soli."

Gilbert era convinto di quel che diceva perché Robin e Allan erano impegnati a scavare un po' distante dalla casa una fossa per seppellire il morto, e Margaret e Marian erano ancora barricate in camera.

"No, non siamo soli," protestò Tagliaferro, indicando il vecchio monaco che stava pregando sul cadavere del bandito. Quindi afferrò Gilbert per un braccio e tentò di sollevarsi da terra. Ma il vecchio lo respinse in malo modo.

"Non mi toccare, mascalzone!"

Il bandito ricadde al suolo, e a quel punto Gilbert, commosso nonostante tutto, lo sollevò delicatamente. Il ricordo di Annette aveva mitigato la sua collera.

"Gilbert, ti ho fatto tanto male, ma ora cerco di riparare," riprese Tagliaferro con voce sempre più flebile.

"Non ti chiedo nessuna penitenza. Ascolto solo quello che hai da dirmi."

"Ah, Gilbert, per favore, non farmi morire subito… Soffoco… Concedimi pochi istanti di vita e ti dirò tutto, di sopra. Di sopra!"

Gilbert stava per uscire a chiamare Robin e Allan perché l'aiutassero a trasferire il moribondo su un letto quando Tagliaferro, convinto di essere abbandonato, fece un nuovo sforzo per sollevarsi e gridò: "Non mi riconosci, Gilbert?".

"Ti riconosco per quel che sei, un assassino, un maledetto, un traditore!" urlò il guardaboschi con un piede già sulla soglia.

"Sono anche peggio, Gilbert. Sono Ritson, Roland Ritson, il fratello di tua moglie."

"Ritson! Ritson! O santa Vergine madre di Dio! È possibile?"

Poi Gilbert crollò in ginocchio accanto al moribondo che si dibatteva negli ultimi spasmi dell'agonia.

5.

Alla serata tempestosa seguì una notte tutta calma e silenzio. Il giovane monaco e Lincoln erano tornati dalla spedizione nel cuore della foresta per seppellire il cadavere del bandito. Marian e Margaret non sentivano più se non in sogno i rumori della battaglia, Allan, Robin e Lincoln e i due religiosi stavano recuperando le forze con un profondo sonno ristoratore. Soltanto Gilbert Head era ancora sveglio.

Chino sul letto di Ritson, tuttora svenuto, attendeva ansioso che il moribondo riaprisse gli occhi. Era ancora incredulo che quell'uomo dalla faccia livida e stravolta, devastato e invecchiato dal vizio più che dagli anni, fosse l'allegro e affascinante Ritson di un tempo, l'adorato fratello di Margaret, il fidanzato della povera Annette.

In quel momento Gilbert stava implorando a mani giunte: "Signore, fai che non muoia proprio adesso!".

Il cielo lo ascoltò e così, quando il sole nascente inondò di luce la stanza, Ritson ebbe un sussulto come se si fosse risvegliato dal sonno della morte, si lasciò sfuggire un lungo sospiro quasi di rincrescimento e afferrò la mano di Gilbert, portandola alle labbra mentre balbettava: "Mi perdoni?".

"Prima parla, poi perdonerò," rispose Gilbert, che non vedeva l'ora di avere chiarimenti sulla morte della sorella Annette e sulla nascita di Robin.

"Così morirò più felice."

Ritson stava per dare la stura alle rivelazioni quando dalla sala dabbasso arrivò un coro di voci allegre.

"Padre, state dormendo?" chiese Robin dal fondo della scala.

"È ora di partire per Nottingham se vogliamo tornare entro sera," aggiunse Allan Clare.

"Cari signori, se non vi dispiace mi unirei a voi perché ho una buona opera da compiere al castello di Nottingham," sbraitò il monaco muscoloso.

"Su, padre, scendete, così vi salutiamo."

Gilbert scese di sotto, ma a malincuore. Temeva che il moribondo potesse spirare da un momento all'altro, perciò fece il possibile per risalire da lui quanto prima e non essere più disturbato durante il colloquio solenne dal quale sarebbero senza dubbio scaturite rivelazioni importanti.

Salutò sbrigativo Robin, Allan e il monaco, che Marian e Margaret dovevano accompagnare per un tratto di strada per distrarsi con quella passeggiata mattutina. Lincoln fu spedito con un pretesto qualsiasi a Mansfield, e padre Eldred approfittò dell'occasione per andare a far visita al villaggio. Si sarebbero rivisti tutti quanti in serata.

"Ora siamo soli. Parla, t'ascolto," disse Gilbert, tornato al capezzale di Ritson.

"Cognato, non sto a raccontarti tutti i crimini e tutte le azioni mostruose di cui mi sono macchiato. Il racconto sarebbe troppo lungo. E del resto a che servirebbe? Tu vuoi sapere solo due cose, cioè vuoi notizie su Annette e Robin. Vero?"

"Sì, però parlami intanto di Robin," rispose Gilbert, temendo che il moribondo non facesse in tempo a confessare ogni cosa.

"Sai che me ne sono andato da Mansfield ventitré anni fa per entrare al servizio di Philip Fitz-Ooth, barone di Beasant. Questo titolo nobiliare era stato assegnato al mio signore da re Enrico come premio per i servigi resi durante la guerra di Francia. Philip Fitz-Ooth era figlio non primogenito del conte di Huntingdon, morto molto tempo prima del mio arrivo in quella casa, lasciando i beni e il titolo al figlio maggiore.

"Qualche tempo dopo, Robert, il maggiore, perse la moglie per complicazioni del parto e concentrò da quel momento tutto il suo affetto sull'erede che la donna gli aveva lasciato, un bambino debole e malaticcio che rimase in vita solo grazie alle cure costanti. Il conte Robert, inconsolabile per la perdita della moglie e poco ottimista sul futuro del figlio, si lasciò travolgere dal dolore tanto da morirne, affidando al fratello Philip il compito di vegliare sull'unico erede della sua stirpe.

"Adesso il barone di Beasant, Philip Fitz-Ooth, aveva un dovere pressante, ma l'ambizione e il desiderio di acquisire un nuovo titolo nobiliare e una fortuna colossale lo spinsero a tradire le raccomandazioni del fratello. Così, dopo qualche giorno di riflessione, decise di sbarazzarsi del piccolo. Dovette però rinunciare al progetto iniziale perché il giovane Robert era circondato da domestici, lacchè e guardie, inoltre gli abitanti della contea gli erano devoti e non avrebbero mancato di protestare o addirittura ribellarsi se Philip avesse osato spogliarlo apertamente dei suoi diritti.

"Quindi temporeggiò, confidando nella poca salute dell'erede che non avrebbe tardato a morire, secondo i medici, se avesse conosciuto e apprezzato i bagordi e le pratiche violente.

"Fu appunto a questo scopo che Philip mi prese al suo servizio. Il conte Robert aveva già compiuto sedici anni e io, almeno secondo gli infami calcoli dello zio, dovevo accelerarne la rovina in tutti i modi possibili, con cadute, incidenti, malattie. Dovevo tentarle tutte, insomma, affinché morisse quanto prima, tutte tranne l'assassinio.

"Confesso la mia colpa vergognosa, caro Gilbert. Sono stato degno e zelante complice del barone di Beasant, che però non poteva sorvegliare da presso il mio operato corruttore e omicida dato che re Enrico l'aveva spedito a comandare un'armata in Francia. Dio mi perdoni! Avrei dovuto approfittare della sua assenza per sventare quella trama odiosa, invece feci il possibile per guadagnare la ricompensa che mi sarebbe spettata il giorno in cui avrei annunciato la morte di Robert.

"Che però crescendo s'era irrobustito. Ora sembrava instancabile. Avevamo un bel correre giorno e notte, con qualsiasi tempo, per pianure o foreste, per taverne e luoghi malfamati, ero io di solito il primo a chiedere tregua! Il mio amor proprio ne soffriva, e se il barone mi avesse detto una parola, una sola parola ambigua per lamentarsi di questa salute prodigiosa e inscalfibile, non avrei esitato a somministrare un veleno subdolo per compiere la mia missione.

"Era un compito che diventava sempre più difficile ogni giorno che passava. Mi spremetti le meningi per trovare un modo naturale per fiaccare l'incredibile vigore del mio allievo. Invece compromisi il mio, ed ero in procinto di rescindere il patto con il barone di Beasant quando mi parve di scorgere finalmente un cambiamento nel viso e nei modi del conticino, mutamenti all'inizio impercettibili che diventavano poco per volta visibili, reali, concreti. Di colpo aveva perso tutta la sua vivacità e allegria. Passava lunghe ore triste e meditabondo. Quando era fuori a caccia ogni tanto si bloccava scordandosi di mollare i cani oppure passeggiava da solo mentre questi incalzavano la preda. Non mangiava più, non beveva più, non dormiva più, evitava le ragazze e mi rivolgeva la parola sì e no una o due volte al giorno.

"Non mi aspettavo alcuna confidenza da parte sua, perciò iniziai a spiarlo per scoprire la causa di un cambiamento così radicale. Però era un'impresa ardua perché trovava sempre un pretesto per starmi lontano.

"Un giorno eravamo fuori a caccia quando, inseguendo un cervo, arrivammo ai margini della foresta di Huntingdon. Il conte si fermò e dopo una breve sosta mi ordinò: 'Roland, aspettami sotto questa quercia. Torno tra qualche ora'. Io risposi di sì.

"Poi sparì tra gli alberi. Allora legai i miei cani a un albero e mi lanciai dietro di lui, seguendo le tracce del suo passaggio nella boscaglia. Eppure nonostante l'attenzione che ci misi mi sfuggì, e vagai a lungo, tanto a lungo che finii per perdermi.

"Deluso per l'occasione sprecata di risolvere il mistero, stavo cercando di ritrovare l'albero sotto cui mi aveva ordinato di aspettarlo quando sentii a pochi passi da me, dietro alcuni arbusti, una voce dolce, di ragazza... Mi fermai, scostai qualche ramoscello senza fare rumore, e vidi, seduti uno accanto all'altra, a chiacchierare sorridenti tenendosi per mano, il mio signore e una bella fanciulla di sedici o diciassette anni.

"Mi dissi che quella era una novità che il barone di Beasant non s'aspettava di sicuro. Robert innamorato. Questo spiegava le insonnie, la tristezza, lo scarso appetito e soprattutto le passeggiate solitarie. Drizzai le orecchie per cogliere le frasi dei due innamorati, sperando di carpire qualche segreto, ma sentii solo le frasi tipiche in situazioni del genere.

"Il sole stava calando. Robert si alzò e afferrò per un braccio la fanciulla per condurla al margine della foresta, dove era in attesa un domestico con due cavalli. Li seguii da lontano fin quando si separarono, poi il mio padrone tornò a grandi passi là dove mi aveva lasciato.

"Riuscii ad arrivare prima di lui appena in tempo. Quando riapparve i cani erano già stati sguinzagliati e io stavo soffiando nel corno a pieni polmoni.

"'Perché tutto questo baccano?' mi chiese.

"'Signore, il sole è calato e temevo che vi foste perso nella foresta,' risposi.

"'Non mi sono affatto perso. Rientriamo al castello,' disse gelido.

"Gli incontri di Robert con l'amata proseguirono

per giorni e giorni. A un certo punto Robert, per facilitarli, mi confidò il suo segreto, e io riferii la cosa al barone di Beasant soltanto dopo aver verificato la condizione della fanciulla. La signorina Laura apparteneva a una famiglia di rango inferiore nella gerarchia nobiliare, ma comunque un matrimonio non sarebbe stato disonorevole.

"Il barone mi ordinò ugualmente di impedire a tutti i costi le nozze di Robin con quella Laura, arrivò addirittura a impormi di uccidere la ragazza. Mi parve un ordine crudele, pericolosissimo e soprattutto difficilissimo da portare a termine. Non volevo obbedire, ma come potevo? Ormai m'ero venduto anima e corpo al barone di Beasant.

"Non sapevo più che partito prendere né a quale diavolo chiedere consiglio quando Robert, fiducioso e indiscreto come tutte le persone felici, mi confessò che aveva tenuto nascosto il suo titolo a Laura perché voleva essere amato per quel che era e non per il rango. La signorina Laura lo credeva figlio di un guardaboschi, eppure era disposta a concedergli la sua mano nonostante la modesta estrazione.

"Robert aveva preso in affitto una casetta nella cittadina di Locksley, nella contea di Nottingham. Si sarebbe rifugiato lì con la fanciulla, annunciando, perché la sua assenza dal castello di Huntingdon non suscitasse sospetti, che avrebbe trascorso qualche mese in Normandia presso lo zio, il barone di Beasant.

"Il piano funzionò alla perfezione. Un prete unì in matrimonio clandestinamente i due innamorati e io fui l'unico testimone di nozze. Poi andammo a vivere tutti e tre nella casetta di Locksley dove trascorsero parecchi giorni felici nonostante gli ordini incalzanti del barone, che tenevo al corrente di tutto quanto succedeva e che minacciava di rifarsi su di me perché non avevo ostacolato l'unione. Dio sia lodato! Non riuscii a combinare nulla.

"Dopo un anno di felicità incontrastata Laura mise

al mondo un bambino, ma la sua nascita le costò la vita."

"E quel figlio? Quel figlio sarebbe...?" domandò ansioso Gilbert.

"Sì, è il bambino che ti abbiamo affidato quindici anni fa."

"Ma allora Robin può fregiarsi del titolo di conte di Huntingdon?"

"Sì, Robin è conte, Robin..."

Ritson, che era riuscito a parlare per tutto quel tempo sorretto dalla febbre del rimorso, parve lì lì per esalare l'ultimo respiro ora che Gilbert aveva interrotto il suo racconto.

"Oh, il mio figliolo adottivo è conte," ripeté orgoglioso Gilbert Head. "Conte di Huntingdon! Cognato, concludi la storia del mio Robin."

Ritson raccolse le poche energie che gli rimanevano e disse: "Robert, folle di dolore, non trovò consolazione, si lasciò andare e cadde gravemente malato. Nel frattempo il barone di Beasant, insoddisfatto della mia sorveglianza, mi aveva annunciato il suo prossimo ritorno. Credetti di agire secondo i suoi auspici seppellendo la contessa Laura presso un convento vicino senza spiegare che era moglie del conte Robert, poi affidai il bambino a una balia in una fattoria che conoscevo. A quel punto il barone di Beasant tornò in Inghilterra e, ritenendo più comodo per i suoi progetti non smentire la pretesa gitarella in Normandia, fece accompagnare Robert al castello annunciando che s'era ammalato durante il viaggio.

"La sorte era girata a suo favore, stava ottenendo ciò che desiderava, si vedeva già erede del titolo e della fortuna del conte di Huntingdon: infatti Robert stava morendo... Qualche istante prima di rendere l'ultimo respiro, lo sfortunato giovane chiamò il barone al suo capezzale e gli confessò che aveva sposato Laura, facendogli giurare sul Vangelo che avrebbe cresciuto lui l'orfanello. Lo zio giurò, ma il cadavere dello sventurato giovane non era ancora freddo che il barone mi convocò nella camera ardente e a sua volta mi fece giurare sul Vangelo che non avrei mai rivelato finché lui fosse campato né le avvenute nozze di Robert né la nascita del figlio, e nemmeno le circostanze della morte.

"Ero affranto, piangevo per il mio padrone, o piuttosto il mio allievo, il mio compagno così dolce, così buono, così generoso con me e con tutti. Però dovevo obbedire al barone. Dunque giurai, e così vi portammo il bambino diseredato".

"E il barone di Beasant, diventato conte di Huntington, titolo usurpato, che fine ha fatto?" chiese Gilbert.

"È morto in un naufragio sulle coste francesi. L'accompagnavo così come l'ho accompagnato qui. Sono stato io a portare in Inghilterra la notizia della sua morte."

"Chi gli è successo?"

"Il ricco abate di Ramsay, William Fitz-Ooth."

"Come? Mio figlio Robin è stato privato del legittimo titolo da un abate?"

"Sì, l'abate che mi ha preso al suo servizio, ma mi ha cacciato ingiustamente pochi giorni fa in seguito a un litigio che ho avuto con un suo valletto. Me ne sono andato dalla sua casa con il cuore gonfio di rabbia, giurando di vendicarmi. E sebbene ora la morte me lo impedisca, mi vendicherò ugualmente perché vorrebbe dire che non so di che pasta è fatto Gilbert Head se temo che permetterà che Robin rimanga privato ancora a lungo della sua eredità."

"No, non ne sarà privato a lungo, o ne morrei," lo rassicurò Gilbert. "Chi sono i suoi parenti da parte di madre? È anche nel loro interesse che Robin sia riconosciuto conte."

"La contessa Laura era figlia di sir Guy di Gamwell."

"Come? Il vecchio sir Guy di Gamwell che abita di

là dalla foresta con sei robusti figlioli, gli erculei cacciatori di Sherwood?"

"Sì, cognato."

"Be', se mi aiuta farò il possibile per sfrattare dal castello di Huntingdon il signor abate, anche se lo chiamano tutti il ricco e potente abate di Ramsay, barone di Broughton."

"Cognato, sarò vendicato?" chiese Ritson con un filo di voce.

"Sulla mia parola e sul mio braccio, giuro che Robin, se Dio mi terrà in vita, sarà conte di Huntingdon alla faccia di tutti gli abati d'Inghilterra! Anche se ce n'è un discreto numero."

"Grazie. Avrò almeno riscattato alcune delle mie colpe."

L'agonia di Ritson non sembrava volersi concludere, anzi, ogni tanto il moribondo si riprendeva abbastanza da fare altre confessioni. Non aveva ancora raccontato tutto. Che cos'era a ottenebrargli la memoria, la vergogna o la morte sempre più vicina?

"Oh, dimenticavo una cosa importante... molto importante," disse alla fine di un lungo rantolo.

"Parla," lo sollecitò Gilbert, sorreggendogli la testa.

"Il cavaliere e la giovane che hai accolto..."

"Sì?"

"Volevo ammazzarli. Ieri... il barone Fitz-Alwine mi ha pagato per ucciderli, e temendo che non riuscissi a intercettarli ha inviato sulle loro tracce quei tipi, i miei complici che avete sconfitto stasera. Non so perché il barone li volesse morti, ma spiega a quella gente da parte mia che si guardino bene dall'avvicinarsi troppo al castello di Nottingham."

Gilbert rabbrividì. Allan e Robin erano partiti alla volta di Nottingham, e ormai era troppo tardi per avvertirli del pericolo.

"Ritson, conosco un padre benedettino che casualmente si trova qui nei pressi," disse. "Vuoi che vada a cercarlo per riconciliarti con Dio?"

"No, sono dannato, condannato all'inferno, condannato, e comunque non arriverebbe in tempo... muoio."

"Coraggio, cognato."

"Gilbert, sto morendo, e se mi perdoni promettimi che mi seppellirai tra la quercia e il faggio del crocicchio di Mansfield. Scaverai lì la mia fossa. Me lo prometti?"

"Te lo prometto."

"Grazie, caro Gilbert."

Poi Ritson aggiunse, dimenandosi per la disperazione: "Ah, non conosci ancora tutti i miei crimini! Devo confessarti tutto! Ma se lo faccio, mi prometti lo stesso che mi seppellirai in quel posto?".

"Te lo prometto."

"Gilbert Head, ti ricordi di tua sorella?"

"Oh!" esclamò Gilbert, impallidendo di colpo e intrecciando con un gesto spasmodico le dita. "Se mi ricordo?! Che cos'hai da dirmi della mia povera sorella scomparsa nella foresta, rapita da un fuorilegge o forse divorata dai lupi? Annette, la mia dolce e bella Annette!"

Ritson rabbrividì come se stesse per rendere l'ultimo respiro, poi disse con voce appena udibile: "Tu amavi mia sorella Margaret, Gilbert, ma io amavo tua sorella, alla follia, l'amavo fino al delirio, anche se ignoravate tutti con quanta passione. Un giorno la incontrai nella foresta e mi scordai che un uomo d'onore deve rispettare la fanciulla che vuole prendere in moglie. Annette mi respinse inferocita e giurò che non mi avrebbe mai perdonato l'affronto... Io implorai il suo perdono, m'inginocchiai davanti a lei, le dissi che mi sarei ammazzato... Lei si rabbonì e in quel punto sotto gli alberi dove vorrei essere sepolto ci giurammo amore eterno. Qualche giorno dopo la ingannai in modo indegno, orrendo... Fummo sposati in segreto da uno dei miei amici travestito da prete".

"Inferno e dannazione!" ruggì Gilbert, pazzo di

rabbia, aggrappandosi alle sponde del letto per non cedere alla tentazione di strangolare quel miserabile.

"Sì, merito la morte, e la morte sta per arrivare... Gilbert, non m'ammazzare, non t'ho ancora detto tutto... Insomma, Annette credeva di essere diventata mia moglie. Era troppo pura, troppo innocente per sospettare una perfidia del genere. E prestava fede a tutte le scuse che inventavo per evitare di confessare la nostra unione alla sua famiglia. Rimandai all'infinito il momento della rivelazione, fino a quando diventò madre. A quel punto non poteva più abitare sotto lo stesso tetto del padre. Fu in quei giorni che tu sposasti mia sorella. Era venuto il momento di confessare tutto quanto. Annette mi scongiurò di farlo, ma io non l'amavo più, pensavo solo a come lasciare il paese senza avvertirla della mia partenza. Una sera mi stava aspettando sotto la quercia, nel punto in cui le avevo giurato che l'avrei amata in eterno. Andai all'appuntamento con la testa piena di pensieri sinistri, e ascoltai impassibile le sue implorazioni, i suoi rimproveri misti a lacrime e singhiozzi. Oh, rimasi sordo e indifferente fin quando lei, semisvenuta ai miei piedi, aggrappata alle mie ginocchia, mi pregò di pugnalarla piuttosto che abbandonarla. Appena la parola 'ammazzami!' uscì dalle sue labbra, il diavolo, sì, il diavolo mi spinse ad afferrare il pugnale e... la colpii una volta, due, tre... Eravamo soli, la notte era buia. Rimasi lì immobile, senza avere coscienza del mio crimine, senza nemmeno ricordarmi di averla colpita, senza pensare a nulla, almeno credo, poi sentii uno strano tepore sulle gambe. Era il sangue di Annette che colava dalle ferite! Mi scossi allora da quella specie di dormiveglia, mi resi conto del mio crimine e pensai di scappare, ma le sue mani stringevano ancora i miei piedi e udii la sua dolce voce sussurrare: 'Grazie, mio Roland!'. Oh, Dio deve aver deciso in quel momento di punirmi per il resto dei miei giorni perché quando compresi quanto era immenso il mio delitto non mi concesse il coraggio di pugnalarmi accanto al cadavere della povera Annette."

"Miserabile! Miserabile! Hai ammazzato mia sorella!" ripeteva Gilbert ogni volta che Ritson s'interrompeva per prendere fiato. "Che cosa ne hai fatto del suo corpo, assassino, infame assassino?"

"Mentre lei mi ringraziava, i raggi della luna che filtravano tra il fogliame le illuminavano il viso pallido, e così ho letto il perdono nei suoi occhi. Poi mi ha dato la mano e ha esalato l'ultimo respiro dopo aver sussurrato: 'Grazie, Roland, grazie, preferisco la morte alla vita senza il tuo amore! Voglio che nessuno sappia che cosa sono diventata... seppellisci il mio corpo ai piedi di questo albero'.

"Non so per quanto tempo rimasi lì annichilito, svenuto presso il cadavere della povera Annette. Fui risvegliato da un acuto dolore, mi sembrava che mi stessero sbranando il braccio con denti aguzzi. E non mi sbagliavo: era un lupo attirato dall'odore del sangue... La lotta con quell'animale mi fece tornare lucido. Capii che, se non avessi sotterrato al più presto il cadavere della vittima, avrebbero scoperto il mio delitto. Allora scavai una tomba tra la quercia e il faggio, nel posto che t'ho detto, e appena vi ebbi deposto il corpo della povera Annette scappai, iniziando a vagabondare nella foresta in preda al rimorso fino a giorno fatto... Fu allora che mi trovasti steso per terra, coperto di morsi e lordo del mio sangue... Ero inseguito dai lupi che stavano per divorarmi, e se non fossi arrivato tu avrei avuto la giusta punizione per il mio crimine! L'indomani, quando diedero l'allarme per la scomparsa di Annette, non osai confessare la mia vergogna, anzi, vi aiutai nelle ricerche per trovarla, lasciando credere che fosse stata rapita da un bandito o divorata dalle belve..."

Gilbert non stava più ascoltando Ritson. Singhiozzava, appoggiato al davanzale della finestra. Invano il miserabile strillava: "Muoio! Muoio! Non dimenticare la quercia!". Rimase così a lungo, immobile, sprofondato nel dolore, e quando tornò accanto al letto il cognato aveva già reso l'ultimo respiro.

Durante la lunga agonia di Roland Ritson, i nostri tre amici diretti a Nottingham, Allan, Robin e il monaco dal robusto appetito, dal cuore intrepido e dai poderosi muscoli, stavano procedendo di buona lena nell'immensa foresta di Sherwood. Chiacchieravano, ridevano e cantavano. Ora il grosso monaco raccontava qualche sua avventura ribalda, ora la voce argentina di Robin intonava una ballata, ora Allan catturava l'attenzione dei compagni di viaggio con una riflessione profonda.

"Messer Allan, il sole è già al culmine, è mezzodì e il mio stomaco s'è già scordato della colazione mattutina," disse d'un tratto Robin. "Se seguite il mio consiglio, tra poco arriviamo sulle sponde di un ruscello che scorre poco distante. Ho dei viveri nella bisaccia e potremmo mangiare e riposare lì."

"La tua proposta è sensata, figliolo," fece il monaco. "E l'approvo di tutto cuore, anzi, con tutti i denti."

"Non obietto, caro Robin," disse Allan. "Però permettimi di farti notare che vorrei assolutamente arrivare al castello di Nottingham prima del tramonto, e se la tua proposta lo impedisce preferisco continuare senza fare soste."

"Come volete, messere, dove andate voi andremo noi," replicò Robin.

"Al ruscello! Al ruscello!" gridò il monaco. "Siamo a tre miglia al massimo da Nottingham, e abbiamo dieci volte il tempo di arrivare prima che faccia buio. Un pasto e un riposino di un'ora non ce lo impediranno."

Rassicurato dalle parole del monaco, Allan accettò la sosta, così andarono a sedersi all'ombra di una grande quercia in fondo a una deliziosa valletta in cui serpeggiava un ruscello dalle acque limpide e trasparenti su un letto di sassolini bianchi e rosa, tra sponde tappezzate di erba e fiori.

"Che paesaggio delizioso!" esclamò Allan mentre ammirava le bellezze di quel piccolo angolo di mondo. "Però, caro Robin, mi sembra che questo paradiso terrestre sia un po' lontano da casa tua perché tu possa venirci spesso a riposare."

"In effetti, messere, ci veniamo di rado, una volta all'anno, e non quando è verdeggiante e fiorito e bello come oggi ma quando l'inverno ha spogliato tutte le piante e il vento scuote lugubre i rami degli alberi privi di foglie e carichi di brina. In quell'occasione il nostro cuore si riempie di tristezza come il cielo si riempie di nubi, e il lutto della natura è in sintonia con il nostro."

"Perché questo lutto, Robin?"

"Vedete quel faggio tra gli enormi cespugli di rosa canina? Sotto c'è una tomba, quella del fratello di mio padre, Robin Hood, di cui porto il nome. È successo prima che nascessi. Le due guardie forestali tornavano dalla caccia quando furono assalite da una banda di fuorilegge. Si difesero valorosamente, ma purtroppo mio zio Robin si beccò una freccia in pieno petto e cadde per non rialzarsi mai più. Gilbert ne ha vendicato la morte, poi ha eretto questo umile mausoleo davanti al quale veniamo a pregare e a piangere ogni anno, nell'anniversario della disgrazia."

"Non esiste angolo dell'universo, quantunque bello, che l'uomo non abbia profanato," sentenziò il monaco. Poi cambiò tono e aggiunse con gioiosa impazienza: "Bene, Robin, lascia dormire il tuo morto e pensa ai vivi che t'accompagnano. Un morto non sente la fame, e invece la nostra ci rode. Forza, apri la bisaccia. M'hai detto che contiene prelibatezze".

I tre banchettarono lautamente seduti sulla riva del ruscello grazie alla preveggenza della brava Margaret. Una grossa fiasca piena di vecchio vino francese passò tanto spesso dalla mano alle labbra e viceversa che i tre diventarono sin troppo espansivi e il tempo consacrato alla sosta si prolungò indefinitamente senza che se ne accorgessero. Robin cantava come un fringuello,

Allan al settimo cielo vantava pomposo le grazie e le qualità di lady Christabel, il monaco ciarlava a proposito e a sproposito, dichiarando ai venti che si chiamava Giles Sherbowne, veniva da una solida famiglia contadina, preferiva alla vita del convento l'esistenza attiva e indipendente del guardaboschi e aveva pagato a carissimo prezzo al superiore del suo ordine la libertà di agire come voleva e maneggiare il bastone.

"M'hanno soprannominato frate Tuck per il mio talento di randellatore, tuc tuc tuc!, e anche per l'abitudine di rincalzare il saio fino alle ginocchia," aggiunse. "Sono buono con i buoni e cattivo con i cattivi, do una mano agli amici e un pugno ai nemici, canto con chi ama le canzoni allegre e bevo con chi ama bere, prego con i devoti, intono l'*Oremus* con i bigotti e ho dei racconti allegri da narrare a chi detesta le omelie. Ecco chi è frate Tuck! E voi, messer Allan, diteci, chi siete?"

"Più che volentieri, se mi lasciate parlare," disse Allan.

In quel momento era Robin il detentore della fiasca, non ancora vuota, perciò frate Tuck allungò la mano per afferrarla.

"Un attimo!" protestò il ragazzo. "Frate Tuck, ti passo la fiasca solo se non interrompi messer Allan Clare."

"Dammela, non lo interromperò."

"È quel che vedremo quando il cavaliere avrà finito."

"Malefico Robin! Ho una sete bestiale!"

"Be', valla a spegnere al ruscello."

Il monaco fece un'esagerata smorfia di dispetto, quindi si allungò sull'erba come se volesse concedersi un sonnellino invece di ascoltare la storia di Allan Clare.

"Sono di famiglia sassone," disse quest'ultimo. "Mio padre era un caro amico del Lord cancelliere di Enrico II, Thomas Becket, e fu questa amicizia la causa di tutte le sue disgrazie perché venne esiliato alla morte del ministro."

Robin stava per imitare il monaco perché era interessato poco o punto ai pomposi elogi del cavaliere ai propri antenati e alla propria famiglia. Ma smise di essere distratto appena fu pronunciato il nome di Marian, perciò iniziò ad ascoltare con le orecchie spalancate, e con tanta concentrazione da non accorgersi che Tuck s'era allungato per sfilargli di mano la fiasca. Ogni volta che Allan smetteva di parlare della bella Marian, Robin trovava il modo di riportare su di lei il discorso, dovendo tuttavia sopportare le prolisse ciance del cavaliere sui propri amori e sulle grazie della nobile Christabel, la figlia del barone di Nottingham. Allan, diventato sin troppo loquace sotto l'influenza del vino di Francia, parlò in seguito del suo odio per il barone.

"Finché la mia famiglia era graziata dal favore della corte, il barone di Nottingham vedeva con simpatia il nostro amore e mi chiamava figliolo. Ma appena la fortuna è girata, m'ha sbattuto la porta in faccia spergiurando che Christabel non sarebbe mai stata mia moglie. A mia volta ho spergiurato che avrei piegato la sua volontà e sposato sua figlia, e da allora ho lottato senza sosta per arrivare a questo, e credo di esserci riuscito. Stasera, sì, proprio stasera mi accorderà la mano di Christabel, oppure sarà punito per le sue soperchierie. Per puro caso ho scoperto un segreto che se fosse rivelato porterebbe alla sua rovina e forse anche alla morte, e gli dirò in faccia: 'Barone di Nottingham, ti propongo uno scambio, il mio silenzio per tua figlia'."

Allan avrebbe continuato a lungo, e Robin, che in cuor suo stava paragonando Marian a Christabel, si guardava bene dall'interromperlo, ma a un certo punto il gentiluomo notò che il sole stava per toccare l'orizzonte.

"In marcia," disse.

"Gambe in spalla, frate Tuck," aggiunse Robin.

Purtroppo il monaco stava ronfando su un fianco, la fiasca vuota stretta al petto.

Robin lasciò al cavaliere il compito di svegliare il monaco e dal canto suo corse a inginocchiarsi sulla tomba dello zio. Per lui sarebbe stato un sacrilegio lasciare quella valletta senza compiere quel semplice pio dovere.

Si stava facendo il segno della croce dopo una breve preghiera quando udì delle urla, delle imprecazioni e delle risate. Il cavaliere e il monaco stavano duellando, o meglio, il monaco roteava il temibile bastone sopra la testa di Allan che cercava di parare i colpi con la lancia e rideva a crepapelle mentre il benedettino lo ricopriva di maledizioni.

"Ehi, signori, che diavolo vi piglia?" gridò Robin.

"Hai la lancia appuntita, ma il mio bastone picchia forte, caro cavaliere," disse il monaco inferocito.

Allan non la smetteva di ridere mentre schivava i colpi del benedettino. Ma poi, notando le gocce di sangue che cadevano da sotto la tonaca del monaco e arrossavano il prato, comprese che la collera dell'avversario era giustificata e gli chiese immediatamente scusa. Il benedettino smise di mulinare l'arma, grugnendo e manifestando tutti i sintomi di un vivo dolore. Poi, con la mano sul fondoschiena, rispose al giovane arciere che chiedeva ragione del litigio dicendo: "Ecco la ragione, ed è una vergogna, è un crimine disturbare le preghiere di un sant'uomo come me conficcando la punta di una lancia in un tratto in cui non incontra osso alcuno".

Allan aveva infatti avuto la bella pensata di svegliare il monaco sforacchiandogli il fondoschiena con la punta della lancia. Certo, l'aveva fatto per scherzo e non voleva ferire a sangue il povero Tuck, pertanto si scusò ampiamente. Fatta la pace, la piccola comitiva si incamminò di nuovo verso Nottingham. Dopo meno di un'ora iniziò a scalare la collina sulla cui cima sorgeva il castello del feudatario.

"Appena chiederò di parlare con il barone mi spalancheranno le porte del castello," disse Allan. "Ma voi, cari amici, che ragione avete per accompagnarmi?"

"Non preoccupatevi di questo, messere," rispose il monaco. "Al castello abita una giovane di cui sono il confessore, il padre spirituale. Gestisce come le pare e piace le manovre del ponte levatoio, pertanto grazie alla sua posizione autorevole posso entrare notte e giorno nel maniero. Fate attenzione, bel cavaliere, rovinerete tutto se con il barone vi comporterete da screanzato come con me. State entrando nella tana del leone. Prendetelo con la dolcezza, se no guai a voi, figliolo."

"Sarò al tempo stesso dolce e fermo."

"Che il cielo vi guidi! Ma eccoci arrivati. Attenzione!" Quindi il monaco sbraitò: "Che la benedizione del mio venerato patrono san Benedetto scenda su di te e sui tuoi, Herbert Lindsay, guardiano delle porte del castello di Nottingham! Lasciaci entrare. Mi accompagnano due amici. Uno desidera discutere con il tuo signore questioni molto importanti, l'altro ha bisogno di rinfrescarsi e riposare, e io, se permetti anche questo, darò a tua figlia i consigli spirituali che richiede la salvezza della sua anima".

"Oh, siete voi, quel frate Tuck sempre allegro e gentile, la perla dei monaci dell'abbazia di Linton?" risposero cordialmente da dentro. "Siate il benvenuto, voi e i vostri amici, carissimo signore."

Il ponte levatoio fu subito abbassato e i viaggiatori poterono entrare nel castello.

"Il barone s'è già ritirato per la notte," spiegò Herbert Lindsay, il guardiano della porta, ad Allan che voleva essere accompagnato immediatamente dal barone. "E se quelle che avete da dire a milord non sono parole di pace, vi consiglierei di rimandare il colloquio a domani perché stasera il barone è fuori da tutte le grazie."

"È malato?" chiese il monaco.

"Ha un attacco di gotta a una spalla e soffre come un dannato. Se lo si lascia solo digrigna i denti e chiama aiuto, se invece ci si avvicina schiuma di rabbia e minaccia di ammazzare chiunque osi consolarlo. Ah, amici miei, da quando monsignore ha incassato dei colpi di scimitarra sulla testa in quel di Gerusalemme, ha perso la pazienza e il buon senso," concluse rammaricato Herbert.

"La sua collera non mi spaventa," disse Allan. "Voglio parlargli immediatamente."

"Come volete. Ehi, Tristan!" gridò il guardiano a un domestico che stava attraversando il cortile. "Notizie su Sua Signoria?"

"Sempre uguale. Ruggisce e si agita come una tigre perché il medico ha lasciato una piega nel bendaggio. Pensate, signori, che il barone ha cacciato a pedate il povero dottore, poi m'ha costretto pugnale in mano a sostituire il medico dicendomi minaccioso che al minimo errore m'avrebbe mozzato il naso."

"Vi scongiuro, cavaliere, non andate stasera dal mio signore. Aspettate," disse depresso Herbert.

"Non aspetterò un minuto, nemmeno un secondo. Conducetemi nelle sue stanze."

"Lo volete davvero?"

"Lo esigo."

"Allora che Dio vi protegga!" esclamò il vecchio Lindsay facendosi un plateale segno della croce. "Tristan, accompagna questo gentiluomo."

Tristan diventò grigio per la paura e iniziò a tremare da capo a piedi. Fino a quel momento era tutto contento per essere riuscito a scampare sano e salvo dalle grinfie di quella bestia feroce, perciò non era dell'umore giusto per esporvisi di nuovo. Prevedeva a ragion veduta che la collera del barone si sarebbe abbattuta non solo sul visitatore ma anche su colui che glielo portava.

"Sua Signoria attende la visita di questo gentiluomo?" domandò imbarazzato.

"No, amico mio."

"Mi permettete di avvertirlo?"

"No, vi seguo. Fate strada."

"Ohimè!" esclamò affranto il povero diavolo.

E si allontanò seguito da Allan, mentre il vecchio guardiano della porta diceva ilare: "Povero Tristan, sta salendo la scala che porta alle stanze del barone allegro come se salisse sulla forca. Per la santa messa, deve avere il cuore che va al gran galoppo. Ma sto perdendo tempo con voi, cari miei, invece di passare in rassegna le sentinelle sui muraglioni. Frate Tuck, troverai mia figlia nella guardiola. Vacci, vi raggiungo tra un'ora al massimo".

"Mille grazie," disse il monaco.

E seguito da Robin risalì un labirinto di corridoi, gallerie e scale in cui il ragazzo si sarebbe smarrito mille volte. Invece Frate Tuck conosceva a menadito il posto, il castello di Nottingham gli era familiare quanto l'abbazia di Linton, perciò fu con la disinvoltura di un uomo soddisfatto di se stesso e fiero di certi diritti acquisiti da tempo che bussò a una porta.

"Avanti," disse una fresca voce giovanile.

Entrarono, e appena vide il grosso monaco la bella ragazza di sedici o diciassette anni, invece di allarmarsi, corse loro incontro accogliendoli con un largo sorriso amichevole.

"Ah ah, ecco l'ingenua penitente del monaco!" pensò Robin. "Perbacco, questa bella fanciulla dagli occhi allegri, dalle labbra rosse e sorridenti è la più affascinante cristiana che abbia mai visto."

Robin non riuscì a nascondere quanto era rimasto impressionato dalle grazie dell'amabile figliola, e così, quando la bella Maude gli offrì le manine per dargli il benvenuto, Tuck, da bravo religioso, esclamò: "Non accontentarti delle mani, ragazzo, punta alle labbra, a quelle belle labbra scarlatte, e baciale. Abbasso la timidezza! È la virtù degli sciocchi".

"Ma senti!" fece la giovane, scuotendo la testa con aria divertita. "Ma senti! Padre, come osate dire una cosa del genere?"

"Padre! Padre!" ripeté svagato il monaco.

Robin seguì il consiglio del frate nonostante la debole resistenza della fanciulla, dopodiché Tuck le diede il bacio dell'assoluzione, seguito da quello della pace. Diciamola tutta, Maude trattava frate Tuck con un affetto che non era quello dovuto a un consigliere spirituale, era quasi l'affetto di una fidanzata. E ammettiamo anche che il comportamento del monaco era decisamente poco canonico.

Robin prese nota, e mentre facevano onore ai viveri e alle bevande della tavola imbandita da Maude insinuò candidamente che il monaco non somigliava affatto a un confessore temuto e rispettato.

"Un tantino di affetto e intimità tra parenti non ha nulla di criticabile," replicò il monaco.

"Ah, siete parenti? L'ignoravo."

"Parenti stretti, mio giovane amico, stretti e ufficiali, ossia mio nonno era figlio di un nipote del cugino della prozia di Maude."

"Ah, una parentela strettissima."

Maude, che era arrossita durante questo scambio di battute, parve implorare pietà a Robin. Poi furono stappate alcune bottiglie e la stanza si riempì del rumore dei brindisi, delle risa e dello schioccare dei baci rubati a Maude.

Nel momento più sereno e animato della serata, la porta si aprì di colpo per far entrare un sergente seguito da sei soldati.

L'ufficiale salutò con cortesia la ragazza, poi disse, lanciando uno sguardo severo ai convitati: "Siete i compagni dello straniero che è venuto a rendere visita al nostro signore, lord Fitz-Alwine, barone di Nottingham?".

Robin rispose disinvolto di sì.

"E allora?" domandò frate Tuck con una certa sfrontatezza.

"Seguitemi tutti e due nella camera di Sua Signoria."

"Per fare cosa?" domandò ancora Tuck.

"L'ignoro. M'è stato ordinato. Obbedite."

"Però prima di uscire bevete un goccio, non può farvi male," disse la bella Maude offrendo al soldato un bicchiere di birra.

"Volentieri."

Dopo avere vuotato il bicchiere, il sergente ripeté agli invitati di Maude che dovevano seguirlo.

Robin e Tuck obbedirono, lasciando a malincuore la bella Maude sola e triste.

Dopo una sequenza di interminabili corridoi e una sala d'armi, il soldato si fermò davanti a una grande porta di quercia sbarrata e vi assestò tre colpi energici.

"Avanti," gridò qualcuno.

"Seguitemi," disse il sergente a Robin e Tuck.

"Entrate, ho detto, sacripanti, banditi, pendagli da forca! Avanti," ripeté ad alta voce il vecchio barone. "Entra, Simon."

Il sergente si decise ad aprire la porta.

"Ah, eccovi, gaglioffi! E dove sei stato tutto il tempo da quando ti ho spedito a cercarli?" chiese il barone, incenerendo con lo sguardo la guida del gruppetto.

"Scusate, Vostra Signoria, io…"

"Stai mentendo, cane! Come osi scusarti dopo avermi fatto aspettare tre ore?"

"Tre ore? Milord si sbaglia, m'ha dato ordine di portare qui costoro appena cinque minuti fa."

"Insolente schiavo, osi smentirmi, e pure in faccia! Gaglioffi, non obbedite a questo traditore," aggiunse rivolto ai soldati stupefatti. "Disarmatelo, arrestatelo, sbattetelo in una cella, e se osa resistervi per strada sbattetelo senza pietà in una segreta! Forza, obbedite!"

I soldati si fecero coraggio l'un l'altro con lo sguardo, poi andarono a disarmare il loro comandante. Il sergente rimase in silenzio, più morto che vivo.

"Gaglioffi, come osate toccare quell'uomo prima che abbia risposto alle domande che sto per porgli?" aggiunse il barone.

I soldati indietreggiarono.

"Bene, scellerato, ora che ti ho dato prova della mia bontà impedendo a questi bruti di disarmarti, esiterai ancora a rispondere e dirmi se questi due cani sono i compari di quell'ardito screanzato che è venuto a insultarmi?"

"Sì, milord."

"E come fai a saperlo, imbecille? Come l'hai saputo? Hai verificato?"

"Me l'hanno confessato, milord."

"Hai dunque osato interrogarli senza il mio permesso?"

"Milord, me l'hanno detto quando gli ho ordinato di seguirmi qui da voi."

"Me l'hanno detto, me l'hanno detto," ripeté il barone, scimmiottando la voce tremante del povero soldato. "Bella spiegazione! Tu credi a quello che ti dice il primo venuto?"

"Milord, pensavo…"

"Zitto, briccone! Basta, togliti dai piedi."

Il sergente ordinò il dietrofront ai suoi uomini.

"Aspettate!"

Il sergente ordinò l'alt.

"No, andate, andate!"

Il sergente fece nuovamente segno di partire.

"Dove state andando, miserabili?"

Il sergente comandò l'alt per la seconda volta.

"Ma uscite, vi dico, sederi di piombo, lumaconi in uniforme, uscite!"

Finalmente la pattuglia poté infilare la porta per

tornare al posto di guardia mentre il vecchio barone era ancora lì che brontolava.

Robin aveva seguito con attenzione le diverse fasi di quella interessante conversazione tra Fitz-Alwine e il sergente, e ora osservava più sorpreso che spaventato il bizzarro e fumantino signore del castello di Nottingham.

Sulla cinquantina, corporatura media, occhi piccoli e vivaci, naso aquilino, baffoni e folte sopracciglia, volto energico e violaceo, con una strana espressione selvatica quanto i modi, ecco in breve il suo ritratto. Indossava un'armatura a scaglie e un'ampia tunica di stoffa bianca sulla quale spiccava la croce rossa di chi era andato a combattere in Terra Santa. In un carattere come il suo particolarmente infiammabile, corrosivo, potremmo dire, la minima contrarietà scatenava reazioni esagerate, uno sguardo, una parola, un gesto che non gli garbavano lo trasformavano in un nemico implacabile, che a quel punto sognava solo la vendetta, all'ultimo sangue.

L'interrogatorio che stavano per subire i nostri due amici faceva prevedere burrasca per il resto della serata. Infatti fu con voce sardonica e con crudele ironia che il barone sbraitò: "Vieni avanti, giovane lupo di Sherwood, e anche tu, monaco vagabondo, topo di convento, avanti! Spero che mi direte senza tante manfrine perché avete osato mettere piede nel mio castello, e quali mire banditesche vi hanno spinto a lasciare uno la boscaglia e l'altro il suo buco. Parlate e siate sinceri, altrimenti conosco una tecnica eccellente per strappare le parole dal gozzo anche dei muti e, per san Giovanni d'Acri, la utilizzerò sulla vostra pelle di miscredenti!".

Robin lanciò uno sguardo sprezzante al barone e non si degnò di rispondergli. Anche il monaco tacque mentre stringeva nervosamente il suo poderoso bastone, quel nobile ramo di corniolo che avete già conosciuto e sul quale si appoggiava in continuazione, che camminasse o fosse fermo, allo scopo di darsi un'aria venerabile.

"Ah, vedo che non mi rispondete. Fate i gradassi, signori?" gridò il barone. "Non posso sapere a cosa devo l'onore della vostra visita? Sapete, messeri, siete perfettamente accoppiati: un bastardo di fuorilegge e uno sporco mendicante!"

"Tu menti, barone, non sono il figlio bastardo di un proscritto, e il monaco non è affatto uno sporco mendicante. Menti!" replicò Robin.

"Schifosi schiavi!"

"Anche in questo menti, non sono schiavo tuo né di altri, e se questo monaco dovesse allungare la mano verso di te non sarebbe certo per chiedere l'elemosina."

Tuck stava sempre accarezzando il nodoso bastone.

"Ah, il cane rabbioso della foresta osa sfidarmi, m'insulta!" berciò il barone, con voce strozzata dalla collera. "Bene, dato che ha le orecchie abbastanza lunghe lo inchioderemo per quelle al portone del castello, e in più gli rifileremo cento colpi di verga."

Robin, pallido per l'indignazione ma ancora padrone di tutto il suo sangue freddo, squadrò in silenzio il terribile Fitz-Alwine mentre estraeva una freccia dalla faretra. Il barone trasalì, ma non diede segno di essersene accorto. Dopo una breve pausa, aggiunse con un tono meno aggressivo: "La giovinezza m'ispira clemenza. Malgrado la tua impertinenza sceglierò quindi di non farti gettare dritto filato in una segreta. Però tu dovrai rispondere alle mie domande, ricordandoti che se ti lascio vivere è puramente per bontà d'animo".

"Non sono alla vostra mercé come sembrate credere, nobile signore, e la prova ne è che mi asterrò dal rispondere a tutte le vostre domande," rispose sdegnoso Robin.

Abituato com'era all'obbedienza passiva e assoluta di servitori ed esseri più deboli di lui, lo stupefatto barone rimase a bocca aperta. Ma un attimo dopo i pensieri che cozzavano tumultuosi nella sua testa si coagularono in una serie di invettive e frasi incoerenti.

"Ah-ah! Non sei in mio potere, tanghero mal nato?" fece con una risata stridula. "Ah, vuoi rimanere in silenzio, bastardo di una scimmia, figlio di una strega? Ma se con un gesto, uno sguardo, un segno posso spedirti all'inferno! Aspetta che ti strangolo con la cintura."

Robin, sempre impassibile, aveva puntato l'arco con la freccia già pronta a colpire il barone, quando Tuck intervenne dicendo conciliante: "Spero che Sua Signoria non darà seguito alle sue minacce".

La frase del monaco servì da diversione. Fitz-Alwine si girò verso di lui come un lupo rabbioso all'arrivo di una nuova preda.

"Tieni a bada quella lingua da vipera, monaco del demonio!" gridò, squadrando Tuck dalla testa ai piedi. Poi aggiunse, come per rendere più minaccioso lo sguardo sprezzante: "Ecco il classico esemplare del ghiottone avido che risponde al nome di frate mendicante".

"Non sono del vostro avviso, milord," ribatté serafico frate Tuck. "Lasciatemi dire, con tutto il rispetto dovuto a un grand'uomo, che la vostra opinione, totalmente erronea, denota una mancanza assoluta di buon senso. Forse siete stordito da un violento accesso di gotta, milord, o forse avete lasciato il senno in fondo a una bottiglia di gin."

Robin scoppiò a ridere come un pazzo.

Il barone, esasperato, afferrò un messale e lo scagliò contro la testa del monaco con tanta forza che il povero Tuck barcollò; ma egli subito si riebbe, quindi, non essendo tipo da ricevere un simile regalo senza testimoniare immediatamente la propria gratitudine, brandì il temibile bastone e assestò un colpo impietoso sulla spalla gottosa di Fitz-Alwine.

Il nobiluomo si inarcò e muggì come un toro da circo alla prima ferita, poi allungò un braccio per staccare dalla parete il suo spadone da crociato, ma Tuck non gliene diede il tempo e somministrò una vigorosa serie di bastonate all'eminentissimo, nobilissimo e potentissimo signore di Nottingham, il quale, malgrado la pesante armatura e gli acciacchi dovuti alla gotta, iniziò a scappare a gambe levate per tutta la stanza per sfuggire al temibile corpo contundente.

Stava gridando aiuto da qualche minuto quando il sergente che aveva arrestato Tuck e Robin socchiuse la porta e domandò con flemma facendo capolino nella stanza se avevano per caso bisogno di lui. Il barone, ora arzillo come un ventenne, coprì con un balzo la distanza che separava l'angolo della camera in cui rischiava le bastonate dalla soglia che il sergente non osava varcare senza espresso ordine, foss'anche per portargli aiuto. Povero sergente, meritava di essere accolto da salvatore, da angelo custode, invece la collera del suo signore impotente contro il monaco si abbatté su di lui sotto forma di pedate e cazzotti.

Alla fine, stanco di malmenare quell'essere inoffensivo che non osava reagire, perché a quell'epoca il nobile era sacro e inviolabile per un vassallo, il barone riprese fiato, quindi intimò al sergente di sbattere in guardina Robin e il monaco. Il sergente si sottrasse alle grinfie del suo signore e schizzò all'esterno lanciando l'allarme, tornando quanto prima scortato da una dozzina di soldati.

Vedendo arrivare i rinforzi, il monaco s'impossessò di un crocifisso d'avorio posato sulla tavola, si piazzò davanti a Robin che pareva intenzionato a scoccare qualche freccia e urlò: "In nome della santa Vergine e di Suo Figlio morto per voi, vi ordino di lasciarmi passare. Morte e scomunica a chi oserà impedirmelo!".

Queste parole pronunciate con voce di tuono impietrirono la soldataglia, consentendo al monaco di uscire senza ostacoli. Robin stava per seguire l'amico quando i militi, dietro un esplicito cenno del barone, si scagliarono su di lui, gli strapparono arco e frecce e lo respinsero all'interno della stanza.

Nel frattempo il barone, stremato nonché stordito dalle botte subite, s'era lasciato cadere su una poltrona.

"A noi due," disse appena fu in grado di parlare, dopo sforzi notevoli. "A noi due."

Tutto questo succedeva in anni in cui non era prudente prendersela con un uomo di chiesa, come aveva scoperto con suo grande rammarico Enrico II durante la polemica con Thomas Becket. Pertanto il barone era stato obbligato a lasciar scappare il frate, però adesso contava di vendicarsi su Robin.

"Hai accompagnato qui Allan Clare?" chiese con pacato sarcasmo. "Potresti dirmi per quale motivo è venuto a cercarmi?"

Un individuo diverso da Robin si sarebbe sentito perduto senza speranza trovandosi alla mercé di un personaggio crudele come il vecchio Fitz-Alwine, ma il giovane e coraggioso arciere di Sherwood apparteneva alla razza di chi non trema mai nemmeno davanti a morte certa e imminente, perciò rispose con ammirevole indifferenza: "Ammetto di aver accompagnato qui messer Allan Clare, ma ignoro il motivo per cui è venuto".

"Stai mentendo!"

Robin sorrise sdegnoso, al che la finta calma del signore del castello fu sostituita da una violenta esplosione di collera. Ma più la rabbia del barone montava, più Robin sorrideva.

"Da quant'è che conosci Allan Clare?" insistette il barone.

"Da ventiquattr'ore."

"Menti, menti!" ruggì Fitz-Alwine.

Robin, irritato da tutte quelle offese, rispose gelido: "Mentire io? Ma sei tu che neghi la verità, vecchio cocciuto! Va bene, sto mentendo, che sia! Perciò adesso non mentirò più perché rimarrò in silenzio".

"Imbecille di uno sbarbatello, vuoi che ti faccia buttare dai bastioni nel fossato del castello, cosa che succederà tra un'ora ad Allan Clare quando il tuo complice avrà confessato? Su, ancora una domanda, e se non rispondi sei spacciato. Siete stati attaccati venendo qui?"

Robin non rispose. L'esasperato Fitz-Alwine, sempre più imbestialito, si alzò e afferrò lo spadone. Robin lo guardò senza battere ciglio. Ma un attimo prima che succedesse il peggio la porta si spalancò per far entrare due uomini. Avevano la testa fasciata da bende insanguinate e stentavano a reggersi in piedi. Le loro vesti erano a brandelli e sporche di fango. Parevano usciti da uno scontro nel quale avevano avuto la peggio. Vedendo Robin lanciarono un simultaneo grido di stupore. Il ragazzo, altrettanto stupefatto, li riconobbe: erano i superstiti dei banditi che la notte prima avevano preso d'assalto la casa di Gilbert Head. La collera del barone toccò il culmine quando i due gli raccontarono la disfatta della nottata, precisando che Robin era stato uno dei loro avversari più temibili. Fitz-Alwine non attese la fine della storia per gridare inferocito: "Prendete questo miserabile e sbattetelo in cella! Lo lascerete lì fin quando non avrà raccontato ciò che sa di Allan Clare e ci avrà chiesto perdono in ginocchio per le sue insolenze. E fino a quel momento nemmeno pane e acqua, che muoia di fame".

"Addio, barone Fitz-Alwine, addio," lo salutò Robin. "Se dovessi uscire di cella solo a queste due condizioni, vuol dire che non ci rivedremo mai più. Perciò addio per sempre."

I soldati stavano già strattonando Robin per accelerare la sua uscita dalla stanza, ma il giovane, resistendo ai loro sforzi, aggiunse rivolto al barone: "Nobile signore, sarai tanto gentile da informare Gilbert Head, l'onesto e coraggioso guardaboschi della foresta di Sherwood, che mi alloggerai senza nutrirmi per qualche tempo? Mi faresti un piacere, e ti rivolgo questa preghiera, milord, perché sei padre e quindi comprendi le angosce di un padre che ignora che cosa ne è stato di suo figlio o sua figlia".

"Per tutti i diavoli, toglietemi dai piedi questo chiacchierone!"

"Oh, non pensare che desideri tenerti compagnia a lungo, illustre barone di Nottingham. Abbiamo entrambi una gran voglia di salutarci."

Appena uscì dalla camera del barone, Robin iniziò a cantare a squarciagola, e la sua voce fresca e argentina risuonò a lungo nelle tetre gallerie del castello anche quando la porta della cella si chiuse alle sue spalle.

6.

Il prigioniero rimase a lungo immobile ad ascoltare i mille rumori indistinti che gli arrivavano da fuori, ma quando i passi cadenzati degli armigeri smisero di turbare il silenzio dei corridoi iniziò a riflettere sulla gravità della sua situazione.

La collera e le minacce dell'onnipotente castellano non lo spaventavano affatto. Il bravo ragazzo pensava piuttosto all'inquietudine e al dolore di Gilbert e Margaret che quella sera l'avrebbero atteso invano, e anche l'indomani e forse a lungo.

Quei tristi pensieri scatenarono in lui un violento desiderio di libertà, perciò, come un leoncino prigioniero non smette di aggirarsi nella gabbia per trovare una via di fuga, Robin faceva avanti e indietro nella sua cella battendo con il piede sul piancito, valutando l'altezza della finestrella, studiando le pareti e immaginando la forza o l'astuzia che gli ci sarebbero volute per sfondare o far aprire la porta rinforzata da sbarre la cui chiave doveva essere nelle mani di un brutale cerbero.

La cella era piccola e dotata di tre aperture: la porta, una feritoia soprastante e, giusto di fronte, un'altra finestrella posta all'altezza di circa dieci piedi, chiusa da robuste sbarre. La mobilia si limitava a un tavolino, una panca e un pagliericcio.

"Evidentemente il barone è meno crudele di quanto sia ingiusto dato che mi lascia liberi i piedi e le mani," si disse Robin. "Approfittiamone e vediamo un po' che cosa c'è lassù."

Posò la panca sul tavolo, poi salì sino alla feritoia arrampicandosi lungo la panca appoggiata in verticale contro la parete.

Che fortuna! Quando afferrò una sbarra si accorse che invece di essere di ferro era di quercia, per giunta tarlata e cedevole, quindi facile da spezzare. E anche se le sbarre avessero resistito c'era abbastanza spazio da far passare la testa, e dove passa la testa passa anche il resto del corpo.

Entusiasta di questa scoperta, il nostro eroe ritenne opportuno controllare la situazione all'esterno per non compromettere le possibilità di evadere. Forse c'era un guardiano appostato sornione in corridoio, che sarebbe accorso al minimo rumore sospetto.

Robin appoggiò allora la panca contro la porta, per salire a guardare dall'altra apertura. Ma non rimase affacciato nemmeno un minuto, nemmeno un secondo o una frazione di secondo perché vide subito un soldato che stava scivolando lungo la galleria per venire senza dubbio a spiare dal buco della serratura le attività del prigioniero.

Allora Robin attaccò a cantare una delle sue ballate più allegre, e tra una strofa e l'altra sentì che i passi del milite si allontanavano, ma solo per tornare indietro in punta di piedi, allontanarsi ancora e venire di nuovo da lui. Questo andirivieni durò un buon quarto d'ora.

"Se quel bestione continua a far la ronda tutta la notte, rischio di essere ancora qui allo spuntar del sole. Non potrò mai evadere da lassù senza che mi sentano," pensò Robin.

Ora nella galleria era calato da qualche istante un profondo silenzio. Il passeggiatore sembrava aver rinunciato alla sua attività di spionaggio. Ugualmente Robin, che da provetto cacciatore conosceva tutte le finte possibili, ritenne più prudente fidarsi degli occhi che delle orecchie e azzardò ancora una volta un'occhiatina dalla feritoia.

E fece bene perché invece di uno spione ne vide due, entrambi con l'orecchio incollato alla porta.

Ma in quel momento stesso spuntò in fondo alla galleria la bella Maude con una torcia in una mano e alcuni oggetti nell'altra. La fanciulla si lasciò sfuggire un grido di sorpresa vedendo la testa di Robin affacciata sopra quelle dei suoi carcerieri.

Leggero come una foglia, il ragazzo si lasciò cadere a terra e si mise ad ascoltare ansioso. Fortunatamente la voce di Maude aveva coperto il rumore dell'atterraggio. Ora la ragazza stava chiacchierando con i soldati con civetteria tutta femminile per spiegare il suo grido di sorpresa o di spavento che le era sfuggito.

Nel frattempo Robin si affrettò a rimettere al loro posto la panca e il tavolo, sempre cantando a squarciagola, domandandosi come mai Maude vagasse per il castello in piena notte. Maude, la bella Maude, non tardò a spiegare l'enigma perché dopo uno scambio di battute maliziose con i carcerieri entrò raggiante nella segreta, depositò sul tavolo viveri e bevande e ordinò che la lasciassero sola con il prigioniero al quale doveva comunicare qualcosa.

"Eh sì, giovane boscaiolo," disse la bella figliola appena chiusero la porta. "Vi siete messo in una bella posizione. Sembrate un usignolo nella gabbietta. E ho una gran paura che non si aprirà tanto presto perché il barone è fuori di sé dalla rabbia. Bestemmia, offende e parla di trattarvi come ha trattato i mori miscredenti in Terra Santa."

"Affascinante Maude, se sarete mia compagna in questa prigionia non rimpiangerò la libertà," replicò Robin, abbracciandola.

"Non esageriamo, messere, non vi state comportando da galante cavaliere," protestò la ragazza, liberandosi dalla stretta.

"Dovete perdonarmi, siete così bella che... Ma cerchiamo di essere seri. Sedetevi lì, grazie. E ora ditemi se sapete che ne è stato di Allan Clare, il mio compagno di viaggio che è entrato nel castello assieme a me e a frate Tuck."

"Ahimè, si trova in una segreta ancor più buia e più spaventosa di questa. Ha osato dire a Sua Signoria che avrebbe sposato lady Christabel, nonostante il divieto di quel miserabile gaglioffo. Il vostro imprudente amico non aveva finito di pronunciare questa frase che sono entrata nella stanza del barone assieme alla mia giovane padrona. Vedendo milady, sir Allan Clare ha perso la testa ed è corso verso di lei per abbracciarla, e l'ha stretta a sé gridando 'Christabel, mia cara, mia adorata!'. Milady è svenuta, ma sono riuscita in qualche modo a portarla fuori. Poi, dietro ordine della padrona, ho domandato in giro che ne era di messer Allan. Come vi ho detto, è in gattabuia. Giles, il fratacchione gaudente, m'ha aggiornato sulla vostra sorte e sono venuta a…"

"Ad aiutarmi a fuggire, vero, cara Maude? Grazie, grazie, ma sarò presto libero, e tra meno di un'ora se Dio mi aiuta."

"Voi libero! Ma come fate a uscire di qui? Ci sono due guardie alla porta."

"Quanto vorrei che ce ne fossero mille."

"Siete uno stregone, bel boscaiolo?"

"No, ma ho imparato ad arrampicarmi sugli alberi come uno scoiattolo e a saltare i fossi come una lepre."

Il ragazzo indicò con lo sguardo la finestrella, poi si accostò all'orecchio della fanciulla, talmente vicino che sentendo le labbra di Robin sulla pelle Maude arrossì, e le disse: "Le sbarre non sono di ferro".

Maude capì e sorrise.

Robin aggiunse: "Ora devo sapere dove posso trovare frate Tuck".

"Nel… nel posto di guardia," rispose un tantino vergognosa Maude. "Si sono messi d'accordo. Se milady avrà bisogno di aiuto per liberare messer Allan, lo manderà a cercare lì."

"E come faccio ad arrivarci?"

"Uscito di qui, seguite i bastioni verso sinistra fino a quando troverete una porta sempre aperta. Dà su una scala, poi la scala porta a una galleria e questa a un corridoio in fondo al quale troverete il posto di guardia. Lì la porta sarà chiusa. Se non sentite rumori all'interno entrate. E se non ci trovate Tuck vuole dire che milady l'ha mandato a chiamare, allora vi nasconderete in un armadio e aspetterete il mio arrivo. Poi penseremo a come farvi uscire dal castello."

"Mille grazie, bella Maude, non dimenticherò mai la vostra bontà!" disse tutto contento Robin.

Il suo sguardo ardente incrociò quello della fanciulla, facendo scintille. Quei due esseri così giovani, così belli, entrarono in comunione con i propri pensieri e desideri, uno scambio che fu coronato da un reciproco bacio ardente.

"Bravi, bravissimi, piccioncini! Ecco di che cosa dovevate parlare!" gridò un carceriere dopo avere spalancato di colpo la porta della segreta. "Perbacco, bella dama, state portando dei viveri davvero strani al prigioniero! Le mie felicitazioni, recate consolazioni tali che gradirei anch'io essere sbattuto in cella."

Maude arrossì a queste frasi poco complimentose. La povera figliola rimase per un istante muta e tremante, ma poi il soldato le si avvicinò per ordinarle di uscire immediatamente dalla cella e così la ragazza mise in azione la manina bianca piazzando sulle guance abbronzate del milite uno spavaldo ceffone bilaterale, quindi se la squagliò ridendo come una matta per la sua monelleria.

"Mmmh!" brontolò il carceriere, massaggiandosi le gote mentre guardava in cagnesco Robin. "Vedo che io e il giovanotto non siamo pagati con la medesima moneta."

Quindi uscì e fece il possibile per chiudere la porta a più mandate con fracasso, moltiplicando i giri di chiave nella toppa.

Quanto al prigioniero, beveva, rideva e mangiava a cuor leggero.

Poco dopo sopraggiunse una sentinella armata fino ai denti a rilevare l'attuale carceriere, perciò Robin, per non sembrare preoccupato o ansioso, riprese a cantare a squarciagola quanto glielo consentivano i polmoni.

La sentinella, già irritata perché era costretta a montare di guardia, gli intimò di tacere. Robin obbedì, del resto faceva tutto parte del suo piano, e augurò con tono scherzoso al suo secondino la buona notte e sogni d'oro.

Un'ora dopo, la luna alta in cielo annunciò al prigioniero che era il momento buono per fuggire, perciò Robin, cercando di calmare i battiti accelerati del cuore, improvvisò una scala con la panca in modo da raggiungere facilmente le sbarre della feritoia. Quella più tarlata cedette dopo pochi strattoni, liberando il passaggio. Allora il ragazzo si issò sul davanzale della finestrella e valutò la distanza che lo separava dal suolo. Parendogli un po' eccessiva, pensò bene di utilizzare la cintura annodata alla sbarra che gli sembrava più solida.

Fu questione di un minuto, e si accingeva a scendere quando vide sul bastione a pochi passi da lui un soldato di spalle appoggiato alla picca ad ammirare la vallata.

"Accidenti, stavo per finire nelle fauci del leone. Occhio!"

Fortunatamente tra la luna e il castello transitò una nuvola e i bastioni sprofondarono nel buio mentre la valle rimaneva tutta illuminata a giorno. Il soldato, forse originario di quella zona, la stava contemplando, sempre immobile.

"Signore, proteggimi!" sussurrò Robin, poi dopo

un sentito segno della croce si lasciò scivolare lungo la parete aggrappato al cinturone.

Purtroppo era troppo corto. Arrivato in fondo Robin intuì che i piedi erano ancora lontani da terra. Temeva di attirare l'attenzione della sentinella atterrando troppo pesantemente. Che fare? Risalire? No, le sbarre a cui era appeso avrebbero potuto non reggere agli sforzi di un'arrampicata. Tanto valeva proseguire. E così, affidandosi alla buona sorte, e cercando di essere il più leggero possibile, si lasciò cadere.

Il rumore che strappò dal dormiveglia la sentinella nel momento in cui il nostro eroe toccò terra fu in realtà un baccano inaudito, simile a quello di una botola che ricade su uno scantinato. Il soldato lanciò un grido d'allarme e si avviò con la picca protesa verso il punto da cui era arrivato quel rumore insolito. Ma non vide nulla, non udì nulla, e non pensando più alla causa tornò al suo posto, riprendendo a contemplare l'amata valle.

Robin, che era atterrato incolume, aveva approfittato dello stupore del soldato per allontanarsi, senza pensare nemmeno lui al motivo del frastuono, conscio però di aver rischiato grosso. Era possibile accedere ai sotterranei del castello attraverso una botola posizionata esattamente sotto la feritoia della sua cella, una botola che in quel momento era aperta. Il caso aveva voluto che Robin l'avesse chiusa urtandola durante la caduta. Se non fosse andata in quel modo sarebbe scomparso per sempre nelle viscere della fortezza. Un'altra coincidenza fortunata: non sarebbe riuscito a evadere se la botola fosse stata chiusa, perché sarebbe stato tradito dal fragore del suo atterraggio a piè pari.

Aveva la sorte dalla sua parte. Con passo rapido ma furtivo si avviò nella direzione indicata da Maude.

Come aveva detto la fanciulla, trovò sulla sinistra una porta spalancata, superata la quale scese una scala, quindi percorse una galleria e un corridoio interminabile.

Arrivato a una biforcazione, il nostro eroe, costretto a muoversi nel buio più pesto, fu obbligato a tastare il suolo con i piedi e palpare il muro per non sbagliare. Poi sentì chiedere sottovoce: "Chi è là? Che ci fate qui?".

Robin si appiattì contro il muro e trattenne il respiro. Lo sconosciuto, fermatosi a sua volta, stava sfiorando con la punta della spada il piancito, cercando di capire la ragione del rumore provocato dall'avanzata di Robin.

"Sarà stato il cigolio di una porta," si disse il passeggiatore notturno, poi proseguì per la sua strada.

Pensando correttamente che gli sarebbe stato più facile uscire da quel dedalo nel quale errava da un quarto d'ora con una guida a fargli strada, Robin seguì a rispettosa distanza l'estraneo.

Poco dopo quest'ultimo aprì una porta e scomparve.

Era l'accesso alla cappella.

Robin accelerò il passo ed entrò subito dietro lo sconosciuto, scivolando senza far rumore dietro una colonna del luogo consacrato.

I raggi della luna bagnavano la cappella di luce argentina. Una donna velata stava pregando in ginocchio davanti a una tomba. L'estraneo, che indossava un saio, si guardò attorno inquieto, poi vide la donna velata, trasalì, soffocò a stento il grido di gioia che stava per sfuggirgli di bocca, attraversò la navata e si avvicinò a mani giunte all'orante. Sentendo i passi dello sconosciuto la donna sollevò il capo e lo guardò, scossa da un brivido che poteva essere di paura quanto di speranza.

"Christabel!" sussurrò il monaco.

La fanciulla si drizzò in piedi, arrossì, poi si lanciò tra le braccia del giovane gridando con gioia indescrivibile: "Allan! Allan! Caro Allan!".

7.

Gilbert raccontò a Margaret la storia di Roland Ritson, ma tenne per sé i crimini più gravi, e accennò appena alla storia d'amore e alla triste fine della sorella Annette.

"Imploriamo per quella sventata la misericordia del Signore," propose Margaret, ricacciando le lacrime per non aggravare il dolore del marito.

Il vecchio monaco rimase per tutto il tempo inginocchiato accanto al cadavere recitando le preghiere dei morti. Gilbert e Margaret si unirono ogni tanto alle sue orazioni mentre Lincoln andava a scavare una fossa tra la quercia e il faggio nel punto richiesto dal miserabile Ritson. Poi insieme attesero il ritorno dei viandanti per officiare le esequie. Marian, abbandonata a se stessa e stanca di vagabondare attorno a casa, decise di andare incontro al fratello. Lance dormiva sdraiato sulla soglia, ma la giovane lo chiamò, lo accarezzò, poi partì assieme a lui senza avvertire Gilbert.

Camminò pensierosa a lungo pensando all'avvenire del fratello, poi si sedette ai piedi di un albero e iniziò a piangere con la testa fra le mani senza nemmeno sapere il perché. Era in preda a neri presentimenti, e tra le mille immagini confuse nella sua testa le pareva di vedere in lontananza il caro volto di Allan e quello del giovane boscaiolo, il vero conte di Huntingdon.

Il fedele Lance era accucciato ai suoi piedi e, muso all'aria, teneva fissi su di lei i grandi occhi intelligenti.

Si sarebbe detto che fosse mogio a causa della tristezza della fanciulla e che come lei avesse cupi presentimenti, perché non dormicchiava, anzi, era pienamente vigile.

Il sole rischiarava ormai solo le cime dei grandi alberi e stava calando il crepuscolo nel bosco quando Lance si sollevò sulle zampe e guaì agitando la coda.

Marian, strappata alle sue fantasticherie da questa reazione, si pentì di essere rimasta tanto a lungo nella foresta, ma fu subito tranquillizzata dallo scodinzolio del cane nel vederla alzarsi. Si avviò allora verso la casetta di Gilbert, ancora convinta dell'imminente ritorno di Allan.

Ora Lance non seguiva più Marian come al mattino, al contrario la precedeva, apriva la strada, girandosi ogni tanto per controllare se la ragazza gli stava dietro.

Sebbene fosse sicura che non si sarebbe comunque persa grazie all'istinto della sua guida, Marian affrettò il passo dato che il buio scendeva rapidamente e nel cielo blu scuro ammiccavano già le prime stelle.

Poi Lance si fermò di colpo, le sue zampe si irrigidirono, quindi allungò il collo, drizzò le orecchie e attaccò ad abbaiare rabbioso.

Marian rimase immobile, tutta tremante, cercando di comprendere la causa della reazione del cane.

"Forse sta segnalando l'arrivo di Allan," si disse mentre ascoltava attenta.

Tutto attorno a lei c'era solo il silenzio. Persino il cane smise di uggiolare, perciò Marian si tranquillizzò. Ma stava per incamminarsi ridendo per lo spavento che aveva provato quando udì nella boscaglia poco lontano un rumore di passi in corsa. Lance riprese ad abbaiare, più deciso e rabbioso di prima.

Il timore di finire tra le grinfie di un fuorilegge mise le ali ai piedi della fanciulla, che si lanciò a perdifiato lungo il sentiero. Presto, però, allo stremo delle forze, fu costretta a fermarsi, e quasi svenne sentendo il grido imperioso di un uomo dalla voce rude.

"Richiamate il cane!"

Lance, che era rimasto indietro per proteggere la fuga di Marian, stava per saltare alla gola dell'inseguitore.

"Richiamate il cane!" gridò di nuovo lo sconosciuto. "Non voglio farvi del male."

"Come faccio a sapere che non mentite?" replicò con voce abbastanza ferma Marian.

"Avrei avuto tutto il tempo di scagliarvi una freccia in petto, se fossi stato un bandito. Vi ripeto, richiamate il cane!"

Lance gli stava già lacerando i vestiti e si accingeva ad azzannare le carni.

Bastò una parola di Marian perché il cane mollasse la presa e andasse a sedersi davanti a lei, senza però perdere di vista lo sconosciuto che continuava a minacciare mostrandogli le zanne.

L'uomo era effettivamente un fuorilegge, uno di quei proscritti senza arte né parte che derubano e depredano i boscaioli meno coraggiosi di Gilbert e assassinano i viandanti indifesi. Il miserabile, che già nei tratti del volto trasudava crimine, indossava un farsetto e dei pantaloni di pelle di capra. I lunghi capelli che piovevano in disordine sulle spalle spuntavano da un cappellaccio di feltro lurido e informe. La barba lunga era sporca della bava del cane. Dal suo fianco pendeva una daga, in una mano teneva l'arco, nell'altra le frecce.

Marian, nonostante lo spavento, cercò di fingersi perfettamente padrona di sé.

"Non avvicinatevi," ordinò con un'occhiata imperiosa.

Il fuorilegge si fermò immediatamente perché il cane si apprestava ad avventarsi su di lui.

"Che volete? Parlate, vi ascolto," aggiunse Marian.

"Parlo, ma prima dovete venire con me."

"Dove?"

"Che v'importa in quale punto della foresta?"

"Io non vi seguo da nessuna parte."

"Ah, vi rifiutate, bella damigella!" esclamò il malintenzionato con una risata rabbiosa. "Fate la sdegnosa, la difficile."

"Non vi seguirò," ripeté irremovibile Marian.

"Allora sarò costretto a passare alle maniere forti, che non saranno di vostro gusto, vi avverto."

"E io vi avverto che, se avrete l'ardire di usarmi violenza, sarete punito crudelmente."

Marian non tremava più, davanti al pericolo il coraggio le era tornato in forze, tanto che pronunciò l'ultima frase con voce salda, il braccio teso verso il proscritto come per intimargli di battere in ritirata.

Il fuorilegge riattaccò a ridere, ma Lance fece schioccare le mandibole.

"Bella fanciulla, ammiro sinceramente il vostro coraggio e le parole ardite, ma l'ammirazione non mi spingerà a cambiare i miei piani," replicò il bandito dopo una breve pausa. "So chi siete, e so che siete arrivata ieri da Gilbert Head il guardaboschi accompagnata da vostro fratello Allan, che stamattina è partito per Nottingham. Lo so bene quanto voi, ma so una cosa che voi non sapete, e cioè che le porte del castello di Fitz-Alwine che si sono aperte per far entrare messer Allan non si riapriranno mai per lasciarlo uscire."

"Che dite?" gridò Marian, in preda a un nuovo terrore.

"Dico che messer Allan è prigioniero del barone di Nottingham."

"Mio Dio! Mio Dio!" mormorò affranta la fanciulla.

"Non ho la minima pietà di vostro fratello. Perché è andato a cacciarsi nelle fauci del leone? Sì, il vecchio Fitz-Alwine è un vero leone. Abbiamo combattuto in Terra Santa e conosco i suoi gusti. Dopo aver avuto il fratello vorrà la sorella. Ieri siete sfuggita ai suoi segugi, ma oggi…"

Marian lanciò un grido disperato.

"Su, tranquilla, stavo per dire che gli scapperete ancora."

Marian osò levare gli occhi sul bandito, uno sguardo quasi riconoscente.

"Sì, sfuggirete ancora a lui… ma non a me. A lui il fratello, a me la sorella, e viva Gesù! Su, non piangete, bella figliola! Sareste schiava con il barone, mentre con me sarete libera, libera e regina di questi vecchi boschi. Ne conosco più d'una, bionda o bruna, che invidierebbe la vostra sorte. Su, forza, gambe in spalla, mia bella sposa, nella mia caverna troveremo un buon intingolo di cacciagione e un letto di foglie secche."

"Oh, vi scongiuro, parlatemi di mio fratello, di Allan," implorò Marian, che si crucciava ben poco degli assurdi propositi del miserabile.

"Che diavolo!" proseguì quello senza notare l'indifferenza di Marian. "Se vostro fratello dovesse sfuggire agli artigli di quella belva verrà a vivere con noi, ma dubito molto che potremo mai cacciare i daini assieme perché il vecchio Fitz-Alwine non lascia ammuffire i prigionieri nelle segrete, li spedisce dritti all'inferno."

"Ma come fate a sapere che mio fratello è prigioniero del barone?"

"Al diavolo le domande, bella mia! Ora parliamo della mia offerta di diventare la mia regina, non della corda che deve strangolare tuo fratello. Per san Dunstano, mi seguirai volente o nolente."

Fece un passo verso Marian, che si ritrasse bruscamente gridando: "Attacca, Lance! Attacca!".

Il coraggioso animale aspettava soltanto l'ordine di saltare alla gola del fuorilegge, il quale però, senza dubbio abituato a scontri del genere, afferrò con un gesto fulmineo le due zampe anteriori del cane e lo scagliò con tutta la forza che aveva a una ventina di passi. Il cane tornò alla carica tutt'altro che intimorito e fece un'abile finta, attaccando di lato invece che di fronte, poi addentò la chioma che fuoriusciva dal cappello di feltro del bandito e affondò le zanne nell'orecchio, tanto forte che quello si staccò di netto e rimase nelle fauci del cane.

Dalla ferita schizzò un fiotto di sangue che inondò il bandito, il quale si appoggiò a un tronco lanciando urla terrificanti e bestemmiando Dio. Un attimo dopo, Lance, deluso per non aver piantato i denti in un succulento boccone di carne, spiccò un altro balzo.

Purtroppo questo terzo attacco gli fu fatale. Il suo avversario, pur indebolito dalla perdita di sangue, gli assestò sul cranio una piattonata tanto violenta con la spada da spedirlo privo di sensi presso il punto in cui stava Marian pochi istanti prima.

"E ora a noi due!" gridò il bandito dopo aver osservato soddisfatto la caduta del cane. "A noi due, bella mia! Per l'inferno!" aggiunse poi con un ruggito, guardandosi attorno. "È fuggita! Ah, per tutti i diavoli, non mi scapperà!"

E si lanciò all'inseguimento di Marian. La povera ragazza corse a lungo senza nemmeno sapere se il sentiero che aveva imboccato portava alla casetta di Gilbert Head. Ora che il suo unico difensore era stato messo fuori combattimento, le restava una sola possibilità, sfuggire al bandito con il favore delle tenebre, così tentò con tutte le sue forze di guadagnare terreno, affidandosi alla buona sorte. Infine, a corto di fiato, si fermò in una radura nella quale confluivano vari sentieri e respirò liberamente non sentendo rumore di passi alle sue spalle. Ma adesso, nuova angoscia, quale strada prendere? Non poteva esitare a lungo, doveva scegliere, e in fretta, altrimenti sarebbe arrivato l'uomo lanciato al suo inseguimento. La poverina invocò l'aiuto della Vergine, poi chiuse gli occhi, fece due o tre giri su se stessa e tese il braccio verso il sentiero che avrebbe preso. Era appena uscita dalla radura che vi sbucò il bandito, anche lui indeciso sulla strada da prendere. Purtroppo la luna, la stessa luna che aveva facilitato l'evasione di Robin, illuminò la fuga di Marian, che fu tradita dal vestitino bianco.

"Eccola, finalmente!" gridò il bandito.

A Marian non sfuggì quella terrorizzante esclamazione, e così, più agile di un daino, più rapida di una freccia, volò, volò, volò, ma troppo presto, stremata e barcollante, le rimase solo la forza di gridare aiuto ad Allan e Robin. Dopodiché svenne.

Il bandito stava avanzando più veloce, anche perché era guidato dalla veste bianca, e già si stava allungando per afferrare la preda quando un uomo, una guardia appostata nei paraggi per impedire la caccia di frodo alla selvaggina reale, intervenne gridando: "Ehi, miserabile! Non toccare quella donna o sei morto!".

Il malandrino non ne volle sapere e infilò le mani sotto le braccia della fanciulla per sollevarla da terra.

"Ah, fai orecchie da mercante. D'accordo!" tuonò il guardaboschi.

E abbatté sul bandito il manico della sua picca.

"Ma questa donna è mia," protestò il malnato mentre si rialzava.

"Tu menti! La stavi inseguendo come un orso insegue un cerbiatto! Schifoso furfante! Fatti indietro o t'infilzo!"

Il bandito arretrò, soprattutto perché la punta della picca gli stava già stuzzicando i pantaloni.

"Giù le frecce, l'arco e la spada!" aggiunse la guardia, sempre con la picca pronta a colpire.

Il bandito gettò a terra le armi.

"Molto bene. E ora fai dietrofront e togliti dai piedi, e anche alla svelta, se no ti sprono a colpi di freccia."

Il bandito fu costretto a obbedire, così privo di armi ogni resistenza era impossibile. Perciò se la batté vomitando torrenti di bestemmie e maledizioni e spergiurando che prima o poi si sarebbe vendicato. La guardia forestale pensò innanzitutto a rianimare la povera Marian, stesa immobile sull'erba come una statua di candido marmo ribaltata dal suo piedistallo. La somiglianza era accentuata dalla luna che rischiarava il volto pallido.

Poco lontano di lì serpeggiava un ruscello. La fanciulla fu portata sulle sue sponde per essere rianimata bagnandole le tempie e la fronte con qualche goccia d'acqua. Quando riaprì gli occhi come se si stesse risvegliando da un lungo sonno, Marian domandò dove si trovasse.

"Nella foresta di Sherwood," rispose candidamente il guardaboschi.

Sentendo una voce sconosciuta, Marian fece per alzarsi per fuggire di nuovo, ma le mancarono le forze, pertanto gridò con voce lamentosa, a mani giunte: "Non fatemi del male, abbiate pietà di me!".

"State tranquilla, madamigella. Il miserabile che ha osato aggredirvi è ormai lontano, e se ci riprovasse avrebbe a che fare con me ancor prima di sfiorare l'orlo del vostro vestito."

Marian si stava guardando attorno sgomenta, ancora tutta tremante, ma per fortuna la voce che udiva all'orecchio le sembrava una voce amica.

"Signorina, volete che vi accompagni a casa mia? Sarete ben accolta, ve lo garantisco. Al castello troverete delle ragazze che vi serviranno e vi consoleranno, e dei giovanotti forti e gagliardi pronti a difendervi, più un vecchio che potrebbe farvi da padre. Venite, venite."

Fece questa proposta con tanta franchezza e bonarietà che Marian si alzò d'istinto e seguì senza fiatare il bravo guardaboschi. L'aria fresca e il moto le restituirono presto la lucidità e l'autocontrollo, di modo che studiò con attenzione al chiaro di luna l'aspetto della sua guida, come se intuisse in qualche modo imperscrutabile che lo sconosciuto era amico di Gilbert Head.

"Dove stiamo andando, messere? È la strada che porta alla casa di Gilbert Head?" domandò.

"Come? Conoscete Gilbert Head? Siete per caso sua figlia? Mi vien quasi voglia di sgridare quel vecchio furbacchione per aver tenuto nascosto un tesoro così prezioso. Senza offesa, miss, ma conosco quel brav'uomo da un bel po' di tempo. Non credevo che Head e suo figlio Robin fossero tanto discreti."

"Vi sbagliate, messere, non sono affatto figlia di Gilbert, ma sua amica, e da ieri sua ospite."

Poi gli raccontò quello che era succcsso dalla sua partenza dalla casa del guardaboschi, terminando con un ringraziamento caloroso al proprio salvatore.

Il giovane guardaboschi la interruppe, rosso in viso: "Non se ne parla nemmeno di rientrare in serata da Gilbert. Casa sua è troppo lontana. Ma il palazzo di mio zio è a due passi. Lì sarete al sicuro, miss, e per evitare che i vostri ospiti s'inquietino andrò io stesso da loro ad avvertirli".

"Mille volte grazie, messere. Accetto la vostra offerta perché sto morendo dalla fatica."

"Non dovete ringraziarmi, miss, sto solo facendo il mio dovere."

In effetti Marian era stremata e incespicava a ogni passo. Il boscaiolo lo notò e le offrì il braccio, ma la ragazza, pensierosa, non se ne accorse.

"Miss, non avete per caso fiducia in me?" chiese intristito il giovane, reiterando la sua offerta. "Avete paura di appoggiarvi?"

"Ho piena fiducia in voi, messere," rispose Marian, appoggiandosi finalmente al braccio dell'accompagnatore. "Credo che siate incapace di ingannare una donna."

"È proprio come dite voi, miss, ne sono incapace. Sì, Little John ne è proprio incapace... Su, appoggiatevi bene al braccio. Little John vi porterà di peso, se necessario, miss, e senza stancarsi, perché il ramo di un albero che sorregge una tortora non si può stancare."

"Little John, Little John," sussurrò perplessa la fanciulla, osservando la corporatura colossale del suo cavaliere. "Little John!"

"Sì, Little John, così chiamato perché è alto sei piedi e sei pollici, perché ha le spalle larghe in proporzione all'altezza, perché può abbattere un bue con un pugno, perché le sue gambe possono coprire senza fermarsi quaranta miglia inglesi, perché non esiste ballerino, corridore, lottatore o cacciatore capace di fargli gridare 'm'arrendo', perché, per finire, i suoi sei cugini e compagni, i figli di sir Guy di Gamwell, sono tutti più bassi di lui. Ecco perché, miss, tutti quelli che lo conoscono chiamano Little John colui che ha adesso l'onore di offrirvi il braccio. E il bandito che vi ha aggredito mi conosce bene, perché ha abbassato subito la cresta quando la santa Vergine che vi protegge ha fatto sì che c'incontrassimo. Miss, permettetemi di aggiungere che sono buono quanto sono robusto, che mi chiamo John Baylot, sono nipote di sir Guy di Gamwell, sono boscaiolo per nascita, arciere per scelta, guardacaccia per lavoro e ho ventiquattro anni da un mese."

E così Marian e il suo accompagnatore si incamminarono chiacchierando e ridendo verso il castello di Gamwell. Presto giunsero al limitare della foresta, dove le si spalancò davanti agli occhi uno spettacolo magnifico. La fanciulla, pur sfinita, non la finiva più di ammirare quel paesaggio maestoso, miglia e miglia di territorio con i luoghi più incantevoli, più accidentati, più capricciosamente dissimili, attorniati dalle foreste d'un verde cupo. Qua e là nelle radure, sulle colline, nei valloni, spuntavano simili a miraggi tantissime casette bianche, alcune misteriosamente isolate, altre fraternamente raggruppate attorno alla chiesa dalla quale il vento diffondeva gli ultimi rintocchi del coprifuoco.

"Laggiù, vedete, a destra del villaggio e della chiesa?" disse Little John alla sua compagna di viaggio. "Quel grande edificio con le finestre illuminate? Be', è il castello di Gamwell, la casa di mio zio. Non troverete in tutta la contea una dimora più comoda, e in tutta l'Inghilterra un angolo più incantevole. Che ne dite, miss?"

Marian approvò con un sorriso le frasi entusiaste del nipote di sir Guy di Gamwell.

"Affrettiamoci, miss," disse questi. "Qui la notte è molto umida e non vorrei vedervi tremare dal freddo ora che avete cessato di tremare per la paura."

Poco dopo, Little John e la sua compagna ebbero il benvenuto chiassoso di una muta di cani da guardia. Il giovane ammansì il loro entusiasmo con qualche rude complimento e alcuni leggeri colpi di bastone assestati sui più turbolenti, quindi, dopo aver attraversato un gruppo di domestici stupefatti che lo salutarono rispettosi, entrò nel salone del maniero proprio nel momento in cui la famiglia al gran completo stava per sedersi a tavola per cenare.

"Caro zio, vi domando ospitalità per questa bella e nobile damigella," gridò il giovane, guidando per mano Marian fino al seggio su cui troneggiava il venerabile sir Guy di Gamwell. "La Provvidenza, di cui sono stato indegno strumento, ha voluto che riuscisse a sfuggire alla furia di un infame bandito."

Durante la fuga nella foresta, Marian aveva perso la fascia di velluto che di solito raccoglieva i lunghi capelli, perciò, per proteggersi dal freddo, aveva accettato il plaid di Little John, che tuttora le ricopriva il capo e il petto, lasciando intravedere il dolce viso solo in piccola parte. A quel punto, imbarazzata dal copricapo, o forse vergognandosi per essersi presentata in pubblico con addosso un indumento maschile, Marian se ne liberò, apparendo alla famiglia di Gamwell in tutto il suo splendore.

I sei cugini di Little John poterono così ammirare a bocca aperta la fanciulla, mentre le due figlie di sir Guy correvano con passo leggero accanto alla forestiera.

"Bravo, Little John!" si congratulò il patriarca. "Poi ci racconterai come hai fatto a non spaventare questa giovane accostandoti a lei nel cuore della notte in piena foresta, e a ispirarle abbastanza fiducia da convincerla a seguirti anche se non ti conosce, facendoci l'onore di venire a riposare sotto il nostro tetto. Nobile e bella damigella, mi sembrate stanca e sofferente. Su, accomodatevi qui tra me e mia moglie, un dito di vino generoso vi rimetterà in forze, poi le mie figlie vi accompagneranno fino a un comodo letto."

Attesero che Marian si fosse ritirata in camera prima di chiedere a Little John un resoconto dettagliato delle peripezie della serata. Il giovane concluse la spiegazione annunciando che stava per recarsi alla casetta di Gilbert Head.

"Ottimo! Visto che la damigella è amica del buon Gilbert e del mio compare Robin, ti accompagno, cugino," annunciò William, il più giovane dei sei Gamwell.

"Non stasera, William," disse il vecchio baronetto. "È troppo tardi e Robin sarà già a letto ancor prima che abbiate finito di attraversare la foresta. Andrai a trovarlo domani, ragazzo."

"Ma, padre, Gilbert starà in pensiero per la sorte della damigella, e sono pronto a scommettere che Robin la sta cercando," ribatté William.

"Hai ragione figliolo, ti lascio libero di fare come credi."

Little John e Will si alzarono presto da tavola per avviarsi verso la foresta.

8.

Abbiamo lasciato Robin nella cappella del castello, nascosto dietro una colonna a chiedersi per quale concorso di circostanze Allan fosse tornato libero.

Pensava: "Senza dubbio è Maude, la gentile Maude, che gioca scherzetti del genere al barone. Giuro, se continua ad aprirci tutte le porte del castello, le do un milione di baci".

Intanto Allan diceva, portandosi alle labbra la mano della fanciulla: "Ancora una volta ho la fortuna, dopo due anni di separazione, di dimenticare accanto a voi tutto quello che ho sofferto".

"Avete sofferto, caro Allan?" chiese Christabel, un tantino incredula.

"Come potete dubitarne? Oh, sì, ho sofferto, e dal giorno in cui fui cacciato dal castello di vostro padre la mia vita è stata un inferno. Quel giorno lasciai Nottingham camminando all'indietro per vedere fino all'ultimo il drappo che agitavate sui lontani spalti in segno d'addio. Credetti allora che quell'addio sarebbe stato eterno, e mi sentii morire di dolore. Ma Dio ha avuto pietà di me, mi ha concesso di piangere come un bambino che ha perso la mamma. Ho pianto, e sono sopravvissuto."

"Allan, il cielo m'è testimone che se potessi rendervi felice sareste felice."

"Allora sarò felice un giorno!" gridò Allan con foga. "Dio vi ascolterà."

"Mi siete stato fedele?" chiese Christabel, interrompendolo con maliziosa ingenuità. "E lo sarete sempre?"

"Nei pensieri, nelle parole, negli atti lo sono sempre stato, lo sono e sempre lo sarò."

"Grazie, Allan, la fiducia che ho in voi mi sostiene nel mio isolamento. Devo obbedire al volere di mio padre, ma c'è una sua decisione alla quale non mi sottometterò mai: può separarci di nuovo come ha già fatto, ma non potrà mai costringermi ad amare un altro che non siate voi."

Era la prima volta in vita sua che Robin sentiva parlare la lingua dell'amore, ma la comprendeva d'istinto. Gioiva in cuor suo a quelle parole e nel frattempo pensava sospirando: "Oh, se la bella Marian mi parlasse in questo modo!".

"Cara Christabel, come avete fatto a scoprire la segreta in cui mi avevano rinchiuso?" domandò Allan. "Chi è stato ad aprirmi la porta? Chi m'ha procurato questo saio da monaco? Nel buio non ho potuto riconoscere il mio salvatore. M'ha solamente bisbigliato di venire nella cappella."

"Nel castello c'è una sola persona di cui possa fidarmi. Dobbiamo la vostra evasione a una ragazza buona quanto ingegnosa, Maude, la mia cameriera."

"Ne ero certo," sussurrò Robin.

"Dopo che mio padre ci ha separati a forza e vi ha fatto rinchiudere nella segreta, Maude, commossa dalla mia disperazione, m'ha detto: 'Milady, state tranquilla, rivedrete presto messer Allan'. Ed è stata di parola, la piccola brava Maude, perché pochi istanti fa m'ha avvertito che potevo aspettarvi qui. A quanto pare, il carceriere che doveva sorvegliarvi non è stato insensibile alle moine di Maude, che gli ha portato da bere e gli ha cantato delle ballate. Quel poveretto s'è ubriacato talmente di vino e di sguardi languidi che s'è addormentato come un ghiro. E così la furbacchiona gli ha sottratto le chiavi. Per un caso provvidenziale c'era il confessore di Maude qui al castello, e il sant'uomo non ha avuto problemi a togliersi la tonaca per passarla a voi. Non conosco ancora questo venerabile servo del Signore, ma vorrei incontrarlo per ringraziarlo del paterno aiuto che ha concesso a Maude."

"Davvero paterno come aiuto," commentò tra sé e sé Robin, sempre nascosto dietro una colonna.

"Questo monaco si chiama per caso frate Tuck?" chiese Allan.

"Sì, amico mio. Lo conoscctc?"

"Un po'," rispose sorridente il giovane.

"È un simpatico vecchio, ne sono certa," aggiunse Christabel. "Ma perché ridete, Allan? Quel buon padre non merita il vostro rispetto?"

"Non sto dicendo il contrario, cara Christabel."

"Allora perché ridete, amico mio? Voglio saperlo."

"Oh, roba da poco, cara. È che quel buon vecchio frate non è affatto vecchio quanto pensate."

"Mi stupisce che vi diverta tanto questo mio errore. Poco importa, vecchio o giovane voglio un gran bene a quel monaco, e Maude mi sembrava apprezzarlo parecchio."

"Oh, non ne dubito. Però mi dispiacerebbe molto se l'amaste quanto l'ama Maude."

"Che intendete?" chiese perplessa Christabel.

"Scusatemi, amor mio, è solo uno scherzo che capirete in seguito, quando ringrazieremo il monaco per il suo intervento."

"Che sia. Ma non mi state dicendo nulla della mia amica, di vostra sorella Marian. Almeno lei mi permetterete di amarla!"

"Marian ci sta aspettando a casa di un onesto guardaboschi di Sherwood. Ha lasciato Huntingdon per stare da noi perché speravo che vostro padre mi avrebbe concesso la vostra mano. Purtroppo non s'è accontentato di rifiutarmi ma ha addirittura attentato alla mia libertà e senza dubbio anche alla mia vita. Ora ci resta una sola speranza per essere felici, la fuga."

"Oh, no, Allan, no, non potrei mai abbandonare mio padre."

"Ma la sua collera ricadrà su di voi come ha fatto con me. Voi, io e Marian saremo felici una volta isolati dal mondo. Christabel, ovunque vorrete vivere, nella foresta, in città, ovunque! Oh, venite, venite, non voglio uscire da questo inferno senza di voi."

La frastornata Christabel stava singhiozzando, la faccia nascosta tra le mani, e pronunciava soltanto una parola, "no", ogni volta che Allan le proponeva di scappare insieme.

Se in quel momento Allan Clare fosse stato in pubblico avrebbe sicuramente svelato i crimini del barone Fitz-Alwine, riducendo in briciole quell'individuo tracotante e crudele!

Mentre il giovane gentiluomo e Christabel si confidavano abbracciati i dolori e le speranze, Robin, per la prima volta in vita sua testimone di una vera scena d'amore, si sentì proiettare in un nuovo mondo.

In quel mentre la porta dalla quale erano entrati i prigionieri evasi si aprì in silenzio e apparve Maude con una torcia in mano, seguita da frate Tuck privo di tonaca.

"Oh, cara padrona, siamo perduti!" singhiozzò Maude. "Moriremo, sarà un massacro! Oh, povera me!"

"Che dici, Maude?" chiese spaventata Christabel.

"Dico che stiamo per morire. Il barone sta mettendo il posto a ferro e fuoco. Non risparmierà nessuno, né voi né me! Oh, morire tanto giovane è tremendo! No, mille volte no, milady, non voglio morire!"

La dolce Maude stava tremando dalla testa ai piedi e piangeva a dirotto, ma di lì a poco sarebbe tornata a sorridere.

"Che significano questi lamenti e questi singhiozzi?" la rimproverò Allan. "Siete impazzita? E voi, frate Tuck, non potete dirmi che succede?"

"Impossibile, cavaliere," rispose quasi scherzoso

il monaco. "Tutto quello che so si riassume a questo. Ero seduto... no, anzi, ero inginocchiato..."

"Seduto," precisò Maude.

"Inginocchiato!" insistette il monaco.

"Seduto," ripeté Maude.

"In ginocchio ero, ti dico! Ero inginocchiato e stavo pregando..."

"Stavate bevendo birra, e anche parecchia," lo interruppe di nuovo la sdegnata Maude.

"Gentilezza ed educazione sono qualità rimarchevoli, mia graziosa Maude, e oggi mi sembra che tenda a dimenticartene."

"Basta fare la morale, e soprattutto con le chiacchiere," intervenne imperioso Allan. "Fatemi semplicemente sapere la ragione del vostro arrivo improvviso e quali pericoli corriamo."

"Chiedetelo al reverendo padre," disse Maude, scuotendo la bella testa con aria sbarazzina. "Poco fa vi siete rivolto a lui, messer cavaliere, ed è giusto che sia lui a rispondere."

"Maude, ti fai beffe crudelmente delle mie paure," disse Christabel. "Dimmi che cosa dobbiamo temere, te ne supplico, anzi, te lo ordino."

La giovane cameriera, intimidita, arrossì, quindi rispose, rivolta alla padrona: "Ora vi spiego, milady. Sapete che ho fatto bere a Egbert, il secondino, più vino di quello che potesse reggere. Insomma, s'è addormentato. In pieno sonno da sbronza Egbert è stato convocato da milord, che voleva andare a trovare il vostro... cioè, messer Allan. Il povero carceriere, ancora nei fumi del vino che gli avevo versato, s'è scordato il rispetto che doveva a Sua Signoria e s'è presentato con le mani sui fianchi chiedendo con tono irrispettoso perché aveva osato disturbarlo, lui che è un così bravo ragazzo, tirandolo giù dalla branda. Il barone è rimasto talmente sbalordito sentendosi porre una domanda così insolita che è restato per qualche istante a fissare a bocca aperta Egbert, senza degnarsi di rispondere. Egbert, ringalluzzito dal silenzio, s'è avvicinato a milord e con una mano sulla spalla del barone ha sbraitato tutto allegro: 'Dimmi un po', vecchio avanzo di Palestina, come stiamo di salute? Spero che la gotta ti lascerà dormire stanotte…'. Milady, sapete bene che Sua Signoria già non era di buonumore, perciò potete immaginare la sua rabbia alle parole e ai gesti di Egbert. Ah! Se l'aveste visto tremereste da capo a piedi come me e immaginereste una carneficina. Milord schiumava per la rabbia e ruggiva come un leone ferito, faceva tremare i muri della sala mentre cercava in giro qualcosa da fare a pezzi. Poi di colpo ha afferrato il mazzo di chiavi appeso alla cintura di Egbert e ha cercato nel mucchio quella della segreta del vostro… di messer cavaliere. Che però era sparita. Allora ha chiesto inferocito che cosa ne aveva fatto. A questa domanda, Egbert, tornato di colpo sobrio, è diventato grigio per lo spavento. Milord non aveva più nemmeno la forza di gridare, però le convulsioni che lo scuotevano dalla testa ai piedi preannunciavano la sua intenzione di vendicarsi. Ha chiesto un plotone di armigeri e s'è fatto accompagnare nella segreta di messere annunciando che se non avesse trovato il prigioniero avrebbe fatto penzolare Egbert dalla forca… Messere," aggiunse Maude girandosi verso Allan, "dovete scappare a gambe levate prima che informino mio padre dell'accaduto e gli facciano chiudere le porte del castello".

"Andate, andate, caro Allan!" gridò Christabel. "Ci separeranno per sempre se mio padre ci trova insieme."

"E voi, Christabel? Voi?" fece disperato Allan.

"Io resto qui… a placare la rabbia di mio padre."

"Allora resto anch'io."

"No, no, scappate, per l'amor del cielo! Scappate se mi amate… ci rivedremo."

"Me lo giurate?"

"Ve lo giuro."

"Allora vi obbedisco, Christabel!"

"Arrivederci! A presto!"

"Ora voi, messer cavaliere, mi seguirete, e anche il monaco."

"Maude, siete sicura che vostro padre ci lascerà uscire dal castello?" chiese frate Tuck.

"Sì, soprattutto se nessuno gli ha ancora raccontato che cos'è successo stasera. Su, andiamo, non c'è tempo da perdere."

"Ma siamo entrati in tre nel castello," ricordò il monaco.

"È vero," disse Allan. "Robin che fine ha fatto?"

"Presente!" gridò il giovane dei boschi, uscendo da dietro la colonna.

Christabel si lasciò sfuggire un gridolino spaventato, invece Maude salutò Robin con tanto entusiasmo che il monaco aggrottò la fronte.

"In gamba il ragazzo!" disse poi sorridente la cameriera, sfiorando il braccio del giovane. "È evaso da una cella sorvegliata da due sentinelle."

"Eravate in gattabuia anche voi?" chiese Allan.

"Racconterò le mie avventure quando saremo lontani," rispose Robin. "Andiamocene di corsa. Venite, messere, secondo me dovreste aver cara la vita... anche più di me," aggiunse depresso il ragazzo. "Infatti vostra sorella e altri piangerebbero la vostra morte, mentre io invece... Ma sbrighiamoci, approfittiamo dell'aiuto di Maude. Andiamo, le mura del castello di Nottingham mi soffocano. Andiamo!"

Sentendo queste parole, Maude lanciò una strana occhiata al giovane. Ma d'un tratto echeggiò un rumore di passi nel corridoio che portava alla cappella.

"Signore, abbi pietà di noi!" gridò Maude. "È il barone. Andate, in nome del cielo!"

Allan si levò lesto la tonaca e la restituì a Tuck, poi andò da Christabel per un ultimo addio.

"Di qua, cavaliere!" ordinò Maude, aprendo una porta.

Allan depose sulle labbra di Christabel il più ardente dei baci, poi obbedì all'ordine della cameriera.

"San Benedetto mi proteggerà, mia dolce amica!" garantì il monaco, che tentò a sua volta di baciare Maude.

"Impertinente!" protestò la fanciulla. "Andate, andate."

Robin, ormai esperto di galanterie, si inchinò davanti a Christabel e le baciò rispettoso la mano dicendo: "Che la Vergine vi soccorra, vi consoli e vi guidi".

Christabel lo ringraziò, stupefatta nel vedere tanta nobiltà di modi in un semplice boscaiolo.

"Milady, mentre noi scappiamo voi mettetevi a pregare e fate la gnorri sulla causa della collera del barone per evitare che sospetti di voi," disse Maude.

La porta s'era appena chiusa alle spalle dei fuggitivi quando il barone fece irruzione nella cappella alla testa dei suoi armigeri.

Torneremo a lui più tardi, per ora accompagneremo i nostri tre amici e la gentile Maude, il loro angelo custode.

Il quartetto risalì una stretta galleria in questo ordine: Maude armata di torcia in avanscoperta, Robin subito dietro, frate Tuck quasi a fianco del ragazzo e per ultimo Allan.

Maude procedeva di buon passo non solo per arrivare per prima alla porta del castello ma anche per frapporre una certa distanza tra sé e Robin. Era molto seria, taciturna, e con la mano libera respingeva quella di Robin che tentava invano di afferrarla per una manica.

"Siete arrabbiata con me?" chiese con voce supplichevole il giovane.

"Sì," rispose laconica Maude.

"Che cos'ho fatto da irritarvi tanto?"

"Non avete fatto niente."

"Allora che cos'ho detto?"

"Non domandatemelo, messere, non può né deve interessarvi."

"Però mi cruccia."

"Che importa? Vi consolerete presto. Tanto tra poco sarete lontano da questo castello di Nottingham le cui mura vi soffocano."

"Ah-ah! Ho capito," si disse Robin, poi aggiunse ad alta voce: "Se sono stanco del barone, delle mura del suo castello e dei chiavistelli delle sue segrete, non lo sono affatto del vostro bel viso, né dei vostri sorrisi o delle vostre dolci parole, mia cara Maude".

"Davvero?" fece Maude, girando il capo.

"Davvero, cara Maude."

"Pace, allora."

E Maude si lasciò baciare dal giovane boscaiolo.

Questa manovra rallentò la marcia dei fuggiaschi, tanto che il monaco, che aveva captato il rumore sgradito del bacio, gridò burbero: "Ehi, procedete più spediti. Da che parte si va?".

Erano infatti giunti a una biforcazione.

Maude rispose che si andava a destra. Dopo venti passi arrivarono infatti alla guardiola del custode. La ragazza chiamò il padre.

"Ma come?" esclamò il vecchio Lindsay, che fortunatamente era ancora ignaro dei fatti della serata. "Come? Ci lasciate di già? E non è ancora giorno! Ma come, frate Tuck, contavo di trincare con voi prima di andare a dormire. È proprio necessario che partiate stasera?"

"Sì, figliolo," rispose Tuck.

"Addio, allora, allegrone d'un Giles. E arrivederci anche a voi, bravi gentiluomini!"

Il ponte levatoio si abbassò e Allan fu il primo a lanciarsi fuori dal castello, seguito dal monaco dopo che ebbe parlamentato con la ragazza, la quale stavolta non gli permise di impartirle quella che lui chiamava la sua benedizione, ossia un bel bacio. Anzi, Maude approfittò di un attimo di disattenzione del monaco per imprimere un bacio bruciante sulla mano di Robin.

Il quale, fortemente impressionato, trasalì in ogni sua fibra.

Maude gli chiese sottovoce: "Ci rivedremo presto, vero?".

"Lo spero, e in attesa del mio ritorno fatemi il grande piacere, mia cara, di recuperare il mio arco nella camera del barone, e anche le frecce. Li consegnerete a chi verrà a prenderli da parte mia."

"Venite voi."

"Bene, verrò io stesso. Addio, Maude."

"Addio, Robin, addio!"

I singhiozzi che soffocarono la voce della poverina non permisero di capire se aveva salutato anche Allan e Tuck.

I fuggiaschi scesero velocemente il colle e attraversarono senza fermarsi la cittadina, rallentando il passo soltanto quando si trovarono tra le ombre protettrici della foresta di Sherwood.

9.

Verso le dieci di sera Gilbert, che stava aspettando con impazienza il ritorno dei pellegrini, lasciò padre Eldred nella camera di Ritson per scendere da Margaret, impegnata in quel momento nelle faccende domestiche. Voleva sapere se Marian fosse per caso inquieta per la lunga assenza del fratello.

"Miss Marian?" gridò Margaret che, prostrata dal dolore, non s'era nemmeno accorta dell'assenza della giovane. "Miss Marian? Sarà senza dubbio nella sua stanza."

Gilbert corse di sopra, ma trovò una stanza vuota.

"Maggie, sono le dieci e la ragazza non è in casa."

"Era uscita a spasso con Lance qui attorno."

"Si sarà persa. Oh, Maggie, temo che le sia successo qualcosa. Sono le dieci passate! A quest'ora nella foresta sono svegli soltanto i lupi e i fuorilegge."

Gilbert prese l'arco, le frecce, una spada affilata e si addentrò nel bosco alla ricerca di Marian. Conosceva ogni tronco, ogni cespuglio, ogni radura, ed era disposto a frugare uno per uno tutti gli angoli che conosceva e che potevano essere pericolosi per una donna.

"Devo assolutamente trovare la ragazza," si stava dicendo. "Per san Pietro! Devo trovarla!"

Guidato dall'istinto, me forse sarebbe meglio dire da quel sesto senso particolare che si sviluppa negli abitanti della foresta, Gilbert seguì esattamente i passi di Marian fino al punto in cui s'era seduta. Lì giunto, gli parve di udire un sordo lamento che proveniva da un sentiero vicino, nascosto dal fitto fogliame. Si mise in ascolto e capì che i lamenti si alternavano a un debole uggiolio acuto, come di un animale che soffre. C'era un gran buio, perciò Gilbert fu costretto ad avanzare a tentoni verso il punto da cui arrivavano i guaiti, sempre più distinti a mano a mano che si avvicinava. Poco dopo i suoi piedi andarono a sbattere contro una massa inerte stesa a terra. Si abbassò, allungò la mano e sfiorò il vello appiccicoso di freddo sudore di un animale, il quale, come rianimato dalla carezza, ebbe un soprassalto. Il suo uggiolio diventò un debole latrato, segno che l'aveva riconosciuto.

"Lance! Mio povero Lance!" gridò Gilbert.

Lance tentò di sollevarsi sulle zampe, ma ricadde con un gemito, incapace di reggere lo sforzo.

"Dev'essere capitata una disgrazia a quella povera figliola," si disse il guardaboschi. "E Lance ha cercato di difenderla, ma ha avuto la peggio. Forza, forza," sussurrò poi, accarezzando il cane fedele. "Povero vecchio Lance, dove t'hanno ferito? Alla pancia? No. Sul groppone? Alle zampe? No, nemmeno qui. Ah, la testa! Quello schifoso ha cercato di spaccarti il cranio. Be', ce la caveremo. Hai perso molto sangue, ma te ne rimane un bel po'... Il cuore batte, lo sento, e non batte certo la ritirata."

Gilbert, come tutti i campagnoli, conosceva molto bene le virtù terapeutiche di certe piante, pertanto andò subito a raccoglierne nelle radure vicine, dove il chiarore della luna appena spuntata diradava l'oscurità, poi, dopo averle pestate fra due pietre, le spalmò sulla ferita di Lance e le tenne in posizione improvvisando una fasciatura con un lembo della sua giubba di pelle di capra.

"Ora devo lasciarti, povero vecchione, ma stai tranquillo, tornerò a prenderti. Intanto tu riposati su questo letto di foglie secche, anzi, ti copro con altre foglie perché non prenda freddo, mio bravo Lance!"

Parlando al cane come avrebbe parlato a una persona, l'anziano guardaboschi prese in braccio l'animale e lo trasferì in un punto in cui la vegetazione era più folta. Fatto questo, diede un'ultima carezza al fedele amico e ripartì alla ricerca di Marian.

"Santi numi!" sussurrò mentre scrutava con occhio di lince alberi e radure. "Santi numi! Se il buon Dio mette sulla mia strada il figlio del demonio che ha lacerato la cotenna del mio povero Lance, gli farò ballare la giga a forza di piattonate di spada, un ballo scatenato come non ne ha mai fatti in vita sua. Ah, che furfante, che bandito!"

Seguì senza mai sbagliare il sentiero lungo il quale era scappata Marian dopo il crollo di Lance, arrivando così nella radura in cui Little John aveva tratto in salvo la fuggitiva. Stava osservando quell'apertura circondata da alberi radi quando notò un'ombra ingigantita dai raggi obliqui della luna, un'ombra che sembrava fluttuare per terra. In un primo momento pensò che fosse quella di un grosso arbusto e non ci fece caso. Ma poi l'istinto gli disse che aveva qualcosa di strano. Perciò guardò meglio, e capì che poteva essere solo l'ombra di un essere vivente, un uomo, per la precisione, a una ventina di passi da lui. Gli dava le spalle, appoggiato a un tronco, e muoveva le mani attorno al capo come se si stesse annodando un turbante.

Il guardaboschi andò immediatamente a posare una mano vigorosa su colui che credeva un fuorilegge, forse addirittura l'assassino di miss Marian.

"Chi sei?" ringhiò.

L'altro, un po' per la debolezza un po' per lo spavento, barcollò, poi si lasciò scivolare lungo il tronco fino ai piedi di Gilbert.

"Chi sei?" ripeté il guardaboschi, risollevandolo di peso.

"Che t'importa?" borbottò lo sconosciuto appena si accorse, rimesso in piedi, che Gilbert era solo. "Che t'im…"

"M'importa eccome. Sono una guardia forestale, e come tale sono incaricato della sorveglianza di Sherwood. E tu mi sembri un bandito quanto la luna piena di questo mese sembra quella del mese scorso, e sospetto che tu stia dando la caccia a un tipo ben preciso di selvaggina. Però ti lascerò libero se risponderai chiaramente e sinceramente a certe domande. Ma se ti rifiuti, san Dunstano m'è testimone, ti consegno allo sceriffo."

"Tu chiedi, e io deciderò se rispondere."

"Hai incontrato poco fa nella foresta una fanciulla vestita di bianco?"

Il bandito fece un sorriso maligno.

"Capisco, l'hai incontrata. Ma cosa vedo? Hai una ferita alla testa. Sì, ed è stata causata dalle zanne di un cane. Miserabile! Adesso verifico."

Gilbert strappò la benda insanguinata dalla ferita, portando allo scoperto un lembo di carne che ricadde sul collo. L'uomo appena smascherato gridò, impazzito per il dolore, senza accorgersi che in quel modo si autodenunciava: "Come fai a sapere che era un cane? Eravamo soli!".

"E la ragazza? Dov'è? Parla, miserabile, parla o t'ammazzo."

Mentre Gilbert aspettava una risposta, con la mano sull'impugnatura dello spadino, il fuorilegge afferrò di soppiatto la balestra e l'usò per sferrare un colpo violento sul cranio dell'altro. Il vecchio rimase stordito solo un istante ma si riprese immediatamente e sguainò la spada ben saldo sulle gambe, assestando una raffica di piattonate sulla schiena, sulle spalle, sulle braccia e sui fianchi del proscritto, che crollò a terra e vi rimase immobile, più morto che vivo.

"Non so chi mi tenga dal farti fuori, miserabile!" strillò il guardaboschi. "Ma dato che non vuoi dirmi dov'è la fanciulla, ti abbandono alla tua sorte. Morirai qui, come una bestia selvatica."

Quindi si allontanò per riprendere le ricerche.

"Non sono ancora morto, vile schiavo!" mormorò il proscritto, sollevandosi su un gomito appena Gilbert fu abbastanza lontano. "Non sono morto e te lo dimostrerò. Ah, volevi sapere dove si trova ora la ragazza? Sarei un vero scemo se placassi la tua angoscia dicendoti che se l'è portata a casa un Gamwell. Uh, che male! M'hai spezzato le ossa e slogato le giunture, ma non sono morto, no, Gilbert Head, non sono morto!"

E andò a cercare, trascinandosi sulle mani e sulle ginocchia, riparo e riposo dove la vegetazione era più folta.

Gilbert, sempre più inquieto, continuò a perlustrare la foresta, ma ormai non sperava più di trovare la ragazza, per lo meno ancora viva, quando udì intonare poco lontano una delle allegre ballate che aveva composto anni prima in onore del fratello Robin.

Il cantante invisibile si trovava poco più avanti lungo il medesimo sentiero. Gilbert rimase ad ascoltarlo, e il suo amor proprio di poeta gli fece dimenticare per qualche istante l'angoscia del momento.

"È quello scemo pel di carota di Will Scarlet, un soprannome davvero appropriato. Spero di trovarlo appeso a un ramo di quercia," borbottò incattivito. "Canta l'aria della mia ballata in un modo che stride con le parole. Ehi, messer Gamwell! Ehi, William Gamwell, non storpiate in quel modo la mia musica e i versi! Be', che diavolo ci fate a quest'ora nella foresta?"

"Ehilà!" rispose il giovane gentiluomo. "Chi osa interrompere William di Gamwell mentre canta prima che William di Gamwell gli abbia dato il benvenuto?"

"Chiunque abbia sentito una volta e una volta sola la voce di Will Scarlet non può dimenticarla, e non ha bisogno per prevedere l'arrivo di Will né dei raggi del sole né di quelli della luna, e nemmeno delle stelle."

"Bravo, bella risposta!" disse tutto contento un altro individuo.

"Fatti avanti, spiritoso straniero, così possiamo impartirti una lezioncina di buona educazione," rispose Will con tono bellicoso, facendo mulinare il bastone, almeno fino a quando Little John pensò bene di intervenire.

"Cugino, sei impazzito? Non riconosci il vecchio Gilbert? Stavamo andando proprio da lui."

"Gilbert! Sul serio?"

"Ma certo, Gilbert."

"Ah, allora è diverso," disse il giovanotto, poi andò incontro al guardaboschi gridando: "Buone notizie, vecchio mio, buone notizie! La damigella è al sicuro a casa nostra, e miss Barbara la sta accudendo assieme a miss Winifred. Little John l'ha incontrata nella foresta proprio mentre veniva aggredita da un bandito. Ma siete solo, Gilbert? E Robin, il mio caro Robin, dov'è?".

"Pace, allora, Will! Risparmiate i vostri polmoni e le nostre orecchie. Robin è partito stamane per andare a Nottingham, e quando sono uscito di casa non era ancora tornato."

"Ah, è un peccato che Robin Hood sia andato a Nottingham senza di me. C'eravamo ripromessi di passare otto giorni in città. Lì ci si diverte un sacco!"

"Ma come siete pallido, Gilbert," disse Little John. "Che avete? Siete malato?"

"No, è che ho dei pensieri. Oggi è morto mio cognato, e ho saputo che… Ma non importa, lasciamo perdere. Ringraziamo piuttosto il Signore perché miss Marian è in salvo. Era lei che cercavo nella foresta. Potete immaginare quanto fossi angosciato, soprattutto dopo aver trovato poco fa il povero Lance, il mio cane migliore, mezzo morto."

"Mezzo morto un cane così bravo, così…"

"Sì, Lance. Bestie del genere non le fanno più, s'è perso lo stampino."

"Ma chi può essere stato a commettere un abominio del genere? Ditemi chi è il bastardo che gli spezzo le costole! Dov'è, dov'è?" pretese il giovanotto dai capelli rossi.

"Tranquillo, figliolo, l'ho già vendicato il vecchio Lance."

"Fa lo stesso, voglio vendicarlo anch'io. Ditemi, dov'è il miserabile tanto vigliacco da ammazzare un cane? Devo prendergli le misure con il bastone. È senza dubbio un bandito."

"Sì, e l'ho lasciato laggiù... da quella parte... moribondo dopo che l'ho imbottito di colpi con il piatto della mia spada."

"Se quell'uomo è lo stesso che ha osato aggredire miss Marian, è mio dovere condurlo a Nottingham davanti allo sceriffo. Mostratemi dove l'avete lasciato, Gilbert," disse Little John.

"Di qua, di qua, ragazzi!"

Il vecchio guardaboschi trovò senza difficoltà il punto in cui il bandito era caduto sotto i suoi colpi. Ma il disgraziato era sparito.

"Peccato!" esclamò Will. "Toh, quello è il punto in cui ci diamo appuntamento quando partiamo dal castello per le battute di caccia, laggiù, presso quel crocicchio, tra la quercia e il faggio."

"Tra la quercia e il faggio!" ripeté Gilbert, scosso da un brivido.

"Sì, tra quei due alberi. Ma che avete, vecchio mio? Tremate come una foglia," esclamò Will.

"È che... Oh, niente, niente, solo un brutto ricordo," rispose Gilbert, cercando di nascondere il turbamento.

"Avete paura dei fantasmi, proprio voi così coraggioso?" chiese Little John, che ignorava la causa della reazione di Gilbert. "Vi credevo superiore a queste cose, voi che siete il decano dei guardaboschi. È però vero che questo tratto non ha una bella reputazione, dicono che sotto quei grandi alberi vaghi ogni notte l'anima di una fanciulla ammazzata dai banditi. Io non l'ho mai vista, eppure frequento la foresta di notte quanto di giorno, ma tanta gente di Mansfield, di

Nottingham, del castello e dei villaggi vicini è pronta a giurare di averla incontrata al crocicchio."

Via via che Little John parlava, il turbamento di Gilbert andava crescendo. Aveva la faccia madida di sudore freddo e i denti che battevano mentre indicava ai compagni, gli occhi sbarrati e il braccio teso verso il faggio, un oggetto invisibile.

D'un tratto la brezza, fino a quel momento appena percettibile, diventò una raffica di vento che smosse le foglie secche ammassate ai piedi degli alberi. E in mezzo a quel turbinio apparve una forma umana.

"Annette, Annette, sorella mia," gridò Gilbert, inginocchiandosi a mani giunte. "Che desideri, Annette? Che cosa ordini?"

Will e Little John, intrepidi com'erano, rabbrividirono e si segnarono devotamente perché Gilbert non era affatto vittima di un'allucinazione, anche loro vedevano un grande fantasma bianco tra i due alberi, uno spettro che aveva l'aria di voler avanzare verso di loro. Ma poi il vento raddoppiò di violenza, così lo spettro arretrò come se fosse spinto dalla folata, scomparendo in fondo al crocevia, dove i raggi obliqui della luna non penetravano ancora a causa del fitto fogliame.

"È lei! È lei! Insepolta!"

Pronunciate queste parole, Gilbert svenne, e i suoi compagni rimasero a lungo immobili e muti come statue. Ora non vedevano più il fantasma, ma avevano l'impressione che il vento portasse sino a loro alcuni rumori confusi, forse gemiti.

I due giovani si ripresero poco per volta dallo spavento, quindi prestarono soccorso a Gilbert ancora svenuto. Invano gli strofinarono le mani e cercarono di fargli deglutire qualche goccia di quel whisky di cui qualsiasi boscaiolo che si rispetti ha con sé una piccola scorta, invano mormorarono nelle sue orecchie un intero vocabolario di parole d'incoraggiamento, il vecchio non riprese conoscenza, tanto che l'avrebbero creduto morto se non fosse stato per il cuore che batteva ancora.

"Che si fa, cugino?" chiese Will.

"Lo portiamo a casa sua, e alla svelta," rispose Little John.

"Lo so che sei abbastanza forte da reggerlo sulle spalle, però non starà mica tanto comodo. È meglio se lo prendiamo io per i piedi e tu per la testa."

"Tieni la mia accetta, Will, e vai a tagliare quel che serve per improvvisare una barella. Io resto qua, spero ancora di riuscire a svegliarlo."

Will, sinceramente dispiaciuto per il vecchio poeta di Sherwood, aveva smesso di cantare le allegre ballate di Gilbert mentre cercava i rami adatti. Arrivò così al tratto in ombra del crocicchio in cui era sparito il fantasma. Va detto a suo onore che sembrava tranquillo come se stesse passeggiando nell'orto dei Gamwell.

D'un tratto inciampò in un oggetto voluminoso. Stava per lanciare una maledizione a quel malcapitato ostacolo che gli intralciava il cammino quando capì che quello che aveva scambiato per un pezzo di legno si muoveva e gli riversava nell'orecchio una sequela di bestemmie.

"Aiuto!" esclamò il prode Will, afferrando per la gola l'individuo sul quale era caduto. "Cugino, cugino, vieni! Lo tengo!"

"Taglialo rasoterra," rispose Little John senza staccarsi da Gilbert.

"Non sto tenendo un alberello, è il bandito, quello che ha massacrato Lance. Vieni, cugino!"

"Ma lasciami! Soffoco," stava rantolando lo sconosciuto. "Ah, eccovi tutti e due!" aggiunse quando vide arrivare Little John. "Non ne vale la pena... sto morendo... aria, abbiate pietà, aria!"

William si alzò in piedi.

"Perbacco, è il fantasma di poco fa, con la sua giubba bianca di pelle di capra!" esclamò Little John.

"Eri sdraiato là tra quei due alberi su un mucchio di foglie?"

"Sì."

"Sei tu quello che ha inseguito la fanciulla?"

"E sei tu quello che ha massacrato il più coraggioso dei cani?" aggiunse Will.

"No, no, signori. Per pietà, aiutatemi, sto morendo!"

"E hai appena ammazzato un uomo che t'ha scambiato per un fantasma, quello di Annette," lo incalzò Will.

"Annette? Oh, mi ricordo bene Annette. L'ha ammazzata Ritson. Io ero quello travestito da prete che li ha sposati."

I due cugini, non comprendendo il significato di quelle frasi, pensarono che stesse delirando.

"Per pietà, signorie, portatemi via da qui! La terra è tanto dura!"

"Prima dicci chi t'ha conciato in questo modo."

"I lupi," rispose il miserabile, ancora lucido nonostante i dolori atroci. "I lupi, signori miei. M'hanno sbranato parte della testa, m'hanno lacerato le carni con le zanne. M'ero perso nella foresta, e siccome non mangiavo da due giorni non ho avuto la forza di difendermi. Pietà, pietà, signori miei."

"È un fuorilegge," sussurrò Little John all'orecchio di Will. "È stato lui a inseguire miss Marian e a spaccare la testa a Lance. È lui quello che Gilbert ha malmenato. Secondo me non andrà lontano e lo ritroveremo anche all'alba. A quel punto, se non sarà morto, lo porterò dallo sceriffo."

E così, indifferenti ai gemiti del bandito, i due cugini tornarono accanto a Gilbert, che aveva ripreso i sensi e sosteneva di sentirsi perfettamente in grado di tornare a piedi a casa sua. Dopodiché si avviò, sorretto dai due giovanotti.

Ma a pochi passi da casa si fermò. Aveva sentito un rumore lugubre che l'aveva fatto trasalire. "È Lance. Forse è il suo ultimo grido di agonia," disse.

"Coraggio, caro Gilbert, siamo quasi arrivati! Ecco Margaret che vi sta aspettando sulla soglia con il lume in mano. Coraggio!"

Ancora una volta echeggiarono i guaiti del cane. Gilbert stava per svenire di nuovo, ma la moglie si precipitò a sostenerlo, portandolo poi dentro casa.

Un'ora più tardi il guardaboschi, meno agitato, stava dicendo ai due giovani amici: "Ragazzi, forse tra un po' avrò la forza di raccontarvi la storia dell'anima in pena che abbiamo visto vagabondare laggiù".

"Un'anima in pena!" fece Will con una risataccia. "Oh, la conosciamo bene quell'anima!"

"Taci, cugino!" lo ammonì Little John.

"No, non la conoscete, siete troppo giovani," riprese Gilbert.

"Sto dicendo che abbiamo incontrato il fuorilegge che avete trattato come merita a colpi di spadino."

"L'avete incontrato?"

"Sì, più morto che vivo."

"Dio lo perdoni!"

"E il diavolo se lo porti!" aggiunse Will.

"Zitto, cugino."

"Prima di tornare al castello, potete farmi un grosso favore, ragazzi?" disse Gilbert.

"Parlate."

"Ho un morto qui in casa. Aiutateci a seppellirlo."

"Ai vostri ordini, caro Gilbert," rispose William. "Abbiamo braccia valide e non temiamo i morti, e nemmeno i vivi né i fantasmi."

"E allora taci, cugino!"

"Va bene, taccio," borbottò Will contrariato, non avendo capito, diversamente da Little John, che le loro allusioni al fantasma non facevano che risvegliare il dolore e l'angoscia del vecchio guardaboschi.

Padre Eldred in testa a recitare le preghiere dei morti, subito dietro Little John e Lincoln che portavano il cadavere sopra una barella improvvisata, quindi Gilbert che soffocava i singhiozzi per non scatenare quelli della moglie e Margaret che piangeva in silenzio sotto il cappuccio di lana, e infine Will Scarlet. Ecco il corteo funebre che stava andando a mezzanotte verso i due alberi ai cui piedi l'amante e assassino di Annette aveva chiesto la grazia di essere sepolto.

Gilbert e la moglie rimasero inginocchiati per tutto il tempo che le braccia robuste di Lincoln e Little John furono impegnate a scavare la fossa.

La buca era spalata solo per metà quando Will, che montava di guardia, l'arco in una mano e lo spadino nell'altra, andò a dire all'orecchio del cugino: "Non faremmo meglio ad allargare il buco per gettarci dentro qualcuno che faccia compagnia al morto?".

"Non capisco, cugino."

"Sto dicendo che il tizio che ha finto di essere stato attaccato dai lupi e che abbiamo lasciato malconcio a pochi passi da qui sarà bello che stecchito. Vai a controllare di persona se si lamenta ancora."

Le ultime palate di terra erano state appena gettate sui cadaveri dei due banditi quando nella foresta echeggiarono per la terza volta gli ululati del cane.

"È Lance, il mio povero Lance," disse il guardaboschi. "Ora penso a te. Non torno a casa senza averti soccorso."

10.

Il focoso barone era corso difilato alla segreta di Allan Clare seguito da sei armigeri, proprio come aveva raccontato Maude.

Il prigioniero era sparito!

"Ah-ah!" ridacchiò il barone con una smorfia da tigre, sempre che le tigri possano ridacchiare. "Ah, vedo che hanno obbedito per filo e per segno ai miei ordini. Sono davvero estasiato! Ma a che diavolo servono i carcerieri e le segrete? Per santa Griselda! A questo punto farò a meno di loro quando emano una sentenza e chiuderò i miei prigionieri nella voliera di mia figlia... Dov'è Egbert Lanner, il responsabile delle chiavi della cella?"

"Eccolo, signoria," rispose un soldato. "Lo tengo ben stretto per evitare che scappi."

"Tanto se fosse scappato avrei impiccato te al posto suo. Vieni qui, Egbert. La vedi la porta di questa segreta? È chiusa. Vedi lo spioncino? È stretto. Bene, ora mi dirai come ha fatto il prigioniero, che non era abbastanza sottile da passare per questa apertura né fine come l'aria per evaporare dal buco della serratura, come ha fatto a scappare."

Egbert, più morto che vivo, tacque.

"Vuoi dirmi per quale vile interesse hai dato una mano a far evadere quel criminale? Te lo chiedo senza un filo di rabbia. Puoi rispondere senza timore. Sono buono e giusto, e forse, se confessi la tua colpa, ti perdonerò."

Il barone stava facendo inutilmente mostra di clemenza. Egbert era troppo esperto per credergli, perciò, sempre più morto che vivo, non gli rispose.

"Ah, stupidi schiavi che non siete altro!" sbottò Fitz-Alwine. "Sono pronto a scommettere che nemmeno uno di voi ha avuto la prontezza di spirito di avvertire il guardiano del castello dell'accaduto. Presto, presto, qualcuno corra a ordinare a Hubert Lindsay da parte mia di alzare il ponte levatoio e chiudere tutte le porte."

Un soldato partì di gran carriera, ma si smarrì nei corridoi bui delle carceri e precipitò a testa in giù lungo le scale di uno scantinato. Fu una caduta mortale, della quale non si accorse nessuno, e così i fuggiaschi poterono uscire dal castello grazie a questa tragedia ignorata.

"Milord, mentre arrivavamo m'è parso di scorgere i riflessi di una torcia in fondo alla galleria che porta alla cappella," segnalò un armigero.

"E che cosa aspettavi a dirmelo?" urlò il barone. "Ah, vi siete prefissi di cuocermi a fuoco lento, disgraziati! Ma morirete prima di me, lo giuro," aggiunse, la voce strozzata dalla collera. "Sì, morirete prima di me, e inventerò per voi le più atroci torture se non acciuffo quel miscredente che nel frattempo sarà sostituito da Egbert sul patibolo."

Lanciate queste minacce, Fitz-Alwine strappò una torcia dalla mano di un soldato e si precipitò nella cappella. Christabel, ferma davanti alla tomba della madre, sembrava immersa in una profonda meditazione.

"Frugate in tutti gli angoli e portatemelo morto o vivo!" ordinò il barone.

I soldati obbedirono.

"Che ci fai qui, figlia mia?"
"Sto pregando, padre."

"Senza dubbio stai pregando per un miscredente che si merita la forca."

"Prego per voi davanti alla tomba di mia madre. Non lo vedete?"

"Dov'è il tuo complice?"

"Quale complice?"

"Quel traditore, Allan."

"L'ignoro."

"Tu menti. È qui."

"Padre, io non vi ho mai mentito."

Il barone scrutò il viso pallido della fanciulla.

"Non abbiamo trovato nessuno dei due," venne ad annunciare un soldato.

"Nessuno dei due?" ripeté Fitz-Alwine, che cominciava a temere che Robin fosse riuscito a evadere.

"Sissignore, nessuno dei due. Non v'hanno detto che i prigionieri evasi sono due?"

Esasperato dal timore che Robin gli fosse sfuggito, proprio l'insolente Robin che l'aveva sfidato a viso aperto e dal quale sperava di ottenere più tardi sotto tortura qualche informazione su Allan, il barone posò una mano sulla spalla del soldato indiscreto e gli disse: "Nessuno dei due, eh? Spiegami il senso di queste tre parole".

Il soldato rabbrividì sotto la pressione di quella mano, e non seppe che cosa rispondere.

"Ma tanto per cominciare, come ti chiami?"

"Se non dispiace a Vostra Signoria, mi chiamo Gaspard Steinkoff, ed ero di guardia sui bastioni quando..."

"Miserabile, allora eri tu che facevi la guardia alla porta della segreta di quel lupacchiotto di Sherwood? Non dirmi che l'hai lasciato scappare, se no ti pugnalo!"

Eviteremo di descrivere ancora una volta le innumerevoli sfumature della collera del barone. Ai nostri lettori basti sapere che era diventata per lui una necessità, un'abitudine, tanto che avrebbe cessato di respirare se avesse smesso di essere arrabbiato.

"Allora, confessi che è evaso mentre eri di guardia sul bastione di levante?" insistette il barone dopo una breve pausa. "Su, rispondi!"

"Milord, mi avete minacciato di tirarmi una pugnalata se confesso," rispose il povero diavolo.

"E manterrò la promessa."

"Allora preferisco tacere."

Il barone stava per accoltellare il poveretto quando lady Christabel gli bloccò il braccio gridando: "Oh, vi scongiuro, padre, non insanguinate questa tomba!".

La preghiera fu ascoltata. Il barone allontanò con uno spintone Gaspard, ripose il pugnale nel fodero e ordinò alla fanciulla: "Tornate nelle vostre stanze, milady. E voialtri, montate a cavallo e filate a Mansfield. I prigionieri sono di sicuro scappati da quella parte. Potrete raggiungerli facilmente. Li voglio a tutti i costi, capito? Li voglio!".

Gli armigeri obbedirono, e anche Christabel stava per andarsene quando entrò nella cappella Maude, che corse subito dalla padrona per dirle sottovoce, con un dito sulle labbra: "Salvi! Salvi!".

La giovane lady giunse con un gesto pio le mani per ringraziare il Signore, poi fece per uscire, seguita da Maude.

"Ferma!" gridò il barone, che aveva orecchiato il bisbiglio della cameriera. "Madamigella Lindsay, desidererei fare due chiacchiere con voi. Su, avvicinatevi! Avete paura che vi mangi?"

"No, ma mi sembrate così furibondo, signore, così in collera che non mi azzardo," rispose spaventata Maude.

"Madamigella Lindsay, conosciamo la vostra furbizia e sappiamo che non basta un fiero cipiglio per spaventarvi. Ma se volessi vi farei tremare sul serio, e state attenta che non mi capiti. Ora, ditemi: chi è salvo? Ho sentito quel che avete detto, sfrontata che non siete altro!"

"Non ho affatto detto che qualcuno s'è salvato, signoria," rispose Maude, candida come le lunghe maniche del suo vestito.

"Oh, certo, non hai detto che uno s'è salvato, bella commediante! Hai detto che forse s'erano salvati più di uno, non uno solo."

La cameriera fece segno di no scuotendo il capo.

"Oh, che bugiarda. Però una bugiarda colta in flagrante!"

Maude fissò il barone stordita, come se non sapesse che cosa significava "flagrante".

"La tua finta imbecillità non m'inganna," proseguì il barone. "So che hai favorito la fuga dei miei prigionieri. Ma non cantare vittoria, non sono ancora abbastanza lontani dal castello da non essere acciuffati dai miei uomini. Tra un'ora sapremo se avrai impedito che siano legati schiena contro schiena e gettati dagli spalti nel fossato."

"Per legarli schiena contro schiena, signoria, bisogna prima riportarli al castello," ribatté Maude, sempre fingendosi stordita, una stupidità smentita dagli occhi pieni di malizia.

"Ma prima di fare il tuffo nel fossato confesseranno, e se si dimostra che sei stata loro complice tremerai anche tu, madamigella Lindsay."

"A piacer vostro, signoria."

"Ma non a piacer tuo, vedrai."

"Per tutti i numi! Milord, sarei lieta di conoscere in anticipo i vostri progetti su di me, così avrei almeno il tempo di prepararmi," concluse Maude con una riverenza.

"Insolente!"

La cameriera si avvicinò alla padrona talmente impietrita da sembrare la statua del dolore e le disse con tono perfettamente calmo: "Milady, datemi retta, rientrate nelle vostre stanze. Si sta facendo freddo. Non avete la gotta ma…".

L'irascibile barone, smontato dalla impassibilità e dal sarcasmo di Maude, la interruppe chiedendole ancora una volta a chi alludeva dicendo che erano salvi. Lo domandò senza scatti di rabbia, pertanto la giovane capì che era il caso di dare una qualche risposta, così disse, come cedendo all'insistenza del barone: "Milord, dato che v'interessa tanto ve lo spiego. Sì, ho pronunciato quelle parole, 'è salvo!' e l'ho fatto sottovoce per non mostrare quanto ero emozionata davanti ai vostri soldati. Ma a voi non è possibile nascondere nulla. Stavo dicendo a milady che s'era salvato il povero Egbert che eravate intenzionato a impiccare, milord, e che invece avete risparmiato, sia lodato il cielo!" concluse Maude, scoppiando a piangere.

"Questa è troppo grossa!" esclamò il barone. "Maude, mi prendi per un imbecille? Ah, è assurdo, e stai abusando della mia pazienza! Bene, allora, adesso faccio impiccare Egbert, e visto che l'ami tanto penzolerai anche tu dalla forca."

"Grazie tante, milord," rispose la cameriera scoppiando a ridere, poi fece una riverenza, seguita da una piroetta, e corse a raggiungere Christabel appena uscita dalla cappella.

Lord Fitz-Alwine la seguì, improvvisando un lungo monologo pieno di maledizioni contro l'astuzia delle femmine. La sua istintiva ferocia era stata rinfocolata dall'ilare insolenza della camerierina, ma adesso non sapeva su chi scaricare la collera né come. Avrebbe dato metà dei suoi averi a chi gli avesse consegnato seduta stante Allan e Robin, e per ammazzare il tempo fino al ritorno dei soldati inviati alla ricerca dei fuggiaschi decise di andare a sfogare il malumore da lady Christabel.

Maude, che se lo sentiva alle costole, temendo uno scoppio di violenza affrettò il passo. Dal momento che era lei a reggere la torcia, il barone si trovò circondato dal buio più completo e lanciò una nuova serie di maledizioni contro la cameriera e l'universo intero.

"Bestemmia, bestemmia pure, barone!" si diceva intanto Maude mentre si allontanava. Poi però, essendo più birichina che cattiva, si pentì del suo gesto pensando a quel vecchio malato che stava abbandonando nelle buie gallerie e si fermò. Le parve allora di udire delle grida di dolore.

"Aiuto! Aiuto!" stava gridando una voce sorda, soffocata.

"Mi sembra la voce del barone," si disse Maude, tornando coraggiosamente indietro. "Dove siete, milord?" gridò.

"Qui, briccona, qui!" rispose Fitz-Alwine. La sua voce sembrava arrivare da sottoterra.

"Dio del cielo! Come ha fatto a finire lì sotto?" gridò Maude, fermandosi in cima alle scale. Alla luce della torcia intravide il barone steso sui gradini. La sua caduta era stata fermata da qualcosa che gli sbarrava il passaggio.

L'imbestialito nobiluomo aveva preso la direzione sbagliata come lo sventurato milite che s'era ammazzato mentre andava a ordinare che chiudessero le porte del castello, ma grazie alla cotta d'acciaio che indossava costantemente sotto la giubba era riuscito a scivolare sopra i gradini senza farsi male, fino a quando i suoi piedi avevano trovato un punto d'appoggio sul cadavere del soldato.

La caduta aveva prodotto sulla collera del castellano il medesimo effetto della pioggia sul vento forte.

"Maude, Dio ti punirà di avermi mancato di rispetto al punto di abbandonarmi senza torcia nel buio," disse mentre si alzava aiutato dalla fanciulla.

"Perdonatemi, signoria, ma stavo seguendo milady e credevo che foste accompagnato da un soldato con una torcia. Dio sia lodato! Siete sano e salvo. La Provvidenza non ha voluto che ci fosse tolto il nostro buon padrone. Appoggiatevi al mio braccio, milord."

"Maude, ricordami che l'ubriacone attualmente addormentato sui gradini che portano agli scantinati dev'essere risvegliato con cinquanta colpi di frusta," disse il barone, ben attento a non dimostrarsi pazzo di rabbia fin quando aveva bisogno dell'aiuto della cameriera.

"State tranquillo, milord, non lo scorderò."

Non immaginavano nemmeno alla lontana che il presunto ubriaco fosse in realtà ormai cadavere. La luce tremolante della torcia era troppo debole e il barone troppo preoccupato dall'incidente capitato alla sua preziosa persona per notare che i gradini non erano sporchi di vino bensì di sangue.

"Dove andiamo, milord?" chiese Maude.

"Da mia figlia."

"Oh, povera milady! Questo qua ricomincerà a torturarla appena sarà seduto su una comoda poltrona," pensò la cameriera.

Christabel, seduta a un tavolino illuminato da una lampada di bronzo, stava contemplando un oggettino che teneva nel palmo della mano, che però nascose appena sentì entrare il padre.

"Che cos'è che avete sottratto così lestamente al mio sguardo?" chiese il barone, adagiandosi sul sedile più soffice della stanza.

"Eccolo che ricomincia," sussurrò Maude.

"Che hai detto, Maude?"

"Dicevo, milord, che mi sembrate soffrire parecchio."

Il sospettoso barone la incenerì con lo sguardo, poi disse: "Figlia mia, perché non rispondi? Che cos'è quell'inezia?".

"Non è un'inezia, padre."

"Non può essere altro."

"Allora non la vediamo allo stesso modo," ribatté Christabel, sforzandosi di sorridere.

"Una brava figlia la vede sempre allo stesso modo del padre. Allora, che cos'è quell'oggettino?"

"Vi giuro che non è niente d'interessante."

"Figliola, se l'oggetto che hai nascosto al mio sguardo non ha nulla a che vedere con una colpa che hai commesso, non richiama alcun ricordo biasimevole, mostramelo," insistette il barone con un tono stranamente pacato ma comunque severo. "Sono tuo padre, e in quanto tale devo vegliare sulla tua condotta. Se al contrario è una sorta di talismano, e se tenerlo in mano ti fa arrossire, mostramelo ugualmente. Non ho solo diritti su di te ma anche doveri da assolvere, per esempio impedirti di cadere nell'abisso se stai per finirci dentro, e tirartene fuori se ci sei già precipitata. Ripeto, figlia mia: che cos'è l'oggetto che nascondi nel corsetto?"

"È un ritratto, milord," rispose la giovane, tutta tremante e rossa in viso.

"E di chi?"

Christabel abbassò il capo senza rispondere.

"Non abusare della mia pazienza. Oggi ne ho sin troppa, è vero, però tu non abusarne lo stesso. Rispondi. È il ritratto di...?"

"Non posso dirvelo, padre."

La voce di Christabel era soffocata dal pianto, ma presto la fanciulla rispose meno insicura: "Sì, padre, avete il diritto di interrogarmi, ma io oserò concedermi il diritto di non rispondere perché la mia coscienza non ha nulla da rimproverarsi né per quanto riguarda la mia dignità né per quanto riguarda la vostra".

"Bah, la tua coscienza non si rimprovera nulla perché è d'accordo con i tuoi sentimenti. Quello che dici è davvero molto bello, molto rispettoso, figliola."

"Credetemi, padre, non disonorerei mai il vostro nome. Ricordo sin troppo bene cos'è successo alla mia povera madre."

"Stai dicendo che sono un vecchio manigoldo? Ah, è risaputo da tempo," sbraitò il barone. "Però non mi va che me lo dicano in faccia."

"No, padre, non ho detto questo."

"Però lo pensi. Be', me ne frego della preziosa reliquia che ti ostini a nascondermi. Sarà il ritrattino del miscredente che ami malgrado la mia volontà, e poi ho già visto sin troppe volte la sua brutta faccia. Però apri bene le orecchie, lady Christabel. Non sposerai mai Allan Clare, vi ammazzerò entrambi con le mie mani piuttosto che accettare queste nozze. Tu sposerai sir Tristram di Goldsborough. Non è tanto giovane, lo ammetto, ma ha comunque qualche anno meno di me, e io non sono certo vecchio. Non è molto bello, vero anche questo, ma da quand'è che la bellezza fa la felicità di una casa? Io non ero affatto bello, eppure milady tua madre non m'avrebbe cambiato con il più brillante cavaliere della corte di Enrico II, e d'altronde la bruttezza di Tristram di Goldsborough è una valida garanzia della tua serenità. Non ti sarà infedele. Sappi anche che è immensamente ricco e molto influente a corte. Per farla breve, è l'uomo che mi… che ti si confà sotto tutti gli aspetti. Domani gli invio il tuo consenso. Entro quattro giorni verrà di persona a ringraziarti, e prima della fine della settimana, milady, sarai una gran dama."

"Non sposerò mai quell'uomo, milord," gridò la fanciulla. "Mai! Mai!"

Il barone si piegò in due dal gran ridere.

"Milady, non domando il vostro consenso, il vostro dovere è obbedire."

Christabel, fino a quel momento pallida come una morta, arrossì, poi iniziò a tormentarsi le mani, come se fosse giunta a una decisione irrevocabile.

"Figliola, ti lascio alle tue riflessioni, casomai tu ritenga utile riflettere," aggiunse il barone. "Però ricordati una cosa: voglio, anzi, esigo l'obbedienza totale, passiva, assoluta da parte tua."

"Mio Dio! Mio Dio! Signore, abbi pietà di me!" si lamentò disperata Christabel.

Il barone uscì scrollando le spalle e per un'ora intera misurò a grandi passi la sua camera ripensando ai fatti della serata.

Era spaventato dalle minacce di Allan Clare e, come se non bastasse, gli sembrava impossibile piegare la volontà di sua figlia, perciò si diceva: "Forse farei meglio a trattare con le molle la faccenda delle nozze. Tutto sommato amo la bambina, è figlia mia, sangue del mio sangue. Non voglio che si ritenga vittima delle mie pretese. Voglio che sia felice, ma voglio anche che sposi Tristram, il mio vecchio amico e compagno d'armi. Sì, proverò a prenderla con le buone".

Arrivato davanti alla porta di Christabel, il barone si fermò all'improvviso. Aveva sentito un singhiozzo straziante.

"Povera piccola," pensò, aprendo adagio la porta.

La fanciulla stava scrivendo.

"Ah-ah!" si disse il barone, che non si capacitava del motivo per cui la figlia avesse imparato a scrivere, una capacità riservata a quei tempi solo al clero. "Dev'essere stato quell'imbecille di Allan Clare a metterle in testa che doveva imparare a scarabocchiare."

Fitz-Alwine si avvicinò senza fare rumore al tavolo.

"A chi scrivi, signorina?" domandò arrabbiato.

Christabel si lasciò sfuggire un grido e tentò di nascondere il foglio là dove aveva già nascosto il prezioso ritratto, ma il barone fu più svelto di lei. La fanciulla disperata, dimenticando che il nobile genitore non s'era mai dato la pena di aprire un libro o reggere una penna, pertanto non sapeva leggere, tentò di darsi alla fuga, ma lui l'afferrò per un braccio e la sollevò come se non pesasse più di una piuma. Christabel svenne. Il barone, con gli occhi che lanciavano lampi per la rabbia, tentò di decifrare i caratteri tracciati dalla mano della figlia, ma, non ottenendo risultati, abbassò lo sguardo sul volto esangue della poverina, abbandonata tra le sue braccia.

"Ah, le donne, le donne!" esclamò mentre adagiava Christabel su un letto.

Fatto questo, aprì la porta e chiamò con voce tonante: "Maude! Maude!".

La ragazza accorse.

"Spoglia la tua padrona." Quindi il barone se ne andò brontolando.

"Sono rimasta solo io con voi, milady. Non temete," disse la cameriera mentre rianimava la padrona.

Christabel aprì gli occhi e si guardò attorno smarrita, poi, vedendo accanto al suo letto soltanto la fedele domestica, le gettò le braccia al collo gridando: "Oh, Maude! Maude, sono perduta!".

"Ditemi cosa vi turba, signora cara."

"Mio padre s'è impossessato della lettera che stavo scrivendo ad Allan."

"Ma il vostro nobile padre non sa leggere, milady."

"Se la farà leggere dal confessore."

"Sì, se gli lasciamo il tempo di farlo. Datemi un altro foglio, grande quanto quello che vi ha sottratto."

"Tieni, questo foglio volante è abbastanza simile..."

"State tranquilla, milady, asciugate i vostri begli occhi. Le lacrime non gli donano."

L'audace Maude fece poi irruzione nella camera del barone proprio nel momento in cui questi ascoltava il suo venerabile confessore, che aveva già tra le mani per leggerla ad alta voce la missiva di Christabel ad Allan.

"Signoria, milady mi manda a chiedere il foglio che avete sottratto dal suo tavolo," esordì Maude.

Ciò dicendo, scivolò verso il confessore con passi felpati da gatta.

"Mia figlia è pazza, per san Dunstano! Come osa affidarti una missione del genere?"

"Invece sì, milord, ed ecco, missione compiuta!" disse la cameriera, afferrando lestamente il foglio che il monaco teneva sotto il naso per decifrarne il contenuto.

"Insolente!" sbraitò il barone, poi si lanciò all'inseguimento di Maude, che spiccò un balzo da cerbiatto verso la porta ma si lasciò volutamente acchiappare sulla soglia.

"Restituiscimi quel foglio o ti strangolo!"

Maude abbassò il capo, fingendo di tremare per lo

spavento. Il barone le sfilò da una tasca del grembiule, in cui la ragazza aveva ficcato le mani, una pagina del tutto identica a quella che il confessore era impegnato a decifrare.

"Maledetta smorfiosa, meriteresti un paio di ceffoni!" l'apostrofò il vecchio, levando la mano in segno di minaccia mentre con l'altra restituiva il foglio al monaco.

"Ho solo obbedito agli ordini di milady."

"Ebbene, di' a mia figlia che subirà lei il fio della tua insolenza."

"Saluto umilmente milord," disse Maude, aggiungendo alle parole una riverenza sarcastica.

Poi, entusiasta per la riuscita dello stratagemma, tornò tutta allegra dalla sua padrona.

"Orsù, padre, ora siamo tranquilli. Leggetemi quello che ha scritto la mia indegna figliola a quel pagano di Allan Clare."

Il monaco lesse con voce nasale:

Quando il mitigato inverno permette alle viole di
                                  schiudersi,
quando i fiori sbocciano e il bucaneve annuncia la
                                  primavera,
quando il tuo cuore invoca dolci sguardi e dolci parole,
quando sorridi di gioia, pensi a me, amor mio?

"Che state leggendo, padre?" protestò il barone. "Che mucchio di scemenze, maledizione!"

"Sto decifrando parola per parola quello che c'è scritto sul foglio, figliolo. Volete che continui?"

"Certo, padre, però mia figlia sembrava troppo agitata per aver scritto solo una sciocca canzone."

Il monaco riprese a leggere:

Quando la primavera ricopre la terra di rose
profumate,
quando il sole sorride in cielo,

quando i gelsomini fioriscono sotto le finestre,
mandi a colui che t'ama un pensiero d'amore?

"Al diavolo! E le chiamano poesie. C'è ancora molto, padre?"
"Poche righe."
"Andate all'ultima pagina."
"'Quando l'autunno…'"
"Ma basta! Basta!" urlò Fitz-Alwine. "La sbrodolata passa in rassegna tutte le quattro stagioni. Basta."
Ugualmente il vecchio proseguì:

Quando le foglie cadute ricoprono il prato,
quando il cielo è coperto di nuvole,
quando cadono neve e brina,
pensi tu a chi t'ama, amor mio?

"Amor mio, amor mio!" ripeté il barone. "Non è possibile. Christabel non stava scrivendo questa canzone quando l'ho beccata. M'hanno fregato, e per bene! Ma per san Pietro, non per molto. Padre, gradirei restare solo. Buonasera, buonanotte."

"Che la pace sia con te, figliolo," disse il monaco mentre usciva.

Lasciamo il barone a rimuginare sui suoi piani di vendetta e torniamo da Christabel e dalla vispa Maude.

La prima stava scrivendo ad Allan che era disposta a lasciare la casa paterna, una crudele decisione resa necessaria dai progetti baronali di nozze della figlia con Tristram Goldsborough.

"Ci penso io a far arrivare questa lettera a messer Allan," disse Maude, afferrando la missiva, quindi andò a svegliare un ragazzetto di sedici o diciassette anni, suo fratello di latte.

"Albert, vuoi rendermi, o meglio rendere a lady Christabel, un gran servigio?" gli chiese.

"Volentieri," rispose il giovane.

"T'avverto subito che c'è qualche pericolo."

"Tanto meglio, Maude."

"Allora posso fidarmi di te?" concluse Maude, mettendo un braccio attorno al collo del ragazzo e guardandolo dritto nei begli occhi neri.

"Come potresti fidarti di Dio," rispose lui con ingenua presunzione. "Come di Dio, cara Maude."

"Oh, sapevo di poter contare su di te, caro fratello. Grazie."

"Di cosa si tratta?"

"Di alzarsi, vestirsi e montare a cavallo."

"Niente di più facile."

"Ma devi prendere il più valido purosangue della scuderia."

"Facilissimo anche questo. La mia giumenta, che porta il tuo bel nome, Maude, è la migliore trottatrice del conte."

"Lo so, caro. Sbrigati, e appena sarai pronto fatti trovare nella corte del ponte levatoio. T'aspetto lì."

Dieci minuti dopo, Albert stava ascoltando attento gli ordini della cameriera, tenendo la giumenta per le briglie.

"Allora, attraverserai la città e una parte della foresta fino a una casa qualche miglio prima del villaggio di Mansfield. Ci abita una guardia forestale, Gilbert Head. Gli darai questo biglietto pregandolo di consegnarlo a messer Allan Clare, poi restituirai a suo figlio Robin Hood questo arco e queste frecce che gli appartengono. Hai capito bene le mie istruzioni?"

"Perfettamente, mia bella Maude," rispose il ragazzo. "Hai altri ordini?"

"No. Ah, dimenticavo! Dirai a Robin Hood, il proprietario dell'arco e delle frecce, gli dirai… che gli faremo sapere al più presto quando potrà venire al castello senza correre rischi, perché qui c'è una persona che attende impaziente il suo ritorno. Capito, Al?"

"Certo che ho capito."

"E vedi di evitare i soldati del barone."

"Perché, Maude?"

"Te lo spiego quando torni, ma se il caso vuole che te li ritrovi davanti inventa un pretesto per la tua gitarella notturna. E stai ben attento a non dirgli il vero scopo del tuo viaggio. Vai, ora, mio eroe!"

Albert aveva già infilato i piedi nelle staffe quando Maude aggiunse: "Ma se dovessi incontrare tre persone tra cui c'è un frate…".

"Frate Tuck, vero?"

"Sì. In quel caso fermati, i suoi due compagni sono Allan Clare e Robin Hood. In questo modo potrai fare il tuo dovere e tornare subito a casa. Forza, in marcia! E ricordati di dire a mio padre quando ti chiederà il motivo della tua uscita dal castello che sei andato in città a cercare un medico per lady Christabel che è malata. Addio, Al! Dirò a Grace May che sei il ragazzo più amabile e coraggioso sulla terra."

"Sarai davvero tanto gentile da dire questo a Grace?" chiese Albert.

"Ma certo, e in più la pregherò di ricompensarti a suon di baci per il piacere che mi fai."

"Urrà! Urrà!" gridò il ragazzo, spronando la giumenta. "Urrà per Maude! Urrà per Grace!"

Il ponte levatoio fu abbassato e Al poté scendere al galoppo la collina. Nel frattempo Maude volò verso le stanze di lady Christabel più leggera di una rondine per annunciare soddisfatta la partenza del messaggero.

11.

Era una notte tranquilla e serena e i raggi della luna rischiaravano la foresta che i nostri tre fuggiaschi stavano attraversando di buona lena.

Lo spensierato Robin affidava al vento i ritornelli di alcune ballate d'amore. Allan Clare era triste e taciturno, depresso per gli esiti della sua visita al castello di Nottingham. Il frate, invece, si stava arrovellando amareggiato sull'indifferenza che gli dimostrava Maude mentre invece ricopriva di premure il giovane boscaiolo.

"Miseriaccia nera!" borbottava a denti stretti. "Eppure mi sembra di essere un bell'uomo, ben piazzato e con un discreto faccino, me l'han detto più e più volte. Allora perché Maude ha cambiato parere? Ah, giuro sulla salvezza della mia anima che se quella piccola civetta mi trascura per questo ragazzino esangue e melenso dimostra solo un gran cattivo gusto, e io non voglio perdere tempo a lottare con un rivale tanto mediocre. Che l'ami quanto le pare, me ne frego!"

Il povero monaco sospirò, poi aggiunse, sorridendo fiducioso: "Bah, non è possibile! Maude non può amare quell'aborto che sa solo gorgheggiare ballate. Vuole stuzzicare la mia gelosia, verificare quanto tengo a lei e farmi innamorare ancora di più. Ah, le donne, le donne! C'è più malizia in un loro capello che in tutti i peli della barba di noi uomini".

Forse i nostri lettori ci criticheranno perché mettiamo un linguaggio del genere in bocca a un membro di un ordine monastico e gli facciamo recitare la parte della persona amante dei trastulli mondani. Però li invitiamo a pensare all'epoca in cui si svolge la nostra storia, capendo così che non intendiamo affatto calunniare il clero.

"Allora, mio sempre allegro Giles, come dice la bella Maude, a cosa state pensando?" disse Robin. "Mi sembrate allegro come un'orazione funebre."

"I favoriti dalla... dalla fortuna hanno tutto il diritto di essere lieti, mastro Robin, ma coloro che sono vittime dei suoi capricci hanno pari diritto di essere tristi," rispose il frate.

"Se chiamate favori della fortuna gli sguardi lusinghieri, i sorrisi smaglianti, le paroline dolci e i teneri baci di una bella figliola, allora posso vantarmi di essere ricchissimo, ma voi, frate Tuck, avete fatto voto di povertà e castità. Quindi perché vi ritenete maltrattato dalla capricciosa dea?"

"Fai finta di non capire, ragazzo?"

"Giuro che non capisco. Ma a ben pensarci, forse il vostro malumore ha qualcosa a che vedere con Maude. Oh, no, è impossibile! Siete il suo padre spirituale, il suo confessore e null'altro. Vero?"

"Mostraci la strada per casa tua e smetti di parlare a vanvera, dallo sventato che sei," rispose burbero il monaco.

"Non prendetevela, mio buon Tuck," disse dispiaciuto Robin. "Se vi ho offeso, l'ho fatto senza volerlo, e se Maude ne è la causa nemmeno questo lo volevo, ve lo giuro sul mio onore! Non amo Maude, e prima di vederla oggi per la prima volta avevo già regalato il mio cuore a una fanciulla."

Il frate si girò verso il giovane, gli strinse la mano con un gesto affettuoso e disse sorridente: "Non mi hai offeso, caro Robin. Sono triste, ma senza una vera ragione. Maude non ha effetti sul mio umore né possiede il mio cuore. È una ragazza simpatica e affascinante. Se la sposerai quando avrai l'età per farlo sarai felice. Ma sei proprio sicuro di aver già donato il tuo cuore?".

"Sicurissimo. L'ho impegnato per sempre."

Il monaco sorrise di nuovo.

"Se non vi porto da mio padre per la strada più corta è per evitare i soldati che il barone avrà spedito di sicuro sulle nostre tracce appena saputo della nostra evasione," aggiunse Robin dopo una breve pausa.

"Ragioni da saggio e agisci come una volpe, messer Robin," disse il monaco. "O non conosco per niente quel vecchio fanfarone della Palestina, oppure entro un'ora avremo alle calcagna un plotone di stupidi balestrieri."

I tre compagni, ormai stanchissimi, stavano per attraversare un grosso crocicchio quando intravidero grazie al chiaro di luna un cavaliere che scendeva ventre a terra un pendio.

"Nascondetevi dietro quegli alberi, amici. Vado a verificare chi è quel pellegrino," si affrettò a dire Robin. Poi si piazzò, armato del bastone di Tuck, in modo da essere individuato dallo straniero. Ma quest'ultimo non parve vederlo e proseguì senza rallentare la corsa.

"Fermo! Fermo!" gridò Robin quando vide che era solo un ragazzino.

"Fermo!" intimò con voce stentorea il monaco.

Il cavaliere fece fare dietrofront al destriero, poi gridò: "Ehi! Se gli occhi non m'ingannano, abbiamo frate Tuck. Buonasera, padre".

"Lui in persona, ragazzo," rispose il monaco. "Buonasera, però dicci chi sei."

"Come, padre? La vostra eccellenza s'è dimenticata di Albert, il fratello di latte di Maude, la figlia di Hubert Lindsay, il portinaio del castello di Nottingham?"

"Ah, sei tu, mastro Al, ora ti riconosco. E per quale motivo, di grazia, galoppi in questo modo nella foresta a mezzanotte passata?"

"Posso dirvelo perché mi aiuterete a portare a termine la mia missione, che consiste nel consegnare a messer Allan Clare un biglietto scritto dalla leggiadra mano di lady Christabel Fitz-Alwine."

"E per darmi l'arco e le frecce che scorgo sulla vostra schiena," aggiunse Robin.

"Dov'è questo biglietto?" domandò ansioso Allan.

"Oh-oh, vedo che non ho più bisogno di chiedere il nome a tutti questi gentiluomini," disse ridendo il ragazzo. "Maude, per consentirmi di distinguerli, m'ha detto che sir Allan è il più alto e sir Robin il più giovane. Sir Allan è bello, ma Robin lo è ancora di più. Vedo che Maude non si sbagliava, anche se sono cattivo giudice della bellezza maschile. Quanto a quella femminile, me la cavo meglio, l'ammetto, e Grace May ne sa qualcosa."

"La lettera, linguaccia lunga, la lettera!" gridò Allan.

Lo stupefatto Albert guardò il giovane cavaliere a lungo, poi disse tranquillo: "Tenete, sir Robin, ecco il vostro arco, ed ecco le frecce. Mia sorella vi prega…".

"Accidentaccio, ragazzo, dammi la lettera se non vuoi che te la prenda con la forza!" urlò ancora Allan.

"Come vi piace, messere," rispose serafico Albert.

"Non volevo essere brusco, piccolo, ma questa lettera è molto importante," disse più affabile Allan.

"Ne sono certo, messere, perché Maude s'è caldamente raccomandata di consegnarla a voi in persona nel caso vi avessi incontrato prima di arrivare da Gilbert Head."

Nel frattempo Albert si stava frugando nelle tasche, anzi, le rivoltava. Dopo cinque minuti di simulate ricerche il malizioso monello iniziò a gridare disperato: "Mio Dio, ho perso la lettera! L'ho persa!".

Allan, esasperato, gli corse accanto, lo disarcionò e lo gettò al suolo. Fortunatamente il ragazzo si rialzò incolume.

"Controlla in cintura," gli gridò Robin.

"Oh, certo, dimenticavo il cinturone," disse il ragazzo, un po' ridendo, un po' con un'occhiata di rimprovero per l'inutile brutalità del cavaliere. "Un doppio urrà per la mia amata Grace May! Ecco il biglietto di lady Christabel."

Al prese il foglio per un angolo, tenendo il braccio alzato mentre non smetteva di gridare urrà, tanto che Allan fu obbligato a fare un passo in avanti per afferrare la preziosa missiva.

"E il messaggio per me l'avete perduto, messere?" chiese Robin.

"Ce l'ho sulla lingua."

"Liberate la lingua, vi ascolto."

"Eccolo, testuali parole: 'Mio caro Al', è Maude che parla, 'dirai a messer Robin Hood che gli faremo presto sapere quando potrà venire al castello senza correre pericoli, perché qui c'è una persona che attende impaziente il suo ritorno'. Tutto qua."

"E per me non ha lasciato nulla?" domandò il frate.

"Niente, reverendo padre."

"Nemmeno una parola?"

"Nemmeno una."

"Grazie."

Frate Tuck lanciò un'occhiataccia a Robin.

Intanto Allan, senza perdere un istante, aveva spezzato il sigillo della lettera e leggeva queste parole nel chiaro di luna:

Carissimo Allan,
quando mi hai implorato con tanta tenerezza e tanta eloquenza di lasciare la casa di mio padre non ti ho ascoltato, ho ricusato il tuo invito perché allora credevo necessaria la mia presenza per la felicità di mio padre e mi sembrava che non potesse vivere senza di me.
Invece mi sbagliavo.
Sono rimasta di sasso quando m'ha annunciato dopo la tua partenza che entro la fine della settimana sarei stata moglie di un uomo che non sei tu, mio caro Allan.
Le mie lacrime, le mie preghiere sono state inutili. Tra quattro giorni arriverà qui sir Tristram di Goldsborough. Perciò, vedendo che a mio padre non dispiace essere se-

parato da me, capendo che la mia presenza gli pesa, lo lascio.
Caro Allan, ti ho donato il mio cuore e ora ti offro la mia mano. Maude, che organizzerà la mia fuga, ti dirà quel che devi fare.
Sono la tua
Christabel
P.S. Il ragazzo incaricato di consegnare questo biglietto deve organizzarti un incontro con Maude.

Allan annunciò: "Robin, devo tornare immediatamente a Nottingham".

"Dite sul serio?"

"Christabel mi aspetta."

"Ah, allora è diverso."

"Il barone Fitz-Alwine vuole darla in sposa a un vecchio briccone suo amico. Lei può evitare queste nozze solo fuggendo, e per fuggire aspetta me. Sareste disposto ad aiutarmi in questa impresa?"

"Volentieri, messere."

"Allora raggiungetemi domattina. Troverete alle porte della città Maude o un suo emissario, forse questo stesso ragazzo."

"Messere, penso che sarebbe più saggio andare prima da vostra sorella, che sarà molto inquieta per la vostra lunga assenza, poi ripartiremo allo spuntar del giorno accompagnati da qualche giovanotto robusto di cui vi garantisco il coraggio e la fedeltà... Zitti! Sento dei cavalli al galoppo."

Robin posò l'orecchio a terra.

"Arrivano dal castello. Sono i soldati del barone che ci danno la caccia. Messere, e voi, frate Tuck, nascondetevi nella boscaglia, e tu, Al, dimostraci che sei degno fratello di Maude."

"E degno innamorato di Grace May," aggiunse il ragazzetto.

"Certo, giovanotto. Monta in sella, dimentica di averci appena incontrato e prova a far capire a quei cavalieri che il barone ordina di tornare di filato al castello. Capito?"

"Ho capito, state tranquillo, e se non eseguo come si deve i vostri ordini che Grace May mi privi per sempre dei suoi sguardi carezzevoli!"

Albert diede di sprone al cavallo, ma non andò molto lontano perché i cavalieri già gli sbarravano il passaggio.

"Chi va là?" domandò il capo della pattuglia.

"Albert, aspirante scudiero di Nottingham."

"Che cosa cerchi nella foresta a un'ora in cui chiunque non sia di servizio dorme tranquillo e sereno?"

"Cerco voi. Il signor barone m'ha mandato a dirvi che dovete rientrare di gran carriera. Si sta spazientendo, vi aspetta da un'ora."

"Era di cattivo umore quando l'avete lasciato?"

"Certo, la vostra missione non prevedeva una così lunga assenza."

"Siamo arrivati fino al villaggio di Mansfield senza incontrare alcun fuggiasco, però al ritorno abbiamo avuto la fortuna di acchiapparne uno."

"Davvero? E chi avete beccato?"

"Un certo Robin Hood. È lì legato come un salame sopra un cavallo in mezzo ai miei soldati."

Robin, che era nascosto dietro un albero a pochi passi, fece capolino con cautela per tentare di scorgere l'individuo che usurpava il suo nome, ma non capì chi fosse.

"Permettetemi di vedere il prigioniero. Conosco Robin di vista," disse Albert, avvicinandosi ai soldati.

"Portate qui il prigioniero," ordinò il capo.

E a quel punto il vero Robin vide un giovanotto vestito come lui da guardia forestale, con i piedi bloccati da una corda che passava sotto il ventre del cavallo e le mani legate dietro la schiena. Quando un raggio di luna gli illuminò il viso Robin riconobbe il figlio più giovane di sir Guy di Gamwell, il simpatico William, noto anche come Will Scarlet.

"Ma non è Robin Hood!" gridò Albert, scoppiando a ridere.

"Chi è, allora?" domandò deluso il capo della pattuglia.

"Come fate a sapere che non sono Robin Hood? Avete le traveggole, mio giovane amico," protestò Will Scarlet. "Io sono Robin Hood. Capito?"

"D'accordo. Allora ci sono due arcieri che portano lo stesso nome nella foresta di Sherwood," ribatté Albert. "Sergente, dove l'avete incontrato?"

"Vicino alla casa abitata da un certo Gilbert Head."

"Ed era solo?"

"Solo."

"Doveva essere in compagnia di due persone, perché il Robin evaso dal castello è fuggito assieme ad altri due prigionieri, e tra l'altro non aveva né armi né cavallo. È scappato a piedi, e non poteva arrivare tanto lontano in così poco tempo non disponendo di un valido trottatore come i nostri."

"Giovane aspirante scudiero, abbi la gentilezza di spiegare come fai a sapere che gli evasi erano tre," disse il sergente. "E nuovamente t'invito a dirmi come mai ti aggiri nel cuore della notte in piena foresta. Spiegami anche da quant'è che conosci Robin Hood."

"Sergente, mi pare che stiate tentando di scambiare la vostra giubba da soldato con il saio del confessore."

"Pochi scherzi, piccolo pagliaccio. Rispondi direttamente alle mie domande."

"Non sto affatto scherzando, e per provarlo risponderò alle vostre domande dir… Come? Ah, sì, direttamente. Vi garba, sergente?"

"Forza, se non vuoi che ti ammanetti!" fece spazientito il sergente.

"E sia. Conosco Robin Hood perché l'ho visto entrare oggi stesso nel castello."

"Poi?"

"Sono qui nella foresta per prima cosa per ordine del barone Fitz-Alwine, il signore di noi tutti. Già lo conoscete questo ordine. Secondo, per ordine anche della sua adorata figliola, lady Christabel. Siete soddisfatto, sergente?"

"Poi?"

"So che gli evasi sono tre perché me l'ha detto mastro Hubert Lindsay, il portinaio del castello e padre della mia sorella di latte, la bella Maude. Soddisfatto, sergente?"

Il militare era furibondo per la beffarda disinvoltura di queste risposte, ma non sapendo più che dire gridò: "Che ordini ti ha dato lady Christabel?".

Il ragazzo fece una risataccia, poi rispose: "Il sergente che s'illude di penetrare i segreti di milady... ah-ah-ah! Roba da non credersi. Ma non vi preoccupate, sergente, ordinatemi di tornare a spron battuto al castello, così comunicherò il vostro desiderio a milady, e sicuramente milady mi rimanderà da voi, sempre a spron battuto, per sottoporre alla vostra analisi gli ordini che mi ha dato. Ehi, bel comandante, vedo che ti emozioni se mi congratulo per la cattura di Robin Hood. Il barone Fitz-Alwine ti gratificherà generosamente, non ne dubito, quando vedrà il doppione di Robin Hood che gli porti come se fosse l'originale".

"Brutto chiacchierone, ti strangolerei se ne avessi il tempo!" minacciò l'inferocito sergente. "In marcia, giovani!"

"In marcia, e urrà per Nottingham!" gridò anche il prigioniero.

La pattuglia si stava avviando quando Robin si precipitò di fronte al cavallo del sergente e disse ad alta voce: "Alt! Sono io Robin Hood".

Prima di prendere questa decisione il coraggioso giovane aveva sussurrato all'orecchio di Allan: "Se tenete alla vita e a Christabel, messere, rimanete immobile come questi alberi e lasciatemi libertà di manovra". Allan lo aveva ascoltato senza comprendere.

"Robin, mi stai tradendo!" gridò avventatamente Will Scarlet.

Sentendo queste parole, il capopattuglia allungò un braccio per afferrare Robin per il colletto e chiese ad Al: "È questo il vero Robin?".

Albert, troppo sveglio per dare una risposta diretta, come avrebbe detto il sergente, la prese alla larga. "Signore, da quand'è che mi trovate così intelligente da basarvi sulle mie intuizioni? Sono per caso un cane da caccia che vi stana la selvaggina? Una lince per vedere quel che non vedete voi? Un mago per divinare quel che ignorate? Siete per caso solito domandare a ogni piè sospinto: 'Al, cos'è questo? E cos'è quello?'."

"Non fare lo sciocco e dimmi quale di questi due gaglioffi è Robin Hood, altrimenti, te lo ripeto, ti ammanetto!"

"Può dirvelo il nuovo venuto. Interrogatelo."

"Vi ho già detto che sono io il vero Robin Hood!" gridò il figlio adottivo di Gilbert. "Il giovanotto che tenete legato sul cavallo è un mio caro amico, ma è un Robin Hood di frodo."

"Allora i ruoli cambiano, e tanto per cominciare prenderai il posto di questo gentiluomo rosso di pelo."

Will, appena fu libero dai lacci, andò da Robin e lo abbracciò con grande trasporto, poi si allontanò dopo avergli stretto forte la mano e avergli detto sottovoce che poteva contare su di lui.

Senza alcun dubbio queste parole erano la sua risposta a ciò che gli aveva sussurrato all'orecchio Robin mentre si abbracciavano.

I soldati legarono Robin al cavallo, dopodiché la pattuglia si avviò verso il castello.

Ora vi spiego la ragione dell'arresto di William. Uscendo dalla casetta di Gilbert, Will Scarlet aveva lasciato che il cugino Little John tornasse per conto suo dai Gamwell e s'era incamminato verso Nottingham sperando di incontrare Robin. Dopo un'ora di marcia aveva sentito rumore di zoccoli, e così, convinto che fossero Robin e i suoi compagni, aveva intonato a gola spiegata, a pieni polmoni e con la voce più in falsetto che gli riusciva, la ballata di Gilbert che si conclude con "vieni con me, amor mio, caro Robin Hood". I soldati del barone, ingannati dall'appello a Robin Hood, l'avevano circondato e legato gridando vittoria.

Will, comprendendo il pericolo che correva il suo amico, non aveva dichiarato la sua vera identità. Il resto lo sappiamo.

Allan e il frate uscirono dal loro nascondiglio appena la pattuglia si fu allontanata con Robin. Anche Will emerse da un cespuglio, silenzioso come un fantasma.

"Che cosa vi ha detto Robin?" gli chiese Allan.

"Ve lo ripeto testuale. 'I miei due compagni, un cavaliere e un monaco, sono nascosti qui vicino. Di' loro di venire a trovarmi domattina allo spuntar del sole nella valletta che già conoscono. Li accompagnerete tu e i tuoi fratelli perché ho bisogno di braccia robuste e cuori coraggiosi per il successo della mia impresa. Dobbiamo proteggere delle donne.' Tutto qua. E così, messer cavaliere, vi consiglierei di venire subito a Gamwell, è meno lontana della casetta di Gilbert Head," concluse Will.

"Vorrei abbracciare mia sorella entro stasera, e lei sta da Gilbert."

"Scusatemi, messere, ma la dama arrivata ieri da Gilbert assieme a un gentiluomo si trova adesso a Gamwell."

"A Gamwell? Ma è impossibile!"

"Scusatemi di nuovo, messere. Miss Marian è da mio padre. Vi racconterò strada facendo come c'è arrivata."

"Robin ti ha davvero detto che domani dovremo proteggere delle donne?" chiese il frate.

"Sì, padre."

"Fortunato briccone!" brontolò il monaco. "Si becca Maude! Ah, le donne, le donne! C'è davvero più malizia in un loro capello che in tutti i peli della barba di un uomo."

12.

Il barone stava ascoltando distratto la lettura dei rendiconti di un incaricato d'affari quando portarono nella sua stanza Robin affiancato da due soldati e preceduto dal sergente Lambic, del quale c'eravamo dimenticati finora di specificare il nome.

Il focoso barone impose al contabile di tacere e andò verso il gruppetto lanciando occhiatacce che non facevano presagire nulla di buono.

Il sergente osservò il suo signore, le cui labbra socchiuse fremevano, poi credette di fare la cosa giusta lasciando che fosse lui a parlare per primo. Ma il vecchio Fitz-Alwine non era tipo da aspettare con pazienza che il sergente si degnasse di fare rapporto, così gli assestò un vigoroso manrovescio come per dire "parla, ti ascolto".

"Aspettavo che..." balbettò il povero Lambic.

"Anch'io stavo aspettando. E chi è di noi due che deve aspettare, di grazia? Non vedi, imbecille che non sei altro, che drizzo le orecchie da un'ora? Però intanto sappi, caro signore, che ho già appreso delle tue prodezze, eppure ti faccio il grande piacere di ascoltare una seconda volta l'accaduto dalle tue labbra."

"Albert vi ha detto...?"

"Le fai tu le domande? Perbacco! Il signore m'interroga! Oh-oh!"

Lambic riferì tremante l'arresto del vero Robin.

"Stai dimenticando un piccolo dettaglio, caro signore, non mi stai dicendo che avete rilasciato dopo averlo catturato il furfante al cui arresto ero più interessato. È stato davvero intelligente da parte vostra."

"Vi sbagliate, milord."

"Signor mio, io non commetto mai errori. Sì, avete catturato un giovanotto che s'è fatto passare per Robin Hood ma l'avete liberato appena è saltato fuori il ragazzo di Sherwood."

"È vero, milord," rispose Lambic, che aveva omesso per prudenza questa parte della sua missione nella foresta.

"Oh, mastro Lambic, sergente di una mia compagnia di armigeri, è il nostro milite più saggio, più coraggioso, più perspicace, più astuto," sbraitò scandalizzato il barone, poi aggiunse: "T'eri già scordato la faccia di quelli che avevi sbattuto in cella poche ore prima? Sei il re degli idioti, lumacone, pipistrello che non sei altro!".

"Milord, io non avevo visto nessuno dei prigionieri."

"Davvero? Cos'avevi sugli occhi, una fetta di lardo? Vieni qua, Robin!" urlò il barone con voce di tuono mentre si lasciava ricadere in poltrona.

I soldati spinsero Robin dritto davanti al loro signore.

"Molto bene, giovane bulldog! Abbai sempre tanto forte? Te lo ripeto: o rispondi sinceramente alle mie domande oppure ordino ai miei di ammazzarti. Capito?"

"Domandate pure," ribatté impassibile Robin.

"Ah, ti sei rinsavito. Non ti rifiuti più di parlare. Bravo!"

"Vi ho detto domandate pure, milord."

Lo sguardo del barone inchiodato su Robin, sguardo che s'era appena mitigato, tornò a lanciare folgori e saette. Eppure il ragazzo sorrideva.

"Come hai fatto a evadere, lupacchiotto?"

"Sono uscito di cella."

"A questo potevo arrivarci anch'io. Chi t'ha aiutato a fuggire?"

"Il sottoscritto."
"Chi altri?"
"Nessuno."
"Stai mentendo! So che non è andata così, so che non sei passato dal buco della serratura, che t'hanno aperto la porta."
"Non m'ha aperto la porta nessuno. Forse non sono abbastanza sottile da passare dalla toppa, ma lo sono abbastanza da sgusciare tra le sbarre della feritoia. Da lì sono saltato sui bastioni, dove ho trovato una porta aperta, poi tra scale, gallerie e corridoi sono arrivato fino al ponte levatoio… e a quel punto ero libero, milord."
"E il tuo compagno come ha fatto a scappare?"
"L'ignoro."
"Però devi dirmelo."
"Impossibile. Non eravamo insieme. Ci siamo incontrati dopo."
"E in quale punto del castello vi siete incontrati così a proposito?"
"Non conosco la disposizione del castello, perciò non posso assegnare un nome a quel punto."
"E dov'era quel briccone quanto sei stato arrestato dal sergente Lambic?"
"Non lo so. C'eravamo separati da poco. Stavo tornando solo soletto da mio padre."
"È quello che hanno arrestato prima di te?"
"No."
"Allora dov'è? Che gli è successo?"
"Di chi parlate, milord?"
"Lo sai bene, furbacchione. Parlo di Allan Clare, tuo complice e amico."
"Ho visto Allan Clare ieri per la prima volta in vita mia."
"Che sfrontatezza, gran Dio! Osano mentirci in faccia, i banditi moderni! Non c'è più buona fede, non c'è più rispetto da quando i bambini imparano a decifrare i libri sacri e a scarabocchiare sulle pergamene!

Persino mia figlia è vittima di questo vizio e spedisce lettere infernali a quel miserabile di Allan Clare. Bene, dato che ignori dove si nasconde quel miserabile, aiutami a indovinare dove posso trovarlo. Ti prometto in cambio la libertà."

"Milord, non sono abituato a passare le giornate a risolvere indovinelli."

"Bene! Allora ti obbligo a passare più ore al giorno alle prese con questo utile esercizio. Ehi, Lambic, rimetti alla catena questo bulldog e, se evade di nuovo, soltanto Dio potrà salvarti dalla forca!"

"Oh, non mi scappa!" rispose il sergente, azzardando un debole sorriso.

"Forza, fila!"

Il sergente scortò Robin lungo una serie di corridoi e ancora altri corridoi, scale su scale, fino a una porticina che immetteva in un ulteriore angusto corridoio, dove prelevò una torcia accesa dalle mani di un domestico apposito e fece entrare il prigioniero in una stanzetta il cui unico mobile era un mucchio di paglia.

Il giovane boscaiolo si guardò attorno. Nulla di più osceno di quella segreta, senza alcuna uscita oltre la porta fatta di robuste assi ferrate. Come uscirne? Cercò di escogitare un mezzo, un espediente per rendere inutili le meticolose precauzioni del carceriere, ma non ne trovò alcuno, almeno fino a quando vide lampeggiare nel corridoio buio alle spalle dei soldati lo sguardo chiaro e limpido di Albert. Questa visione gli ridiede speranza, e non dubitò più dell'imminente liberazione sapendo che c'erano cuori devoti che volevano por fine alle sue sofferenze.

"Ecco la vostra camera da letto," annunciò Lambic. "Entrate, messere, e niente lacrime! Dobbiamo morire tutti quanti un giorno, lo sapete, che importa che sia oggi, domani o più tardi? Che importa anche come si crepa, morire in un modo o nell'altro sempre morire è."

"Avete ragione, sergente," rispose tranquillo Robin. "E immagino che a voi non importi morire come avete vissuto… cioè come un cane."

Mentre replicava, studiò con la coda dell'occhio oltre la porta tuttora spalancata la disposizione dei soldati all'esterno. Il domestico che aveva consegnato la torcia a Lambic era sparito, e anche il giovane Al. I quattro soldati, piegati dalla fatica, se ne stavano appoggiati al muro senza prestare la minima attenzione al colloquio del loro capo con il prigioniero.

Il giovane lupo di Sherwood, sempre rapido nel pensiero e nell'azione, approfittò della distrazione degli armigeri e del relativo svantaggio di Lambic, impacciato dalla torcia che reggeva con la destra, spiccando un balzo degno di un gatto selvatico per spegnere con uno strattone la fiaccola sulla faccia del sergente. Poi Robin si avventò fuori dalla segreta.

Nonostante il buio e i dolori atroci causati dalle ustioni al viso, Lambic, seguito dai suoi uomini, avviò una caccia implacabile al fuggiasco. Mai però s'era vista una lepre fuggire più lesta dalla tana, mai una volpe con una muta di cani alle costole aveva improvvisato tante finte nella sua corsa. Invano gli sgherri del barone frugarono in tutti gli angoli delle immense gallerie, il prigioniero era scomparso.

Da qualche secondo Robin aveva rallentato il passo, non sapendo dove si trovasse, le braccia protese in avanti per evitare eventuali ostacoli, quando andò a sbattere contro un altro essere umano che non riuscì a trattenere un urlo per lo spavento.

"Chi è?" domandò una voce tremante.

Robin si disse che gli sembrava quella di Albert.

"Sono io, caro Al," rispose allora.

"Io chi?"

"Robin Hood. Sono appena scappato e m'inseguono. Nascondetemi da qualche parte."

"Seguitemi, messere. Datemi la mano e statemi accanto, e soprattutto non fiatate," disse il bravo giovane.

Dopo mille deviazioni nel buio, sempre guidando il fuggitivo, Albert si fermò e bussò piano a una porta le cui assi mal allineate lasciavano trapelare un filo di luce. Una voce soave chiese chi era il visitatore notturno.

"Tuo fratello Al."

La porta si aprì immediatamente.

"Che notizie mi porti, fratello?" chiese Maude, stringendogli le mani.

"Qualcosa di meglio delle semplici notizie, cara Maude. Guarda qua."

"Santo cielo, è lui!" gridò Maude, saltando al collo di Robin.

Il quale, stupefatto ma anche dispiaciuto per l'accoglienza indice di un affetto che non ricambiava, si accinse a raccontare come mai era tornato al castello e la sua seconda evasione, ma Maude non gliene diede il tempo.

"Salvo, salvo, salvo!" stava balbettando come impazzita tra lacrime, risate, singhiozzi e baci. "Salvo! Salvo!"

"Sei davvero una strana figliola, Maude," le disse l'ingenuo aspirante scudiero. "Credevo di farti piacere portandoti messer Robin Hood, e invece piangi come una Maddalena pentita."

"Al ha ragione, vi rovinate i begli occhi, cara Maude," aggiunse Robin. "Perché non tornate allegra com'eravate stamane?"

"Impossibile," disse con un lungo sospiro la ragazza.

"Non voglio crederci," insistette Robin mentre posava le labbra sulle fasce che fermavano i capelli neri di Maude.

Maude se n'ebbe senza dubbio a male per la freddezza con cui il giovane boscaiolo aveva pronunciato quell'ultima frase perché impallidì e singhiozzò disperata.

"Cara Maude, sono qua. Smettete di piangere," ripeteva intanto Robin. "Ditemi la ragione della vostra tristezza."

"Non chiedetemelo adesso, saprete tutto più tardi. Lady Christabel e io ci domandavamo come fare per liberarvi. Oh, come sarà contenta di sentire che siete già libero! Messer Allan Clare ha ricevuto la sua lettera? Che risposta le portate?"

"Sir Allan non ha avuto la possibilità di scrivere né di parlare con me, ma conosco le sue intenzioni, e con l'aiuto di Dio e vostro, cara Maude, vorrei far uscire dal castello lady Christabel e accompagnarla dal suo fidanzato."

"Vado a informare milady," dichiarò Maude. "Non mi assento per molto. Aspettatemi qui. Vieni con me, Al."

Rimasto solo, Robin si sedette sul bordo del letto della ragazza e rifletté. Abbiamo già detto che, nonostante fosse ancora giovane, parlava e si comportava da uomo maturo. Doveva tale precocità all'istruzione ricevuta da Gilbert, che gli aveva insegnato a pensare da solo e agire da solo, ma sempre in modo corretto. Purtroppo non gli aveva spiegato che tra persone di sesso diverso possono nascere e svilupparsi fortuitamente sentimenti incontrollabili che non sono quelli dell'amicizia. Il comportamento di Maude dopo il bacio furtivo sulla mano della fanciulla mentre uscivano dalla cappella lo stupiva non poco. Ma a forza di pensarci, quasi per intuito comprese che la ragazza l'amava e se ne dolse perché non provava nulla per lei, la trovava solo carina, gentile e devota.

Dispiaciuto per la sua involontaria indifferenza, iniziò a chiedersi se non dovesse per caso sforzarsi di ricambiare tanto amore per non essere scortese. L'ingenuo adolescente stava per donarle il suo cuore che credeva ancora libero quando d'un tratto gli spuntò davanti agli occhi l'amata immagine di Marian.

E allora gridò entusiasta il suo amato nome.

Le speranze di Maude svanirono per sempre.

Presto però i dubbi e la tristezza sostituirono l'entusiasmo. Marian era di famiglia nobile come Christabel, e avrebbe disprezzato l'amore di un oscuro boscaiolo. Forse amava già qualche bel cavaliere del re. Certo, gli aveva lanciato qualche tenero sguardo, ma chi gli diceva che non fossero motivati esclusivamente dalla gratitudine?

Via via che Robin si faceva queste domande, e tante altre ancor più scomode, le speranze di Maude riprendevano quota.

Era carina quanto Marian e Christabel, non aveva sangue blu nelle vene né gentiluomini che spasimavano per lei, pertanto un umile boscaiolo come lui poteva sconfiggere gli altri pretendenti. Anche Maude gli lanciava teneri sguardi, ma non erano provocati dalla gratitudine. Era Robin che doveva essere grato a lei.

Stava provando queste strane emozioni, alternando gioia e angoscia, quando udì echeggiare nel corridoio un rumore di passi pesanti, molto diversi da quelli leggeri di Maude. Si stavano avvicinando. Robin spense il lume al primo colpo vigoroso alla porta.

"Olà, Maude," disse il visitatore all'esterno. "Perché spegni la lampada?"

Robin non si azzardò a rispondere ma si nascose tra il letto e la parete.

"Maude, apri!"

Il visitatore, spazientito dalla mancanza di risposta, aprì la porta ed entrò. Se la stanza non fosse stata tanto buia, Robin avrebbe visto un uomo alto e ben piazzato.

"Maude, ti decidi a rispondere? Sono certo che ci sei, perché ho visto dalle fessure dell'uscio che la lampada era accesa."

Dopodiché lo sconosciuto dal vocione iniziò a cercare a tentoni per tutta la stanza.

Per sua maggior sicurezza, Robin scivolò sotto il letto.

"Mobili schifosi!" si lamentò l'uomo dopo aver

sbattuto la fronte contro un armadio ed essere inciampato in una seggiola.

Silenzio. Robin stava trattenendo il respiro.

"Ma dove può essere?" fece lo sconosciuto allungando un braccio per tastare il letto. "Non sta dormendo. Sto cominciando a credere che Gaspard Steinkoff m'abbia detto la verità, una verità che gli è costata un bel cazzotto, a Gaspard! A sentir lui, la figlia di Hubert Lindsay bacia la gente spesso quanto io tracanno un boccale di birra. Che bastardo, quel Gaspard! Osa dire che mia figlia bacia e abbraccia i carcerati! Furfante! Però trovo davvero strano che a quest'ora non sia nella sua stanza. Non può essere da lady Christabel. Dove allora? Dio mio! Ho una tal confusione in testa. Dov'è la mia piccola Maude, dov'è? Per la santa Vergine, se Maude mi fa un torto io… Bah, sono un furfante quanto Gaspard Steinkoff se offendo il sangue del mio sangue, la mia vita, il cuore mio, mia figlia, la mia cara Maude. Ah, che sventato che sono! Dimenticavo che Albert è uscito dal castello per andare a chiamare un medico perché milady è malata, e Maude sarà di sicuro al suo capezzale. Come sono contento di essermelo ricordato. Dovrebbero riempirmi di botte per aver pensato male di mia figlia."

Anche Robin, immobile sotto il letto, aveva pensato male, e aveva provato una vaga punta di gelosia prima di capire che il visitatore notturno era il guardiano del castello, il buon padre di Maude, Hubert Lindsay.

Il monologo fu interrotto da leggeri passi in corsa e dal fruscio di un vestito. Hubert scattò in piedi.

Quando lo vide, Maude non riuscì a trattenere un gridolino spaventato, poi gli chiese ansiosa: "Perché siete qui, padre?".

"Per fare due chiacchiere con te, Maude."

"Parleremo domani. È tardissimo, sono stanca e devo andare assolutamente a dormire."

"Solo poche parole."

"Caro padre, stasera non vi ascolto proprio. Un bacio, poi divento di colpo sorda. Buonanotte."

"Devo solo farti una domanda. Rispondimi e ti lascio."

"Ho detto che sono sorda, e adesso anche muta. Buonanotte, buonanotte," concluse Maude, accostando la fronte alle labbra del vecchio.

"Non è ancora il momento della buonanotte," la corresse serio Hubert. "Voglio sapere da dove vieni e perché non sei ancora coricata."

"Vengo dall'appartamento di milady, che sta molto male."

"Benissimo. Altra domanda: perché sei così prodiga di baci con certi prigionieri? Tratti gli sconosciuti come se fossero fratelli tuoi? È una cosa che non si fa, Maude."

"Io baciare degli sconosciuti! Io! E chi se l'è inventata questa calunnia?"

"Gaspard Steinkoff."

"Gaspard Steinkoff vi ha mentito, padre mio, mentre sarebbe stato sincero se vi avesse confessato quanto mi sono arrabbiata quando ha avuto il coraggio di cercare di sedurmi."

"Ha osato…?" ruggì Hubert, furente.

"Ha osato," confermò sicura la giovane. Poi aggiunse, scoppiando a piangere: "Mi sono opposta, ce l'ho fatta a sfuggirgli, così lui ha detto che si sarebbe vendicato".

Hubert strinse la figlia al petto, poi, dopo qualche secondo di silenzio, le disse con calma, una calma sotto la quale traspariva una collera fredda e implacabile: "Prego che Dio, sempre ammesso che perdoni Gaspard Steinkoff, gli conceda la pace nell'altro mondo! Ma io non avrò più pace fino a quando non avrò punito l'infame. Baciami, figliola, bacia il tuo vecchio padre che ti vuole bene, che ti rispetta, che prega il cielo di vegliare sul tuo onore".

Dopodiché Hubert Lindsay uscì.

"Dove siete, Robin?" chiese immediatamente la fanciulla.

"Sono qui, Maude," rispose Robin, già sbucato da sotto il letto.

"Se mio padre v'avesse scoperto sarebbe stata la fine."

"Invece, cara Maude, avrei spergiurato la vostra innocenza," ribatté il giovane con ammirevole candore. "Ma ditemi, chi è questo Gaspard Steinkoff? L'ho mai visto?"

"Sì, era di guardia alla cella la prima volta che vi hanno imprigionato."

"Ah, era lui quello che ci ha sorpreso mentre… parlavamo?"

"Proprio lui," confermò Maude, che non poté fare a meno di arrossire.

"Allora sarete vendicata. Mi ricordo che faccia ha, e quando lo incontrerò…"

"Non pensate a quell'uomo, non ne vale la pena. Disprezzatelo come lo disprezzo io. Lady Christabel vorrebbe vedervi, ma prima di accompagnarvi da lei ho da dirvi una cosa, Robin. Sono tanto infelice e…" Maude s'interruppe, la voce soffocata dai singhiozzi.

"Ancora lacrime!" le disse affettuoso Robin. "No, non piangete. Posso fare qualcosa per voi? Per restituirvi il sorriso? Ditemelo, e sarò anima e corpo al vostro servizio. Non esitate a confidarmi i vostri crucci. Un fratello è devoto alla sorella, e io per voi sono come un fratello."

"Robin, piango perché sono costretta a vivere in questo orribile castello dove le uniche donne siamo lady Christabel e io, se escludiamo le cuoche e le donne di servizio. Sono cresciuta con milady, e malgrado la differenza di rango ci amiamo come se fossimo sorelle. Sono la confidente delle sue pene e condivido le sue gioie. Però, nonostante gli sforzi della mia buona padrona, so di essere solo la sua serva e così non oso chiederle consigli o parole di conforto. Mio padre è buono e onesto e coraggioso ma mi protegge solo da lontano mentre invece, lo confesso, avrei bisogno di avere qualcuno accanto a proteggermi. I soldati del barone mi fanno di continuo la corte, e m'insultano e prendono per il verso sbagliato il mio comportamento allegro, le mie risate, le mie canzoncine… No, non ce la faccio più a sopportare questa vita abominevole! Devo cambiare vita o ne morirò! È questo che volevo dirvi, Robin, e se lady Christabel se ne va dal castello vi prego di portarmi con lei."

L'unica risposta di Robin fu un'esclamazione dettata dalla sorpresa.

"Non mi dite di no! Vi scongiuro, portatemi con voi!" aggiunse disperata Maude. "Morirei, mi ammazzerei. Sì, mi ammazzo se varcate senza di me il ponte levatoio."

"Cara Maude, dimenticate che sono ancora un ragazzino e non ho il diritto di portarvi a casa di mio padre. Forse non vi accoglierebbe."

"Un ragazzino che poche ore fa brindava ai suoi amori!" replicò indispettita la fanciulla.

"Inoltre dimenticate che vostro padre morirebbe di crepacuore. L'ho appena sentito mentre giurava che avrebbe punito quel calunniatore."

"Mi perdonerà pensando che ho seguito la padrona."

"Ma la vostra padrona può fuggire, lei! È fidanzata con messer Allan Clare."

"Avete ragione, Robin, sono solo una poveraccia abbandonata da tutti."

"Però mi pare che frate Tuck…"

"Quel che dite è peccato, un grosso peccato!" gridò indignata Maude. "Ho riso, cantato e detto sciocchezze con il monaco, ma sono innocente, sappiatelo, sono innocente! Dio mio! Mi accusano tutti, per tutti sono una ragazza perduta! Oh, mi sembra di impazzire!"

Maude si inginocchiò a piangere, con il viso tra le mani.

"Su, alzati," la pregò Robin, molto turbato. "Va

bene, fuggirai con milady e verrai anche tu da mio padre Gilbert. Sarai sua figlia e mia sorella."

"Dio ti benedica, nobile cuore!" esultò la ragazza, appoggiando la testa sulla spalla di Robin. "Sarò la tua serva, la tua schiava."

"Sarai mia sorella. Su, Maude, un sorriso, un bel sorriso al posto di quelle brutte lacrime."

Maude sorrise.

"Il tempo stringe. Portami da lady Christabel."

Maude continuò a sorridere ma non si mosse.

"Be', cos'aspetti?"

"Niente, niente. Andiamo."

L'ultima parola fu pronunciata tra due baci stampati sulle guance di colpo arrossite del nostro eroe.

Lady Christabel attendeva con impazienza il messaggero di Allan.

"Posso contare su di voi, messere?" domandò appena Robin entrò nella sua stanza.

"Sì, signora."

"Il cielo vi ricompenserà. Sono pronta."

"Anch'io, cara padrona!" gridò Maude. "In marcia, non abbiamo un istante da perdere!"

"Abbiamo chi?" fece stupefatta Christabel.

"Noi, milady, noi!" rispose ridendo la cameriera. "Credete che Maude possa vivere lontana dalla sua amata padrona?"

"Come? Sei disposta ad accompagnarmi?"

"Non solo sono disposta, ma morirei di crepacuore se non me lo permetteste."

"Sono anch'io della partita," intervenne Albert, rimasto fino a quel momento in disparte. "Milady mi prende al suo servizio. Messer Robin, ecco il vostro arco e le vostre frecce che ho recuperato quando vi hanno arrestato nella foresta."

"Grazie, Al. A partire da oggi siamo amici," disse Robin.

"Per la vita e per la morte, messere!" aggiunse il ragazzetto con ingenua fierezza.

"In marcia!" fece Maude. "Al, fai strada, e voi, milady, datemi la mano. E ora fate tutti silenzio, il minimo bisbiglio, il minimo rumore potrebbero tradirci."

Il castello di Nottingham comunicava con l'esterno anche attraverso gli sterminati sotterranei a cui si poteva accedere dalla cappella e che sbucavano in piena foresta di Sherwood. Al li conosceva abbastanza da proporsi come guida. Non era difficile orientarsi nei sotterranei, però prima bisognava arrivare alla cappella, la cui porta non era sgombra come nelle prime ore della sera. Il barone vi aveva piazzato una sentinella. Fortunatamente per i fuggiaschi, il soldato aveva pensato bene di fare la guardia all'interno della cappella, e così, vinto dalla fatica, s'era addormentato su un banco, come succede spesso ai canonici nel loro stallo.

I quattro giovani entrarono nel luogo consacrato senza svegliarlo e senza nemmeno accorgersi della sua presenza a causa del buio. Stavano per arrivare all'accesso ai sotterranei quando Albert, che apriva la fila, andò a sbattere contro una tomba e cadde a terra facendo parecchio rumore.

"Chi va là?" chiese la sentinella, credendosi sorpresa in flagrante delitto di abbandono del posto di guardia.

L'eco ripeté il suo grido, lo fece rimbalzare di colonna in colonna e di volta in volta, coprendo i rumori e gli spostamenti dei quattro fuggitivi. Al si rannicchiò dietro la tomba, Robin e Marian sotto la scala del pulpito, soltanto Maude non fece in tempo a nascondersi. Il soldato accese una torcia, poi gridò: "Perbacco! È Maude, la penitente di frate Tuck! Lo sai, bellezza, che hai fatto tremare i baffi di Gaspard Steinkoff svegliandolo così bruscamente mentre sognava proprio le tue grazie? Per Dio! Temevo che fosse il vecchio cinghiale di Gerusalemme, il nostro simpatico signore che passava in rassegna le sentinelle. Che pacchia, invece! Quel brav'uomo russa e la mia bella mi sveglia!".

Mentre diceva ciò, il soldato infilò la torcia in un

candelabro del leggio e si avvicinò a Maude, allungando le braccia per cingerla alla vita.

La ragazza disse bellicosa: "Sì, sono venuta a pregare per lady Christabel che sta molto male. Lasciatemi pregare, Gaspard Steinkoff".

"Oh-oh, e così è quello il calunniatore," pensò Robin, incoccando in silenzio una freccia.

"Riservale a più tardi le orazioni, mia bella," aggiunse il soldato che già stava sfiorando con le mani il corsetto della ragazza. "Non fare la ritrosa e dai un bacio a Gaspard, no, due baci, tre, tanti baci."

"Stai indietro, vile insolente!" gridò Maude, indietreggiando a sua volta.

Il soldato fece invece un altro passo avanti.

"Indietro, bugiardo. Hai tentato di farmi ripudiare da mio padre per vendicarti del disprezzo con cui ho risposto alle tue oscene proposte! Indietro, mostro! Non rispetti nemmeno la sacralità del luogo. Indietro!"

"Dannazione e doppia dannazione!" esclamò inferocito Gaspard mentre abbrancava la fanciulla. "E ancora dannazione! La tua insolenza sarà punita."

Maude oppose un'accanita resistenza, anche perché era sicura che Albert e Robin sarebbero arrivati ad aiutarla. Ma al tempo stesso, temendo che il rumore della lotta richiamasse l'attenzione dei soldati del più vicino posto di guardia, evitò di gridare e si limitò a rispondere: "Sarai tu quello che verrà punito". In quel momento stesso una freccia scagliata da una mano infallibile perforò il cranio del malintenzionato e lo fece crollare cadavere sul piancito. Al, meno svelto della freccia, corse ad aiutare la sorella, che nel frattempo era svenuta sussurrando: "Grazie, Robin, grazie!".

La luce guizzante della torcia rischiarava due corpi esamini stesi l'uno accanto all'altro al suolo, uno rimasto solitario nella morte, l'altro soccorso da cuori devoti mentre occhi amici spiavano i sintomi del suo ritorno alla vita. Robin raccolse nell'incavo delle mani un po' di acqua santa per inumidire premuroso le tempie della ragazza, mentre Al le teneva le mani tra le sue e Christabel le sussurrava dolci parole da amica invocando anche l'intervento della Vergine Maria. Tutti e tre stavano tentando di rianimare la povera Maude, e avrebbero persino rinunciato alla fuga piuttosto che abbandonarla in quello stato. Passarono alcuni minuti prima che Maude riaprisse gli occhi, e parvero secoli. Ma quando le palpebre si sollevarono, il suo primo sguardo, interminabile, un azzurro sguardo colmo di amore e gratitudine, fu per Robin, poi un sorriso incurvò le labbra esangui e il rosa si diffuse sulle gote al posto del gelido pallore, il petto si gonfiò e le mani si unirono alle mani tese per sollevarla. Quindi, riscuotendosi dal letargo, Maude fu la prima a gridare: "Andiamo!".

La traversata del sotterraneo durò più di un'ora.

"Siamo arrivati," disse alla fine Al. "Abbassate la testa, la porticina è molto bassa, e attenzione alle spine dei rovi che nascondono l'uscita. Girate subito a sinistra. Bene, così. Ora seguite il sentiero rasente la siepe… e adesso salutiamo la torcia e diamo il benvenuto al chiaro di luna! Siamo liberi!"

"Ora tocca a me fare da guida," disse Robin che iniziava a orientarsi. "Siamo nel mio terreno. La foresta è casa mia. Non preoccupatevi, damigelle, allo spuntar del sole rivedremo Allan Clare."

La piccola carovana procedette veloce tra alberi e boscaglia nonostante la stanchezza delle fanciulle. La prudenza sconsigliava di seguire i sentieri e attraversare le radure dove il barone aveva sicuramente sguinzagliato i suoi segugi, perciò, anche rischiando di stracciare i vestiti e martoriare piedi e gambe, stettero ben attenti a seguire le rotte dei daini, da un fosso all'altro. Robin sembrava pensieroso da qualche minuto, perciò Maude volle sapere il motivo.

"Sorella cara, dobbiamo separarci prima che faccia giorno. Albert vi accompagnerà da mio padre, al quale spiegherete perché ancora non torno da Nottingham. È più utile e prudente che io porti senza indugio milady da Allan Clare," rispose lui.

E così i fuggiaschi si separarono dopo commoventi addii. Maude inghiottì le lacrime e soffocò i singhiozzi mentre seguiva Albert lungo il sentiero indicato da Robin.

Lady Christabel e il suo cavaliere, perché ormai Robin poteva essere definito tale, raggiunsero presto la strada maestra che va da Nottingham a Mansfield. Ma, prima di imboccarla, il giovane si arrampicò su un albero e ispezionò i dintorni fino all'orizzonte.

In un primo momento non scorse nulla di sospetto, fin dove l'occhio spaziava la strada sembrava sgombra, ma mentre scendeva dall'osservatorio vide spuntare in cima a un pendio un cavaliere che avanzava a spron battuto.

"Nascondetevi, milady. Lì, in quel fosso, dietro il cespuglio ai piedi di quell'albero. E per l'amor di Dio, non muovetevi e non fiatate."

"Corriamo qualche pericolo? Temete problemi?" chiese Christabel, vedendo che Robin preparava una freccia e si appostava dietro un tronco.

"Presto, milady, nascondetevi. Sta arrivando un cavaliere e non so se è amico o nemico. Ma anche se è un nemico è pur sempre un uomo, che una freccia ben scagliata basterà a fermare."

Robin non osò aggiungere, per non spaventare ancor di più la compagna, che aveva riconosciuto alle prime luci dell'alba i colori del barone Fitz-Alwine sulle armi del cavaliere. Christabel notò ugualmente le intenzioni bellicose di Robin e rimpianse di non poter gridare che ne aveva abbastanza di sangue e di morti, quella libertà era già costata troppo cara. Purtroppo per lei, Robin impugnava l'arco con una mano e con l'altra le imponeva di fare silenzio mentre il cavaliere avanzava ventre a terra.

"In nome di Dio, nascondetevi, milady!" bisbigliò

il giovane a denti stretti, con un filo di voce. "Nascondetevi!"

Christabel obbedì e, con la testa coperta dal cappuccio, rivolse una silenziosa preghiera alla Vergine Maria. Nel frattempo il cavaliere era sempre più vicino e Robin, appostato dietro l'albero con l'arco teso e la freccia puntata, era pronto a colpirlo al volo. Il cavaliere transitò veloce come la folgore, ma ancor più veloce di lui fu la freccia che sfiorò l'anca del cavallo e affondò obliqua tra il fianco e la sella. Quadrupede e cavaliere rotolarono nella polvere.

"Fuggiamo, milady, fuggiamo!" gridò Robin.

Christabel, più morta che viva e tremante da capo a piedi, non faceva che balbettare: "L'ha ammazzato! L'ha ammazzato!".

"Scappiamo, milady, ogni istante è prezioso!" insistette Robin.

"L'ha ammazzato!"

"Ma no che non l'ho ammazzato."

"Ha lanciato un grido d'agonia!"

"Era di sorpresa."

"Dite?"

"Dico che quel cavaliere ci stava cercando, e se non avessi bloccato il suo cavallo sarebbe stata la fine. Andiamo, milady, capirete meglio quando passerà la paura. Non s'è fatto nemmeno un graffio, milady. Invece il suo cavallo ha smesso di andare al galoppo. Il cavaliere aveva troppo vantaggio su di noi, poteva andare da Mansfield a Nottingham e ritorno ancor prima che avessimo lasciato questa strada. Ora siamo alla pari. Ma che dico? Siamo in vantaggio. Lui è a piedi, noi pure, certo, ma i nostri sono agili e senza impacci, i suoi meno. Coraggio, milady, saremo già lontani quando il signor cavaliere si metterà in marcia con quei pesanti stivali, che non sono certo quelli delle sette leghe. Coraggio, milady, Allan Clare non è lontano!"

13.

Mentre inseguiva Robin, il sergente Lambic, la fronte e le palpebre ma potremmo dire serenamente quasi tutte le altre parti della faccia sfigurate dalle fiamme della torcia per la quale era servito da posacenere, ebbe la sventura di prendere la direzione opposta a quella del fuggitivo.

Ai tempi del nostro racconto, il castello di Nottingham possedeva una quantità spropositata di corridoi sotterranei scavati nella roccia della collina sopra la quale svettavano le sue torri e le mura merlate. Erano in pochi, anche tra i più vecchi residenti della cittadella feudale, a conoscere esattamente la topografia di quel cupo labirinto pieno di misteri. Perciò Lambic e i suoi uomini vi stavano vagando a casaccio, separandosi gli uni dagli altri senza nemmeno accorgersene.

Lambic, semiaccecato, come abbiamo già detto, e sempre andando nella direzione opposta a quella di Robin, si lasciò i suoi uomini a sinistra finché a un certo punto arrivò ai piedi del grande scalone del castello. Gli pareva di sentire dei passi lassù in cima.

Si disse: "Bene, hanno beccato quel bricconcello e lo portano al cospetto del barone. Devo arrivare assieme a loro sennò si prenderanno tutto il merito della prodezza, quegli stupidi bruti!".

Così borbottando, il bravo sergente giunse alla porta dell'anticamera del barone, ma prima di entrare, prudente per pregressa esperienza, pensò bene di verificare in che modo il vecchio Fitz-Alwine stava accogliendo il ritorno dei soldati in compagnia del prigioniero. Pertanto incollò l'orecchio al buco della serratura e origliò il seguente dialogo.

"State dicendo che questa lettera mi annuncia che sir Tristram di Goldsborough non può venire a Nottingham?"

"Sì, milord. È costretto a recarsi a corte."

"Che disgraziato contrattempo!"

"E vi avverte che vi aspetterà a Londra."

"Ancor peggio! Precisa il giorno dell'appuntamento?"

"No, milord. Vi prega soltanto di partire prima che potete."

"Bene, allora partirò in mattinata. Date ordine di preparare i miei cavalli. Voglio essere accompagnato da sei armigeri."

"Sarà fatto, milord."

Lambic, stupito di sentire che Robin non c'era, immaginò che i soldati l'avessero portato in cella, perciò corse a verificare. Ma trovò la porta della segreta spalancata, la cella vuota e la torcia ancora fumante per terra.

"Ahimè, sono perduto! Che faccio adesso?" si disse.

Tornò sovrappensiero alla porta del barone, ancora speranzoso che i soldati vi conducessero quel maledetto boscaiolo. Povero Lambic! Già sentiva stringersi il cappio attorno al collo. Tuttavia la speranza, che non abbandona mai gli sventurati, tornò a sorridergli appena si accorse, avendo di nuovo incollato l'orecchio alla toppa, che la stanza era calma e silenziosa. Pertanto fece il seguente ragionamento.

"Il barone dorme, perciò non è arrabbiato, perciò non sa che il boscaiolo m'è sfuggito di mano manco fosse un'anguilla. Ignora la sua fuga, perciò non ha nulla da rimproverarmi, per cui punirmi o impiccarmi. Perciò posso presentarmi davanti a lui senza alcun timore a riferire della mia missione come se l'avessi portata a termine con successo. In questo modo guadagnerò tempo e potrei anche venire a sapere che cos'è capitato a quel diabolico Robin, per risbatterlo in cella o tenercelo se quelle bestie idiote dei soldati hanno avuto la buona sorte di fare il proprio dovere. Insomma, posso presentarmi senza timore alcuno... sì, senza temere nulla, al cospetto del mio terribile e onnipotente signore... Forza, entriamo. Ma se dorme? Oh, tanto varrebbe avvicinarsi a una tigre affamata ad accarezzarle la schiena. Non sono tanto pazzo da svegliare milord. E se non dorme? Tanto meglio, sarebbe il momento buono per entrare avendo la prova che ignora la mia disavventura," continuava a ripetersi il povero Lambic, ora tremante ora rilassato, volta a volta timido e fanfarone. "Sul serio, se non sta dormendo questo silenzio e questa calma hanno del prodigioso! Ora provo a bussare, e se il rumore è mal accolto farò sempre in tempo a filarmela."

Lambic grattò piano l'uscio, nel punto in cui fa più rumore. Il tentativo non ebbe risposta, il silenzio all'interno rimase indisturbato.

"Dorme sul serio," pensò di nuovo Lambic. "Ma no, scemo che sono! È uscito. Sarà da sua figlia, altrimenti lo sentirei, sapendo quanto russa."

Mosso da un'insana curiosità, il sergente aprì adagio. La porta si socchiuse senza che i cardini cigolassero, quel tanto perché Lambic potesse fare capolino per guardare all'interno.

"Misericordia!"

Il grido di terrore si spense sulle labbra del poveretto. Lambic rimase come paralizzato sulla soglia, folgorato dallo sguardo del barone, lui stesso ammutolito e stupito di fronte a tanta audacia.

La sorte era ancora avversa al povero Lambic, la sventura si accaniva su di lui. Il caso aveva voluto che disturbasse il barone proprio mentre il vecchio peccatore era inginocchiato ai piedi del confessore e domandava l'assoluzione prima di partire alla volta di Londra.

"Miserabile! Briccone! Infame sacrilego! Spia dei confessionali! Emissario di Satana! Traditore venduto al diavolo! Che ci vieni a fare qui dentro?" strillò il barone, che poteva finalmente dare sfogo alla sua rabbia. "In questo castello chi è il padrone e chi il servo? Sono forse io il servo? Cappio al collo, a fare da pastura ai corvi! E salirò a cavallo soltanto quando tu sarai finito sulla forca."

"Calmatevi, figliolo, Dio è misericordioso," intervenne il vecchio confessore.

"Dio non è rispettato da sacripanti del genere," protestò il barone mentre si alzava in piedi ebbro di furore. "Vieni qui, bestia!" aggiunse dopo aver fatto il giro della stanza come una iena in gabbia. "In ginocchio, prendi il mio posto e confessati prima di crepare."

Lambic, impalato sulla soglia, pur avendo perso la presenza di spirito tentò ugualmente di approfittare della breve pausa nella collera del frastornato e farneticante signore per azzardare una giustificazione.

"Che volevi da me? Su, parla!" chiese infatti il barone.

"Milord, ho bussato più volte alla porta. Convinto che non ci fosse nessuno ho pensato…" rispose umilmente il soldato.

"Sì, hai pensato di approfittare della mia assenza per rubare."

"Oh, milord!"

"Per derubarmi!"

"Sono un soldato, milord," rispose impettito Lambic.

L'accusa di furto gli aveva ridato coraggio, e ora non temeva più prigione, bastonate e forca.

"Oddio, guarda come s'indigna!" fece sarcastico Fitz-Alwine.

"Sì, milord, sono un soldato al servizio di Vostra Signoria, e Vostra Signoria non ha mai avuto ladri tra i suoi soldati."

"Mia Signoria può, e vuole, se le garba, dare del ladro ai suoi soldati. Mia Signoria non deve stare a indagare le loro virtù private. Infine, Mia Signoria è dotata di troppo buon senso per credere che la vostra visita, messer Lambic, di cui mi onoravate pur credendomi assente, non avesse un fine diverso da quello di dimostrarmi che siete un onest'uomo. Basta così! Ladro od onest'uomo, perché sei qui? Mi racconterai dopo della cattura del nostro lupacchiotto."

Lambic ricominciò a tremare. La domanda del barone dimostrava che non era ancora informato della fuga di Robin, perciò adesso il sergente temeva una crisi esagerata di collera nel momento in cui avrebbe spiegato a Sua Signoria la causa delle ustioni al viso. E così rimase immobile davanti al tremendo signore, gli occhi sbarrati come un allocco, la bocca aperta, le braccia pendule.

"Allora, da dove arrivi?" sbraitò Fitz-Alwine, notando le ustioni sulla faccia di Lambic. "Perbacco, avevo ragione a pensare che fossi appena scappato dall'inferno, perché un grugno così rosso l'ottieni soltanto andando a far visita a Belzebù."

"Sono stato ustionato da una torcia, milord."

"Una torcia?!"

"Chiedo scusa, ma Vostra Signoria non sa che quella torcia…"

"Che cosa biascichi? Falla corta. Di che torcia parli?"

"La torcia di Robin."

"Ancora quel Robin!" tuonò il barone mentre sguainava la spada.

Lambic pensò che volesse spedirlo all'altro mondo, pertanto arretrò istintivamente, pronto a scappare al primo affondo del suo signore.

"Ancora Robin? E dov'è quel benedetto Robin?" insistette il barone, mulinando lo spiedo. "O vuoi che t'infilzi insieme a lui?"

Lambic era già per metà fuori dalla stanza, aggrappandosi al bordo dell'uscio in modo da usarlo come scudo nel caso la punta dello spadone lo minacciasse troppo da presso.

"Figliolo, i filistei stavano per essere passati a fil di spada, ma pregarono il Signore e la spada rientrò nel fodero," intervenne il vecchio monaco.

Fitz-Alwine gettò l'arma sul tavolo, poi si avventò su Lambic, che sembrava paralizzato.

"Ti chiedo ancora una volta che cosa sei venuto a fare qui," disse il barone, quindi l'afferrò per il bavero per trascinarlo in mezzo alla stanza. "Desidero sapere che rapporto c'è tra quel Robin, una torcia e la tua faccia. Rispondi forte e chiaro, altrimenti lì c'è una spada che nessuna preghiera farà rientrare nel fodero."

Nel frattempo Fitz-Alwine indicava il lungo poderoso bastone dal pomo d'oro appoggiato in un angolo della stanza, la fenomenale staffa alla quale era solito appoggiarsi durante le sue passeggiate sui bastioni.

Il sergente aveva appena trovato la scusa buona per evitare di dare una risposta precisa. "Milord, sono venuto a chiedere a Vostra Signoria che cosa voleva fare di quel Robin Hood."

"Perbacco, voglio che rimanga nella segreta in cui è rinchiuso."

"Allora, milord, siate tanto generoso da dirmi dove si trova questa segreta perché io possa mettermi di guardia."

"Non lo sai? Ma se l'hai portato qui appena un'ora fa!"

"Purtroppo non c'è più, milord. Avevo dato ordine ai miei soldati di condurlo al vostro cospetto, e pensavo che aveste scelto un'altra prigione... In quella là m'ha bruciato la faccia, milord."

"Ah, questo è troppo!" strillò Fitz-Alwine, andando a prendere il bastone mentre Lambic si girava per calcolare con occhio inquieto se avrebbe fatto in tempo a squagliarsela prima che scoppiasse il temporale.

I colpi si sarebbero senza dubbio abbattuti come una grandinata perché il barone, nonostante la gotta, non era monco. Lambic, disperato, dimenticò l'inviolabilità del suo signore e con un balzo lo precedette, strappandogli il bastone di mano, quindi gli bloccò le braccia all'altezza dei polsi e, con tutto il rispetto che gli permettevano le circostanze, lo spedì a sedere sulla sua poltrona da gottoso prima di filarsela a gambe levate.

Altrettanto a gambe levate il vecchio Fitz-Alwine, al quale la rabbia aveva restituito una certa agilità, si lanciò all'inseguimento dell'audace suddito. La fatica gli fu risparmiata da due soldati di ritorno dalla spedizione alla ricerca di Robin, che, sentendo le grida del barone, sbarrarono la strada al sergente non ancora uscito dall'anticamera.

"Largo!" fece Lambic, travolgendo i due sottoposti. "Largo!"

Ma nel frattempo Fitz-Alwine aveva bloccato l'uscita. Ormai ogni resistenza era vana, e così lo sventurato sergente attese a testa bassa che il suo grande e potente signore decretasse la sua sorte.

Per uno di quei fenomeni bizzarri e inesplicabili frequenti nell'animo umano quanto i loro corrispettivi in natura, la collera del barone parve placarsi dopo questo accenno di ribellione, un po' come il vento forte tende sempre a cadere dopo la pioggia.

"Chiedimi perdono," disse sereno Fitz-Alwine, lasciandosi cadere a corto di fiato, questa volta volontariamente, sulla poltrona. "Forza, mastro Lambic, domanda perdono."

Probabilmente il barone faceva mostra di serenità e mansuetudine perché non aveva più la forza di mantenere le sfuriate al livello solito. Però la quiete non poteva durare molto, e infatti, vedendo che Lambic esitava intimorito, e che la respirazione si faceva più regolare, la collera riaffiorò e la sfuriata definitiva parve pronta ad abbattersi.

"Ah, ti rifiuti di chiedere perdono! Ma bene!" fece

sardonico Fitz-Alwine. "Fai atto di contrizione, è sempre utile prima di morire."

"Milord, le dico com'è andata, e questi due uomini possono confermare che è vero."

"Due bricconi par tuo!"

"Milord, non sono colpevole come pensate. Stavo per chiudere la porta della segreta quando Robin Hood…"

Non seguiremo il verboso resoconto del sergente pieno di omissioni a proprio vantaggio. Tanto i nostri lettori non apprenderebbero nulla di nuovo. Il barone lo ascoltò, tra un urlo di rabbia e l'altro, dimenandosi sulla poltrona come un diavolo quando gli spruzzano addosso l'acqua santa, almeno così si dice, e reiterò le minacce con queste ultime frasi spaventosamente stringate: "Se Robin è scappato dal castello, voialtri non mi scapperete! A lui la libertà, a voi la morte".

D'un tratto risuonarono alcuni violenti colpi alla porta.

"Avanti!" strillò il barone.

Entrò un soldato, che disse: "La Vostra eminente Signoria mi perdoni se oso presentarmi davanti alla Vostra onorevolissima persona senza essere stato chiamato dalla Vostra onorevolissima Signoria, ma quello che è successo è così straordinario e terribile che ho creduto mio dovere venire ad annunciarlo immediatamente all'onorevolissimo signore di questo castello".

"Parla, ma poche chiacchiere."

"La Vostra onorevolissima Signoria sarà soddisfatta. La storia che riferisco è tanto breve quanto spaventosa. So che un bravo soldato deve saper piegare il suo arco e fare altrettanto con la lingua, e dato che sono un bravo…"

"Concludi, imbecille!" sbraitò il barone.

Il soldato s'inchinò cerimonioso e disse: "Dato che sono un bravo soldato non dimentico mai questo principio".

"Maledetto chiacchierone! Taci se devi solo parlare della tua bravura, altrimenti riferisci che cos'è successo."

Nuovo inchino del soldato, che riprese imperturbabile: "Il mio dovere consisteva…".

"Ancora?" protestò Fitz-Alwine.

"Il mio dovere consisteva nel dare il cambio alla guardia nella cappella…"

"Finalmente ci siamo!" pensò il barone, che si mise ad ascoltare attento.

"Mi ci sono voluti cinque o dieci minuti per arrivare, Vostra onorevolissima Signoria, ma giunto alla porta del luogo consacrato non ho trovato sentinella alcuna. Eppure doveva esserci perché ero andato lì per darle il cambio. Mi sono allora detto che conveniva andare al posto di guardia a cercare man forte per beccare il delinquente e perché gli fosse inflitta una punizione esemplare, oltre a quella inflitta dal mio capo. Sono arrivato al posto e ho chiamato il sergente, ma non è uscito nessuno. Sono entrato. Nessuno. Così sono rimasto sorpreso e ho pensato…"

"Al diavolo cos'hai pensato, chiacchierone! Vieni al dunque!" urlò spazientito il barone.

Il soldato scattò di nuovo sull'attenti e aggiunse: "Ho pensato che gli obblighi del soldato sono bellamente ignorati nella guarnigione del castello di Nottingham. C'è poca disciplina e le conseguenze di…".

"Per tutti i diavoli, continui a divagare, cretino dalla lingua lunga? Cane prolisso!"

"Cane prolisso!" ripeté il soldato, impensierito da questo epiteto. "Cane prolisso? Sono un gran cacciatore ma non conosco ancora questa razza. Fa lo stesso, continuiamo. Le conseguenze di questa scarsa disciplina possono essere funeste. Non ho faticato a trovare gli uomini del posto di guardia perché erano attavolati in mensa. Così abbiamo avviato immediatamente una perlustrazione minuziosa e intelligente della cappella e dintorni. Fuori nulla di particolare, salvo l'assenza della sentinella, ma dentro la sentinella c'era, e non vi dico in che stato, Dio mio! C'era come i morti sul campo di battaglia, ossia riversa a terra, priva di vita, immersa nel suo sangue, una freccia conficcata nel cranio…"

"Gran Dio!" fece il barone. "Chi ha potuto commettere un simile delitto?"

"L'ignoro, non essendo stato presente, ma…"

"Chi è il morto?"

"Gaspard Steinkoff, un rude soldato."

"E non sai chi è l'assassino?"

"Ho già avuto l'onore di dire alla Vostra onorevolissima Signoria che non ero presente nel momento in cui veniva consumato il delitto, ma ho avuto la prontezza di spirito, per favorire le ricerche di milord, di impossessarmi della freccia omicida… Eccola."

"Questa freccia non proviene dal mio arsenale," disse il barone dopo averla esaminata con attenzione.

"Però, con tutto il rispetto che devo alla Vostra onorevolissima Signoria, vi farei notare che questa freccia, che non esce dal vostro arsenale, viene per forza da un altro posto, e credo di averne notate di simili in una faretra portata stasera da un nostro aspirante scudiero."

"Quale scudiero?"

"Albert. La faretra e l'arco che abbiamo visto in mano al ragazzo appartengono a un prigioniero di Vostra Signoria, un certo Robin Hood."

"Presto, andate a cercare Albert e portatemelo qui," ordinò il barone.

"L'ho visto un'ora fa che si recava insieme a madamigella Maude verso le stanze di lady Christabel."

"Accendete una torcia e venite con me!" ordinò il barone.

Seguito da Lambic e dalla scorta, Fitz-Alwine, che non sembrava più impacciato dalla crisi di gotta, si recò di buon passo verso l'appartamento della figlia. Arrivato alla porta bussò ma, non ricevendo risposta, aprì e si precipitò all'interno. Buio totale, silenzio assoluto. Invano perlustrò lo spogliatoio e le altre stanze attigue, ovunque trovò lo stesso buio, lo stesso silenzio.

"Partita! Se n'è andata!" si lamentò disperato, poi chiamò Christabel con voce straziante.

Ma Christabel non rispose.

"Se n'è andata! Se n'è andata!" ripeté il barone tormentandosi le mani e lasciandosi cadere sulla medesima sedia su cui l'aveva sorpresa mentre scriveva ad Allan Clare. "Partita con quell'uomo! Mia figlia, la mia Christabel!"

Tuttavia la speranza di raggiungere la damigella in fuga restituì un minimo di lucidità al povero genitore.

"All'erta tutti!" tuonò. "All'erta! Dividetevi in due gruppi, uno perquisirà tutti gli angoli del castello, in lungo e in largo, da cima a fondo, l'altro partirà a cavallo e nemmeno un albero della foresta deve sfuggire all'ispezione... Andate..."

I soldati stavano già uscendo quando il barone aggiunse: "Dite a Hubert Lindsay, il responsabile delle chiavi, di venire qui. È stata sua figlia, quella maledetta di Maude, quell'intrigante, a tramare la fuga. Sarà lei a pagare. Dite anche a venti dei miei cavalieri di sellare il destriero e tenersi pronti a partire al mio ordine. Ma andate, miserabili! Che cosa aspettate?".

I soldati partirono di gran carriera, pertanto Lambic ne approfittò per portarsi a distanza di sicurezza dal suo collerico padrone.

Il barone, rimasto solo, sragionò, preda volta a volta di crisi di collera e di disperazione. Amava con tutto se stesso la figlia, e la vergogna che provava per la sua fuga con un uomo era meno forte del dolore al pensiero che non l'avrebbe più rivista, non l'avrebbe più abbracciata, nemmeno tiranneggiata.

Fu durante questi accessi di rabbia alternati a momenti di disperazione che arrivò il vecchio Hubert Lindsay, purtroppo per lui prima della fine di una crisi di rabbia.

"Visto che non sanno fare il proprio mestiere di

soldati, io li stermino tutti!" stava sbraitando il barone. "E non lascerò nemmeno l'ombra di un fantasma di uno solo di questi miscredenti, perché lo spettro potrebbe sempre dire che ha aiutato Christabel a ingannare suo padre! Sì, lo giuro per tutti i santi apostoli e per la barba dei miei avi, non ne risparmio uno solo! Ah, eccoti, mastro Hubert Lindsay, guardiano delle chiavi del castello di Nottingham! Eccoti!"

"Vostra Signoria mi ha mandato a chiamare?" domandò calmo il vecchio.

Il barone non rispose, gli si avventò invece alla gola come avrebbe fatto una belva, lo trascinò in mezzo alla stanza e gli disse, scrollandolo senza pietà: "Scellerato! Dov'è mia figlia? Rispondi se non vuoi che ti strangoli!".

"Vostra figlia, milord? Ma non ne so niente," rispose Hubert, più sorpreso che spaventato dalla collera del suo signore.

"Impostore!"

Hubert si liberò dalla presa del barone e rispose impassibile: "Milord, fatemi l'onore di spiegarmi il motivo di questa strana domanda e potrò rispondervi. Sappiate che sono un pover'uomo, però onesto, sincero e leale, e in vita mia non ho mai dovuto arrossire per alcuna colpa. Se mi uccideste qui su due piedi potrei anche morire senza confessarmi perché non ho nulla da rimproverarmi. Siete il mio signore e padrone. Chiedete e risponderò a tutte le vostre domande, non per paura ma per dovere e rispetto".

"Chi è uscito dal castello nelle ultime due ore?"

"L'ignoro, milord. Due ore fa ho consegnato le chiavi al mio secondo, Michael Walden."

"Davvero?"

"È vero com'è vero che siete il mio signore e padrone."

"E chi è uscito mentre eri ancora di guardia?"

"Albert, il giovane scudiero. M'ha detto che milady

era malata e gli era stato ordinato di andare a chiamare un medico."

"Ah, ecco il complotto!" esclamò il barone. "Mentiva, Christabel non era affatto malata. Al è uscito per preparare la sua fuga."

"Come? Milady vi ha lasciato, milord?"

"Sì, l'ingrata ha abbandonato il vecchio padre, e tua figlia è partita assieme a lei."

"Maude? Oh, no, milord, è impossibile. Ora vado a cercarla, è di sicuro nella sua stanza."

Proprio in quel momento entrò di corsa il sergente Lambic, che voleva dimostrare a tutti i costi il proprio zelo.

"Milord, i cavalieri sono pronti," annunciò. "Ho cercato inutilmente Albert per tutto il castello. Era rientrato assieme a me e Robin e non è mai uscito dal portone principale, Michael Walden è pronto a giurarlo sulla Bibbia. Non ha varcato nessuno il ponte levatoio nelle ultime due ore."

"Non significa nulla!" obiettò il barone. "Gaspard dev'essere morto per una ragione." Poi, dopo qualche istante: "Lambic!".

"Milord."

"Stasera sei andato fino alla casa di un certo Gilbert Head, non lontano da Mansfield?"

"Sì, milord."

"Be', è lì che abita quell'infernale Robin Hood, ed è senza dubbio lì che la mia ingrata figliola ha appuntamento con un miserabile che… Ma lasciamo perdere. Lambic, monta a cavallo con i tuoi uomini, corri laggiù e cattura i fuggitivi, e rientra qui solo dopo aver dato fuoco a quella tana di banditi."

"Sì, milord."

Poi Lambic uscì.

Hubert Lindsay, tornato da qualche minuto, se ne stava in disparte depresso e silenzioso, a braccia conserte e capo chino.

Fitz-Alwine gli disse: "Mio vecchio servitore, non

voglio che la collera mi faccia dimenticare che viviamo l'uno accanto all'altro da tanti, tanti lunghi anni. Mi sei sempre stato fedele e m'hai salvato due volte la vita. Bene, mio vecchio fratello d'armi, dimentica i miei scatti d'ira, i modi brutali, fors'anche le cose ingiuste che ho fatto e, se ami tua figlia come io amo la mia, prestami ancora il tuo coraggio e la tua esperienza per riportare all'ovile le pecorelle smarrite... perché Maude è senza dubbio partita assieme a Christabel".

"Ahimè, milord, la sua camera è deserta," singhiozzò il vecchio.

Il sincero dolore di Hubert sarebbe dovuto bastare a provare al barone che non era complice della fuga delle fanciulle, ma questo singolare nobiluomo, sospettoso quanto irascibile, era convinto che l'inferiore ingannerà sempre il superiore, il villano il nobile, il prete il vescovo, il soldato l'ufficiale e così via. Perciò disse, per tendere una trappola a Hubert: "C'è forse nei sotterranei del castello un'uscita che immette direttamente nella foresta di Sherwood?".

Il barone sapeva perfettamente che esisteva, ma ne ignorava l'esatta ubicazione. Hubert e sua figlia erano senza dubbio più informati di lui. Inoltre, mentre poneva questa domanda, si diceva che se Maude aveva guidato sua figlia nei sotterranei l'avrebbe pagata molto cara.

Hubert, come sempre sincero e leale, giudicò di essere tenuto ad aiutare il suo signore a ritrovare milady, e del resto era interessato quanto il barone ad acciuffare i fuggiaschi, pertanto rispose che i sotterranei avevano un'uscita in piena foresta, e sapeva come arrivarci.

"La conosce anche Maude?"

"No, milord, almeno non credo."

"Quindi soltanto tu sei al corrente di questo segreto?"

"Ce ne sono altri tre: Michael Walden, Gaspard Steinkoff e Albert."

"Albert!" ripeté il barone, in preda a un ennesimo accesso di collera. "Albert! Ma certo, è lui che gli fa da guida! Presto, una torcia, delle torce! Frughiamo i sotterranei."

La sincerità di Hubert era stata riconosciuta. Adesso milord si fidava di lui ed era prodigo di frasi amichevoli e riconoscenti.

"Coraggio, coraggio, Dio ce le renderà!" stava dicendo il vecchio barone mentre venivano preparate le torce e accorrevano gli uomini che dovevano fargli da scorta.

Era straziante vedere la disperazione di quei due vecchi che, separati dalla nascita, dal rango, dallo stile di vita, ora si alleavano per scongiurare una disgrazia comune, uguali nel dolore.

Seguiti da sei armigeri, attraversarono la cappella senza nemmeno degnare di uno sguardo il cadavere di Gaspard e scesero nei sotterranei. Avevano fatto appena pochi passi quando a Fitz-Alwine parve di cogliere l'eco di voci lontane.

"Ah, li abbiamo beccati!" gridò. "Avanti, Hubert, avanti!"

Era infatti Hubert ad aprire la strada.

Poi risuonò di nuovo il rumore udito dal barone.

"Però, milord, non viene dal passaggio che porta alla foresta," precisò il vecchio.

"Non importa, sono loro. Avanti, avanti!"

In quel punto il corridoio si biforcava, e il drappello si diresse verso le voci, che andarono aumentando di volume, diventarono urla.

"Bene, stanno chiedendo aiuto! Eccoci, ragazze, eccoci!"

"Allora hanno sbagliato strada," disse Hubert.

"Tanto meglio!" fu il commento del barone, la cui tenerezza paterna era già stata sostituita dalla sete inestinguibile di vendetta.

Hubert, qualche passo avanti agli altri, si fermò ad ascoltare.

"Milord, vi garantisco che le urla non vengono dai fuggiaschi," disse. "Se andiamo da questa parte prendiamo la direzione sbagliata e perdiamo solo tempo prezioso."

"Seguimi!" urlò il barone con un'occhiata feroce al guardiano della porta del castello, che iniziava a sospettare di complicità con il nemico. "Vieni, e voi aspettatemi qui!"

"Ai vostri ordini, milord," rispose Hubert.

I due vecchi proseguirono verso la fonte del rumore. Di minuto in minuto le urla si facevano più distinte.

Hubert intanto borbottava tra i denti: "Lo giuro, il mio signore sta impazzendo! Crede forse che dei fuggitivi facciano tanto baccano? Questi qua stanno gridando a squarciagola. E ci stanno venendo incontro".

In quel momento stesso apparvero agli occhi stupiti del barone due soldati.

"E voi da dove venite, gaglioffi?"

"Stavamo inseguendo il prigioniero Robin Hood," risposero gli infelici, terrorizzati e stremati. "Ci siamo persi, milord. Credevamo di essere spacciati quando la Provvidenza ha inviato a salvarci la Vostra venerabile Signoria. Vi abbiamo sentito in lontananza, e vi siamo corsi incontro per risparmiarvi un pezzo di strada."

Fitz-Alwine non sapeva più a quale santo votarsi per la delusione quando un soldato iniziò a raccontargli in che modo era evaso Robin Hood.

"Basta, basta, imbecilli!" urlò. "Ditemi se avete sentito qualche rumore sospetto nelle gallerie da quando vi siete persi in questo sotterraneo, dove dovrei condannarvi a morire di fame."

"Assolutamente nulla, milord."

"Gambe in spalla, Hubert, dobbiamo recuperare il tempo perso!"

In effetti questa deviazione aveva salvato i fuggiaschi. Un quarto d'ora più tardi il drappello sbucò nella foresta, trovando conferma che i fuggitivi avevano seguito quella strada. Infatti la porta dei sotterranei, di solito chiusa, era spalancata.

"Dunque non mi sbagliavo!" fece il barone. "Forza, soldati, andate, battete la foresta in lungo e in largo. Prometto cento pezzi d'oro a chi riporterà al castello lady Christabel e gli infami che se la sono presa!"

Poi, accompagnato dal solo Hubert, tornò sui propri passi fino alle sue stanze, dove invece di riposare, cosa di cui tra l'altro aveva un gran bisogno, infilò una cotta di maglia, cinse lo spadone, brandì la lancia con i colori del suo casato, scese di sotto e montò lesto a cavallo, lanciandosi alla testa di venti uomini sulla strada per Mansfield.

14.

Nel frattempo, gli eroi della nostra storia stanno attraversando la secolare foresta di Sherwood.

Robin e Christabel stanno andando all'appuntamento con sir Allan Clare e di conseguenza nella direzione opposta a quella presa dal sergente Lambic, che ha ricevuto l'ordine di dare alle fiamme la casa del padre adottivo di Robin.

Il barone, seguito da venti validi armigeri e ringiovanito dallo stato di collera permanente, s'è lanciato alla ricerca della figlia. Lo lasceremo andare a briglia sciolta nei verdeggianti sentieri della foresta, e torneremo invece da sir Allan Clare, che sta galoppando a spron battuto, scortato da Little John, frate Tuck, Will Scarlet e altri sei rampolli del nobile sir Guy di Gamwell, verso la valletta indicata da Robin Hood, mentre Maude e Albert si sono incamminati alla volta della casetta dell'anziano guardaboschi.

Maude non è più vivace, instancabile, coraggiosa e allegra come suo solito. Sta ripassando le indicazioni che le ha dato Robin per non perdersi in quel labirinto di mille sentieri intrecciati. In questo momento, sebbene sia accompagnata da un ragazzo intrepido, sembra un povero essere abbandonato e sospira, sospira chiedendosi quando finirà questa scarpinata interminabile.

"Manca ancora molto alla casa di Gilbert?" domandò.

"No, Maude, solo sei miglia, credo," rispose tutto contento Albert.

"Sei miglia!"

"Coraggio, Maude, coraggio. Lo facciamo per lady Christabel... Ma guarda laggiù, non vedi un cavaliere, sì, un cavaliere seguito da un monaco e da altre persone? È messer Allan con frate Tuck. Salve, signori, mai incontro è capitato più a proposito."

"E lady Christabel e Robin dove sono finiti?" chiese Allan appena riconobbe Maude.

"Vi stanno aspettando nella valletta," rispose la cameriera.

"Signore, proteggici!" esclamò Allan dopo essersi fatto raccontare per filo e per segno dalla ragazza le vicissitudini della fuga dal castello. "Bravo, Robin! Gli devo tante cose, tra cui la mia adorata e mia sorella!"

"Stavamo andando a spiegare a suo padre le ragioni dell'assenza di Robin," disse Al.

"Potresti anche andarci da solo adesso, fratellino," disse Maude, che moriva dalla voglia di rivedere Robin. "La mia signora avrà un gran bisogno dei miei servigi."

Allan non vide alcuna ragione di rifiutare la proposta di Maude, perciò si rimise in cammino.

Frate Tuck, in un primo momento taciturno e appartato, non tardò a scivolare accanto alla fanciulla per tentare di intenerirla, di sorriderle, di essere meno brusco del suo solito, di sembrare quasi spiritoso. Purtroppo le moine del povero monaco furono accolte con estrema freddezza.

Il mutato umore di Maude depresse ulteriormente Tuck, che rimase in disparte durante la marcia, guardando pensieroso la fanciulla, del resto pensierosa quanto lui.

Nel frattempo, pochi passi più indietro, c'era un individuo che sembrava altrettanto smanioso di incrociare lo sguardo di Maude. Stava cercando di rimettersi un po' in ordine, spolverava le maniche e le falde della giubba, raddrizzava la penna d'airone sul berretto, lisciava la folta chioma, le piccole civetterie istintive anche in piena foresta in qualsiasi innamorato debuttante. Era il nostro amico Will Scarlet.

Per lui Maude incarnava l'ideale della bellezza. La vedeva per la prima volta, ma era colei che aveva scelto nei propri sogni per regnare sul proprio cuore. Fronte bianca leggermente arrotondata, solcata da due delicate sopracciglia nere, occhi neri sfavillanti, appena velati dalle lunghe ciglia seriche, gote rosee e vellutate, un naso identico a quelli che modellavano gli scultori dell'antichità, una bocca socchiusa per lasciar parlare o respirare l'amore, labbra i cui angoli si sollevavano in dolci sorrisi, un mento con una fossetta che prometteva il piacere come l'ilo del chicco di grano promette il fiore, collo e spalle che formavano un'unica linea sinuosa, figura snella, movimenti aggraziati e piedi piccini per cui i sentieri della foresta si sarebbero dovuti coprire di fiori: questa era Maude, la bella figliola di Hubert Lindsay.

Will non era tanto timido da accontentarsi di ammirarla in silenzio. Il desiderio, anzi, la necessità di sentire lo sguardo della fanciulla su di sé lo spinsero ad affiancarla.

"Madamigella, conoscete Robin Hood?" le chiese.

Maude rispose gentilmente di sì.

Will non poteva saperlo, ma aveva toccato il tasto giusto per ottenere l'attenzione della fanciulla.

"E vi piace molto?"

Maude non rispose, ma arrossì. Will doveva essere un vero principiante per indagare così a bruciapelo il cuore di una donna. Si comportava come un cieco che avanza senza il minimo timore sul bordo di un precipizio. Quante sono le persone il cui coraggio è solo frutto dell'ignoranza!

"Voglio tanto bene a Robin Hood, madamigella, che vi detesterei se non vi piacesse," aggiunse.

"Tranquillo, messere, sono pronta a dichiarare che è un giovanotto affascinante. Lo conoscete da molto?"

"Siamo amici sin da quando eravamo piccoli, e preferirei perdere la mano destra piuttosto che la sua amicizia. Questo per quanto riguarda i sentimenti. Quanto alla stima che provo, secondo me in tutta la contea non esiste arciere che gli stia alla pari. Il suo carattere è retto quanto la traiettoria delle sue frecce, ed è gentile e modesto quanto è affettuoso e coraggioso. Accanto a lui sarei disposto a sfidare l'universo intero."

"Quanto ardore in queste frasi, messere! Lodi davvero sentite!"

"Vere com'è vero che mi chiamo William di Gamwell e che sono un ragazzo onesto che dice solo la verità, madamigella, nient'altro che la verità."

"Maude, secondo voi il barone s'è già accorto della fuga di lady Christabel?" domandò Allan.

"Sì, messer cavaliere, perché Sua Signoria doveva partire con lei stamattina per Londra."

"Zitti! Zitti!" disse Little John, che procedeva in avanscoperta. "Nascondetevi nel tratto più folto del bosco, qua. Sento rumore di zoccoli. Se poi i nuovi arrivati ci scoprono gli saltiamo addosso all'improvviso, al grido di battaglia 'Robin Hood'. Presto, nascondetevi," concluse Little John, appostandosi lui stesso dietro un tronco.

Un attimo dopo spuntò un cavaliere in sella a un destriero che scavalcava senza perdere velocità qualsiasi genere di ostacolo, fossi, alberi caduti, cespugli o siepi, seguito a fatica da altri quattro uomini a cavallo. Era accucciato più che seduto sul focoso quadrupede, aveva perso il cappello e i lunghi capelli al vento conferivano alla sua faccia spaventata un'espressione strana, diabolica. A un certo punto sfiorò il gruppo d'alberi dove era rannicchiato il gruppetto, così Little John distinse molto bene la freccia piantata nella groppa del cavallo.

Il cavaliere fu presto inghiottito dalla foresta, sempre seguito dai suoi quattro uomini.

"Che Dio ci protegga, è il barone!" esclamò Maude.
"Il barone!" ripeterono Maude e Albert.
"E se non vado errato, la freccia che fa da timone alla bestia è uscita dalla faretra di Robin," aggiunse Will. "Che dici, cugino Little John?"
"La penso come te, Will, cioè che Robin e la damigella sono in pericolo. Robin è troppo prudente per scagliare frecce senza esservi costretto. Acceleriamo il passo."

Sarà utile spendere qualche parola per spiegare la spiacevole situazione del nobile Fitz-Alwine, tra l'altro valido cavallerizzo.

Prima di addentrarsi nella foresta, aveva ordinato alla sua migliore staffetta di andare a controllare la strada maestra tra Nottingham e Mansfield e poi tornare a fargli rapporto a un crocevia ben preciso. Sappiamo che ne è stato di quel corriere, disarcionato da Robin. Il caso aveva voluto che Robin e lady Christabel si trovassero da un lato del crocevia scelto per l'appuntamento proprio mentre il barone vi entrava da quello opposto. I due fuggiaschi avevano fatto appena in tempo a buttarsi in mezzo alla boscaglia per evitare di essere visti. Qualche istante dopo, il barone s'era fermato in mezzo al crocicchio, su un rialzo, ad aspettare il ritorno della sua staffetta.

"Controllate qua attorno, due di qua e due di là," aveva ordinato alla scorta.

Robin pensò: "Siamo rovinati. Che si fa adesso? Come facciamo a fuggire? Se usciamo dal bosco i cavalli ci raggiungeranno in un amen, e se tentiamo di attraversarlo il rumore attirerà gli inseguitori. Che fare?".

Mentre rifletteva, preparò l'arco scegliendo la freccia più appuntita. Christabel, pur annichilita dalla paura, notò questi preparativi e supplicò il giovane di risparmiare il padre. La pietà filiale era più forte del desiderio di raggiungere Allan.

Robin sorrise e fece segno di sì. Il suo cenno significava che l'avrebbe risparmiato, il sorriso alludeva invece al cavaliere disarcionato poco prima.

I soldati stavano ancora perlustrando i dintorni del crocevia, tuttavia la taglia di cento scudi d'oro che suscitava il loro zelo non aveva la virtù di donar loro maggiore acume. Ciò nonostante, la posizione di Robin e Christabel stava diventando sempre più critica perché quei cani da caccia partiti in coppia da punti opposti per fare il giro del posto non potevano ricongiungersi senza scoprirli.

Nel frattempo il vecchio Fitz-Alwine, appostato sul rialzo come una vedetta che domina il campo nemico dalle alture vicine, stava ripassando la tremenda ramanzina che progettava di impartire a sua figlia una volta rientrata presso la casa paterna, aggiungendo anche i supplizi esotici da infliggere a Robin, Maude e Al. In quel momento stava anche calcolando al millimetro l'altezza della forca da cui avrebbe fatto penzolare Allan. L'eccellente signore fantasticava le convulsioni del tanghero che aveva osato rapire Christabel, dopodiché avrebbe lasciato marcire il suo cadavere appeso al cappio per tutto il mese progettato per la luna di miele. Prevedeva estasiato di essere già nonno di lì a un anno grazie a sir Tristram di Goldsborough.

Ma d'un tratto, nel bel mezzo di questi sogni paradisiaci, il cavallo del barone s'impenna, scalcia, tira il morso, cerca di scrollarsi di dosso il vecchio guerriero, che però tiene duro e cerca di domarlo come faceva un tempo con gli indomabili purosangue arabi. Tutto inutile! L'uomo e la bestia non s'intendono. Fitz-Alwine rimane in sella fermo quanto la freccia piantata sulla groppa del cavallo, il quale, come le illusioni del barone, parte ventre a terra e comincia la folle, disordinata, forsennata corsa nella foresta che li porterà da Allan Clare per proseguire non si sa dove. I quattro soldati si lanciano all'inseguimento del loro signore mentre l'abile arciere attraversa il crocicchio tenendo per mano la compagna.

Che successe poi al barone? Davvero, siamo restii a raccontare l'incidente che pose fine a quella corsa a perdifiato tanto è straordinario e incredibile. Ma le cronache dell'epoca ne garantiscono l'autenticità. Perciò parliamone.

I soldati persero presto di vista il barone, che forse sarebbe stato trascinato fino all'altro capo d'Inghilterra sulle rive dell'oceano se, passando sotto una quercia, il cavallo non fosse incespicato in un tronco d'albero caduto.

Il nostro barone, ancora arzillo, per evitare una caduta che rischiava di essere fatale mollò le briglie e si aggrappò con le due mani a un ramo della quercia fortunatamente alla sua portata. Tentò perfino di trattenere il cavallo bloccandolo tra le ginocchia ma l'impeto della bestia era tale che Fitz-Alwine fu strappato di sella e rimase appeso al ramo mentre il cavallo, alleggerito, riprendeva la sua corsa a perdifiato.

Il barone era poco abituato agli esercizi ginnici, pertanto stava valutando con pessimismo la distanza che lo separava dal suolo prima di lasciarsi cadere quando d'un tratto vide brillare nella mezza luce dell'aurora, dritto sotto i propri piedi, due braci. I puntini infuocati appartenevano a una massa nera che si dimenava, avvicinandosi di tanto in tanto con un balzo alle gambe del malcapitato signore.

"Ahimè, è un lupo," pensò il barone, lasciandosi sfuggire un grido di terrore, dopodiché tentò di issarsi a cavalcioni del ramo. Purtroppo non ci riuscì, e si sentì inondare dal sudore freddo della paura allorché udì sfregare contro il cuoio degli stivali e tintinnare sul metallo degli speroni i denti della belva che spiccava balzi, allungava il collo, tirava fuori la lingua e si avvicinava progressivamente alla preda che sentiva le braccia sempre più appesantite mentre agganciava il ramo con il mento e ripiegava le gambe contro il petto.

Era una lotta impari, il filo che teneva ancora sospesa al ramo la colazione di quella belva feroce stava per spezzarsi. Il vecchio lord era allo stremo delle forze. Dedicò un ultimo pensiero a Christabel e raccomandò l'anima al Creatore, poi chiuse gli occhi, allentò la presa… e cadde.

Miracolo della Provvidenza! Piombò come un masso sulla testa del lupo, che non si aspettava un boccone tanto pesante. La mole del corpo nel punto in cui è più largo lussò le vertebre cervicali del lupo e gli spezzò il collo.

Se i quattro della scorta fossero arrivati sul luogo del sinistro avrebbero trovato il loro signore privo di sensi accanto a un lupo stecchito. Ma a svegliare il signore di Nottingham dovevano essere ben altri.

Lady Christabel era seduta ai piedi della vecchia quercia i cui rami scendevano verso le acque del ruscello che attraversava la valletta. A qualche passo da lei Robin attendeva appoggiato al suo arco. Entrambi aspettavano impazienti l'arrivo di Allan Clare e dei suoi compagni.

Dopo avere esaurito tutti i risvolti della loro attuale situazione, parlarono di Marian, così Robin ascoltò con l'ardente attenzione dell'innamorato i teneri elogi di Christabel al carattere dolce e accattivante della sorella di Allan.

Il giovane avrebbe tanto voluto porle una domanda ben precisa, cioè chiederle se Marian aveva già donato come Allan il suo cuore, per esempio a qualche bel cavaliere dal sangue blu, ma non osava. Si diceva che se la damigella avesse risposto di sì sarebbe stata la fine. Che possibilità aveva contro un rivale simile lui, un povero figlio della foresta?

"Milady, compiango sinceramente miss Marian se è stata costretta a lasciare una persona cara per accompagnare il fratello in questo viaggio costellato, se non di pericoli reali, per lo meno di difficoltà e fatiche," disse di colpo, rosso in viso e con la voce che tremava per l'emozione.

"Marian ha la sfortuna, o forse la fortuna, di amare solo il fratello," rispose Christabel.

"Fatico a crederlo, milady. Una giovane bella e seducente come miss Marian deve avere quello che avete anche voi, cioè qualcuno a lei devoto come messer Allan lo è a voi."

"Per quanto possa sembrarvi strano, messere, garantisco che per Marian finora non è esistito amore diverso da quello fraterno," confermò arrossendo la fanciulla.

Questa risposta abbastanza fredda costrinse Robin a passare a un altro argomento.

Il sole stava già indorando solo le cime degli alberi e ancora non c'era traccia di Allan. Robin cercava di non tradire la sua inquietudine anche se stava formulando cupe ipotesi sulle cause di questo ritardo.

All'improvviso echeggiò in lontananza una voce sonora, che fece trasalire Robin e Christabel.

"Che sia un nostro amico che ci chiama?" chiese la giovane.

"Purtroppo no. Will, che è mio amico d'infanzia, e suo cugino Little John, i due che accompagnano sir Allan, conoscono perfettamente il punto in cui li stiamo aspettando. E sanno che dobbiamo essere molto prudenti. Non si divertirebbero di sicuro a trastullarsi con gli echi della foresta."

La voce si stava avvicinando. Era un cavaliere recante lo stemma di Fitz-Alwine che attraversava al galoppo la vallata.

"Dobbiamo allontanarci, milady, qui siamo troppo vicini al castello. Pianto una freccia ai piedi di questa quercia, così se arrivano i nostri amici e non ci trovano capiranno vedendola che siamo nascosti nei paraggi."

"Fate pure. Mi affido interamente al vostro buon senso."

I due giovani avevano attraversato alcune macchie d'alberi alla ricerca di un posto adatto per riposare quando scorsero un corpo immobile presso un tronco. Sembrava un cadavere.

"Misericordia! Mio padre! Il mio povero padre è morto!" gridò Christabel.

Robin rabbrividì perché credeva di essere lui il colpevole della dipartita del barone. Non gli aveva forse ferito il cavallo?

"Santa Vergine, fammi la grazia, fai che sia solo svenuto!" mormorò.

Poi corse a inginocchiarsi accanto al vecchio mentre Christabel, schiantata dal dolore e dal rimorso, riusciva soltanto a gemere. Da una leggera ferita sulla fronte del barone uscivano alcune gocce di sangue.

"Ma guarda. Che si sia battuto con questo lupo? Ehi, gli ha spezzato il collo!" esclamò ammirato Robin. "È solo svenuto, milady! Milady, credetemi, il signor barone ha solo una scalfittura. Svegliatevi, milady. Che disgrazia! Che disgrazia! È svenuta anche lei! Dio mio, Dio mio! Che faccio? Non posso lasciarla qui… Oh, ecco che il vecchio leone si risveglia, si agita, sta già mugugnando! C'è da diventare pazzi! Milady, rispondete! No, è insensibile come questo ciocco di legno. Ah, perché non ho nelle braccia e nella schiena la forza che sento nel cuore? La porterei via di qui come se fossi una balia con il fantolino."

Nonostante tutto, Robin cercò di sollevare di peso Christabel.

Nel frattempo il barone rinvenne, e il suo primo pensiero non fu per la figlia bensì per il lupo, l'ultimo essere vivente che aveva visto prima di chiudere gli occhi. Pertanto cercò di afferrare l'animale, che immaginava impegnato in quel momento a divorargli una gamba o una coscia, per quanto non sentisse alcun dolore da zanne, e si aggrappò al vestito della figlia spergiurando che l'avrebbe difesa fino all'ultimo respiro.

"Mostro vigliacco!" ringhiò al lupo steso a pochi passi da lui. "Mostro affamato della mia carne, ebbro del mio sangue, le mie vecchie membra sono ancora piene di vigore, vedrai... Ah, lui tira fuori la lingua, ma io lo strangolo... Fatevi avanti, lupi di Sherwood, venite! Ah, un altro, eccone un altro! Sono perduto! Signore Iddio, abbiate pietà di me! Pater noster qui es in..."

"Ma è impazzito!" si stava dicendo Robin, combattuto tra il dovere e la sicurezza personale. Se fosse scappato, avrebbe abbandonato colei che aveva giurato di condurre da Allan, se fosse rimasto, le urla del pazzo avrebbero attirato i soldati che perlustravano il bosco.

Fortunatamente la crisi del barone si placò. Anche se aveva ancora gli occhi chiusi, il vecchio comprese che non c'era alcuna belva feroce intenta a sbranarlo, perciò tentò di rialzarsi. Purtroppo per lui, Robin gli si era inginocchiato sulla schiena per tenerlo solidamente bloccato a terra, fingendosi stanchissimo.

"Per san Benedetto! Mi sento come una massa da cento libbre sulle spalle," sussurrò il barone. "O Signore e tutti i santi, giuro che farò costruire una cappella nella sezione di levante dei bastioni se non mi fate morire e mi date la forza di rientrare al castello! Libera nos, quaesumus, Domine!"

Dopo questa piccola preghiera attuò un ulteriore tentativo, ma Robin, nell'attesa che Christabel riprendesse i sensi, continuava a gravare su di lui.

"Domine, exaudi orationem meam," aggiunse Fitz-Alwine, battendosi il petto, quindi cominciò a lanciare urla stridule. Che però non piacquero a Robin perché mettevano a repentaglio la sicurezza dei fuggiaschi. Non sapendo come farle cessare, ordinò senza tanti complimenti di fare silenzio.

Udendo una voce umana, il barone aprì gli occhi, e quale non fu la sua sorpresa quando riconobbe Robin

Hood appollaiato su di lui e, poco più in là, sua figlia svenuta per terra!

Questa visione scacciò impazzimento, febbre e stanchezza dall'irascibile signore, che gridò quasi trionfante, come se fosse padrone della situazione e attorniato dai soldati nel proprio castello: "Ah, ti tengo finalmente, giovane mastino!".

"Tacete!" ordinò imperioso Robin. "Tacete! Basta minacce e urla, sono fuori luogo. Ora sono io che vi ho in mio potere!"

Nel frattempo continuò a gravare con tutto il suo peso sulla schiena del barone.

"Mi mostri le zanne, giovane botolo?" ringhiò Fitz-Alwine, che non ebbe difficoltà a liberarsi dal peso dell'adolescente, sollevandosi in tutta la sua statura.

Christabel, ancora priva di sensi, sembrava un cadavere riverso ai piedi dei due uomini. Robin riuscì intanto a fare qualche veloce passo all'indietro e a incoccare una freccia.

"Milord, un passo in più e siete morto," disse, mirando alla testa.

"Ah-ah, saresti tanto vile da assassinare un uomo indifeso?" sbraitò Fitz-Alwine, arretrando per portarsi al sicuro dietro un albero.

Robin sorrise. "Milord, continuate pure ad arretrare," disse, mirando sempre alla testa. "Bene, adesso siete al riparo di quel tronco. Fate attenzione a quello che vi ordino, no, anzi, vi prego di fare. State ben attento! Non mostrate la punta del naso né un solo capello oltre il tronco, che sia a destra o a manca, altrimenti sarà... la morte!"

Il barone non tenne minimamente conto di quelle minacce essendo ben nascosto dietro l'albero e allungò l'indice per minacciare a sua volta il giovane arciere. Ma se ne pentì amaramente perché una freccia glielo amputò di netto.

"Assassino! Miserabile furfante! Vampiro! Vassallo!" urlò il ferito.

"Silenzio, barone, o stavolta miro alla testa. Sentito?"

Fitz-Alwine vomitò a mezza voce, sempre appiccicato all'albero, un torrente di maledizioni, ma stette ben attento a tenersi al riparo, immaginando Robin di posta a pochi passi da lui, l'arco teso e la freccia davanti agli occhi, mentre attendeva il minimo gesto azzardato fuori dalla perpendicolare del tronco.

E invece Robin rimise l'arco a tracolla, si caricò con cautela Christabel in spalla e sparì nella boscaglia.

In quel momento udì il rumore di molti zoccoli, e qualche istante più tardi spuntarono quattro cavalieri davanti all'albero che fungeva da riparo per l'infelice barone.

"A me, briccconi!" gridò il nobile, perché quei quattro altri non erano che la sua scorta distanziata dal purosangue di milord nella sua galoppata frenetica con una freccia conficcata nelle carni. "A me! Beccate il malnato che mi vuole ammazzare e ha rapito mia figlia."

I soldati non capirono nulla di quell'ordine, non scorgendo nei paraggi banditi o donne rapite.

"Laggiù, laggiù, non vedete che sta scappando?" aggiunse il barone, rifugiandosi intanto tra le zampe dei cavalli. "Vedete, è ai piedi di quell'altura."

Purtroppo Robin non era ancora abbastanza robusto da poter portare lontano di corsa un fardello quale il corpo di una donna, pertanto aveva frapposto appena poche centinaia di passi tra sé e i suoi nemici.

I cavalieri si lanciarono all'inseguimento, ma le urla del barone furono udite anche dal ragazzo, il quale capì che non poteva salvarsi scappando.

Allora fece dietrofront, posò un ginocchio a terra, coricò Isabel di traverso sull'altro ginocchio e gridò, prendendo di nuovo di mira Fitz-Alwine: "Fermi! Giuro, se fate un altro passo verso di me il vostro signore è morto!".

Non aveva finito di dirlo che il barone era già tornato dietro il tronco che gli serviva da scudo, continuando però a urlare: "Beccatelo! Ammazzatelo! M'ha ferito! Che fate, esitate? Ah, vigliacchi! Mercenari!".

I soldati erano intimiditi dal fiero cipiglio del coraggioso arciere. Ciò nonostante uno di loro osò ridere di tanta paura.

"Senti come canta, il galletto! Ma adesso vedrete come diventa docile e sottomesso!" disse. Poi scese da cavallo e avanzò verso Robin.

Oltre alla freccia pronta da scoccare, Robin ne teneva una tra i denti, perciò disse con voce un po' soffocata ma ugualmente imperiosa: "Vi ho già pregato di non avanzare, ora ve lo ordino. Guai a voi se m'impedite di proseguire!".

Il soldato fece una risata beffarda, e continuò ad avanzare.

"Allora morirai!" urlò Robin.

E il soldato cadde, il petto trapassato da una freccia.

Soltanto il barone indossava la cotta di maglia, i suoi armigeri erano invece equipaggiati come per una battuta di caccia.

"Addosso, cani che non siete altro!" sbraitò Fitz-Alwine. "Vigliacchi! Hanno paura del minimo graffio."

"Sua Signoria lo chiama un graffio," borbottò uno dei tre cavalieri rimasti, poco desideroso di imitare la manovra del defunto compagno.

"Però stanno arrivando i rinforzi. Perbacco, milord, è Lambic!" urlò un altro soldato che s'era sollevato sulle staffe per guardare lontano.

Erano infatti Lambic e la sua scorta che arrivavano al gran galoppo.

Il sergente era tanto allegro e al tempo stesso tanto ansioso di comunicare al barone il successo della spedizione che non notò la presenza di Robin prima di gridare: "Non abbiamo trovato i fuggiaschi, milord, ma in compenso abbiamo dato fuoco alla casa".

"Bene, bene, però guarda là il cagnaccio a cui questi vigliacchi non s'azzardano a mettere la museruola," replicò irritato Fitz-Alwine.

"Oh-oh, caro galletto rabbioso, ora ti domo io!" fece con una risata sprezzante Lambic, una volta riconosciuto il demonio con la torcia. "Lo sai, caro puledro selvaggio, che vengo proprio dalla tua scuderia? Pensavo di trovarti lì, e sarò sincero, ci sono rimasto male perché non c'eri. Avresti potuto ammirare un magnifico falò e danzare in compagnia di mamma una giga tra le fiamme. Però stai tranquillo, dato che non t'ho trovato ho voluto risparmiare alla povera vecchia delle sofferenze inutili e le ho ficcato una freccia nel…"

Lambic non completò la frase. Dalle sue labbra fuoriuscì un rantolo prima che crollasse al suolo mollando le briglie. Una freccia gli aveva trapassato la gola.

I testimoni di quella vendetta rimasero di sasso. Robin ne approfittò, nonostante l'emozione scatenata in lui dalle ultime parole di Lambic, per scomparire nella boscaglia dopo essersi caricato in spalla Christabel.

"Correte, presto!" urlò il barone in un parossismo di rabbia. "Correte, bricconi, se non lo beccate vi farò impiccare tutti, sì, impiccare!"

I soldati balzarono giù di sella e si lanciarono all'inseguimento del giovane arciere. Robin, curvo sotto il peso, vedeva ridursi a ogni passo il proprio vantaggio, più si sforzava di allontanarsi più sentiva che erano solo sforzi inutili. Inoltre, per colmo di sfortuna, la fanciulla stava cominciando a rinvenire e si agitava, lanciava urla. Tutto questo rallentava la corsa di Robin, e per giunta anche quando riusciva a nascondersi dietro un cespuglio abbastanza folto vedeva che le grida di Christabel non mancavano di attirare i segugi.

"Bene, se dobbiamo morire, almeno crepiamo difendendoci!" si disse.

Poi cercò con lo sguardo un punto adatto per adagiare Christabel prima di tornare indietro da solo per fronteggiare gli sgherri del barone.

Scelse come nascondiglio per la fidanzata di Allan un olmo attorniato da cespugli e alberelli, quindi, senza rivelarle i pericoli che la minacciavano, la depose ai piedi dell'albero, le si stese accanto, la scongiurò di rimanere immobile e in silenzio, poi attese, senza smettere di pensare a uno spettacolo orrendo, l'incendio della casetta in cui aveva vissuto, e a Gilbert e Margaret che morivano tra le fiamme.

15.

I soldati si stavano avvicinando, ma con estrema prudenza, fermandosi a ogni passo dietro un cespuglio, per obbedire alle indicazioni del barone che imponeva di non usare l'arco per evitare di ferire sua figlia.

Quell'ordine non andava giù ai soldati, consapevoli che Robin non avrebbe permesso di avvicinarsi abbastanza da poter usare la lancia senza ammazzarne qualcuno.

"Se gli viene in mente di circondarmi sono perduto," pensava intanto Robin.

A un certo punto intravide Fitz-Alwine attraverso uno spiraglio tra i rami, e la smania di vendetta gli morse il cuore.

"Robin, sto meglio," mormorò la fanciulla. "Che cos'è successo a mio padre? Non gli avete fatto del male, vero?"

Robin trasalì. "Certo, milady, però..."

E fece vibrare con un dito la corda dell'arco.

"Però...?" fece Christabel, spaventata da quel gesto minaccioso.

"Lui sì che m'ha fatto del male! Ah, milady, se sapeste..."

"Dov'è mio padre, messere?"

"A pochi passi da qui," rispose impassibile Robin. "E Sua Signoria non ignora che noi siamo a pochi passi da lui. Però i suoi soldati non osano attaccarmi, temono le mie frecce. Ascoltatemi, milady," disse Robin dopo avere riflettuto per un minuto. "Se rimaniamo qui ci cattureranno per forza. Abbiamo una sola possibilità di salvarci, ma ci vogliono molto coraggio, molto sangue freddo e soprattutto dobbiamo sperare nella protezione divina. Ascoltatemi bene. Se tremate in quel modo non capirete. Ora tocca a voi agire. Avvolgetevi nel mantello che si confonde con la vegetazione e scivolate sotto le foglie, stesa a terra, pronta a balzar fuori se occorre."

"Mi mancano le forze, non il coraggio," disse la povera Christabel in lacrime. "Mi ammazzerebbero ancor prima che riesca a fare venti passi. Messere, mettetevi in salvo e non preoccupatevi più di me, avete fatto il possibile per riportarmi dal mio amato. Il Signore non l'ha permesso, perciò sia fatta la Sua volontà, e che Dio vi benedica! Addio, messere, andate. Dite al mio carissimo Allan che mio padre non avrà potere su di me ancora per molto. Il mio corpo è spezzato quanto il mio cuore. Morirò presto. Addio."

"No, milady, non fuggirò," ribatté il coraggioso giovane. "Ho fatto una promessa a messer Allan, e pur di esaudirla andrò avanti, solo la morte può fermarmi. Fatevi coraggio. Forse Allan è già nella valle, forse vedendo la mia freccia inizierà a cercarci. Il cielo non ci ha ancora abbandonati."

"Allan, Allan, caro Allan, perché non arrivi?" si lamentò smarrita Christabel.

Un istante più tardi, come per rispondere alla sua richiesta disperata, si sentì echeggiare il lungo ululato di un lupo.

Christabel, che era inginocchiata, levò le braccia al cielo per chiedere aiuto dall'alto, invece Robin si portò le mani alla bocca per ripetere lo stesso grido.

"Vengono ad aiutarci," disse poi soddisfatto. "Arrivano, milady. L'ululato è un segnale convenuto degli uomini della foresta. Ho risposto, così adesso i nostri amici non tarderanno ad arrivare. Come vedete, il Signore non ci abbandona. Ora gli dico di sbrigarsi."

E con la mano a imbuto attorno alla bocca Robin imitò il grido dell'airone inseguito da un avvoltoio.

"Ho segnalato che siamo in pericolo, milady."

Un grido simile echeggiò poco lontano.

"È Will, l'amico Will!" esclamò Robin. "Coraggio, milady, nascondetevi sotto il fogliame, sarete al riparo. Tra poco possono esserci frecce che volano."

Christabel aveva l'impressione che il suo cuore stesse per cedere, ma obbedì, sorretta dalla speranza di rivedere presto Allan, e scomparve tra le foglie, agile come un serpentello.

Per spostare l'attenzione da lei, Robin lanciò un urlo assordante, uscì allo scoperto e andò a nascondersi con un sol balzo dietro un altro albero. Un attimo dopo, una freccia si conficcò nella corteccia, ma il nostro eroe, sempre pronto, accolse il suo arrivo con una risata beffarda, quindi reagì abbattendo lo sventurato avversario.

"Avanti, imbecilli, codardi! Avanti!" sbraitava intanto Fitz-Alwine. "Altrimenti quello ci ammazza tutti uno per uno."

Il barone incitava i suoi, stando però sempre nascosto dietro un albero, quando una grandinata di frecce annunciò l'arrivo di Little John, di frate Tuck, dei sette fratelli Gamwell e di Allan Clare.

Vedendo quel manipolo di valorosi, gli uomini di Nottingham gettarono le armi e si arresero. Soltanto il barone non capitolò, preferendo darsela a gambe nella boscaglia schiumante di rabbia.

Appena vide gli amici, Robin si lanciò sulle tracce di Christabel che però, invece di fermarsi poco distante, aveva proseguito la corsa, un po' per il terrore, un po' perché s'era scordata le indicazioni di Robin, un po' per mera fatalità.

Il ragazzo ne individuò facilmente le tracce, ma la chiamò invano, soltanto l'eco gli rispose. Già si accusava di essere stato imprudente quando udì un grido di dolore. Scattò nella direzione da cui era arrivato, e vide un cavaliere del barone che aveva appena afferrato Christabel alla vita e la stava caricando sul proprio cavallo.

Un'altra delle sue frecce vendicative volò, e il quadrupede colpito in pieno petto s'impennò, spedendo il soldato e Christabel a rotolare lungo il sentiero.

L'uomo mollò la ragazza e si guardò intorno in cerca dell'infame sul quale doveva vendicare la morte del cavallo. Però non ebbe nemmeno il tempo di individuare l'avversario perché crollò privo di vita accanto alla sua vittima. Robin corse a staccare Christabel dal nuovo cadavere per evitare che il sangue che colava imbrattasse la fanciulla.

Quando Christabel aprì gli occhi e vide il nobile volto del giovane arciere chino su di lei, arrossì, poi gli offrì la mano dicendo una parola sola: "Grazie!".

Ma fu detta con tanta gratitudine e così profonda emozione che Robin, arrossendo a sua volta, baciò la mano che gli era stata offerta.

"Perché vi siete allontanata tanto, milady? E come ha fatto quel mercenario a sorprendervi? Gli altri hanno gettato le armi e si sono arresi a messer Allan."

"Allan? Quell'uomo mi ha riconosciuta e mentre mi afferrava, ha gridato: 'Cento scudi d'oro! Urrà! Cento scudi d'oro!'. Ma dicevate che Allan…"

"Messer Allan vi sta aspettando."

La giovane mise le ali ai piedi, pur affaticati, ma poi si fermò sbigottita e perplessa vedendo la folta compagnia che attorniava il cavaliere.

Robin la prese per mano e l'accompagnò verso il gruppo. Appena Allan la vide, senza tener conto dei presenti, e anche senza riuscire a spiccicare parola, corse verso di lei, la strinse al petto e le coprì la fronte di teneri baci. Christabel, palpitante, ebbra di gioia, prostrata dalla felicità eccessiva, cessò di esistere tra le braccia di Allan, ogni sua scintilla vitale rimase solo negli occhi, ogni soffio di vita nelle labbra frementi e nei folli battiti del suo cuore.

Poi vennero le lacrime, i singhiozzi di felicità. E quando i due tornarono lucidi si scambiarono lunghi sguardi innamorati.

Grande fu l'emozione degli spettatori di questo incontro, o meglio, di questa fusione di due anime. Maude, quasi invidiosa, si avvicinò a Robin, gli prese le mani e cercò di sorridere, anche se era un sorriso accompagnato dai lacrimoni che colavano sulle guance vellutate, che scendevano senza rompersi come gocce di rugiada sulle foglie.

"E mia madre? E Gilbert?" domandò Robin, prendendo le mani di Maude tra le sue.

Lei gli spiegò tremante che non era arrivata alla casetta, c'era andato solo Albert.

Allora Robin chiese: "Little John, avete visto mio padre poco fa. Era successo qualcosa di grave?".

"Niente di grave, amico, ma dei fatti strani che poi ti racconteremo. Ho lasciato tuo padre tranquillo e in perfetta forma stamattina, o meglio, alle due di notte."

"Ma perché sei così inquieto, Robin?" domandò Will, che s'era avvicinato al giovane arciere anche per stare accanto a Maude.

"Ho seri motivi per non essere sereno. Un sergente del barone Fitz-Alwine m'ha detto di aver dato fuoco poche ore fa alla casa di mio padre, e che mia madre è morta tra le fiamme."

"E tu cos'hai risposto?"

"Non ho risposto, l'ho ammazzato. Ha detto il vero, o ha mentito? Voglio andare a controllare, voglio vedere come stanno i miei," rispose Robin con voce piena di lacrime. "Sorella Maude, partiamo."

"Miss Maude è tua sorella?" esclamò Will. "Otto giorni fa non ti facevo così fortunato."

"Otto giorni fa non avevo sorelle, caro Will, invece oggi ho la fortuna di essere fratello," rispose Robin, sforzandosi di sorridere.

"Auguro sinceramente alle mie sorelle di somigliare a madamigella," commentò allegro Will.

Robin guardò incuriosito Maude. Stava piangendo. "Dov'è tuo fratello Albert?" le chiese.

"Te l'ho già detto, Robin, sta andando da Gilbert."

"Mi pare di vederlo, giuro!" gridò frate Tuck. "Guardate!"

In effetti Al stava arrivando a spron battuto in groppa al destriero più pregiato delle scuderie del barone.

"Amici, anche se ero separato da voi mi sono battuto da eroe e mi sono guadagnato la bestia migliore di tutta la contea. Ah, stavate per cascarci! No, ho trovato questo purosangue privo di cavaliere che brucava l'erba in piena foresta."

Robin sorrise. Aveva riconosciuto il cavallo del barone che aveva preso di mira.

Tennero tutti consiglio.

Nell'epoca in cui i grandi feudatari regnavano da intoccabili sovrani sopra i loro vassalli, guerreggiavano con i vicini e praticavano il saccheggio, il brigantaggio e l'assassinio dietro il pretesto di esercitare la giustizia alta o bassa che fosse, capitava spesso che scoppiassero guerre sanguinose tra castello e castello, tra villaggio e villaggio, poi, finite le schermaglie, vincitori e vinti si ritiravano nelle proprie terre pronti a ricominciare alla prima occasione favorevole.

Il signore di Nottingham, sconfitto in quella nottata ricca di eventi, poteva quindi sperare di prendersi quel giorno stesso la propria rivincita. Ora che i suoi uomini erano tornati nei propri quartieri, disponeva ancora di un discreto numero di armigeri, pertanto quei disgraziati di Gamwell, gli unici alleati di Allan Clare e Robin, non potevano sperare di resistere a lungo contro un signore così potente. Insomma, doveva mantenere il vantaggio, supplendo alla carenza di braccia con la prudenza, l'astuzia e il dinamismo, nonché con una certa dose di coraggio.

Ecco perché i nostri amici tennero consiglio mentre il barone, accompagnato da due o tre sgherri, ritornava ammaccato al castello. La presenza di Christabel impediva ai nostri eroi di inseguirlo.

Decisero così che Allan e Christabel avrebbero cercato riparo a Gamwell per la strada più breve, accompagnati da Will Scarlet, dai suoi sei fratelli e dal cugino Little John.

Robin, Maude, Tuck e Albert dovevano invece andare a casa di Gilbert Head, e in serata si sarebbero inviati qualche aggiornamento, tenendosi pronti nel caso ci si dovesse rivedere da qualche parte.

William, dubbioso di queste disposizioni, fece ricorso a tutta la sua eloquenza per convincere Maude che era necessario accompagnare la padrona a Gamwell. La fanciulla, che stava prendendo sul serio il suo nuovo ruolo di sorella di Robin, non volle sentir ragioni. Tuttavia Will fu tanto convincente che Christabel gli diede corda senza capirne il fine e costrinse Maude a seguirla.

Poi Allan Clare, prendendo le mani del giovane arciere tra le sue, disse: "Robin Hood, rischiando due volte la vita hai salvato la mia e quella di lady Christabel, perciò adesso sei più di un amico per me, sei un fratello. E tra fratelli è tutto in comune, quindi il mio cuore, il mio sangue, la mia fortuna, tutto ciò che possiedo ti appartengono. Cesserò di esserti riconoscente soltanto quando avrò cessato di vivere. Arrivederci!".

"Arrivederci, messere."

I due giovani si abbracciarono, poi Robin portò rispettosamente alle labbra le candide dita della bella fidanzata del cavaliere e gridò come ultimo saluto ai Gamwell: "Arrivederci a tutti voi!".

"Arrivederci!" risposero gli altri agitando i berretti.

"Arrivederci!" sussurrò una voce dolce.

"A presto, cara Maude, a presto! Non dimenticarti di tuo fratello!" disse Robin.

Allan e Christabel montarono a cavallo e furono i primi a partire.

"Che la santa Vergine li protegga," disse intristita Maude.

"Più che altro ha un gran cavallo," commentò Albert.

"Non fare il bambino!" mormorò Maude con un lungo sospiro.

Il nobile quadrupede che portava lady Christabel e Allan Clare al palazzo di Gamwell procedeva spedito, eppure con movenze dolci ed eleganti, come se avesse compreso la natura del prezioso fardello. Le briglie sfioravano l'elegante collo curvo del cavallo che teneva gli occhi fissi al suolo per non interrompere con un inciampo il dialogo tra innamorati.

Ogni tanto il giovane girava la testa per rispondere a Christabel, che per non cadere si stringeva forte a lui. Che cosa potevano mai dirsi dopo quella notte terribile? Tutto quello che può ispirare una folle felicità, talvolta molto talvolta quasi nulla, perché certuni hanno la felicità loquace, altri rimangono muti.

Christabel era pentita per essersi comportata in quel modo con il genitore, si vedeva già biasimata e cacciata dal mondo per essere fuggita con un uomo, e si domandava se non rischiava di essere disprezzata dallo stesso Allan. Ma questi rimproveri, questi scrupoli, questi timori li formulava solo per il piacere di vederli minimizzati dalla persuasiva eloquenza del suo cavaliere.

"Mio caro Allan, che ne sarà di noi se mio padre avrà la possibilità di separarci?"

"Presto non l'avrà più, mia adorata, presto sarete mia moglie non soltanto davanti a Dio come oggi ma anche davanti agli uomini. Avrò dei soldati anch'io, e varranno quanto quelli di Nottingham," aggiunse fiero il giovane cavaliere. "Non preoccupatevi, cara Christabel, godiamoci piuttosto questa felicità e questa gioia, e anche la protezione del cielo."

"Voglia il Signore che mio padre ci perdoni!"

"Se temete che Nottingham sia troppo vicina, amor mio, andremo a vivere nelle isole del sud, dove c'è sempre il cielo sereno, un sole dai caldi raggi e fiori e frutti. Esprimete un desiderio, e io vi procurerò il paradiso terrestre."

"Avete ragione, caro Allan, saremo più felici laggiù che in questa fredda Inghilterra."

"La lascereste senza alcun rimpianto?"

"Senza alcun rimpianto! Lascerei anche il paradiso pur di vivere con voi," rispose commossa Christabel.

"Bene, appena sposati partiremo per il continente. Verrà con noi anche Marian.

"Zitto! Allan, ci stanno inseguendo," disse la fanciulla.

Il giovane tirò le redini del cavallo. Christabel aveva ragione, si sentiva chiaramente il rumore di alcuni cavalli al galoppo che aumentava di minuto in minuto, di secondo in secondo. Si stavano avvicinando.

"Che errore! Perché ci siamo staccati tanto dai nostri amici di Gamwell?" borbottò Allan, spronando il cavallo per fargli fare dietrofront e tuffarsi nella boscaglia, visto che si trovavano al bordo di un sentiero.

Proprio in quel momento un gufo, risvegliato dal baccano, spiccò il volo da un albero vicino, lanciò un grido lugubre e sfiorò le froge del cavallo, che stava per obbedire allo sprone del cavaliere. Lo stallone spaventato perse la testa e, invece di andare nella direzione scelta da Allan, si lanciò in piena corsa lungo il sentiero.

"Coraggio, Christabel!" gridò il cavaliere mentre tentava inutilmente di trattenere l'animale. "Coraggio! Tenetevi stretta! Baciatemi, Christabel, e affidiamoci al Signore!"

La strada era sbarrata per tutta la sua larghezza da un drappello di cavalieri recanti le insegne del barone. La fuga era impossibile tornando indietro, si poteva sperare di sfuggir loro per miracolo soltanto forzando il blocco.

Allan comprese la situazione e decise di tentare la sorte. Affondò allora gli speroni nei fianchi del cavallo e si buttò a testa bassa tra quei soldati e passò… passò come un fulmine che squarcia una nube.

"Dietrofront!" ordinò il capopattuglia, irritato da quel gesto audace. "Mirate al cavallo! E guai a chi colpisce milady!"

Una pioggia di frecce cadde attorno ad Allan, ma il cavallo non rallentò la corsa e il cavaliere non si perse d'animo.

"All'inferno, ci stanno scappando!" urlò il capo. "Ai garretti, mirate ai garretti!"

Qualche istante più tardi, i cavalieri circondarono i due innamorati riversi sul prato dopo la caduta del cavallo, colpito a morte.

"Arrendetevi, cavaliere," disse con ironica cortesia il capopattuglia.

"Giammai!" rispose Allan, scattato in piedi con la spada sguainata. "Avete ucciso lady Fitz-Alwine," aggiunse poi, mostrando Christabel priva di sensi ai suoi piedi. "E io morirò vendicandola!"

La lotta impari non fu di lunga durata. Allan stramazzò al suolo, crivellato di ferite, dopodiché i soldati ritornarono a Nottingham reggendo Christabel come se fosse una bimba addormentata.

William, intanto, in preda al rimorso, si incamminò per raggiungere Robin nella convinzione di potergli essere utile, riprometterdosi di tornare al più presto a palazzo per donarsi all'ammirazione dei begli occhi della figlia di Hubert Linday.

Ma Little John, sempre molto attento alla forma, lo chiamò indietro.

"Forse è meglio che sia tu a introdurre a palazzo i nuovi arrivati. Lo accompagno io Robin," disse.

William obbedì per non infrangere i doveri imposti dall'amicizia.

Allan e Christabel avevano distaccato i Gamwell proprio durante questo breve conciliabolo. Robin, credendo di accorciare il percorso, proseguì per un po' in loro compagnia fino a un sentiero che conosceva bene.

A quel punto i primi del gruppo erano Al e Maude, mentre Frate Tuck s'era fermato ad aspettare il grosso della compagnia.

I giovani arrivarono chiacchierando al piccolo crocicchio dove Robin prevedeva di separarsi. Frate Tuck li aspettava mollemente adagiato sull'erba. Sognava la crudele Maude, il povero monaco!

Gli arrivederci venivano ripetuti per la millesima volta quando uno dei Gamwell intravide per terra a pochi passi un corpo sanguinante.

"Un soldato del barone!" gridarono alcuni.

"Una vittima di Robin!" aggiunsero altri.

"Santo cielo, che disgrazia!" disse invece Robin. Aveva infatti riconosciuto Allan Clare. "Guardate, amici... l'erba è stata calpestata dagli zoccoli dei cavalli. Si sono battuti qui... Dio mio, credo che sia morto... E lady Christabel?"

Tutti fecero cerchio attorno al corpo che sembrava privo di vita.

"Tranquilli, non è morto!" esclamò Tuck.

"Sia ringraziato il cielo!" fecero tutti in coro.

"Il sangue esce da questa brutta ferita alla testa, ma il cuore batte. Allan, cavaliere, siamo i vostri amici. Aprite gli occhi."

"Cercate qua attorno, cercate lady Christabel," disse Robin.

Quel dolce nome pronunciato da Robin riportò Allan alla vita che era stata a un soffio dallo spegnersi.

"Christabel!" sussurrò.

"Siete al sicuro, messere," urlò il monaco che nel frattempo stava raccogliendo alcune piante utili in casi del genere.

"Ci pensate voi?" domandò Robin a Tuck.

"Ci penso io. Una volta medicata la ferita, lo trasportiamo a palazzo su una barella di rami."

"Allora addio, messer Allan. Ci rivedremo presto," disse intristito Robin, chino sul ferito.

Allan poté rispondere solo con un debole sorriso.

Mentre le robuste braccia dei giovani Gamwell trasportavano al castello il povero Allan Clare, Robin, divorato dall'inquietudine, procedeva a passo spedito verso la casa del padre adottivo, tormentato dai problemi di Allan e dai suoi personali. Malediceva la distanza, avrebbe voluto sfrecciare più veloce di una rondine, squarciare la foresta per quanto era lunga e abbracciare Margaret e Gilbert per essere certo che stessero bene.

"Che falcata," gli disse Little John.

"Quando serve," rispose Robin.

Quando arrivarono nella vallata di ontani che precedeva la casetta di Gilbert, i due giovani videro con orrore che Lambic non aveva mentito. Una densa nube di fumo gravava ancora sopra gli alberi e l'aria era impregnata dagli acri sentori di un incendio.

Robin lanciò un grido disperato, poi si mise a correre, seguito da un Little John altrettanto costernato.

A pochi passi dalle nere macerie, lì dove il giorno prima gli sorrideva ancora dalle finestre illuminate della casetta, vide il povero guardaboschi inginocchiato che stringeva come impazzito le mani fredde di Margaret accasciata sull'erba.

"Padre! Padre!" strillò Robin.

Dalle labbra di Gilbert scaturì un grido sordo, poi il vecchio fece qualche passo verso di lui e si lasciò andare singhiozzante tra le braccia del giovane.

Nonostante tutto, la grande forza d'animo del guardaboschi riuscì a soffocare per qualche istante i lamenti, le lacrime e i singhiozzi.

"Robin, ora posso dirti anche che sei il legittimo erede del conte di Huntingdon," asserì con voce ferma. "Non sorprenderti, è vero. Dunque un giorno sarai potente, e fin quando il mio vecchio corpo avrà un soffio di vita apparterrà a te. Avrai dunque la tua fortuna da un lato e la mia devozione dall'altro. Ma guardala adesso, morta, assassinata da un miserabile, lei che ti amava con tutta se stessa, sinceramente, come se fossi il figlio uscito dal suo grembo!"

"Sì, lo so!" mormorò Robin, inginocchiato accanto al cadavere di Margaret.

"Guarda come hanno ridotto tua madre, a un cadavere. E che cos'hanno fatto della tua casa, solo rovine! Conte di Huntingdon, vendicherai tua madre?"

"La vendicherò!" Poi il giovane si alzò e aggiunse a denti stretti: "Il conte di Huntingdon schiaccerà il barone di Nottingham, e la ricca dimora del nobile lord sarà divorata dalle fiamme come lo è stata la casa dell'umile guardaboschi!".

"Anch'io lo giuro," disse Little John. "Giuro che non darò tregua a Fitz-Alwine, ai suoi uomini e ai suoi vassalli."

L'indomani, Margaret, trasportata nella dimora dei Gamwell da Lincoln e Little John, fu religiosamente sepolta nel cimitero del villaggio.

I memorabili fatti di quella strana notte avevano unito come se fossero un'unica famiglia i diversi protagonisti della nostra storia, tutti smaniosi di vendicarsi del barone Fitz-Alwine.

16.

Pochi giorni dopo il funerale della povera Margaret, Allan Clare spiegò ai suoi amici per quale concorso di circostanze lady Christabel gli era stata ancora una volta sottratta.

Albert, che era stato inviato al castello dal povero innamorato le cui speranze erano state così tristemente deluse, tornò annunciando che Fitz-Alwine era partito alla volta di Londra con la figlia, e che da lì si sarebbe poi recato in Normandia dove gli affari richiedevano la sua presenza.

La folgorante notizia della partenza così repentina e imprevista gettò il giovane cavaliere in una disperazione tanto violenta che Marian, Robin e i figli di sir Guy si prodigarono in tutti i modi per consolarlo e svagarlo. Fu un consiglio del giovane Robin, caldamente approvato da tutti i membri della famiglia Gamwell, a portare un barlume di speranza nel cuore di Allan.

"Allan deve seguire Fitz-Alwine a Londra e poi in Normandia, e fermarsi solo dove si fermerà il feroce barone."

L'idea diventò in men che non si dica un progetto, subito messo in pratica. Allan si accinse a partire, e la dolce rassegnata Marian accettò di aspettarlo, dietro sua preghiera, nell'ospitale solitudine del castello dei Gamwell.

Lasceremo Allan all'inseguimento prima a Londra

e poi in Normandia delle tracce di lady Christabel, e invece ci occuperemo di Robin Hood, o per essere più esatti del giovane conte di Huntingdon.

Prima di avviare le procedure legali di una richiesta tanto problematica quanto quella che doveva fare nell'interesse del figlio adottivo, Gilbert pensò bene di sottomettere la questione a sir Guy Gamwell, mettendolo al corrente nei minimi dettagli della strana confessione di Ritson in punto di morte. Quando il vecchio finì il resoconto della turpe usurpazione dei diritti di Robin, sir Guy spiegò a sua volta a Gilbert che la madre del ragazzo era la figlia di suo fratello, Guy di Coventry. Di conseguenza lui era prozio di Robin, non il nonno come facevano pensare le parole di Ritson. Purtroppo sir Guy di Coventry era morto e suo figlio, unico rampollo del ramo cadetto della famiglia Gamwell, era partito per le crociate. "Però l'assenza dei due genitori non può frapporre alcun ostacolo alla vostra causa, caro Gilbert," aveva aggiunto l'eccellente baronetto. "Il mio cuore, la mia fortuna e i miei figli appartengono a Robin. Desidero con tutto me stesso essergli utile, voglio vederlo entrare in possesso davanti a tutti di una fortuna che gli appartiene agli occhi di Dio."

La giusta richiesta di Robin fu depositata in tribunale, avviando una causa legale. L'abate di Ramsay, l'avversario del giovane, un ricchissimo esponente dell'onnipotente clero, respinse categoricamente la domanda e definì la versione di Gilbert una favoletta, una menzogna e una frode. Lo sceriffo al quale il signore di Beasant aveva affidato i denari necessari per mantenere il nipote fu convocato davanti ai magistrati, ma negò, essendo venduto anima e corpo allo sfacciato usurpatore dei beni del conte di Huntingdon, di aver mai ricevuto la somma e anche di aver mai incontrato Gilbert.

L'unico teste a favore del giovane, trattato da folle e visionario, era dunque il padre adottivo, ben misero aiuto, converrete anche voi, per potersi opporre validamente a un avversario altolocato quanto l'abate di Ramsay. Certo, sir Guy di Gamwell garantì sotto giuramento che la figlia del fratello era sparita da Huntingdon proprio nei giorni indicati da Ritson, ma la deposizione del vecchio baronetto si fermava lì per quanto riguardava la conoscenza dei fatti. Robin era arrivato davanti ai giudici facendo cadere qualsiasi dubbio morale sulla legittimità dei propri diritti, ma in compenso gli era difficile per non dire impossibile superare gli ostacoli materiali che si opponevano al trionfo della sua causa.

La distanza tra Huntingdon e Gamwell e la mancanza di appoggio armato impedirono a Robin di strappare quel diritto a fil di spada, un comportamento permesso o per lo meno tollerato all'epoca. Fu pertanto costretto a sopportare a capo chino le insolenze del nemico e a cercare un mezzo pacifico e legale per entrare in possesso dei propri beni, non essendo ancora stata emessa alcuna sentenza. Fu sir Guy a trovare il modo, perciò, dietro consiglio del vecchio baronetto, Robin si appellò alla giustizia di re Enrico II. Attese così, dopo aver inviato la richiesta, la risposta positiva o negativa di Sua Maestà prima di prendere un'altra decisione.

Passarono sei anni, guastati dall'angoscia di un processo che procedeva a strappi a seconda dei capricci di giudici e avvocati, anni divorati dall'attesa inquieta, che agli abitanti del palazzo di Gamwell parvero un giorno.

Robin e Gilbert erano ancora alloggiati nell'ospitale castello di sir Guy, ma il guardaboschi un tempo sempre gioviale era ormai l'ombra di se stesso, nonostante l'affetto e le premure del figlio. L'anima e l'allegria del vecchio erano morti con Margaret.

Tra gli ospiti di Gamwell c'era anche Marian. L'adorabile giovane, con la fronte coronata dalle rose sbocciate nella sua ventesima primavera, era ancor più affascinante del giorno in cui il folgorato Robin, innamoratosi di lei al primo sguardo, si faceva catturare estasiato dalle malie di quel bel viso. Alla felicità di Marian, amata rispettosamente dagli uomini e vista con favore dalle donne, mancava solo la presenza del fratello. Allan viveva in Francia, e nelle sue rare lettere non parlava mai né di felicità presente, né di ritorno prossimo.

Robin, più di tutti, ammirava, apprezzava e adorava la perfezione fisica e morale di Marian, ma questa ammirazione prossima all'idolatria non si esprimeva attraverso sguardi o parole o gesti. L'evidente solitudine della fanciulla gliela rendeva degna di rispetto quanto una madre, e poi la delicatezza in lui connaturata gli proibiva, anche a causa dell'incertezza del proprio stato, di confessare un amore che l'attuale condizione gli impediva di suggellare con i legami inscindibili del matrimonio.

Possibile che l'aristocratica sorella di Allan Clare si abbassasse fino a un volgare Robin Hood?

Anche l'osservatore più attento non sarebbe riuscito a rendersi conto di ciò che passava nella testa della fanciulla, a scoprire nelle azioni di Marian, nelle sue parole o sguardi, non solo quanta parte del suo cuore fosse devota a Robin ma anche se avesse capito con quanto ardore l'amava il silenzioso giovane.

La voce dolce di Marian si rivolgeva musicale a tutti indistintamente. L'assenza di Robin non causava né il pallore della sua fronte né sguardi sognanti, il suo ritorno improvviso non la faceva arrossire, con lui non aveva occasioni in privato né incontri fortuiti. Marian, malinconica senza traccia di tristezza, sembrava vivere nel ricordo del fratello, nella speranza di sapere un giorno che Allan, amato da Christabel, potesse lasciar trasparire nel volto la fierezza e la gioia che gli regalava questo amore.

Gli abitanti del castello di Gamwell formavano attorno a lei più una corte che una famiglia perché, senza essere affatto fredda o fiera o altezzosa, la fanciulla s'era posta pur senza volerlo come su un piedistallo. Già regina di bellezza, si aveva l'impressione che quel titolo fosse suo di diritto e a tutti gli effetti per la superiorità incontestabile, riconosciuta e rispettata. I modi aristocratici della fanciulla, la sua conversazione intelligente e seria la ponevano troppo al di sopra dei padroni di casa perché non fossero loro i primi, nella loro leale e rustica franchezza, a riconoscerle i meriti.

Maude Lindsay, il cui genitore era morto da cinque anni, non aveva potuto rientrare al castello di Nottingham né seguire la padrona in Francia, pertanto abitava a sua volta a Gamwell, rendendosi utile come poteva.

Il fratello di latte di Maude, il piccolo Al così gentile, ricopriva ancora al castello le mansioni di scudiero, ma più di una volta, dobbiamo dirlo, aveva cullato il desiderio di gettare alle ortiche la divisa del barone. C'era però una ragione più impellente che lo teneva vincolato al vecchio lord, e più vicina al suo cuore: questa ragione si chiamava Grace May, i cui begli occhi brillavano eloquenti a pochi passi da Nottingham, azzerando i virili progetti di emancipazione. L'innamorato Al sopportava pertanto quella schiavitù con un misto di gioia e rassegnazione, e per consolarsi si concedeva di tanto in tanto una lunga visita a Gamwell. Gli allegri figlioli di sir Guy avevano notato che le prime parole del giovane quando entrava a palazzo erano invariabilmente: "Cara sorella Maude, vi reco un bacio della mia bella Grace". Maude accettava l'omaggio, poi la giornata passava tra giochi, risate, spuntini e chiacchiere. Quindi, al momento della partenza, Al ripeteva come all'arrivo: "Cara sorella Maude, datemi un bacio dalle vostre labbra per Grace May".

Maude concedeva il bacio dell'addio come aveva ricevuto quello dell'arrivo, e Al se ne andava tutto contento.

Questo per dire quanto amava la sua fidanzata l'onesto bravo ragazzo!

Invece il nostro amico Giles Sherbowne, il gaudente frate Tuck, si fece finalmente una ragione dell'indifferenza rivelata dai modi educati ma glaciali della bella Maude. I primi giorni dopo questa desolante scoperta il monaco li passò a lamentarsi dell'incostanza delle donne e di Maude in particolare. Poi, lenito il dolore a suon di pianti, rimpianti e lamenti, Tuck giurò che non avrebbe più pensato all'amore, la sua unica passione sarebbero state le libagioni, le gioie della tavola e i poderosi colpi di randello, aggiungendo in cuor suo che avrebbe preferito finché campava darli piuttosto che incassarli. Il giuramento era stato suggellato con un buon pasto e con l'incameramento di quantità prodigiose di birra rinforzate da una mezza dozzina di bicchieri di vino vecchio. Terminato il copioso pranzo, Tuck era uscito dalla sala banchetti, evitando accuratamente di levare gli occhi su Maude appoggiata pensierosa a un davanzale, e s'era dimenticato di stringere la mano dei suoi ospiti e benefattori, allontanandosi maestoso dal castello di Gamwell, ammantato nella sua decisione come in una cappa.

Maude aveva amato e ancora amava Robin Hood. Ma quando la poverina conobbe Marian, quando il tempo e i contatti quotidiani le mostrarono le rare qualità della sorella di Allan Clare, comprese la fedeltà di Robin e gli perdonò l'indifferenza quasi offensiva. Non solo perdonò, la brava e devota fanciulla, non solo comprese la propria inferiorità, ma l'accettò, si rassegnò a ricoprire il ruolo di sorella senza secondi fini, senza speranze nell'avvenire, anche se non senza rimpianti. Con la perspicacia della donna davvero innamorata, indovinò il segreto di Marian. Nascosto agli occhi stessi dell'interessato, questo segreto non restò a lungo tale per Maude, che lesse nello sguardo calmo e nel volto indifferente di Marian un ben preciso pensiero che, se espresso con solo due parole, avrebbe reso felice quel giovane: "Amo Robin".

Maude cercò di soffocare il suo sogno sotto il peso schiacciante della realtà, tentò di bandire dal cuore l'immagine adorata e così teneramente accarezzata della possibile felicità, una felicità che si chiamava Robin Hood. Tentò di mostrarsi al mondo allegra e spensierata, tentò di dimenticare, invece non fece altro che piangere e ricordare. Questa incessante lotta interiore, che opponeva costantemente il cuore e la ragione, affaticò i bei tratti del viso di Maude. La fresca ridente figlia del vecchio Lindsay ora mostrava un'immagine sbiadita di sé, in cui gli altri cercavano sorpresi e turbati la bellezza sorridente di un tempo. La sofferenza spargeva sulle guance di Maude un pallore inquietante, anche se dobbiamo precisare che l'aspetto poco sano fu imputato al dolore per la morte del padre.

Tra le persone che cercavano di distrarre Maude dal suo dolore e che si dimostravano gentili spiccava un bravo ragazzo di buon carattere, vivace, allegro e dai modi premurosi e lievi che si metteva d'impegno a divertire Maude più di quanto avrebbe sicuramente fatto un padrone di casa costretto a distrarre sessanta invitati. Per tutta la giornata potevi vedere questo amico devoto della fanciulla trottare dalla casa ai giardini, dai giardini ai campi, dai campi alla foresta, e questo eterno andirivieni, questo moto perpetuo aveva come unico fine la ricerca di un oggetto prezioso o impensato da regalare a Maude, la scoperta di un piacere da offrirle, di una sorpresa da farle. Questo amico tanto volentieri premuroso e tenero era una nostra vecchia conoscenza, il bravo Will Scarlet.

Una volta alla settimana, e con una regolarità e una costanza degne di miglior sorte, William faceva a Maude la sua dichiarazione d'amore. E con una regolarità e una costanza pari, Maude lo respingeva.

Tutt'altro che intimidito e soprattutto scoraggiato dai regolari rifiuti della fanciulla, Will l'amava in silenzioso dal lunedì alla domenica, ma in quest'ultimo giorno l'amore, rimasto muto per l'intera settimana, non riusciva più a contenersi, usciva dagli argini. Poi i tranquilli rifiuti di Maude gettavano un po' di acqua fredda sul fuoco inarrestabile, e così Will taceva fino alla domenica successiva, un giorno di riposo che gli consentiva di abbandonarsi senza limiti agli sfoghi passionali.

Il giovane Gamwell non capiva minimamente la delicatezza esagerata che impediva a Robin di confessare il suo amore per Marian. William la trovava sciocca e, ben lungi dall'imitare tanta riservatezza, coglieva al volo tutte le occasioni favorevoli per una confessione fatta già cento volte, per la formulazione di una frase che aveva come missione quella di informare Maude che era amata e parecchio da Will di Gamwell.

Era l'amore della sua vita, l'unica donna che potesse amare. Era il soffio vitale di William, la gioia, la felicità, il piacere, il sogno, la speranza. Will aveva chiamato Maude la cagnetta preferita, e anche le sue armi predilette recavano questo nome. Il suo arco si chiamava Maude, la lancia era la bianca Maude, le frecce le aguzze Maude. Insaziabile nella sua passione persino per il nome dell'amata, ambiva al possesso della cavalla dell'innamorato di Grace May, ma soltanto perché recava il nome del suo idolo. Albert rifiutò categoricamente le offerte favolose di William per acquistare la giumenta, pertanto il nostro amico corse a Mansfield a comprare una magnifica cavalla a cui diede il nome di "Incomparabile Maude". Il nome di battesimo della piccola Lindsay fu presto arcinoto nella zona di Gamwell essendo ogni secondo sulle labbra di Will, che lo pronunciava almeno una ventina di volte all'ora e sempre con indefettibile tenerezza. Non contento di dare agli oggetti che aveva attorno e di cui si serviva quotidianamente il nome della sua amata, William battezzava in questo modo ogni cosa che sembrava piacevole.

Maude era talmente idealizzata nel cuore di questo ingenuo giovane che non gli appariva più sotto forma di donna bensì con i tratti di un angelo, di una dea, di un essere superiore a tutti gli altri, più vicina al cielo che alla terra. In poche parole, la signorina Lindsay era la religione di Will.

Siamo tenuti ad ammettere che il rustico figliolo del baronetto di Gamwell amava Maude in maniera rozza quanto franca, ma siamo altrettanto tenuti a specificare che questo amore tanto bizzarro nella sua espressione aveva qualche ricaduta sul cuore di miss Lindsay.

È raro che le donne detestino l'uomo che le ama, e quando incontrano un cuore sinceramente devoto restituiscono almeno una parte dell'amore che ispirano. Ogni giorno portava un pensierino, una gentilezza, un'attenzione da parte di Will, e tutte avevano come fine e ricompensa la gioia di Maude. A lungo andare questa travolgente premura mista a passione, rispetto e amor platonico, fece sbocciare nel cuore della ragazza una sincera gratitudine. Forse le prove dell'amore di William non erano ancora impregnate della delicatezza formale che le anime sensibili ritengono essenziale nella loro manifestazione, ma questo accadeva soltanto perché il carattere naturalmente rude del giovane e i suoi modi non concepivano né ammettevano le finezze.

Maude era ben consapevole della foga e dell'impeto connaturati in Will. Del resto quale donna non comprende al volo la forza e la grandiosità della bontà che sgorga dal cuore?

E così, per riconoscenza, forse anche per generosità, cercò di meritarsi la gratitudine di Will, e per ottenerla non fece ricorso alle civetterie. No, un comportamento falso era indegno di lei. Ebbe invece per William le attenzioni di una giovane madre, di un'amica, di una sorella. Purtroppo queste gentilezze furono equivocate da Will, che alla minima parola affettuosa e al più vago sguardo amico e cordiale sprofondava nell'estasi adorante, nelle smanie di un amore insensato.

Dopo aver giurato amore eterno, dopo aver offerto il suo nome, il suo cuore, la sua fortuna, Will concludeva ineluttabilmente le sue dichiarazioni appassionate con questa ingenua domanda: "Maude, mi amerete un giorno?".

Non volendo far nascere speranze né illuderlo di un cambiamento futuro, Maude evitava di rispondere.

Abbiamo già detto che il comportamento di madamigella Lindsay non era guidato dalla civetteria, e men che meno dal desiderio di non perdere un adoratore, figura sempre lusinghiera per la vanità di una femmina. Maude, sapendosi amata con passione e conoscendo il carattere irriflessivo di Will, temeva a ragione i rischi di un rifiuto inequivocabile e definitivo. Will, nella prima reazione a caldo, avrebbe potuto soffrire crudelmente della disfatta amorosa. Va però detto in tutta franchezza che il timore del rifiuto non aveva mai turbato il cuore e l'anima del giovane. Il povero ragazzo era fermamente convinto che se Maude rifiutava oggi il suo amore l'avrebbe accettato un domani. Le aveva già chiesto trecento volte se l'avrebbe amato un giorno, detto seicento volte che l'adorava, e trecento volte era stato dolcemente respinto. Niente, il giovane si riprometteva di reiterare altre trecento volte le sue profferte.

Ma il cuore di Maude non era del genere che esige un assedio tanto prolungato perché quel cuore era buono, compassionevole. Questo William lo sapeva, perciò sperava che un bel mattino, alla sua millesima dichiarazione d'amore, Maude gli avrebbe offerto la sua manina bianca e la sua fonte così pura dicendogli infine che l'amava.

Abbiamo dimenticato di specificare che cosa vedeva Maude quando posava gli occhi con affettuosa riconoscenza sul suo appassionato servitore. Il nostro amico aveva nel fisico e nello spirito alcune imperfezioni che di solito non sono appannaggio degli eroi dei nostri romanzi moderni, ma erano comunque imperfezioni che non avevano né il diritto né il dovere di allontanare l'amore. Will era alto, proporzionato, il suo volto ovale dai lineamenti fini non era imbruttito dall'incarnato bianco e rosso tipico della freschezza giovanile ma probabilmente eccessivo sotto una zazzera rosso fuoco. Questa bizzarra sfumatura, che era valsa al giovane il nomignolo di Scarlet, era un difetto, e anche grosso, dobbiamo ammetterlo. Eppure dobbiamo anche aggiungere che i capelli di William erano riccioluti di natura e cadevano sulle spalle con una leggiadria degna di ammirazione. Sua madre s'era illusa quando ancora accarezzava la testa del fantolino che il tempo avrebbe conferito a quello strano colore della chioma una tinta un filino più scura, invece gli anni, lungi dal realizzare l'auspicio della brava dama, s'erano divertiti a stendere una patina di carminio ancor più acceso. Insomma, William era diventato il classico pel di carota.

Questo curioso capriccio della natura era riscattato ampiamente da alcune interessanti doti fisiche e qualità morali, perché Will aveva occhi azzurri a mandorla e un volto dall'espressione mansueta ma anche piena di malizia. Al dolce sguardo di quei begli occhi si aggiungeva un buonumore tanto franco, affettuoso e amabile da mascherare considerevolmente l'aspetto un po' troppo variopinto del nostro amico.

Maude, amata dalla famiglia Gamwell, adorata da Will, desiderosa di piacere a tutti, giunse infine ad affezionarsi al giovane, però aveva talmente tante volte respinto le sue profferte amorose che non sapeva più che pesci prendere, pur provando il desiderio di corrispondere.

Ecco dunque la situazione dei nostri eroi nell'anno di grazia 1182, sei anni dopo la morte della povera Margaret.

In una bella serata di inizio giugno Gilbert Head organizzò una spedizione notturna contro una banda di uomini del barone Fitz-Alwine. Il vecchio guardaboschi sognava ancora di vendicarsi. Le informazioni sul transito di una compagnia di soldati nella foresta facevano pensare che dovessero scortare il loro padrone fino al castello di Nottingham. Gilbert prevedeva di assalirli e utilizzare in seguito le loro divise per entrare travestito assieme ai suoi uomini nella fortezza, dove avrebbero scatenato la rappresaglia, una vendetta spietata, occhio per occhio, omicidio per omicidio, incendio per incendio.

Al, più chiacchierone del lecito, aveva risposto a tutte le domande postegli da Gilbert. Ingenuo com'era, non aveva capito che le sue risposte indiscrete facevano addensare nuvole nere nello sguardo del cupo e attento vegliardo.

Robin e Little John avevano giurato a Gilbert che l'avrebbero aiutato a punire il barone, perciò, fedeli alla promessa, s'erano messi a sua disposizione. Little John, dietro indicazione del padre adottivo di Robin, armò una squadra di uomini coraggiosi, tra cui c'erano i figli di sir Guy, poi il plotone di combattenti pronti a tutto s'era messo agli ordini del vecchio guardaboschi.

Gilbert voleva uccidere con le proprie mani il barone Fitz-Alwine. Per lui, nel suo cordoglio insopportabile, questo omicidio era il giusto tributo da offrire agli amati resti della sua sventurata consorte.

A tale riguardo, Robin la pensava diversamente dal padre adottivo. Il ragazzo puntava a difendere il barone dalla furia del vecchio, senza ritenerlo uno spergiuro alla promessa che aveva formulato sul cadavere di Margaret.

L'amore avrebbe fatto dunque da scudo tra la spada di Gilbert e il petto del barone Fitz-Alwine.

"Dio del cielo, accordami la grazia di salvare quell'uomo dai colpi di mio padre," stava pensando Robin. "La dolce creatura che ora abita al tuo fianco non chiede vendetta. Concedimi la grazia di toccare il cuore di Fitz-Alwine, di sapere da lui che ne è stato di Allan Clare e infine dare un po' di felicità a colei che amo."

Qualche minuto prima dell'ora fissata per la partenza, Robin si recò in una stanza confinante con l'appartamento di Marian per prendere congedo.

Quando socchiuse la porta, vide Marian appoggiata a un davanzale, intenta a parlare da sola, come succede talvolta alle persone che vivono in una solitudine popolata soltanto dai propri sogni.

Il perplesso giovane rimase in silenzio sulla soglia, con il berretto in mano.

"Santa Madre del Salvatore, aiutami, proteggimi, dammi la forza di sopportare l'opprimente malinconia di questa esistenza!" stava sussurrando la fanciulla con voce rotta. "Allan, fratello mio, mio solo protettore, mio solo amico, perché m'hai lasciata? La tua felicità era la mia unica gioia, tu e Christabel tutta la mia vita! Sei via da sei anni, fratello, e io sono cresciuta lontana da te come un fiore dimenticato nel giardino di una casa deserta. Le persone a cui hai affidato la mia vita sono buone, troppo buone, forse, perché la loro benevolenza mi opprime, mi fa sentire tutto il mio isolamento, il mio stato di persona abbandonata. Sono infelice, Allan, tanto infelice, e per colmo di sventura la mia anima è invasa da una passione divorante. Il mio cuore non mi appartiene più."

Dopo queste frasi dolenti, Marian affondò il viso tra le mani e pianse lacrime amare.

"Il mio cuore non mi appartiene più," ripeté Robin, che tremava dalla testa ai piedi per l'angoscia mentre arrossiva per essere l'indiscreto testimone del pianto di una giovane. Poi disse ad alta voce, entrando nella stanza: "Marian, posso parlarvi per qualche secondo?".

La giovane lanciò un gridolino di sorpresa. Poi rispose accogliente: "Volentieri, messere".

"Madamigella, ho commesso senza volerlo una colpa imperdonabile," aggiunse lui a occhi bassi e con voce poco sicura. "Vi chiedo di essere tanto indulgente da ascoltarmi senza arrabbiarvi. Ero sulla soglia da qualche minuto e ho origliato le vostre parole tanto tristi."

Marian arrossì.

"Madamigella, ho sentito senza ascoltare," si affrettò ad aggiungere Robin, avvicinandosi timidamente.

Un dolce sorriso socchiuse le labbra della bella lady.

"Madamigella, permettetemi di rispondere ad alcune delle vostre parole," aggiunse Robin, incoraggiato da quel sorriso celestiale. "Marian, avete perso i genitori e siete separata dal fratello, pressoché sola al mondo. Provo i vostri medesimi dolori. Non sono forse orfano? Come voi, milady, posso lamentarmi della sorte, come voi posso solo piangere non tanto gli assenti ma coloro che non ci sono più. Eppure non piango perché spero in Dio e nell'avvenire. Coraggio, Marian, abbiate fiducia e speranza. Allan tornerà, e con lui la bella e nobile Christabel. Aspettando il momento senza dubbio vicino di questo lieto ritorno, concedetemi il privilegio di farvi da fratello. Non rifiutatemi, Marian, e presto capirete che la vostra fiducia era ben riposta in un uomo che darebbe la vita per rendervi felice."

"Siete troppo buono, Robin," disse la fanciulla, profondamente commossa.

"Dovete avere fiducia in me, cara madamigella, e soprattutto non dovete pensare che l'offerta del mio cuore, della mia vita, delle mie premure vi sia stata fatta senza riflettere. Ascoltatemi, Marian," aggiunse

Robin con voce meno tremante e più espressiva. "Sarò sincero: vi amo sin dal primo giorno che vi ho visto."

Marian si lasciò sfuggire un'esclamazione di sorpresa ma anche di gioia.

"Se oggi vi faccio questa confessione, se vi apro il mio cuore occupato da sei anni dalla vostra immagine non lo faccio perché spero di ottenere il vostro affetto ma per farvi capire quanto sono devoto alla vostra cara persona," aggiunse Robin. "Le vostre parole che ho sentito senza volerlo m'hanno spezzato il cuore. Non vi chiedo come si chiama colui che amate, me lo direte quando mi giudicherete degno di sostituire vostro fratello. Credetemi, Marian, rispetterò questa vostra scelta, una scelta che suscita la mia invidia. Mi conoscete da sei anni, e potete senza dubbio giudicarmi dalle mie azioni. Vero? Merito il titolo sacro di vostro protettore. Non piangete più, Marian, datemi la mano e ditemi che sarò un giorno vostro amico e confidente."

Marian offrì le mani tremanti al giovane proteso verso di lei.

"Robin, vi ascolto," disse. "Vi ammiro talmente che non riesco a esprimere quanto sono felice. Vi conosco da tanti anni, e ogni giorno mi ha insegnato ad apprezzarvi ancor di più. In assenza di Allan, siete stato il migliore dei fratelli, e questo nell'ombra, in silenzio, quasi senza un grazie. Caro amico mio, sono profondamente commossa dal generoso sacrificio che siete disposto a fare dei vostri sentimenti a favore dello sconosciuto a cui apparterrebbe il mio cuore. Eh sì, mi riuscirebbe penoso essere superata nella grandezza d'animo, persino da voi, Robin. Voglio essere franca quanto voi siete pronto al sacrificio."

Un acceso rossore colorò le guance di Marian, che rimase in silenzio per qualche minuto.

"Non fatevi una brutta opinione se dico che vi appartengo come ricompensa per la vostra bontà! Del resto non credo di dover arrossire per questa confessione che testimonia la mia gratitudine e la mia lealtà a voi," riprese poi con voce spezzata.

Non ripeteremo le frasi ardenti che eruppero come un torrente dal cuore dei due giovani. Sei anni di amore silenzioso vi avevano accumulato tesori di tenerezza.

Le mani unite, gli occhi piangenti, il sorriso sulle labbra, giurarono l'uno all'altra un amore costante, eterno, che sarebbe svanito soltanto con il loro ultimo respiro.

17.

Maude! Maude! Miss Maude!" gridava una voce allegra, alla ricerca della fanciulla che stava passeggiando sola e pensierosa nei giardini di Gamwell. "Maude, leggiadra Maude, dove siete?" ripeté la voce con affettuosa impazienza.

"Eccomi, William, eccomi," disse miss Lindsay, andandogli incontro sorridente.

"Che bello incontrarvi, Maude."

"Anch'io sono contenta di vedervi, giacché questo incontro vi rende così lieto," rispose la giovane.

"Certo che mi rende lieto, Maude. Bella serata, vero?"

"Molto bella, William. Ma non avete altro da dirmi?"

"Vi chiedo scusa, Maude. In effetti avrei altre cose da dirvi," rispose ridendo Will. "Però il silenzio delizioso del crepuscolo m'induce a pensare che sia il momento adatto per una passeggiata nel bosco."

"Intendete preparare la battuta di caccia di domani?"

"No, Maude, non andiamo nella foresta con intenzioni pacifiche. Stiamo andando… Ah, dimenticavo! Non ne devo parlare con anima viva. Però sto per fare una cosa che forse per me potrebbe diventare un probl… Ma sto vaneggiando, Maude, non statemi ad ascoltare. Sono venuto a darvi la buona notte e dirvi addio…"

"Addio, Will? Che significa? State per partire per una missione rischiosa?"

"Mah, se fosse solo questo, con un arco e un bastone nodoso impugnato con mano ferma la vittoria è garantita. Ma basta! Sono parole oziose, non significano assolutamente nulla."

"William, mi state confondendo, state facendo mistero della vostra sortita notturna."

"Lo esige la prudenza, carissima Maude. Una parola sconsiderata potrebbe essere fatale. I soldati… pazzo che sono! Sì, pazzo d'amore per la vostra affascinante persona, Maude. Ora vi dico la verità pura e semplice: sto per andare con Little John e Robin nella foresta, e prima di partire volevo dirvi addio, Maude, un addio straziante perché forse non avrò più il piacere di… Sto vaneggiando, Maude, sì, dico solo sciocchezze. Sono venuto a dirvi addio soltanto perché non posso allontanarmi da qui senza stringervi la mano. È vero, è proprio vero, Maude, ve lo garantisco."

"Sì, Will, credo che sia vero."

"E perché vi dico addio o arrivederci, Maude?"

"Non sta a me dirvelo, Will."

"Ah, Maude, non sta a voi dirmelo!" fece allegro il giovane. "Cara Maude, forse ignorate che vi amo più di quanto ami mio padre, i miei fratelli e sorelle e i miei amici più cari. Posso partire da palazzo per rimanerne lontano settimane intere senza salutare nessuno, a parte talvolta mia madre, mentre invece non riesco ad allontanarmi da voi, anche per poche ore, senza stringere tra le mie le vostre bianche manine, senza portarmi dietro la benedizione di queste dolci parole, 'Buon viaggio e tornate presto, Will'. Purtroppo voi non m'amate, Maude," aggiunse mogio il povero ragazzo. Ma presto la nuvola si dileguò nei begli occhi di William, che aggiunse tutto contento: "Spero che un giorno mi amerete, lo spero proprio. Sono paziente, posso aspettare. Non fatevi fretta, non tormentatevi, non imponete al vostro cuore un sentimento che non vuole accettare. Ci arriveremo, cara Maude, e un bel giorno vi direte che amate William, almeno un po', un pochetto. Poi dopo qualche giorno o settimana o mese mi amerete di più. Il vostro amore crescerà progressivamente fino a quando quasi uguaglierà come forza e passione l'immensità del mio. Ma avrete un bel daffare, non ci arriverete mai. Vi amo tanto che sarebbe troppo chiedere al cielo di mettere nel vostro cuore un amore simile. Mi amerete come vorrete, a vostro piacimento e capriccio, e un giorno mi direte che mi amate, e io vi risponderò... Ah! Ah! Ah! Non so che cosa vi risponderò, Maude, ma farò salti di gioia, abbraccerò mia madre, diventerò pazzo di felicità. Oh, Maude, provate ad amarmi, cominciate da una lieve simpatia, poi domani mi amerete di più, dopodomani ancora di più e alla fine della settimana mi direte: 'Will, vi amo!'".

"Will, mi amate sul serio?"

"Che cosa devo fare per provarvelo?" rispose serio lui. "Che devo fare? Ditemelo. Voglio farvi capire che vi amo con tutto il cuore e tutta l'anima, con tutte le forze, voglio farvelo capire perché non lo sapete ancora."

"Le vostre parole e le vostre azioni sono prove che non devono essere confermate da ulteriori testimonianze, caro William, e ve lo chiedo solo per ottenere una seria spiegazione, non di quello che provate, questo lo so già, ma di quello che provo io. Will, voi mi amate, sinceramente, ma se vi attraggo non dovete dimenticare che l'ho fatto involontariamente, non ho mai cercato di far nascere l'amore in voi."

"È vero, Maude, è vero, siete modesta quanto bella. Vi amo perché vi amo, tutto qui."

"Will, non avete mai pensato che potrei aver donato il mio cuore a un altro prima di conoscervi?" chiese la fanciulla, con l'ansia negli occhi.

Questa agghiacciante idea, che non era mai giunta a turbare i sogni di William o a corrompere la dolce quiete del suo amore paziente, lo colpì tanto forte che impallidì e, sul punto di svenire, fu costretto ad appoggiarsi a un albero.

"Non avete donato ad altri il vostro cuore, vero, Maude?" sussurrò con voce supplichevole.

"Calmatevi, caro Will, e statemi ad ascoltare," disse con dolcezza la fanciulla. "Credo nel vostro amore come credo in Dio, e con tutto il cuore vorrei poter ricambiare il vostro affetto, mio caro Will."

"Non ditemi che non potete amarmi, Maude!" sbottò il giovane. "Non ditemi una cosa del genere perché sento dai battiti del mio cuore e dal calore del sangue che mi scorre nelle vene come lava incandescente che non ce la farei ad ascoltare parole del genere."

"Eppure dovete ascoltare, Will, e vi chiedo di concedermi qualche minuto di attenzione. So quello che si soffre ad amare senza speranza, amico mio, ne ho subìto tutte le torture una per una. Non esiste sulla terra un dolore paragonabile a quello che un amore respinto infligge a un cuore. Desidero ardentemente risparmiarvi queste crudeli angosce, Will. Ascoltatemi, vi prego, senza rancore e soprattutto senza rabbia. Prima di conoscervi, prima di lasciare il castello di Nottingham, avevo regalato il mio cuore a una persona che non mi ama, che non m'ha mai amata, che non mi amerà mai."

Will trasalì.

"Maude, Maude, se lo volete quell'uomo vi amerà," disse con voce tremula il povero ragazzo, che aveva le lacrime agli occhi. "Per tutte le messe, costui deve diventare vostro schiavo, deve, altrimenti dovrà vedersela con me tutti i giorni. Sì, Maude, lo menerò finché vi amerà."

"Voi non menerete nessuno, Will," rispose Maude, sorridendo nonostante tutto per lo strano espediente a cui voleva ricorrere quel ragazzo. "L'amore non s'impone, soprattutto non con le maniere forti, e poi lui non merita in alcun modo un trattamento indegno. Will, dovete capire che non mi aspetto l'affetto di quell'uomo, e soprattutto dovete capire che dovrei non avere cuore né anima per rimanere insensibile e indifferente alle prove del vostro amore. Mio caro Will, sono profondamente toccata dalle vostre parole generose, e vorrei esprimere la mia gratitudine dandovi la mano e garantendovi un affetto che farà tutto il possibile per conquistare, meritare e uguagliare il vostro."

"Ora ascoltatemi voi, Maude," rispose con voce tremante Will. "Mi vergogno di non aver capito le ragioni della vostra indifferenza. Vi chiedo di perdonarmi la confessione che vi ho strappato. Maude, ora siete tanto buona da accettare la mano del povero William e di sacrificarvi per la sua felicità. Ma questa felicità corrisponde alla perdita delle vostre speranze, forse della stessa vostra serenità. Non posso né debbo accettare un sacrificio del genere. Non credo di esserne degno, e poi arrossirei se dovessi parlarvi ancora del mio amore. Perdonatemi il fastidio che vi ho inflitto, perdonatemi di avervi amata, di amarvi ancora, perdonatemelo e vi giuro che non vi parlerò più di ciò che provo."

"William, William, dove sei?" gridò un tratto una voce possente.

"Mi chiamano, Maude. Addio. Che la santa Vergine vegli su di voi e la sua divina protezione vi eviti ogni dispiacere! Siate felice, Maude, ma se non mi rivedrete, se non faccio ritorno, pensate qualche volta al povero Will, pensate a colui che vi ama e sempre vi amerà."

Dette queste parole mormorate con voce piena di lacrime, il giovanotto afferrò Maude alla vita, la strinse al petto, l'abbracciò con passione, poi se ne andò senza voltarsi, senza rispondere alla dolce voce che cercava di trattenerlo.

Maude, affranta per il brusco congedo di William, si disse: "Non m'ha dato il tempo di spiegarmi. Domani gli dirò che non rimpiango per nulla il passato. Come sarà felice il mio caro Will".

Ahimè, quel domani sarebbe arrivato soltanto dopo una lunga attesa.

Una ventina di robusti vassalli armati di lancia, spada, arco e frecce stava circondando, tenendosi a distanza di sicurezza, un gruppo composto dai figli di sir Gamwell al gran completo, suo nipote Little John e Gilbert Head.

"Mi stupisce molto che Robin si faccia attendere, di solito mio figlio non è ritardatario," diceva in quel momento il vecchio guardaboschi ai compagni.

"Pazientate, mastro Gilbert," rispose Little John, drizzandosi in tutta la sua altezza per guardarsi attorno. "Non manca solo Robin all'appello, anche mio cugino Will si fa desiderare. Scommetto che c'è una ragione se sono partiti qualche minuto dopo l'orario previsto."

"Eccoli!" gridò qualcuno.

Will e Robin stavano arrivando di buon passo.

"Figliolo, ti sei dimenticato l'ora dell'appuntamento?" chiese Gilbert mentre stringeva la mano ai due giovani.

"No, padre. Scusate se vi ho fatto attendere."

"Forza, partiamo!" disse Gilbert. Poi aggiunse, girandosi verso l'altro giovanotto: "I vostri amici conoscono lo scopo della nostra spedizione?".

"Sì, Gilbert, e hanno giurato che vi seguiranno senza tentennare e vi serviranno fedelmente."

"Allora posso contare su di loro?

"Assolutamente."

"Molto bene. Ancora una cosa: per arrivare a Nottingham per la strada più corta, i nostri nemici passeranno da Mansfield e dalla strada maestra che attraversa la foresta di Sherwood, perciò arriveranno per forza a un incrocio presso il quale ci apposteremo. Non devo dire altro. Little John, avete capito che cosa voglio fare?"

"Alla perfezione," rispose il giovane, quindi gridò

ai compagni dopo un cenno del vecchio: "Ragazzi, avrete il coraggio di affondare i vostri denti sassoni nelle carni di quei lupi normanni? Avrete il coraggio di vincere oppure morire?".

Un sì entusiastico rispose alla doppia domanda.

"Allora, miei prodi, avanti!"

"Urrà, e guerra sia!" esclamò Will mentre seguiva assieme a Robin il bellicoso drappello.

"Urrà! Urrà!" urlarono allegri tutti quanti. Le grida echeggiarono nella buia foresta.

"Urrà! Urrà! Urrà!"

"Che hai, amico Will?" chiese Robin, afferrando per un braccio il pensieroso amico. "Mi sembra di vedere una nera nube di malinconia sul tuo viso di solito allegro. Le grida di battaglia non sono più piacevoli per il dolce William, oppure teme i rischi di questa nostra gita?"

"Che strana domanda, Robin," rispose l'altro, posando sull'amico uno sguardo pieno di tristezza. "Chiedi pure al levriero se ama inseguire il cervo, o al falco se gli piace fiondarsi dalle nuvole sul povero passerotto. Ma non chiedere a me se temo i pericoli."

"Lo domandavo tanto per distrarti dai tuoi foschi pensieri, caro Will. Hanno offuscato i tuoi occhi di soliti limpidi e impallidito in maniera inquietante la tua fronte. C'è qualcosa che ti tormenta, Will, che ti fa soffrire sul serio. Parlamene, non sono forse tuo amico?"

"Non sto soffrendo, Robin. Sono quello che ero ieri e sarò domani. Oggi mi vedrai come sempre, in prima fila nella battaglia."

"Non dubito affatto del tuo coraggio, caro Will, dubito invece della serenità della tua anima. C'è qualcosa che ti rattrista, ne sono convinto. Sii sincero con me, potrei esserti utile, reggere con te il fardello delle tue pene e così facendo renderle meno pesanti. Se hai litigato con qualcuno, dimmelo, il tuo problema sarà il mio."

"Caro Robin, il motivo della mia tristezza non è

importante né abbastanza serio perché rimanga a lungo un mistero. Se mi fossi preso la pena di riflettere, non sarei sorpreso e nemmeno afflitto da ciò che mi succede. Scusa se esito, ma ciò che provo impedisce al mio cuore di aprirsi anche se non vorrei che fosse così. Orgoglio? Timidezza? Però un amico come te è un'anima gemella. Le tue domande mi smuovono, la tua amicizia trionfa sulla mia falsa vergogna, ma…"

"No, no, caro Will, serba pure il tuo segreto," lo interruppe Robin. "C'è un pudore nella sofferenza, perciò perdona le domande indiscrete, anche se le ho fatte da amico."

"Sono io che devo chiederti scusa per l'egoismo con cui vivo il mio dolore, caro Robin," disse, le parole spezzate da una risatina isterica più triste di un pianto dirotto. "Soffro, soffro tanto, e vorrei capire assieme a te la gravità della ferita che mi strazia l'anima. Sarai il confidente del mio primo grande dolore come sei stato il compagno dei miei primi giochi. Perché siamo legati dall'amicizia ancor più strettamente che dai legami di sangue, e che m'impicchino, Rob, se il mio affetto per te non è quello del più affezionato dei fratelli."

"Hai ragione, Will, ci vogliamo bene come due fratelli. Oh, dove sono finiti i giorni della nostra bella infanzia? La felicità che provavamo allora non tornerà più."

"Per te tornerà, Robin, ma sotto altra forma, indosserà altre vesti, porterà un altro nome, ma sarà comunque felicità. Quanto a me, non spero più niente, non desidero più niente, ho il cuore a pezzi. Sai quanto amo Maude Lindsay. Non trovo parole che possano farti capire sino in fondo la passione travolgente che unisce la mia vita al solo nome di quella fanciulla. Ebbene, ora so, so…"

Robin provò una fitta di dolore.

"Allora?" chiese ansioso.

"Quando sei venuto a cercarmi in giardino, ero con Maude e le stavo dicendo quello che le dico tutti i giorni da tempo, che il mio sogno più dolce è farne un'altra figlia per mia madre, la sorella delle mie sorelle, e le chiedevo se voleva provare ad amarmi anche solo un po'. Lei m'ha risposto che aveva già donato il suo cuore prima di venire al castello di Gamwell. In quel momento, Robin, ho visto crollare tutte le mie speranze, e ho sentito qualcosa spezzarsi dentro di me. Era il mio cuore che andava in frantumi, Robin, il mio cuore. Ora capisci perché sono così infelice."

"Ma t'ha detto chi è colui che ama?" domandò timoroso Robin.

"No, m'ha solo detto che però lui non l'ama. Capisci, Robin? Esiste un uomo che è amato da Maude e non ama Maude! Un uomo che lo sguardo di Maude cerca eppure evita questo sguardo! Oh, che bruto matricolato! Oh, che miserabile! Ho detto a Maude che l'avrei preso e l'avrei costretto a darle l'amore che le rifiuta. Le ho promesso che l'avrei malmenato allo sfinimento, ma lei m'ha detto di no. Oh, l'ama, lei l'ama! Alla fine di questa triste e penosa confessione, la povera generosa Maude m'ha offerto la sua mano. Ma io l'ho rifiutata. La ragione, la lealtà, l'onore m'impongono di mettere a tacere il mio amore. Robin, puoi dire addio all'allegro Will sempre contento, è morto, morto per sempre."

"Su, su, William, fatti coraggio," disse premuroso Robin. "Il tuo cuore è malato e dobbiamo curarlo, guarirlo, e voglio esserne io il primo medico. Conosco Maude meglio di te. Un giorno ti amerà, sempre che non t'ami già ora. William, ti garantisco che hai interpretato male le piccole ammissioni della ragazza, erano dettate dalla sua inaudita delicatezza e servivano a farti capire la sua indifferenza passata e al tempo stesso rendere più preziosa un'offerta che hai rifiutato sciocamente. Credimi, Maude è una bella figliola, onesta quanto è bella, e veramente degna del tuo amore."

"Puoi dirlo forte!"

"Non devi esagerare la gravità del dolore di madamigella Lindsay, amico mio, e nemmeno tormentarti con fantasiose ipotesi. Maude ti ama già parecchio, ne sono sicuro, e un giorno ti amerà ancora di più."

"Lo pensi davvero, caro Robin?" esclamò Will, che si aggrappava avido a quel barlume di speranza.

"Sì, però fammi il piacere di lasciarmi parlare senza interrompermi. Te lo ripeto, e lo ripeterò ogni volta che ti scoraggerai, Maude ti ama. L'offerta della sua mano non era un sacrificio o l'assolvimento di un voto, era vero affetto."

"Ti credo, Robin, ti credo! E domani chiederò a Maude se vuole regalare a mia madre un'altra figlia."

"Sei un ottimo ragazzo, William. Fatti coraggio, e acceleriamo il passo, i nostri compagni ci hanno distanziato di un quarto di miglio. E poi, se devo essere sincero, questo passo pigro non ci dà un'aria molto marziale."

"Hai ragione, amico mio, anzi, credo di sentire già i brontolii del nostro capo."

Quando il gruppetto arrivò nel punto indicato da Gilbert come il più adatto per un'imboscata, il vecchio guardaboschi appostò i suoi uomini, diede a ciascuno un'altra breve spiegazione, ordinò a tutti il rigoroso silenzio e andò a sua volta ad appostarsi dietro un albero a pochi passi da Little John, che era già in agguato.

Il grido di un uccello disturbato, il canto melodioso di un usignolo, i sospiri della brezza che giocava tra le fronde, solo questo turbava la calma e il silenzio della notte, ma a questi indistinti mormorii si aggiunse presto il rumore pressoché impercettibile di passi ancora lontani e che soltanto l'udito fine degli uomini della foresta poteva distinguere dai brusii armoniosi delle piante e del vento, dai pigolii degli uccelli e dal fruscio delle foglie.

"È un uomo a cavallo," disse sottovoce Robin. "Mi pare di riconoscere i passi corti e frequenti di un pony nostrano."

"Osservazione corretta," aggiunse Little John, altrettanto prudente. "È un amico oppure un viandante inoffensivo."

"Attenti comunque!"

"Attenti!" fu il passaparola.

Il viaggiatore che aveva suscitato la curiosità e l'inquietudine della piccola banda stava proseguendo allegro la sua strada, intonando a pieni polmoni una ballata composta in proprio onore, senza dubbio da lui stesso.

"Ti venisse un colpo!" esclamò all'improvviso il cantante, rivolto al proprio cavallo. "Ma come, bestia priva di gusto, mentre escono dalle mie labbra fiumi di armonia tu non te ne rimani in un silenzio rapito? Invece di drizzare le lunghe orecchie e ascoltarmi con la dovuta gravità, giri la testa di qua e di là e mischi alla mia la tua vociaccia gutturale e stonata? Eh, sei una femmina e in quanto tale bisbetica, polemica e cocciuta. Se voglio che tu proceda da un lato della strada, tu ti dirigi immediatamente nella direzione opposta, fai di continuo quello che non dovresti fare, e mai quello che dovresti. Sai che ti voglio bene, sfrontata, ed è di sicuro perché sei certa del mio affetto che vuoi cambiare padrone. Sei come lei, anzi, come tutte le donne, capricciosa, incostante, volubile e civetta."

"Perché ce l'hai tanto con le donne, amico?" chiese Little John, afferrando all'improvviso le briglie del cavallo dopo essere sbucato senza fare rumore dal suo riparo.

Lo sconosciuto ribatté, tutt'altro che intimorito: "Prima di rispondere, gradirei sapere il nome di colui che ferma un uomo pacifico e inoffensivo, di colui che assomma a questo comportamento da brigante l'impudenza di chiamare amico un uomo che gli è di gran lunga superiore," concluse fiero.

"Sappiate, signor chierico di Copmanhurst, giacché l'assordante raglio del vostro canto è bastato a rivelarmi chi mi trovo di fronte, che siete stato fermato non da un brigante ma da un uomo che non si fa intimidire da nessuno e che vi sovrasta di un'altezza pari a quella che vi regala al momento il vostro cavallo," rispose calmo e glaciale il nipote di sir Guy.

"E voi, signor cane della foresta, sappiate che so chi siete notando la grossolanità dei modi, e che state parlando con un uomo poco abituato a rispondere alle domande importune e che vi sminuirà ancor di più se non mollate immediatamente le briglie del suo cavallo."

"Le vanterie sono tipiche dei piccoli," rispose beffardo il giovanottone. "Risponderò alle vostre minacce presentandovi un ragazzo dei boschi che vi farà gridare pietà usando il vostro stesso bastone."

"Mi farà implorare pietà con il mio bastone?" ripeté scandalizzato lo sconosciuto. "Sarebbe proprio bella, peccato che è impossibile. Portatemi subito qui il vostro amico."

Mentre diceva ciò, il pellegrino saltò giù da cavallo.

"Allora dov'è questo bastonatore di professione?" aggiunse lo sconosciuto, guardando inferocito il giovane. "Dov'è? Voglio spaccargli il cranio, poi avrò il piacere di castigare anche te, babbeo gambalunga."

"Presto, Robin, presto. Il tempo stringe," disse Gilbert. "Dai una bella lezione veloce a quel chiacchierone insolente."

Appena vide lo straniero, Robin prese Little John per un braccio e gli disse sottovoce: "Ma non lo riconosci? È Tuck, il fratacchione gaudente".

"Ah, sul serio?"

"Sì, ma non fiatare. È da un bel po' che desidero incrociare il bastone con il bravo Giles, e giacché la notte buia mi garantisce l'incognito voglio approfittare di questo incontro imprevisto."

Il forestiero abbozzò un sorriso ironico appena vide la corporatura esile e aggraziata di Robin.

"Ragazzo, sei sicuro di avere la testa abbastanza

dura da reggere senza crepare la gragnola di colpi che merita la tua impudenza?" disse ridendo.

"Ho il cranio solido, anche se non è duro quanto il vostro, messer forestiero," rispose il giovane nel dialetto dello Yorkshire per nascondere meglio il timbro di voce. "Reggerà comunque ai vostri colpi, sempre che riescano a giungere a segno, cosa di cui dubito. Ne sono certo quanto voi siete sciocco ad annunciarlo."

"Ora ti vedremo all'opera, giovane sfrontato. Basta ciance, parlino i fatti. In guardia!"

Per spaventare il giovane avversario, Tuck fece mulinare con spaventosa destrezza il bastone, fingendo di voler assestare il primo colpo alle gambe di Robin. Ma l'avversario era troppo abile per abboccare alla finta e bloccò il bastone nel momento in cui, guidato da mano sicura, stava per abbatterglisi sulla testa. Poi, non contento di questa abile parata, iniziò ad abbattere su spalle, schiena e testa di Tuck una raffica di colpi tanto rapida, violenta e metodicamente mirata che il monaco, stordito e ammaccato, accecato dalle lacrime, chiese non ancora pietà ma almeno una tregua.

"Maneggiate abbastanza bene il bastone, e mi accorgo che i miei colpi rimbalzano senza farvi male sulle vostre membra elastiche," disse affannato, anche se tentava di nascondere quanto era stanco.

"Rimbalzano quando li ricevo, certo, ma finora non ho avuto modo di entrare a contatto con il vostro bastone, messere," rispose giulivo Robin.

"È l'orgoglio che parla, giovanotto, perché vi ho toccato più di una volta."

"Frate Tuck, vi siete dimenticato che questo stesso orgoglio m'ha sempre impedito di mentire?" ribatté Robin, smettendo di camuffare la voce.

"Chi siete?" chiese il frate.

"Guardatemi in faccia."

"Per san Benedetto, nostro fondatore e patrono, è Robin Hood, il grande arciere."

"In persona, caro Tuck sempre allegro."

"Allegrone, allegrone, certo, ma solo prima che mi rubassi la mia piccola signora, la bella Maude Lindsay."

A queste parole, una mano strinse in una presa ferrea il braccio di Robin e una voce furibonda sussurrò sordamente: "È vero quel che dice il monaco?".

Robin si voltò e vide la faccia stravolta di Will, pallidissimo, le labbra che tremavano, gli occhi iniettati di sangue.

"Zitto, William, ti spiego dopo," disse conciliante. "Mio caro Tuck, non ho affatto rubato quella che chiamate con una certa leggerezza la vostra signora. Miss Maude, degna e onesta figliola, ha respinto un amore che non poteva corrispondere. La sua fuga dal castello di Nottingham non è stata affatto una colpa ma un dovere. Doveva accompagnare la sua padrona, lady Christabel Fitz-Alwine."

"Robin, non ho mai pronunciato i voti monastici," replicò il monaco per giustificarsi. "Perciò avrei potuto dare il mio cognome a miss Linday. Se la capricciosa figliola ha respinto il mio amore, è solo colpa del tuo bel faccino, oppure della naturale incostanza delle donne."

"Orsù, frate Tuck, è un'infamia calunniare le donne!" protestò Robin. "Non una parola di più! Miss Maude è orfana, è infelice e ha diritto al rispetto di tutti."

"Herbert Lindsay è morto?" esclamò angosciato Tuck. "Signore, accogli la sua anima!"

"Sì, è morto. Sono successe parecchie cose strane che vi racconterò più tardi. Ma mentre aspettiamo la possibilità di un lungo colloquio, ora occupiamoci del motivo che vi porta qui. Il vostro aiuto ci viene utile."

"Perché?" chiese Giles.

"Ve lo spiego più brevemente che posso. Il barone Fitz-Alwine ha fatto bruciare dai suoi sgherri la casa di mio padre, questo lo sapete. Mia madre è morta nell'incendio e Gilbert vuole vendicarla. Ora stiamo aspettando il barone che rientra dall'estero ed è diretto a Nottingham. Poi vogliamo entrare di sorpresa nel castello. Se vi va di menare le mani è l'occasione ideale."

"Benissimo, non rifiuto mai questo piacere. Ma non illudetevi di potercela fare perché non siamo abbastanza, almeno se siamo solo io, tu, e questi bei ragazzoni."

"Mio padre e una banda di robusti boscaioli sono appostati a venti passi da noi."

"Allora possiamo farcela!" esclamò il monaco, mulinando entusiasta il bastone.

"Reverendo padre, che strada avete preso per arrivare alla foresta?" chiese Little John.

"Quella da Mansfield a Nottingham, mio gracile amico," rispose il monaco, poi aggiunse: "Davvero, non mi capacito di quanto siano stati ciechi i miei occhi. Lascia che ti stringa la mano, caro Little John".

Il nipote di sir Guy rispose cordialmente alla gentile offerta del frate.

Poi gli chiese se aveva incontrato una pattuglia di cavalleggeri per strada.

"C'era una compagnia arrivata dalla Terra Santa che si stava ristorando in una locanda di Mansfield, però, per quanto fossero tutti uomini disciplinati, erano mezzi morti per la fatica, i disagi e le privazioni. Credete che appartengano alla scorta del barone Fitz-Alwine?"

"Sì, perché i crociati attesi al castello di Nottingham sono suoi soldati. Bene, tra poco incontreremo questi illustri personaggi. Frate Tuck, vi conviene nascondervi in un cespuglio o dietro un albero."

"Volentieri. Ma questa cavalla ostinata dove la piazzo? Ha tutti i difetti delle don... Non fatemi parlare. Non di meno le sono affezionato."

"La porto in un punto sicuro. Lasciate fare a me, e intanto voi nascondetevi."

Little John legò il quadrupede a un albero poco distante dal sentiero, quindi raggiunse i suoi compagni.

L'evidente inquietudine di Will non gli permetteva di attendere il momento più adatto per una spiegazione, pertanto il focoso giovanotto aveva costretto Robin con le buone o le cattive a fargli un resoconto dettagliato di quello che era successo dopo la fuga dal castello di Nottingham.

Robin fu sincero, ma soprattutto generoso con Maude.

Will lo ascoltò con il cuore in gola, e quando l'altro ebbe finito gli chiese se era tutto.

"È tutto."

"Grazie."

Poi i due generosi giovani si abbracciarono.

"Sono suo fratello," disse Robin.

"E io sarò suo marito," esclamò William prima di aggiungere allegro: "Andiamo a batterci!".

Povero William!

L'attesa fu lunga, e solo verso le tre di notte udirono un nitrito nelle viscere della foresta. La giumenta di Tuck rispose con entusiasmo al richiamo di un fratello.

"La signorina fa la civetta," disse Tuck. "Little John, l'hai legata come si deve?"

"Direi di sì," rispose l'altro.

"Zitti! Sento rumore di zoccoli," disse Robin.

Qualche minuto dopo sbucò nel crocicchio una pattuglia di cavalieri che non cercava minimamente di occultare la propria avanzata. I suoi componenti, meno stanchi di quanto avesse descritto il frate, ridevano, chiacchieravano e cantavano.

Proprio in quel momento la cavallina di Tuck si precipitò fuori dagli alberi, sfrecciò davanti al padrone e andò dritto filato verso i soldati. Il frate fece per seguire la traditrice.

"Siete impazzito?" bisbigliò Little John, afferrando il monaco per un braccio. "Ancora un passo e siete morto."

"Ma mi prenderanno la mia piccola pony," brontolò Tuck. "Lasciami, vado a…"

"Zitto, disgraziato! Ci farete scoprire. Ce n'è finché volete di pony in giro. Mio zio ve ne regalerà uno."

"Ma non sarà stato benedetto dall'abate del nostro convento come la mia dolce Mary. Mollami. Che significa questo comportamento? Voglio la mia cavalla, la voglio assolutamente!"

"D'accordo, valla a prendere, vacci, fanfarone stordito, testa vuota!" gridò Little John.

Tuck diventò tutto rosso e lanciò lampi dagli occhi, poi disse, con la voce che tremava per la collera: "Stammi a sentire, lungagnone, colonna ambulante, campanile con le gambe, dopo la battaglia ti gonfio di botte".

"Ti gonfio io," rispose Little John.

Il frate sbucò sulla strada e iniziò a correre verso i soldati, notando che la sua giumenta sgroppava e s'impennava sollevando nugoli di polvere mentre resisteva ai tentativi di chi voleva mettere fine alla sua bravata.

Un soldato la stuzzicò con la lancia, un affronto che gli fu restituito con gli interessi dal bastone di Tuck, tanto che il poveraccio cadde di sella urlando per il dolore.

"Mary, Mary, vieni, piccolina, vieni da me," gridava intanto il monaco.

La cavalla rizzò le orecchie sentendo una voce nota, poi lanciò un nitrito di gioia e iniziò a trotterellare verso il suo padrone.

"Manigoldo, che fai, massacri i miei uomini?" gridò inferocito il capopattuglia.

"Vedi di rispettare un membro della chiesa," rispose Tuck, assestando sul cranio del cavallo montato dall'altro una poderosa bastonata.

L'animale spiccò un balzo all'indietro, facendo perdere l'equilibrio all'ufficiale, i cui piedi uscirono dalle staffe.

"Non vedi la veste che porto?" aggiunse Tuck, con un tono che cercava di rendere solenne.

"No che non vedo la tua veste, vedo solo quanto sei insolente e sfacciato. Ti spaccherò la testa, senza rispetto per l'una e senza pietà per l'altra."

Tuck fu raggiunto da un affondo della lancia. Il dolore esasperò a tal punto il buon frate che si avventò contro il capopattuglia gridando con tutto il fiato che aveva: "A me gli Hood! A me! Gli Hood a me!".

Le grida di Tuck non intimorirono il comandante, anche perché la sua squadra forte di una quarantina di uomini era pronta ad appoggiarlo al minimo cenno. Per quanto fosse abile e nerboruto quel religioso, era un nemico facile da battere.

"Indietro, briccone! Indietro!" sbraitò, poi la sua lancia fece arretrare Tuck mentre il cavallo spronato incombeva sul benedettino.

Il quale spiccò un balzo prodigioso, spaccando la testa dell'avversario con una formidabile bastonata.

Venti lance e altrettante spade minacciarono all'unisono l'intrepido monaco.

"Aiuto, Hood! Aiuto!" strillò Tuck, arretrando fino a un tronco d'albero.

"Urrà! Urrà per Hood!" gridarono a gran voce i boscaioli. "Urrà! Urrà!"

Poi il gruppo guidato da Gilbert partì come un sol uomo in aiuto del monaco.

Vedendo arrivare una banda armata con intenzioni ostili, i soldati lanciarono il grido del serrate le file e occuparono la strada per tutta la sua larghezza, preparandosi a travolgere il nemico sotto gli zoccoli dei loro cavalli.

Una scarica di frecce frustrò questa prima manovra difensiva perché una mezza dozzina di militari cadde ferita a morte.

Gilbert, conscio che il numero dei nemici era assai superiore a quello del suo manipolo, ordinò di trincerarsi oltre il bordo della strada per cercare la protezione delle tenebre e degli alberi.

Con questa abile manovra i soldati rimasero esposti alle mortali scariche di frecce. I boscaioli non mancavano quasi mai il bersaglio grazie alla precisione, frutto di un costante allenamento.

"A terra," gridò l'uomo che aveva assunto il comando di propria iniziativa.

I crociati obbedirono mentre la banda di Gilbert ripartiva impavida alla carica, scatenando un sanguinoso corpo a corpo.

"Hood! Hood!" gridavano i boscaioli. "Vendetta! Vendetta!"

"Nessuna tregua! A morte i cani sassoni! A morte i cani!" urlavano i soldati.

"Allora state attenti alle zanne dei cani!" gridò Will mentre conficcava una freccia nel petto del bestione che aveva appena lanciato quel grido di battaglia.

Little John, Robin e Gilbert si battevano affiancati su un lato mentre i Gamwell dimostravano in un altro punto tutta la loro abilità e tutto il loro coraggio. Quanto al nerboruto monaco, ogni colpo del suo prodigioso bastone atterrava un avversario.

William scattava rapido come un cervo da un punto all'altro, abbattendo qua un avversario, là spaccando una testa ma sempre attento a proteggere i suoi amici, in particolare Robin, che in due momenti distinti salvò da un attacco quasi mortale.

Nonostante tutto ciò, nonostante il coraggio di ognuno e la forza combinata della resistenza comune, la vittoria finale sembrava pendere dalla parte degli uomini del barone. Quella pattuglia disciplinata, rotta a ogni fatica e di numero doppio rispetto ai boscaioli, riguadagnava di minuto in minuto il terreno perso all'inizio dello scontro. Little John valutò con una rapida occhiata quasi disperata la loro situazione e capì che si rendeva necessaria una tregua dal momento che stava diventando solo un inutile massacro. Però non osava farlo senza essere autorizzato da Gilbert, quindi corse a cercarlo.

Le prodezze di William gli erano valse l'attenzione di quattro soldati che in quel momento stavano confabulando per decidere come fermare uno dei capi dei nemici, ossia l'innamorato della bella Maude. In men che non si dica riuscirono ad atterrarlo nonostante la sua strenua resistenza, ma Robin se ne accorse e, come sempre generoso, volò a perforare con un affondo della lancia il torace di un uomo, sollevò di peso William e si avviò verso il grosso dei compagni sorreggendo l'amico. Gli altri del loro gruppo erano stati intanto radunati da Little John per effettuare un'efficace ritirata.

Will, sempre sorretto, stava per raggiungere gli amici schierati di fronte ai soldati quando Robin gettò un grido disperato.

"Mio padre! Mio padre! Vogliono ammazzarlo!"

Il giovane arciere andò così a tentare di salvare il genitore. William, che nel frattempo era stato di nuovo catturato dai soldati, ebbe appena il tempo di vedere Robin inginocchiato accanto al vecchio con il cranio spaccato in due da un colpo d'ascia.

Nella confusione creata dalla morte del guardaboschi e dalla pronta vendetta di Robin sull'assassino, la cattura di Will passò inosservata.

La battaglia, dopo un attimo di tregua, riprese ancor più furibonda. Robin e Tuck colpivano a morte tutti coloro che gli si paravano davanti, mentre Little John approfittava della reazione feroce del giovane amico per far allontanare il cadavere di Gilbert.

Un quarto d'ora dopo la partenza di quel corteo funebre, Robin ordinò: "Nella foresta, ragazzi!".

I suoi compagni si sparpagliarono come uno stormo d'uccelli colti di sorpresa, e i soldati si lanciarono al loro inseguimento gridando: "Vittoria! Vittoria! Cacciamo i cani! Morte ai cani!".

"I cani non si lasceranno ammazzare senza mordere," gridò Robin, continuando a scagliare frecce omicide.

Il già pericoloso inseguimento stava diventando impossibile, e i soldati ebbero il buon senso di accorgersene.

La compagine di Little John aveva perso sei uomini oltre a Gilbert, mentre Will era disperso.

"Non abbandonerò William," disse Robin ordinando l'alt. "Voi, miei bravi, proseguite. Io vado a cercare Will, devo trovarlo, ferito, morto o prigioniero."

"Ti accompagno," disse subito Little John.

Gli altri si avviarono, mentre i due giovani tornavano di gran carriera sui propri passi.

Sul campo di battaglia non si notava più alcuna traccia dello scontro. I caduti, soldati o uomini della foresta che fossero, erano scomparsi dal primo all'ultimo. Le tracce di zoccoli indicavano che di lì era passato un gruppo numeroso, ma null'altro: i crociati avevano raccolto tutto e s'erano portati via tutto, frecce, rami e qualsiasi altra traccia della battaglia.

Ma c'era ancora un essere vivente che vagava nel crocicchio lanciando a destra e a manca sguardi intelligenti nella sua inquieta ricerca: la cavalla del frate.

Vedendo i due giovani, la pony trottò verso di loro tutta contenta, ma appena riconobbe l'omaccio che l'aveva legata poco prima nitrì, s'impennò e sparì.

"La dolce Mary s'è emancipata, ed entro l'alba sarà sicuramente proprietà di un bandito," disse Little John.

"Proviamo ad acchiapparla," disse Robin. "Grazie a lei potrei raggiungere i soldati."

"E farti ammazzare, amico mio," rispose l'assennato nipote di sir Guy. "Ti assicuro che sarebbe un'iniziativa inutile quanto imprudente. Torniamo a palazzo. Domani potremo ragionare meglio."

"Sì, hai ragione, torniamo. Oggi ho un doloroso dovere da assolvere."

L'indomani di questa funesta giornata, Gilbert,

sulla cui salma frate Tuck s'era raccolto in preghiera, fu preparato per essere trasportato alla sua ultima dimora.

Dietro sua insistente richiesta, Robin fu lasciato solo presso gli amati resti del buon vecchio e pregò con fervore per il riposo di colui che gli aveva voluto tanto bene.

"Addio per sempre, caro padre. Addio a te che hai ricevuto in casa tua un bambino estraneo e senza famiglia, a te che hai regalato a questo bambino una tenera madre, un padre devoto, un nome senza macchia, addio, addio, addio! La separazione dei nostri corpi mortali non separa le nostre anime. Padre mio, vivrai per sempre nel mio cuore, ci vivrai amato, rispettato, onorato alla pari di Dio. Né il tempo né i dolori della vita né le sue gioie affievoliranno il mio amore filiale. Padre venerato, quante volte m'hai detto che l'anima dei buoni sorveglia e protegge coloro che ha amato. Veglia su tuo figlio, al quale hai regalato un nome che manterrà sempre degno di te. Te lo giuro, padre, con la mano sul cuore e rivolto al cielo, te lo giuro, Robin Hood non commetterà mai un'azione buona che non sia guidata da te o cattiva che non sia mitigata dal ricordo della tua lealtà e del tuo senso della giustizia."

Poi rimase in silenzio per qualche minuto. Alla fine si alzò, chiamò gli amici e a capo scoperto, seguito da tutti i membri della famiglia Gamwell, accompagnò alla tomba i resti mortali del vecchio guardaboschi.

In coda al triste corteo c'era Lincoln, pallido come un morto, assieme a un cane zoppo, un povero cane che nessuno voleva e nessuno curava, un povero cane fedele fino all'esilio della tomba.

Quando il cadavere, rivestito e avvolto in un lenzuolo, fu calato nel luogo del suo estremo riposo, quando gli furono deposte accanto le armi di Gilbert, il buon vecchio Lance scivolò fino al bordo della fossa, lanciò un lugubre ululato e si gettò sul corpo.

Robin cercò di recuperarlo, ma Lincoln gli disse

con voce grave: "Signor Robin, lasciate il servo accanto al suo padrone. Sono morti tutti e due".

Era vero. Lance non respirava più.

Riempita la fossa, Robin rimase solo perché i grandi dolori non vogliono testimoni né parole consolanti.

Il sole era calato in un fondale di porpora, le prime stelle brillavano in cielo e i dolci raggi della luna scendevano a rischiarare la solitudine di Robin quando spuntarono a pochi passi dal giovane due ombre bianche.

Il leggero tocco di due mani posate sulle sue spalle strappò Robin dal torpore della disperazione, più triste di un pianto dirotto.

Sollevando il capo vide Maude in lacrime e Marian pensierosa.

"Vi restano la speranza, i ricordi e il mio affetto, Robin," disse con voce rotta Marian. "Se Dio dà il dolore, dà ugualmente la forza di sopportarlo."

"Coprirò la sua tomba con i fiori della memoria, Robin, e parleremo insieme di lui," aggiunse Maude.

"Grazie, Marian, grazie, Maude," rispose il giovane.

Non riuscendo a esprimere a parole la sua immensa gratitudine, si alzò, strinse tra le sue le mani di Maude, poi si allontanò di corsa.

Le due fanciulle s'inginocchiarono nel punto lasciato libero da Robin e iniziarono a pregare in silenzio.

18.

L'indomani, nelle prime ore del giorno, Robin e Little John entrarono in una locanda della cittadina di Nottingham per fare colazione. La sala comune dell'alberghetto era in quel momento piena di soldati... del barone Fitz-Alwine, a giudicare dalle loro divise.

Mentre mangiavano, i due amici ascoltarono con attenzione le discussioni dei militari.

Uno degli uomini del barone stava dicendo: "Ancora non sappiamo con che razza di nemici hanno avuto a che fare i crociati. Sua Signoria ritiene che fossero banditi, o più probabilmente i vassalli di un suo avversario. Per sua fortuna, è arrivato al castello con qualche ora di ritardo".

"I crociati si fermeranno a lungo al castello, Geoffrey?" domandò il padrone della locanda.

"No, partono domani per Londra, per portarci i prigionieri."

Robin e Little John si scambiarono un'occhiata eloquente.

A questa risposta seguirono alcuni scambi di battute di nessuna importanza per i nostri due amici, poi i soldati ripresero a bere e a giocare.

"William è nel castello," sussurrò Robin. "O andiamo a cercarlo oppure aspettiamo che esca. Dovremo usare la forza, l'astuzia e l'abilità, ma comunque dobbiamo liberarlo."

"Sono pronto a tutto," disse John, altrettanto sottovoce.

I due amici si alzarono, quindi Robin pagò l'oste.

Mentre attraversavano il gruppo di soldati per andare alla porta, colui che era stato chiamato Geoffrey dal locandiere disse a Little John: "Per san Paolo, amico, la tua testa sembra avere una grande simpatia per le travi del soffitto, e se tua madre può baciarti sulle guance senza che t'inginocchi merita un posto nell'esercito dei crociati".

"La mia statura ti riesce offensiva, soldato?" rispose altezzoso Little John.

"Non mi offende minimamente, colossale straniero, ma devo dirti in tutta franchezza che mi sorprende assai. Fino a pochi istanti fa mi credevo l'uomo più forte e grosso della contea di Nottingham."

"Sono lieto di poterti dare la prova tangibile del contrario," rispose gentile Little John.

"Scommetto una brocca di birra che nonostante le apparenze lo straniero non riesce a toccarmi nemmeno con la punta del bastone," ribatté Geoffrey, rivolto agli altri.

"Accetto la scommessa," gridò uno degli astanti.

"Bravo!" fece Geoffrey.

"Ma non mi chiedi se accetto la sfida?" disse a sua volta Little John.

"Non rifiuterai un quarto d'ora di allegria a uno che senza nemmeno conoscerti ha scommesso su di te?" replicò il militare che aveva accettato la proposta di Geoffrey.

"Prima di rispondere all'amichevole offerta che m'è stata fatta, vorrei dare un piccolo avvertimento al mio avversario," replicò Little John. "Non vado affatto fiero della mia forza, però posso affermare che nulla è in grado di resisterle, e devo aggiungere che volersi battere con me significa andare a cercarsi una disfatta, talvolta una disgrazia, spesso una ferita all'amor proprio. Non ho mai perso."

Il soldato si concesse una bella risata.

"A me sembri il più grosso fanfarone della terra, messere straniero," fece subito dopo con tono beffardo. "E se non vuoi che aggiunga la qualifica di vile a quella di fanfarone, devi accettare di batterti con me."

"Dato che lo vuoi a tutti i costi, lo farò volentieri, messer Geoffrey. Ma prima di dare a tutti la prova della mia forza, permettimi di scambiare poche parole con il mio compagno. Una volta che avrò liberato un po' del mio tempo, ti prometto che l'utilizzerò per correggere saggiamente la tua impudenza."

"Non è che vuoi dartela a gambe?" chiese sarcastico Geoffrey.

Gli astanti scoppiarono a ridere.

Punto nel vivo dall'insolente ipotesi, Little John si avvicinò minaccioso al soldato.

"Se fossi normanno mi comporterei così, invece sono sassone," ringhiò. "Non ho accettato la tua proposta bellicosa su due piedi per pura bontà d'animo. Ma visto che ti fai beffe dei miei scrupoli, stupido chiacchierone, esentandomi così dal dimostrare pietà nei tuoi confronti, chiama l'oste, paga la tua birra e chiedi delle bende, perché, vero come è vero che assegni il nome di testa alla zucca vuota che tieni tra le spalle, ne avrai presto un gran bisogno. Mio caro Robin," disse poi, dopo aver raggiunto il suo amico, "fermati qua vicino, a casa di Grace May, dove troverai senza dubbio Al. Se un servo del castello ti riconoscesse sarebbe pericoloso per te e soprattutto per la salvezza di Will. Sono costretto a rispondere alla bravata di quel soldato. Sarà una risposta breve e severa, stanne sicuro, ma intanto tu evita incontri poco graditi."

Robin obbedì a malincuore ai saggi consigli di Little John, perché è superfluo aggiungere che gli sarebbe molto piaciuto assistere a uno scontro dal quale il suo amico era destinato a uscire trionfatore a mani basse.

Sparito Robin, John rientrò nella locanda. La folla

dei bevitori era considerevolmente aumentata perché la notizia della sfida tra Geoffrey il Forte e uno straniero che non gli era inferiore quanto a muscoli e grinta aveva già fatto il giro della cittadina richiamando gli appassionati di questo genere di spettacolo.

Dopo aver osservato indifferente e sereno la folla, Little John si avvicinò al suo avversario.

"Sono a tua disposizione, normanno," disse.

"Io pure," rispose Geoffrey.

"Però, prima di cominciare a batterci, desidero riconoscere la cortesia del generoso amico che, fidandosi di un'abilità a lui ignota, s'è dimostrato disposto a perdere una scommessa. Voglio dunque, per rispondere alla sua cortese fiducia, giocarmi cinque scellini e scommettere che non solo ti farò misurare il pavimento per quanto sei lungo, ma ti spaccherò la testa con il mio bastone. Colui che vincerà i cinque scellini offrirà da bere a questa ammirevole congrega."

"Sono d'accordo," disse soddisfatto Geoffrey. "Anzi, mi offro di raddoppiare la posta se riesci a ferirmi o abbattermi."

Gli spettatori, che avevano tutto da guadagnare e niente da perdere, gridarono urrà.

Accompagnati dalla folla, i due contendenti uscirono dalla sala, andandosi a piazzare l'uno di fronte all'altro nel bel mezzo di un folto prato adatto alla bisogna.

Gli spettatori si disposero in un ampio cerchio attorno ai due, poi poco per volta si fece un profondo silenzio.

Little John era vestito come al solito, s'era solo limitato a sfilarsi i guanti e posare le armi. Geoffrey fu molto più accurato nei preparativi. Toltisi di dosso i capi più pesanti, rimase soltanto con un aderente farsetto scuro attorno al torace.

I due avversari si scrutarono per qualche secondo, immobili. Little John era sereno e sorridente, Geoffrey tradiva nonostante tutto una vaga inquietudine.

"Sono pronto," disse il giovane, salutando il soldato.

"Ai vostri ordini," rispose altrettanto educato Geoffrey.

I due si strinsero cordialmente la mano per qualche secondo.

Poi ebbe inizio il combattimento. Eviteremo di descriverlo, diremo soltanto che non durò a lungo. Nonostante l'energica resistenza e il vigore, a un certo punto Geoffrey perse l'equilibrio e Little John, con una mossa di potenza inaudita e di ineguagliata destrezza, sollevò l'avversario sopra la testa e lo spedì a rotolare nell'erba a venti passi di distanza.

Il soldato, incattivito dalla vergognosa sconfitta, si rialzò nel clamore degli astanti, che gridavano entusiasti urrà per il bel boscaiolo e lanciavano il berretto per aria.

"Ho vinto onestamente la prima parte della scommessa, messer soldato, e sono pronto per la seconda," disse Little John.

Geoffrey, paonazzo per la rabbia, rispose con un cenno affermativo.

Furono misurati i rispettivi bastoni, poi lo scontro riprese, ancor più turbolento, accanito, feroce.

Geoffrey fu di nuovo sconfitto.

Le prodezze di John furono salutate dalle acclamazioni entusiastiche della folla, poi in onore del baldo boscaiolo iniziò a scorrere un fiume di birra nei boccali.

"Senza rancore, valoroso soldato," disse John, tendendo la mano al suo avversario.

Geoffrey rifiutò l'offerta, dicendo amareggiato: "Non ho bisogno né dell'aiuto del tuo braccio né delle tue profferte di amicizia, boscaiolo, e ti suggerisco di mettere meno boria nei modi. Non sono uno che sopporta a cuor leggero l'onta di una sconfitta, e se il dovere non mi richiamasse al castello di Nottingham ti restituirei colpo su colpo le sberle ricevute".

"Dai, amico, non devi essere mal preso o invidioso," ribatté John, che apprezzava in tutto il suo valore il coraggio del soldato. "Hai ceduto di fronte a una forza superiore alla tua. Non è grave, sono certo che troverai la maniera di rifarti una reputazione di persona vigorosa, dotata di sangue freddo e maestria. Ammetto, e permettimi di dirlo ad alta voce, che non sei soltanto bravo nell'arte del bastone ma anche l'atleta più difficile da far crollare che possa sperare d'incontrare chi possiede un cuore coraggioso e un braccio valido. Perciò accetta senza rancore l'offerta della mia mano, te la tendo con sincera lealtà."

Queste parole pronunciate con grande mitezza parvero ammansire il rancoroso normanno.

"Eccoti la mia mano per una stretta tra amici," disse quest'ultimo, offrendola all'avversario. "Ora, giovanotto, concedimi la grazia di sapere come si chiama colui che m'ha battuto," aggiunse Geoffrey con tono più mite.

"Al momento non posso rispondere, messer Geoffrey. Mi farò conoscere più avanti."

"Aspetterò, straniero, ma prima che tu esca dalla locanda credo sia mio dovere dirti che ti sbagli dandomi del normanno. Io sono sassone."

"Ohibò!" esclamò contento Little John. "Sono lieto di apprendere che appartieni alla razza più nobile su suolo inglese. Questo aumenta la stima e la simpatia che m'ispiri. Ci rivedremo presto, e allora sarò più comunicativo e fiducioso. Ma adesso ti saluto, gli affari mi chiamano a Nottingham."

"Come, già pensi di lasciarmi, nobile forestiero? Non te lo permetto, ti accompagno dove devi andare."

"Ti prego, soldato, lasciami libero di raggiungere il mio compagno, ho già perso minuti preziosi."

La notizia della partenza di Little John corse di bocca in bocca, scatenando un vero putiferio.

Decine di voci lo pregarono di permetter loro di accompagnarlo per proclamare in lungo e in largo il suo valore e la grandezza d'animo.

Poco lieto di questa improvvisa popolarità e della presenza di inopportuni testimoni, Little John, che vedeva avvicinarsi con terrore l'ora fissata per l'appuntamento con Robin, chiese a Geoffrey: "Vuoi farmi un piacere?".

"Di cuore."

"Allora aiutami a sbarazzarmi di questi beoni. Vorrei allontanarmi senza dare nell'occhio."

"Molto volentieri." Poi Geoffrey aggiunse dopo avere riflettuto un istante: "C'è un solo modo per riuscirci".

"Quale?"

"Accompagnami al castello, non oseranno seguirci oltre il ponte levatoio. Una volta dentro ti mostrerò un camminamento sempre deserto che ti condurrà alle porte della città per vie traverse."

"Come?!" esclamò Little John. "Non è possibile trovare un'altra maniera per liberarsi di questi imbecilli?"

"Non ne vedo altre. Amico, non sai quanto sono stupidi e vanitosi. Ti seguono non perché ti vogliono bene ma per essere visti in tua compagnia e per poter dire al vicino, ai parenti, ai conoscenti che hanno trascorso due ore con quel valoroso ragazzone che ha sconfitto Geoffrey il Forte. 'È un mio amico, siamo entrati in città insieme pochi minuti fa, del resto m'avrete visto di sicuro, ero alla sua destra, o alla sua sinistra, eccetera eccetera.'"

Little John capì a malincuore di essere obbligato a seguire il consiglio di Geoffrey.

"Accetto, ma sbrighiamoci," disse.

"Sono da te fra un secondo." Poi Geoffrey gridò: "Amici, devo rientrare al castello. Questo degno forestiero mi accompagna. Vi prego di lasciarci uscire senza fare tante storie. Se qualcuno di voi osa seguirci, anche a venti passi di distanza, lo riterrò un affronto e, per san Paolo, lo farò pentire amaramente!".

"Però casa mia è di strada, e devo rientrare," azzardò un tale.

"Sarai obbligato a farlo tra dieci minuti," replicò Geoffrey. "Allora buongiorno e tanti saluti a tutti."

Detto questo, uscì dalla sala. Una formidabile selva di urrà accompagnò Little John fino alla porta.

Fu così che Little John mise piede nella signorile dimora del barone Fitz-Alwine.

Dopo aver lasciato Little John, Robin era andato a casa di Grace May. Per lui la bella fidanzata di Al era una perfetta sconosciuta. Robin aveva potuto ammirare le grazie della bella figliola soltanto attraverso gli occhi del suo giovane amico. Perciò stava andando da Grace May punto da una viva curiosità.

Bussò a lungo alla porta senza che venissero ad aprire, quindi, stanco di attendere, iniziò a canticchiare sottovoce il ritornello di una romanza che gli aveva insegnato il padre.

Alle prime note di questa canzone malinconica, all'interno della vecchia magione addormentata risuonarono passi precipitosi, poi la porta fu aperta bruscamente da una damigella che gridò allegra, senza nemmeno darsi il tempo di guardare chi fosse: "Lo sapevo, caro Al, che sareste venuto stamattina, ho detto a mamma… Oh, chiedo scusa, messere, mille volte scusa," aggiunse la vivace ragazza, che altri non era che Grace May.

Mentre si scusava con Robin, Grace arrossì fino alla radice dei capelli, una reazione comprensibile dato che s'era appena tuffata tra le braccia di Robin.

"Sono io che devo scusarmi per non essere colui che aspettavate," rispose lui con voce suadente.

Grace May aggiunse, confusa e imbarazzata: "Messere, posso sapere a che cosa devo l'onore della vostra visita?".

"Madamigella, sono un amico di Albert Lindsay e vorrei vederlo. Non posso andare a cercarlo al castello per un motivo serio che sarebbe troppo lungo spiegare. Vi sarei quindi molto grato se mi permetteste di aspettarlo qui."

"Molto volentieri, messere. Gli amici di Al sono sempre benvenuti a casa di mia madre. Entrate, vi prego."

Robin fece un inchino galante, poi entrò assieme a Grace in una sala del piano terreno.

"Avete pranzato, messere?" domandò la giovane.

"Sì, madamigella, vi ringrazio."

"Permettetemi di offrirvi un bicchiere di birra, ne abbiamo di eccellente."

"Accetto per avere il grande piacere di brindare alla salute di Al, il mio fortunato amico," disse galante Robin.

Gli occhi della bella Grace sprizzarono lampi di gioia.

"Siete molto gentile, messere," disse.

"Sono un sincero ammiratore della bellezza, miss, solo questo."

La ragazza arrossì, poi chiese, come per tener viva la conversazione, se veniva da lontano.

"Sì, madamigella, arrivo da un villaggetto presso Mansfield."

"Da Gamwell?" fece interessata Grace.

"Esatto. Lo conoscete?"

"Sì, messere, perfettamente, anche se non ci sono mai stata," rispose la fanciulla con un sorriso sulle labbra.

"Com'è possibile?"

"Oh, è molto semplice: la sorella di latte di Albert, miss Maude Lindsay, abita nel castello di sir Guy. Albert va spesso a trovarla, e quando torna mi parla di lei e mi racconta tutte le novità del paese, così m'ha insegnato a conoscere e amare gli ospiti di sir Guy. Tra loro ce n'è uno di cui Albert mi parla un gran bene."

"E chi sarebbe?" fece ridendo Robin.

"Voi, messere, perché, se la memoria non m'inganna, posso salutarvi con una certa sicurezza chiamandovi Robin Hood. Al vi ha descritto, ha fatto di voi un ritratto tanto somigliante che è impossibile sbagliarsi. M'ha detto che Robin è alto, ben fatto, ha grandi occhi neri, magnifici capelli e un'aria molto nobile," aggiunse civettuola la fanciulla.

Il sorriso di Robin interruppe la descrizione entusiastica di Grace May, che tacque e abbassò lo sguardo.

"Al è molto buono e quindi molto indulgente con me, madamigella, invece è stato piuttosto severo con voi. Noto che quanto m'ha detto non è vero."

"Non ha di sicuro detto nulla che possa ferirmi, ne sono certa," replicò Grace con l'ammirevole fiducia di colei che ama ed è amata.

"No, m'ha infatti detto che siete una delle persone più affascinanti della contea di Nottingham."

"E non avete creduto alle sue parole?"

"Scusate, ma ho appena verificato che mi sbagliavo a credergli."

"Ah! Sono lieta di sentirvi parlare sinceramente."

"Molto sinceramente. Vi ho appena detto che Al è stato severo con voi, aggiungendo che aveva torto a dire che siete una delle donne più affascinanti della contea."

"Sì, messere, ma bisogna perdonare le esagerazioni in un cuore favorevolmente prevenuto."

"Non era un'esagerazione, madamigella, bensì cecità bella e buona, perché non siete una delle donne più carine di tutta la contea ma la più carina."

Grace scoppiò a ridere, poi disse: "Permettetemi di scorgere nelle vostre parole solo galanteria. Sono certa che, se fossi tanto pazza da ritenerle sincere, mi prendereste per una povera scema. Maude Lindsay è di una bellezza ideale, e sopra Maude c'è al castello di Gamwell una giovane dama che sicuramente trovereste cento volte più bella di Maude e mille volte più di me. Voi siete discreto quanto siete galante e perciò non osate dire chiaramente quello che pensate".

"Non temo mai di essere franco, madamigella," replicò Robin. "E vi garantisco che siete, nel vostro genere di bellezza, superiore a tutte le fanciulle di Nottingham. La giovane dama a cui alludete ha diritto quanto voi di collocarsi al primo posto per il suo viso grazioso. Ma basta, ho l'impressione che questo dialogo rasenti l'adulazione, e non voglio che il mio amico Al mi accusi di farvi la corte."

"Avete ragione, messere, chiacchieriamo piuttosto da amici."

"E sia. Bene, miss Grace, vorrei che rispondeste francamente a una domanda. Com'è possibile che vi siate gettata tra le mie braccia senza nemmeno guardarmi in faccia?"

"È una domanda imbarazzante, sir Robin, ma vi risponderò. Stavate canticchiando un'aria che è sempre sulle labbra di Al, e m'è parso di riconoscerne la voce. Al è un amico d'infanzia, siamo in un certo senso cresciuti insieme sulle ginocchia di mia madre. Per lui sono come una sorella, ci vediamo tutti i giorni. Questo spiega perché sono stata così espansiva. Vi prego di scusarmi."

"Madamigella Grace, non dovete assolutamente scusarvi. Ora che ho avuto il piacere di vedervi, sono propenso a invidiare la felicità di Al e non mi stupirebbe sentirlo dichiararsi il ragazzo più felice della terra."

"Sir Robin, v'ho beccato ancora una volta in flagrante delitto di menzogna," disse con tono leggero la fanciulla. "La felicità che siete disposto a invidiare non la scambiereste mai con colei che agognate."

"Mia affascinante Grace, quando a un uomo o a una donna capita di regalare il suo amore a un cuore onesto, non lo rivuole mai indietro, e sono sicuro che non mi vorreste se mi saltasse il ticchio di cercare di soppiantare Albert nel vostro cuore," disse sereno Robin.

"Oh, certo che no," rispose l'ingenua Grace, ma aggiunse ridendo: "Io non rivelerei mai ad Al i miei veri pensieri, ne andrebbe troppo fiero".

La conversazione cominciata su queste note allegre si protrasse per un'ora. A un certo punto Robin disse: "Mi sembra che Al si faccia aspettare. Di solito gli innamorati sono impazienti e anticipano l'ora dell'appuntamento".

"È naturale, no, messere?"

"Eccome."

D'un tratto si sentì bussare al portone e risuonare la medesima aria canticchiata da Robin. Grace, dopo aver lanciato al giovane ospite un'occhiata che sembrava dirgli che il suo era stato tutto sommato un errore giustificabile, corse ad aprire al nuovo venuto.

La presenza di Robin non impedì alla petulante fanciulla di rimproverare Al per il ritardo e di tenere il broncio mentre lo abbracciava.

"Come? Voi qui, Robin?" esclamò Al. "E Maude, la mia cara sorellina? Come sta?"

"Maude non sta molto bene."

"Vado a trovarla. È grave?"

"No, affatto."

"Speravo di incontrarvi qui. Ho saputo, anzi, ho indovinato che eravate a Nottingham, e vi dico come. Mentre andavo in città per una commissione per il castello ho appreso dell'imminente duello al bastone tra Geoffrey il Forte, che forse conosci, Grace, e uno straniero. Ho pensato bene di andare ad assistere allo spettacolino."

"Mentre io vi aspettavo, caro signore," precisò Grace, imbronciando ancor di più le belle labbra rosa.

"Non volevo fermarmi più di un minuto. Sono arrivato sul posto proprio nel momento in cui Little John sollevava Geoffrey sopra la testa, Geoffrey il Gigante, come lo chiamiamo noi al castello. Pensate, Grace, che prodezza! Volevo chiedere informazioni a John ma era impossibile avvicinarsi. Allora sono tornato a chiedere di voi al castello, non avendo modo di proseguire la mia ricerca di notizie."

"Al castello!" fece Robin. "Siete andato a chiedere di me lì dentro?"

"No, no, tranquillo. Il barone è tornato ieri, e se fossi stato tanto stupido da rivelare la vostra presenza sulle sue terre ora sareste braccato come una bestia selvatica."

"Caro Al, sono stato davvero sciocco a temere che l'aveste fatto. So che siete prudente e sapete serbare un segreto. Sono venuto sin qui soprattutto per incontrarmi con voi e chiedervi informazioni sui prigionieri che si trovano al castello. Senza dubbio sapete che cos'è successo stanotte nella foresta di Sherwood."

"Sì, lo so, il barone è fuori dai gangheri."

"Tanto peggio per lui. Torniamo ai prigionieri. Fra loro c'è un ragazzo che vorrei salvare a tutti i costi, Will Scarlet."

"William! E che ci faceva con la banda di proscritti che ha attaccato i crociati?"

"Mio caro Al, quelli non si sono scontrati con dei banditi ma con dei bravi ragazzi che hanno avuto l'unico torto di agire in maniera scriteriata essendo convinti di assalire non dei crociati ma il barone Fitz-Alwine e i suoi sgherri," spiegò Robin.

"Eravate voi!" esclamò il povero Al, sgomento.

Robin fece segno di sì.

"Adesso capisco tutto. Parlavano di voi i crociati quando dicevano che uno della banda ne stendeva uno a ogni scoccare di freccia, un vero fenomeno. Ah, mio povero Robin, è stata una battaglia sfortunata."

"Sì, Al, davvero sfortunata perché hanno ammazzato mio padre," rispose Robin con voce triste.

"Il bravo Gilbert è morto! Dio mio!" esclamò Al, sull'orlo delle lacrime.

Per un po' i due giovani condivisero in silenzio il comune cordoglio. Grace non sorrideva più, commossa dal dolore di Al e dalla disperazione di Robin.

"E il caro Will è stato catturato dai soldati del barone?" chiese poi Albert per cambiare argomento.

"Sì, e sono venuto da te, caro Al, sperando che potessi aiutarmi a entrare nel castello," rispose Robin.

"Me ne andrò da Nottingham solo dopo aver liberato William."

"Conta pure su di me," affermò baldanzoso il giovane scudiero. "Farò il possibile per aiutarti. Andiamo al castello. Non avrò problemi a farti entrare, ma una volta dentro occorrerà stare attenti, pazientare ed essere prudenti. Da quando è tornato il barone, per noi è un inferno. Urla, bestemmia, va e viene, e ci perseguita con la sua presenza."

"Lady Christabel è tornata con lui?"

"No, è venuto accompagnato solo dal suo confessore. I soldati del suo seguito sono stranieri."

"E non sai nulla di Allan Clare?"

"Nulla. Al castello non c'è nessuno a cui chiedere. Quanto a lady Christabel, si trova in Normandia, molto probabilmente in un convento. Pertanto è facile dedurre che messer Allan sia da quelle parti."

"È pressoché certo," confermò Robin. "Povero Allan! Il suo amore e la sua fedeltà saranno ricompensati, spero."

"Sì, c'è una Provvidenza per gli innamorati," intervenne Grace.

"E io confido in questa Provvidenza," disse Albert con uno sguardo affettuoso alla fidanzata.

"Io pure," disse Robin, commosso pensando a Marian.

"Caro Robin, se possiamo fare qualcosa per salvare William dobbiamo tentare stasera stessa," disse Albert. "I prigionieri stanno per partire alla volta di Londra per esservi giudicati e condannati secondo il volere del re."

"Allora sbrighiamoci. Ho promesso a Little John che l'aspetterò all'entrata del ponte levatoio del castello."

"Grace, mia cara, non mi sgriderete domani per avervi lasciata tanto presto oggi?" chiese timoroso Al.

"No, no, Al, state tranquillo. Andate da prode in soccorso del vostro amico e non pensate a me. Pregherò il cielo perché vi aiuti."

"Siete la migliore e più amata delle donne, carissima Grace," disse Al, baciando la fidanzata sulle guance bianche e rosse.

Robin salutò educatamente la fanciulla, poi i due amici sfrecciarono verso il castello.

"Ehi, quelli sono Little John e Geoffrey. Che ci fanno insieme?" chiese Robin, vedendoli entrare.

"Scommetterei non so cosa che ora Geoffrey prova per Little John una subitanea simpatia, e lo sta portando al castello per offrirgli da bere," disse Al. "Geoffrey è un caro ragazzo, però è troppo imprudente. È al servizio del barone da poco, e andrà incontro a guai se si concede troppo spesso il vizio di alzare il gomito."

"Possiamo sperare nella sobrietà di Little John. Terrà il suo compagno entro limiti ragionevoli."

"Attento, Robin," disse Al all'improvviso. "Little John ci ha visti e vi ha appena fatto un cenno."

Robin guardò l'amico. "Mi fa segno di attendere. Sta entrando nel castello. Ma voglio fargli capire che sto accompagnando voi, Al, e che ci rivedremo all'interno in qualche cortile."

"Molto bene. Seguitemi fino al posto di guardia, dirò che siete un mio amico. Lì cercheremo di capire dalle chiacchiere dei soldati in quale parte del torrione sono rinchiusi i prigionieri e chi è quello che deve sorvegliarli. Se riusciamo a sgraffignare le chiavi del castello libereremo William, ma per uscire dovremo passare ancora una volta dai sotterranei. Poi, una volta che saremo sbucati nella foresta…"

"Consentirò loro di seguirci, e persino di raggiungerci, se ne saranno capaci!" fece entusiasta Robin.

Dietro richiesta di Al fu abbassato il ponte levatoio, e Robin poté entrare nel castello di Nottingham.

Essendo obbligato a seguire Geoffrey, Little John decise di approfittare dell'improvvisa amicizia del soldato normanno per aiutare il cugino.

Non gli fu difficile portare il discorso sui fatti della

notte prima, e Geoffrey fu più che disponibile a soddisfare la curiosità del suo nuovo amico, confidandogli che avevano affidato proprio a lui la sorveglianza dei tre prigionieri.

"Tra loro c'è un gran bel ragazzo dalle caratteristiche notevoli," aggiunse.

"Ah!" fece Little John, cercando di sembrare poco interessato.

"Sì, è difficile vedere capelli d'un colore tanto strano, sono praticamente rossi. Però nonostante tutto è belloccio, ha due magnifici occhi che sembrano tizzoni d'inferno, tanto è arrabbiato. Sua Signoria gli ha fatto visita mentre ero di guardia ma non è riuscito a strappargli una sillaba ed è uscito spergiurando che lo farà impiccare entro ventiquattr'ore."

Little John compianse tra sé e sé il povero Will, poi chiese: "Pensi che quel disgraziato sia ferito?".

"Sta bene quanto te e me. È semplicemente di pessimo umore."

"Avete delle celle sui bastioni? È assai raro."

"Caro straniero, ti sbagli. Ce ne sono in tanti castelli inglesi."

"E dove stanno? Negli angoli?"

"Di solito, ma non sono tutte abitabili. Per esempio, quella in cui è rinchiuso il ragazzo che dicevo, e che sta a ovest, è decente, ci si può stare rinchiusi senza sputare l'anima. Ecco, da qui la si vede. Guarda accanto a quel barbacane. Ci sei?"

"Sì."

"Bene, sopra c'è un'apertura abbastanza larga da lasciar entrare aria e luce, e sotto c'è una porticina."

"Vedo. E il giovane dai capelli rossi è lì dentro?"

"Sì, per sua sventura."

"Povero diavolo. È davvero triste, vero, mastro Geoffrey?"

"Molto triste, straniero."

Poi Little John disse con l'aria della persona che sta facendo una semplice riflessione: "E pensare che sta lì tra quattro mura dietro una porta sbarrata, un giovane sano e vigoroso che tutto sommato non ha fatto nulla di male. È guardato a vista?".

"No, è solo soletto, e se avesse degli amici gli sarebbe facile evadere. Il chiavistello è all'esterno. Basta tirare e crac!, la porta gira sui cardini, solo che è impossibile attraversare i bastioni dal lato ovest."

"Perché?"

"Perché sono pattugliati di continuo, mentre invece il lato est sarebbe più sicuro essendo abbandonato."

"Non ci sono guardie?"

"No, quella parte del castello è deserta. Pare che sia infestata da fantasmi, perciò tutti quanti se ne stanno alla larga perché hanno paura."

"Perbacco, non consiglierei mai a un prigioniero di tentare un'evasione così rischiosa. Anche se uscisse di cella, come farebbe poi a uscire dalla fortezza?"

"Uno straniero che ignora i passaggi segreti verrebbe bloccato ancor prima di aver fatto dieci passi, ma io, per esempio, se volessi evadere me ne andrei a est, dove c'è una stanza abbandonata con una finestra che dà sul fossato. Accanto alla finestra, alla distanza di un braccio, c'è un vecchio contrafforte che fa da passerella. Da lì si può scendere fino a uno spuntone di legno a pelo dell'acqua. È un ponte volante che serviva senza dubbio agli uomini del barone che rientravano dopo il coprifuoco. Una volta che arrivi in fondo la salvezza dipende dall'agilità delle gambe."

"Il prigioniero dovrebbe avere un amico abbastanza sveglio," disse Little John.

"Sì, ma non ne ha. Amico, permettimi di lasciarti solo qualche istante, devo adempiere al mio dovere. Se vuoi fare il giro del castello, hai il mio permesso, e se per caso t'interrogano, dai la parola d'ordine 'volentieri e onestamente', così sapranno che sei dei nostri."

"Ti ringrazio, Geoffrey," disse riconoscente Little John.

"Tra non molto mi ringrazierai anche di più, cane

sassone!" borbottò tra i denti Geoffrey mentre usciva. "Questo contadinotto mi prende per una mezza tacca come lui. Sono normanno, normanno purosangue, e gli dimostrerò che Geoffrey il Forte non lo batti impunemente. Maledetto boscaiolo, hai umiliato un uomo che non ha mai provato sulla schiena il bastone di un avversario. Stai tranquillo, ti pentirai della tua impudenza. Ah! Ah! Ah!" Geoffrey scoppiò a ridere. "Sei in trappola, mio muscoloso boscaiolo, sei venuto qui sicuramente per salvare i tuoi amici, perché sono dei banditi par tuo quelli che hanno attaccato i crociati. Be', ora ti farai un viaggetto al servizio di Sua Maestà, sempre che il mio coltello non ti trapassi prima il cuore. Ha abboccato subito all'amo! Scommetterei la testa che lo troverò tra poco sui bastioni di levante, e avrò l'opportunità di pareggiare i conti con un sol colpo."

Geoffrey, sempre senza smettere di borbottare, stava pensando a come farsi bello della sua diligenza presso il barone oltre a vendicarsi di quell'uomo.

Nel frattempo, Little John, rimasto solo, ebbe il tempo di riflettere.

"Quel Geoffrey sarà anche un buon uomo, ma non credo alla sua repentina conversione," si disse il nipote di sir Guy. "Un individuo tanto meschino non può avere la grandezza d'animo di perdonare, per non parlare di essere interessato al benessere di un avversario che l'ha battuto. Mi sta ingannando. Mi tende una trappola. Devo uscirne subito per aiutare William."

Lasciò così la stanza, imboccando senza avere altra guida che il caso un'ampia galleria che doveva sbucare in teoria sui bastioni. Dopo aver seguito per una buona mezz'ora una sfilza di corridoi e passaggi completamente deserti, arrivò a una porta, che aprì. E vide un vecchio curvo su un forziere che stava imbottendo dei sacchetti pieni di monete d'oro. L'uomo, immerso nei suoi calcoli, non si accorse dell'inattesa apparizione.

Little John si stava chiedendo che risposta avrebbe dovuto dare all'inevitabile domanda del vecchio quando questi alzò la testa e si avvide del gigantesco visitatore, lasciandosi sfuggire di mano un sacchetto. L'oro andò a sbattere sul piancito con un baccano che fece tremare il suo proprietario.

"Chi siete?" domandò questi con un filo di voce. "Ho ordinato di non far entrare nessuno nei miei appartamenti. Che cosa volete da me?"

"Sono un amico di Geoffrey. Vorrei andare verso i bastioni di ponente, ma mi sono perso."

"Ah-ah, un amico di Geoffrey il Forte, del bravo Geoffrey!" fece il vecchio con uno strano sorrisino. "Ascoltatemi, bel giovinotto, perché in effetti siete il più gagliardo giovane che abbia mai visto. Che ne pensate di sostituire i panni da contadinotto con un'uniforme da soldato? Sono il barone Fitz-Alwine."

"Ah, siete il barone?"

"Sì, e se avete il buon senso di accettare la mia proposta un giorno vi rallegrerete per aver avuto la fortuna di incontrarmi."

"Quale proposta?"

"Quella di entrare al mio servizio."

"Prima di rispondere, permettetemi di farvi qualche domanda," disse Little John, andando tranquillissimo a chiudere la porta a doppia mandata.

"Che fate, forestiero?" domandò il barone, di colpo spaventato.

"Prevengo le interruzioni indiscrete, ostacolo le visite indebite," rispose impassibile il giovane.

Negli occhietti grigi del barone balenarono lampi di rabbia.

"La vedete questa?" chiese Little John, piazzando sotto gli occhi di Sua Signoria una pesante cintura di pelle di cervo.

Il vecchio, con la voce strozzata dalla collera, si limitò a rispondere con un cenno affermativo all'inquietante domanda.

"Ascoltatemi attentamente," aggiunse il giovane. "Vi chiedo una cortesia, e se per un pretesto qualsiasi non me l'accordate vi appenderò senza pietà alla cornice di quel grosso mobile là in fondo. Non accorrerà nessuno alle vostre grida per un semplice motivo: vi impedirò di gridare. Sono armato, ho una volontà di ferro, un coraggio pari alla volontà e mi sento abbastanza forte da sbarrare l'accesso a questa stanza a venti soldati. Insomma, capite bene che siete un uomo morto se vi rifiutate di obbedirmi."

"Miserabile malfattore! Ti faccio riempire di botte se riesco a sfuggirti," stava pensando Sua Signoria, che invece domandò con voce zuccherosa: "Che cosa desiderate, straniero?".

"La libertà."

In quel mentre si udì un rumore di passi cadenzati nel corridoio, poi una bussata poderosa fece tremare la porta. Little John estrasse dalla cintura un coltello affilato, afferrò il debole vegliardo e gli sussurrò minaccioso: "Se urlate, se dite una sola parola pericolosa per la mia incolumità, vi ammazzo. Chiedete chi è che bussa".

Il barone, terrorizzato, ubbidì.

"Chi è?"

"Sono io, Signoria."

"Io chi, imbecille?" sussurrò Little John.

"Io chi, imbecille?" ripeté il barone.

"Geoffrey."

"Che vuoi, Geoffrey?"

"Milord, vi porto una notizia importante."

"Quale?"

"Ho in mio potere il capo dei banditi che hanno attaccato i vassalli di Vostra Signoria."

"Ah, davvero!" sussurrò sarcastico Little John.

"Ah, davvero!" mormorò il povero barone.

"Sì, milord, e se me lo consentite vi spiegherò con quale trucco sono riuscito a catturare quel brigante."

"In questo momento sarei occupato, non posso riceverti. Torna tra mezz'ora," fu la risposta biascicata del barone che andava ripetendo quanto gli bisbigliava all'orecchio Little John.

"Tra mezz'ora sarà troppo tardi," rispose Geoffrey, chiaramente contrariato.

"Obbedisci, miserabile! Vattene. Te lo ripeto. Sono molto occupato."

Il barone, annichilito dalla rabbia, avrebbe dato volentieri tutti i sacchi d'oro presenti nel forziere pur di avere la possibilità di trattenere Geoffrey e chiedergli aiuto. Purtroppo il soldato, costretto a obbedire all'ordine perentorio, si allontanò a passo di marcia com'era arrivato, e il barone si ritrovò solo con il gigantesco nemico.

Quando l'eco dei passi cadenzati del soldato si spense nel lungo corridoio, Little John rimise il coltello in cintura e disse a lord Fitz-Alwine: "Ora, barone, ecco quello che desidero. La notte scorsa c'è stata una battaglia nella foresta di Sherwood tra i vostri soldati che tornavano dalla Terra Santa e un gruppo di valorosi sassoni. Sono stati fatti prigionieri sei uomini. Voglio che siano liberati e che nessuno li accompagni o li segua. Non mi piacciono le spie".

"Accetterei volentieri la vostra gentile proposta, caro straniero, ma…"

"Ma non volete. Ascoltate, signor barone, non ho tempo da perdere con le vostre bugie né la pazienza di sopportarle. Liberate quei poveri ragazzi altrimenti non rispondo della vostra vita, nemmeno per un quarto d'ora."

"Quanto siete esuberante, giovanotto. Va bene, vi obbedisco. Ecco il mio sigillo. Andate a cercare una sentinella sugli spalti, mostratele il sigillo e dite che vi ho accordato la grazia per i furfan… i prigionieri. La sentinella vi porterà dall'incaricato della sorveglianza dei vostri protetti, che vi aprirà immediatamente le porte della sala in cui li tengo rinchiusi, perché non sono mica in cella, quei valorosi giovani."

"Mi sembrate abbastanza sincero, barone," disse Little John. "Però non sono dell'umore giusto per fidarmi di voi. Il sigillo, la sentinella, l'andirivieni tra un posto e l'altro, mi sembra tutto troppo complicato. Perciò, volente o nolente, mi accompagnerete dal soldato che sorveglia i miei amici e gli darete l'ordine di rimetterli in libertà, poi ci lascerete uscire tranquillamente dalle mura del castello."

"Dubitate della mia parola?" chiese scandalizzato il barone.

"Infatti, e aggiungo che, se con una parola, un gesto, un segno tentate di farmi cadere in trappola, in quel momento stesso vi pianto un coltello nel cuore senza dire beo."

Questa minaccia fu formulata con voce tanto ferma da Little John, e il suo viso esprimeva una tale convinzione che non era possibile dubitare un istante che sarebbe passato dalle parole ai fatti.

Il barone si trovava in una pessima situazione, e per colpa sua. Di solito c'era un intero plotone a vegliare sulla sua sicurezza fuori dall'appartamento e a portata di voce. Ma quel giorno, preferendo rimanere solo per occultare in assenza di estranei l'incredibile quantità d'oro ammassata nei forzieri (a quell'epoca non esistevano ancora le banche), aveva congedato le guardie dando ordine che non permettessero a nessuno di entrare da lui per qualsiasi motivo. Ora, convinto di essere rimasto desolatamente solo, non osava infrangere il categorico divieto di Little John, perciò rimaneva in silenzio, pur avendo mille grida d'aiuto che gli rimanevano bloccate in gola. Lord Fitz-Alwine era incredibilmente attaccato alla vita, e non aveva il minimo desiderio di andare a raggiungere i propri antenati. Eppure era a un passo dall'iniziare quel triste viaggio perché la battaglia che stava per ingaggiare con Little John era pressoché disperata. La libertà dei giovani sassoni che aveva promesso e che gli era stata strappata con la forza era impossibile perché alle prime luci dell'alba i prigionieri erano partiti per Londra incatenati l'uno all'altro e scortati da una ventina di soldati.

L'esercito di Enrico II era stato decimato dalle disastrose guerre in Normandia, pertanto il sovrano, sebbene il regno fosse in pace, obbligava i suoi nobili a reclutare a tutto spiano i giovani alti e di sana e robusta costituzione. I signori inviavano così a Londra per compiacere il re un gran numero di loro vassalli, e infatti lord Fitz-Alwine era venuto a Nottingham espressamente per trovare fra i propri sudditi individui degni di servire nell'esercito reale. La prestanza di Little John, il suo volto fiero e la struttura erculea lo rendevano agli occhi del barone perfetto per essere inviato nella capitale. Era con questo intento sottaciuto che aveva proposto al giovanotto di entrare al suo servizio e indossare la sua divisa.

Fitz-Alwine, costretto a obbedire a Little John, decise perciò di nascondergli la verità e rifilargli la favoletta che dovevano andare a cercare i prigionieri in una zona del castello in cui potesse trovare facilmente aiuto.

"Sono pronto a soddisfare la vostra richiesta," disse, alzandosi in piedi.

"Fate bene, ve lo garantisco, e se desiderate rimandare il più possibile la visitina che dovete a Satana sbrighiamoci a uscire," disse il giovane. "Ah, un'altra cosa!"

"Dite," gemette il barone.

"Dov'è vostra figlia?"

"Mia figlia!" Fitz-Alwine era sbigottito. "Mia figlia!"

"Sì, vostra figlia, lady Christabel."

"Se devo essere sincero, boscaiolo, mi fate una ben strana domanda."

"Che importa? Rispondete."

"Lady Christabel è in Normandia."

"In quale parte della Normandia?"

"A Rouen."

"Sul serio?"

"Certo, vive in un convento."

"E che ne è stato di Allan Clare?"

"Non lo so."

"Mentite!" gridò Little John. "State mentendo! È partito sei anni fa per seguire lady Christabel e sono sicuro che sapete che ne è stato di quell'infelice. Dov'è?"

"Non lo so."

"Non l'avete visto in tutti questi sei anni?"

"L'ho visto eccome, quello schifoso testardo!"

"Niente offese, per piacere, signor barone. Dove l'avete visto?"

"La prima volta eravamo soli, in un posto che doveva essere proibito a quel vagabondo spudorato," rispose amareggiato lord Fitz-Alwine. "L'ho trovato nelle stanze di mia figlia, ai piedi di lady Christabel. Quella sera stessa mia figlia è entrata in convento. L'indomani quello là ha avuto l'ardire di presentarsi a chiedermi la mano di Christabel. L'ho fatto mettere alla porta dai miei uomini, e da allora non l'ho più visto, ma ultimamente ho saputo che è entrato al servizio del re di Francia."

"Di sua spontanea volontà?" chiese John.

"Sì, per rispettare le condizioni di un patto tra noi."

"Quale patto? A cosa s'è impegnato Allan? Che cosa gli avete promesso?"

"S'è impegnato a riavere la sua fortuna, a rientrare in possesso delle sue terre, confiscate a causa della fedeltà di suo padre a Thomas Becket. Gli ho promesso la mano di mia figlia se le rimarrà lontano sette anni e non tenterà di vederla. Se non mantiene la parola, disporrò a mio piacimento di lady Christabel."

"E questo impegno a quando risale?"

"A tre anni fa."

"Bene. Ora pensiamo ai prigionieri. Andiamo a liberarli."

Il barone era un vulcano pronto a eruttare, eppure il suo viso non rivelava nulla dei sinistri progetti che andava meditando. Prima di seguire Little John, chiuse a doppia mandata il prezioso forziere, verificò di non lasciare alcuna traccia rivelatrice delle ricchezze che conteneva e disse con voce remissiva: "Seguitemi, valoroso sassone".

Little John non era tipo da seguire alla cieca l'itinerario scelto dal barone, pertanto capì quasi subito che lord Fitz-Alwine stava andando nella direzione opposta a quella dei bastioni.

"Barone, avete scelto una strada che ci allontana dalla meta," disse, posando una robusta mano sulla spalla del vecchio.

"Come fate a saperlo?"

"I prigionieri sono chiusi nelle segrete dei bastioni."

"Chi ve l'ha detto?"

"Geoffrey."

"Ah, quel farabutto!"

"Sì, è proprio un farabutto perché, non contento di rivelarmi in quale parte del castello si trovano i miei amici, m'ha anche spiegato come farli evadere."

"Sul serio?" esclamò il barone. "Non dimenticherò di ricompensarlo a dovere per la sua lealtà. Però, pur tradendomi, ha approfittato della vostra dabbenaggine. I prigionieri non sono in quella parte del castello."

"È possibile, ma vorrei verificarlo in vostra compagnia."

Risuonò in quel momento il rumore dei passi di molti uomini in marcia sotto la galleria in cui si trovavano il barone e Little John. Soltanto una scala separava Fitz-Alwine da quel soccorso provvidenziale, pertanto questi fece uno scatto verso la porta che immetteva alla rampa di scale con un'agilità straordinaria per la sua età, approfittando della distrazione dell'altro, che stava ancora cercando di orientarsi. Arrivato all'uscio, stava per scendere i gradini quattro per volta quando sentì una mano d'acciaio ghermirgli una spalla. Lo sventurato vecchio lanciò un grido stridulo, poi si precipitò lungo gli scalini. Little John, impassibile, si accontentò di allungare il passo per seguire il barone in quella fuga insensata che diventava di secondo in secondo più frenetica. Fitz-Alwine, al quale la speranza di trovare qualcuno che l'aiutasse metteva le ali ai piedi, proseguì la sua corsa folle lanciando urla e chiamando soccorso. Purtroppo per lui, quelle grida spasmodiche non trovarono risposta e si persero nell'immensa solitudine delle gallerie. Alla fine, dopo un quarto d'ora di quella strana fuga, il barone arrivò a una porta che spalancò senza tanti complimenti, andando a cadere di peso nelle braccia di un uomo che gli si era fatto incontro.

"Salvatemi! Salvatemi! All'assassino!" gridò il vecchio. "Prendetelo! Uccidetelo!" Poi le urla belluine cessarono e Fitz-Alwine, allo stremo delle forze, scivolò dalle mani che cercavano di reggerlo e cadde a corpo morto sul piancito.

"Indietro! Stai indietro!" gridò Little John al protettore del barone.

"Ehi, Little John, la collera ti acceca a tal punto che non riconosci gli amici?" gli chiese una voce nota.

Little John lanciò un grido di stupore. "Come? Sei tu, Robin? Dio sia lodato! Ecco una coincidenza di cui questo traditore sarà contento, perché senza di te, lo giuro, sarebbe scoccata la sua ultima ora."

"E chi sarebbe l'infelice che stavi inseguendo, caro John?"

"Il barone Fitz-Alwine!" sussurrò Albert all'orecchio di Robin mentre tentava di nascondersi alle sue spalle.

"Il barone Fitz-Alwine!" ripeté a voce alta Robin. "Sono davvero lieto di questo incontro che mi permette di porgli qualche domanda di fondamentale importanza per le persone che amo."

"Puoi risparmiarti la fatica," ribatté Little John. "Ho saputo tutto quello che volevo sapere, tanto per cominciare sulla sorte di Allan Clare e poi sulla situazione dei nostri amici. Sono prigionieri qui al castello, e mi stava portando alla loro cella per liberarli. O meglio, il traditore fingeva di portarmici perché ha approfittato di un attimo di disattenzione per cercare di svignarsela."

Il rammarico per non esserci riuscito strappò un mugolio straziante al barone.

"Caro John, promettendoti che avrebbe liberato i nostri amici ti stava solo ingannando. I bravi ragazzi partivano per Londra mentre noi facevamo colazione alla locanda."

"Impossibile!"

"No, è possibilissimo. Al l'ha appena saputo, e ti stavamo cercando per farti uscire dalla tana del leone."

Sentendo citare Albert, il barone sollevò il capo, scrutò il giovane senza darlo a vedere e, una volta certo della sua scarsa fedeltà, tornò a ingobbirsi nella posa della persona sconfitta mentre borbottava mille imprecazioni contro il povero Al.

Quella reazione non era sfuggita all'inquieto giovane, che disse: "Robin, Sua Signoria m'ha appena lanciato un'occhiata che non promette nulla di buono per l'amicizia che provo per voi".

"No, infatti," mormorò lord Fitz-Alwine. "Non dimenticherò il tuo tradimento."

"Be', caro Al, visto che qui non potete più rimanere e la nostra presenza al castello è diventata inutile, andiamocene via assieme," disse Robin.

"Un attimo," intervenne Little John. "Credo che renderei un grande servizio a tutta la contea liberandola per sempre dalla dittatura di questo maledetto normanno. Spediamolo dal suo amico Belzebù."

La minaccia parve rianimare il barone, che si drizzò immediatamente sulle gambette magre.

Al e Robin andarono a chiudere la porta.

"Bravo guardaboschi, onesto arciere, e tu, mio caro piccolo Al, abbiate pietà!" sussurrò il vecchio. "Non c'entro nulla con la disgrazia che è capitata ai vostri amici. Hanno assalito i miei uomini, che si sono difesi.

Non è normale? I bravi ragazzi che sono caduti nelle mie mani, invece di essere impiccati come avrei dov… come merit… voglio dire, come sarebbe stato logico, sono stati risparmiati e spediti a Londra. Non sapevo che sareste venuti oggi a chiedermi che li liberassi. Se m'avessero avvertito, sicuramente i bravi ragazzi… non avrebbero più nulla da chiedere. Invece di arrabbiarvi, cercate di essere giudici e non boia. Vi giuro che chiederò la grazia per i vostri amici, e anche che perdonerò ad Albert il trad… la sua condotta leggera, e gli manterrò il buon posto che occupa al mio servizio."

Anche mentre parlava, il barone cercava di captare il minimo rumore, sperando vanamente in un aiuto che non arrivava.

"Barone Fitz-Alwine, devo agire secondo le leggi che vigono nella nostra foresta," disse serio Little John. "State per morire."

"No! No!" singhiozzò Sua Signoria.

"Ascoltatemi, vi prego, barone. Vi parlo senza rancore. Sei anni fa avete fatto bruciare la casa in cui viveva questo giovane. Sua madre è stata uccisa da uno dei vostri soldati, e sul corpo della povera donna abbiamo giurato di punire il suo assassino."

"Abbiate pietà di me!" gemette il vegliardo.

"Little John, risparmia quest'uomo pensando all'angelica creatura di cui è padre," implorò Robin. Poi aggiunse, girandosi verso il barone: "Milord, promettetemi che accorderete ad Allan Clare la mano di colei che ama e avrete salva la vita".

"Ve lo prometto, caro boscaiolo."

"Manterrete la promessa?" chiese Little John.

"Sì."

"Risparmialo, John. Il giuramento che ha appena fatto è stato udito in cielo. Se non lo rispetterà, condannerà la propria anima alla dannazione eterna."

"Temo che sia già stato condannato, amico mio, e poi non mi rassegno ad accordargli la grazia completa," rispose John.

"Ma non vedi che è già mezzo morto di paura?"

"Sì, certo, ma appena saremo a cento passi da qui ci sguinzaglierà dietro i suoi sgherri. Dobbiamo evitare che finisca così."

"Chiudiamolo qui dentro," propose Al.

Lord Fitz-Alwine lanciò al giovane un'occhiata piena d'odio.

"Si può fare," concordò Robin.

"Ma ci pensi a quanto strillerà una volta rimasto solo? Al chiasso che farà?"

"Allora legalo a una sedia con la striscia di pelle di cervo che tieni in cintura, e imbavaglialo con la fascia del suo stesso pugnale."

Little John afferrò il barone, che non osò reagire, e lo legò saldamente allo schienale.

Presa questa precauzione, i tre giovani raggiunsero di gran carriera il cortile del ponte levatoio, dove il guardiano, amico di Al, non ebbe problemi a farli passare.

Mentre i nostri amici correvano verso la casa di Grace May, Geoffrey, sempre più impaziente, salì nelle stanze del barone.

Arrivato alla porta, bussò all'inizio molto delicatamente, poi, non ricevendo risposta, con maggior forza. Nessuna risposta. Preoccupato dalla mancata reazione, Geoffrey chiamò il barone, ma udì solo l'eco della sua stessa voce. A quel punto sfondò la porta con una potente spallata.

La stanza era deserta.

Allora Geoffrey vagò per sale, corridoi, passaggi, gallerie, gridando a pieni polmoni: "Signoria! Milord! Dove siete?".

Alla fine, dopo una lunga ricerca, ebbe il piacere di trovarsi a tu per tu con il suo signore.

"Milord! Signoria! Che cos'è successo?" esclamò mentre lo slegava.

L'altro, pallido per la rabbia, rispose inferocito: "Fai alzare il ponte levatoio, non lasciar uscire anima viva.

Perquisite il castello, trovate quel furfante boscaiolo ovunque si nasconde, portatemelo, e fate impiccare Al. Vai, dunque, imbecille! Vai!".

Lo stremato barone si trascinò fino alla sua camera da letto mentre Geoffrey, con il cuore che batteva all'impazzata alla prospettiva allettante di acciuffare Little John, andò a impartire i vari ordini che aveva ricevuto.

Un'ora dopo, mentre il castello veniva messo a soqquadro alla ricerca di Little John, Al, salutata la bella Grace May, stava attraversando la foresta di Sherwood con i suoi amici per andare a Gamwell.

19.

Appena il barone si fu completamente ripreso dagli strapazzi, ordinò ai suoi tirapiedi di indagare nella cittadina di Nottingham per rintracciare il boscaiolo. Non c'è bisogno di aggiungere che si riprometteva una clamorosa vendetta per l'affronto subìto.

Geoffrey lo informò della fuga di Albert, una notizia che portò al colmo la rabbia del barone. "Miserabile briccone!" gridò a Geoffrey. "Se anche stavolta sarai tanto incapace da lasciarti sfuggire il bandito che s'è presentato a me spacciandosi per amico tuo, ti faccio impiccare senza pietà!"

Il muscoloso sgherro, smanioso di riconquistare la stima e la fiducia del signore, partì alla meticolosa ricerca del boscaiolo. Batté tutta la città e i dintorni, interrogò i locandieri della zona e fu tanto abile da venire a sapere che il feudatario della foresta di Sherwood, sir Guy di Gamwell, aveva un nipote i cui connotati corrispondevano alla perfezione a quelli del baldo guardaboschi. Seppe anche che il giovanotto abitava a casa dello zio e che, almeno stando alle descrizioni fatte dai crociati del capo della banda di assalitori notturni, questo parente di sir Guy era proprio il bestione che aveva sconfitto Geoffrey e ridotto a mal partito il barone.

L'individuo che aveva dato al soldato queste informazioni preziose aveva aggiunto che al castello di

Gamwell abitava anche un giovane la cui maestria con l'arco era divenuta leggendaria, tale Robin Hood.

Ovviamente Geoffrey corse di filato a comunicare al barone ciò che aveva appreso.

Lord Fitz-Alwine ascoltò tranquillo il prolisso resoconto del suo sottoposto, segno di grande pazienza da parte sua, e finalmente capì. Si ricordava infatti che Maude aveva trovato rifugio presso il castello di Gamwell, la dimora che dava ricetto a Robin Hood, il capo, e a Little John, nonché agli altri membri di quella banda insolente.

Altri informatori confermarono l'esattezza del rapporto di Geoffrey, pertanto il barone decise seduta stante di portare all'attenzione di re Enrico II un esposto contro la banda della foresta. Era il momento più adatto. In quel periodo, infatti, Enrico II, impegnato a rimettere ordine nel regno, cercava di imporre il rispetto della proprietà delle terre e quindi ascoltava con orecchio attento le denunce di furto e saccheggio che gli portavano i suoi ispettori.

Dietro ordine del re, i presunti colpevoli venivano arrestati e incarcerati, poi dalla prigione di Stato erano trasferiti o nei ranghi subalterni dell'esercito oppure sui ponti delle navi da guerra.

Lord Fitz-Alwine ottenne un'udienza di giustizia presso il re e gli espose, esagerando parecchio, i motivi della sua lagnanza contro Robin Hood. Questo nome attirò la regale attenzione, perciò il sovrano chiese ulteriori precisazioni, apprendendo così che si trattava del medesimo Robin Hood che aveva rivendicato il titolo di ultimo conte di Huntingdon, sostenendo di discendere in linea diretta da Waltheof, al quale re Guglielmo I aveva accordato la contea di Huntingdon. La domanda, come ben sappiamo, era stata respinta e l'abate di Ramsay, l'avversario di Robin, era rimasto in possesso dell'eredità del giovane.

Appena seppe che l'aggressore del barone era il sedicente conte di Huntingdon, il re andò su tutte le furie e condannò Robin Hood, che così diventò un proscritto, fu cioè messo al bando. Inoltre decretò che la famiglia Gamwell, confessa protettrice di Hood, fosse spogliata di tutti i suoi beni e cacciata dal proprio territorio.

Un amico di sir Guy fu informato della tremenda decisione ai danni del povero baronetto e si affrettò ad avvertirlo. La tremenda nuova gettò nella costernazione la pacifica dimora dei Gamwell, e gli abitanti del villaggio, prontamente informati della disgrazia del loro signore, si radunarono attorno al castello e gridarono a sir Gamwell che ne avrebbero difeso l'accesso, e sarebbero morti piuttosto che cedere un pollice di terreno. Sir Guy possedeva una bella proprietà nello Yorkshire, questo Robin Hood lo sapeva, pertanto, dietro consiglio di Little John, supplicò il vecchio di lasciare Gamwell per trasferire la famiglia in quel luogo sicuro.

"Non m'importa degli ultimi giorni che mi restano da vivere," rispose il baronetto, asciugando con dita tremanti le lacrime. "Io sono come le vecchie querce della foresta, alle quali basta una leggera brezza per staccare una per una le ultime foglie. I miei figli lasceranno oggi stesso questa casa in rovina, ma io non ho la forza né il coraggio di abbandonare i miei padri. Sono nato qui e qui morirò. Robin Hood, non insistete affinché parta, la mia tomba sarà il focolare dei miei avi, come loro dormirò sul suolo che mi ha visto nascere, come loro difenderò la mia porta contro l'invasione straniera. Portate con voi mia moglie e le mie figlie. I miei ragazzi non abbandoneranno il loro vecchio padre, ne sono certo, difenderanno con lui la culla della nostra stirpe."

Non si fece smuovere dalle preghiere di Robin e dalle supliche di Little John, i quali dovettero rinunciare alla prospettiva di allontanarlo da Gamwell. Perciò, dato che la situazione imponeva la massima tempestività, ci si occupò immediatamente di organizzare la partenza delle donne.

Lady Gamwell, le figlie, Marian, Maude e le domestiche furono affidate a un gruppo di paesani fedeli che doveva partire appena calata la sera.

Quando fu tutto pronto per lo straziante addio, la famiglia si riunì nel salone del castello. Invece Robin Hood, notata l'assenza di Marian, si recò di corsa nelle stanze della giovane.

Si sentì però chiamare lungo il tragitto da una voce dolente e si voltò, vedendo Maude in lacrime.

"Caro Robin, vorrei parlarvi prima di lasciare il castello," disse la ragazza. "Ahimè, forse non ci rivedremo più!"

"Calmatevi, cara Maude, ve ne prego, e non lasciatevi abbattere da un pensiero così triste. Ci rivedremo presto, ve lo giuro."

"Vorrei potervi credere, Robin, ma devo essere sincera, non ci riesco. Conosco il pericolo che incombe su di noi, e la difesa che opporrete è quasi disperata. Si avvicina l'ora della partenza, e permettetemi di esprimervi la mia gratitudine per le costanti premure nei miei confronti."

"Vi prego, Maude, tra noi non dobbiamo mai parlare di gratitudine e ringraziamenti. Ricordate il patto di amicizia che abbiamo siglato sei anni fa. Mi sono impegnato ad amarvi come un fratello e voi mi avete promesso la tenerezza di una sorella. Aggiungo poi che siete stata di parola e siete stata per me la più tenera delle amiche e la migliore delle sorelle. Da allora vi ho amata ogni giorno di più."

"Mi amate sul serio, Robin?"

"Sì, Maude, dovete vedere in me un congiunto che desidera soltanto la vostra felicità."

"Avete sempre fatto il possibile per convincermi del vostro affetto, Robin, ed è per questo che ho sufficiente fiducia nella vostra lealtà per dirvi…"

Poi Maude scoppiò a piangere, lasciando la frase in sospeso.

"Su, Maude, che vi prende? Parlate, su, sciocchina. Siete timida come un cerbiatto."

La fanciulla continuò a singhiozzare, la testa affondata tra le mani.

"Su, Maude, su, coraggio! Che significa tanta disperazione? Che cosa dovete dirmi? Vi ascolto, parlate senza timore."

Maude lasciò ricadere le mani, sollevò lo sguardo e disse, sforzandosi di sorridere: "Soffro tanto… Penso sempre a una persona che è stata con me tanto buona, tanto premurosa…".

"Pensate a William, allora," la interruppe Robin.

Maude arrossì.

"Urrà!" gridò Robin. "Oh, cara Maude, allora lo amate quel bravo ragazzo. Dio sia lodato! Darei non so cosa per vedere William ai vostri piedi. E sarebbe lieto di sentirvi dire che l'amate."

Maude cercò di negare la passione per William di cui Robin sembrava così convinto, però fu obbligata ad ammettere che, a forza di pensare a lui, ormai provava un affetto sincero. Dopo questa confessione per lei abbastanza penosa, soprattutto in presenza di Robin, la fanciulla gli chiese come mai Will fosse sparito.

Robin le rispose che l'assenza causata da un importante affare non aveva nulla di preoccupante, tra pochi giorni Will sarebbe tornato in seno alla famiglia.

La pietosa menzogna riportò almeno un briciolo di calma e serenità nel cuore di Maude, che offrì a Robin le sue guance rosse di pianto e, dopo aver ricevuto un bacio fraterno, si affrettò a scendere nel salone.

Invece Robin entrò nelle stanze di Marian.

"Cara Marian, stiamo per lasciarci, e forse per molto tempo," disse, prendendo le mani della fanciulla tra le sue. "Prima di separarci, però, permettetemi di parlarvi sinceramente."

"Vi ascolto, caro Robin," rispose affettuosa Marian.

"Lo sapete, vero, Marian, che vi amo con tutto me stesso?" chiese lui con voce tremante.

"Amico mio, le vostre azioni me ne danno ogni giorno la prova."

"Vi fidate di me, vero? E oltre a credere alla sincerità del mio amore e alla mia devozione, avete anche una fiducia completa e assoluta in me?"

"Sì, sì, senza alcun dubbio. Ma perché mi chiedete se vi credo un giovane onesto, un amico vero e un uomo coraggioso?"

Invece di rispondere, Robin fece un sorriso mesto.

"Robin, sarò sincera, mi spaventate. Parlate, ve ne supplico. Il vostro viso triste, i modi seri e le domande strane che mi rivolgete mi fanno pensare che state per comunicarmi una disgrazia ancor più grave di quelle che mi perseguitano da anni."

"State tranquilla, Marian," la rassicurò Robin. "Ringraziando Dio, non ho brutte notizie da comunicarvi. Voglio soltanto parlare di voi, e ripeto che non dovete avervene a male. L'amore è egoista, non ragiona, e adesso il mio amore sarà sottoposto a una dura prova. Stiamo per lasciarci, Marian, forse per sempre."

"No, Robin, no, dovete confidare nella bontà del Signore."

"Ahimè, cara Marian, tutto attorno a me vedo solo rovine, e ho il cuore spezzato. Guardate per esempio questa degna famiglia così ospitale. Per avermi aiutato e teso la mano quando vagavo senza un tetto, ora la condannano al bando, le confiscano i beni, la cacciano da casa sua. Difenderemo il castello, e fin quando resterà una pietra sull'altra nel villaggio di Gamwell rimarrò accanto a loro. La Provvidenza in cui sperate non mi ha mai abbandonato nel pericolo, e mi affido a lei proprio come fate voi, Marian. Combatterò, ed essa mi proteggerà. Però, Marian, non dimenticate che sono stato bandito dal regno, proscritto da un'ordinanza del re, posso essere impiccato al primo albero sulla strada maestra o spedito da un momento all'altro sulla forca da qualche spia, perché m'hanno messo una taglia sulla testa. Robin Hood, conte di Huntingdon, non è più nulla oggi," aggiunse con una certa fierezza il giovane arciere. "Bene, Marian, mi avete dato la vostra fiducia, mi avete giurato che sarete la mia amata compagna, vero?"

"Sì, sì, Robin."

"Ora, cara Marian, questo giuramento lo cancello dal mio cuore, dimenticherò la vostra promessa. Marian, adorata Marian, vi restituisco la libertà, vi sciolgo dalla promessa."

"Oh, no, Robin!" lo rimproverò la fanciulla.

"Sarei indegno del vostro amore se nell'attuale situazione sperassi ancora di chiamarvi mia moglie. Vi lascio dunque libera di disporre della vostra mano, e vi prego solamente di pensare ogni tanto con tenerezza allo sventurato proscritto."

"Vi siete fatto una ben misera idea del mio carattere, Robin," rispose ferita Marian. "Come potete credere un solo istante che colei che vi ama sia indegna del vostro amore fino a questo punto? Come potete credere che il mio affetto sia influenzato dalle disgrazie?"

Detto ciò, Marian scoppiò a piangere.

"Marian, Marian!" gridò disperato Robin. "Vi prego, ascoltatemi senza arrabbiarvi. Purtroppo vi amo tanto che mi vergogno di coinvolgervi nel mio disgraziato destino. Credetemi, sono profondamente umiliato dal disonore legato al mio nome, e l'idea di separarmi da voi mi strazia l'anima. Se non vi amassi, Marian, mi pianterei un coltello nel cuore. L'amore che provo per voi è l'unica cosa che mi tiene ancora attaccato alla vita. Siete abituata ai lussi, cara Marian, e soffrireste terribilmente la miseria se diventaste la consorte di Robin Hood. Ve lo giuro, preferirei perdervi per sempre che sapervi infelice accanto a me."

"Robin, sono vostra moglie davanti a Dio, e la vostra esistenza sarà la mia. Ora permettetemi di farvi qualche raccomandazione. Ogni volta che potrete farmi arrivare notizie senza rischiare, inviatemi un messaggio e, se vi è possibile venire da me, venite, mi fareste molto contenta. Prima o poi mio fratello tornerà, e forse riusciremo grazie a lui a far revocare la vostra crudele condanna."

Robin fece un sorriso triste. "Cara Marian, non dobbiamo cullarci in speranze assurde. Non mi aspetto nulla dal re. Mi sono imposto una linea di condotta e ho deciso di non allontanarmene. Se sentirete parlar male di me, chiudete le orecchie alla calunnia perché giuro sulla Madre di Dio che meriterò sempre la vostra stima e amicizia."

"Che cosa di brutto potrei mai sentire? Che cosa state progettando?"

"Non chiedetemi nulla, ma sappiate che le mie intenzioni sono oneste. Se invece l'avvenire dimostrerà il contrario, sarò il primo a riconoscere i miei errori."

"Robin, so che siete leale e coraggioso, e pregherò Dio affinché vi assista in tutte le vostre imprese."

"Grazie, amatissima Marian. E ora addio," concluse Robin, inghiottendo le lacrime.

La fanciulla, abbracciata al suo sventurato amico, si sentì mancare alla parola addio. Posò allora il viso bagnato di lacrime sulla spalla di Robin e iniziò a singhiozzare disperata.

Per qualche minuto i due giovani rimasero così, muti e smarriti. Furono strappati a questo ultimo abbraccio da una voce che chiamava Marian.

Giunta di sotto, la fanciulla, già in costume da amazzone, montò sul cavallo che le era destinato.

Lady Gamwell e le sue figlie erano talmente commosse che riuscivano a stento a tenersi in sella.

Le domestiche della casa, per lo più sposate, i loro figli e alcuni vecchi completavano la carovana. Dopo gli ultimi strazianti saluti, le porte del castello si chiusero alle spalle dei fuggiaschi che si avviarono verso la foresta scortati da un plotone di uomini risoluti.

La settimana seguente, una settimana d'angoscia, fu utilizzata per fortificare Gamwell. Per gli abitanti del villaggio furono giorni da incubo perché ogni ora portava loro il terrore di quello che poteva succedere l'indomani. Attorno al castello furono posizionate delle sentinelle e vennero costruite sotto la direzione di Robin alcune linee di barricate che dovevano servire, se non a bloccare l'avanzata del nemico, almeno a opporre un serio ostacolo alla sua avanzata. Queste barricate ad altezza d'uomo permettevano ai locali di tenersi al riparo dalle frecce assassine del nemico senza precludere la possibilità di scagliare con comodo i propri dardi.

Non dovete credere che sir Guy s'illudesse di potersi difendere con successo, sapeva che era un'impresa pericolosa quanto inutile, però non voleva arrendersi senza avere combattuto, questo nobile, valoroso sassone.

Robin era l'anima del piccolo esercito: sorvegliava i lavori, spronava i contadini, fabbricava armi, era ovunque. Il villaggio di Gamwell, un tempo così calmo e pacifico, era adesso pieno di vita e animazione. Il terrore iniziale stava cedendo il passo all'entusiasmo e i pacifici abitanti del posto si mostravano fieri e lieti di battersi in campo aperto contro i normanni.

Una volta completati i preparativi, Gamwell parve scivolare in una specie di torpore. La calma, scacciata dai clamori della guerra, sembrava essere tornata fra quella gente pacifica. Era però un silenzio simile a quello che precede la tempesta, quando l'occhio è inquieto, l'orecchio teso, e aspetti con angoscia il brontolio del tuono.

Il nemico si fece attendere dieci giorni.

Poi una vedetta appostata nella foresta tornò per annunciare l'arrivo di una pattuglia a cavallo.

La notizia volò di bocca in bocca, furono suonate le campane e i contadini corsero come un sol uomo ai posti loro assegnati, dove rimasero muti, chini al riparo della barricata, l'arco teso, pronti a spiare la rapida avanzata dei nemici.

Non vedendo nessuno, non udendo alcun rumore che facesse pensare a un tentativo di difesa, il comandante della compagnia di soldati di re Enrico iniziò a fregarsi tutto contento le mani perché era convinto di aver colto di sorpresa gli abitanti di Gamwell. Conosceva il carattere dei sassoni, sapeva per esperienza, avendolo imparato a proprie spese, che quegli uomini valorosi erano capaci di battersi, perciò si aspettava di trovare parecchi ostacoli sul proprio cammino. Proprio per questo il silenzio che regnava nella pianura lo ringalluzzì, illudendolo di averli colti di sorpresa.

La pattuglia normanna era forte di una cinquantina di uomini, mentre gli abitanti del villaggio erano un centinaio, quindi di numero superiore al nemico, e anche in posizione favorevole.

Sempre persuaso di poter calare sul villaggio come un uccello da preda su un innocente passerotto, il capo normanno ordinò ai suoi uomini di procedere al trotto. I cavalleggeri obbedirono, risalendo quasi al galoppo la collina.

Ma appena arrivarono in cima furono accolti da una grandinata di frecce, dardi e pietre. Il loro stupore fu tale che la seconda scarica arrivò ancor prima che avessero anche solo pensato di reagire.

La morte dei primi tre o quattro soldati scatenò una salva di grida indignate. Poi i normanni si accorsero delle barricate e partirono furibondi alla carica della prima fila.

Ma subito, vedendosi accolti con valore e respinti con forza dai sassoni invisibili dietro i loro ripari, capirono che a quel punto non gli rimaneva altro che battersi con coraggio. Riuscirono a conquistare la prima barricata, però dietro ne trovarono una seconda, e perfino una terza. Avevano già perso parecchi uomini e, come se non bastasse, non capivano se erano riusciti ad abbattere qualche nemico. I sassoni, quasi tutti arcieri provetti, facevano quasi sempre centro e le loro frecce seminavano strage in quella piccola compagnia.

I soldati ormai disperavano di potersi battere faccia a faccia con il nemico e cominciavano a perdersi d'animo. Il loro comandante colse al volo i brontolii e ordinò di conseguenza ai suoi uomini di simulare una ritirata per indurre i sassoni a uscire allo scoperto. Pertanto i normanni finsero di ripiegare con ordine, ed erano già a una discreta distanza dalla prima linea quando un grido annunciò l'uscita in campo aperto dei vassalli di sir Guy.

Il comandante si guardò alle spalle senza arrestare il ripiegamento della sua truppa.

I contadini stavano correndo a perdifiato e in apparente disordine all'inseguimento del nemico.

"Non vi girate, ragazzi," ordinò il capo. "Lasciate che ci arrivino addosso. Li fregheremo! Attenzione, fate attenzione!"

I soldati del re, rinfrancati dalla prospettiva di una squassante rivincita, proseguirono la presunta ritirata.

Ma d'un tratto, con sommo stupore del comandante normanno, i sassoni, invece di cercare di raggiungere i nemici, si fermarono alla prima barricata che era stata conquistata dal nemico e da lì scagliarono con precisione inaudita una scarica di frecce contro i fuggitivi.

L'esasperato comandante fece tornare la squadra sui propri passi, galoppando alla testa del gruppo, ma solo per essere trafitto da una pioggia di frecce scagliate da mano sicura. In un primo momento barcollò sulla sella, poi senza un grido crollò inerte ai piedi del cavallo che, pur esso ferito, scartò di lato prima di crollare morto a pochi passi dal cadavere del cavaliere.

Già demoralizzati per l'insuccesso del primo assalto, i soldati rimasero totalmente prostrati da questa nuova disgrazia. Recuperarono il corpo del loro capo poi, senza nemmeno perdere tempo a contare i morti e raccogliere i feriti, fuggirono dal campo di battaglia con tutta la rapidità di cui erano capaci i loro possenti destrieri.

Dopo aver gridato vittoria vedendo fuggire il nemico, i contadini provvidero non a inseguirlo, bensì a raccogliere i feriti e sotterrare i morti. Erano caduti diciotto normanni, compreso il capo prelevato dai propri uomini.

I bravi abitanti del villaggio erano talmente lieti della vittoria che già si illudevano di poter richiamare le donne a Gamwell, ma Little John fece chiaramente capire agli ingenui compagni d'armi che il re non avrebbe limitato la sua vendetta a questo primo invio e c'era da aspettarsi la visita di una spedizione ben più nutrita, quindi dovevano prepararsi a riceverla a dovere.

I vassalli devoti di sir Guy accettarono i consigli del loro giovane capo e così provvidero a fortificare le barricate e approntare nuove armi. Seguendo le indicazioni di Little John, furono portate al castello grandi quantità di provviste in modo da poter resistere a un vero assedio. In quei giorni si unì al piccolo esercito di abitanti del villaggio anche una trentina di contadini del posto, alleati e amici dei proprietari di Gamwell. Poi i bravi sassoni, armati fino ai denti e sempre sul chi va là, costantemente sulla difensiva, attesero l'arrivo dei sanguinari normanni.

Il mese di luglio volgeva al termine e gli abitanti del villaggio aspettavano i loro pericolosi visitatori da una quindicina di giorni. Prevedevano di subire un attacco nelle prime ore del mattino perché molto probabilmente i normanni, stremati dalla marcia forzata nella stagione calda, si sarebbero concessi una nottata di riposo a Nottingham.

Una sera, due abitanti del posto che tornavano da

Mansfield, dove erano andati a fare provviste, informarono gli amici che era appena arrivata a Nottingham una compagnia di trecento uomini che avrebbe passato là la notte per arrivare riposata al castello di Gamwell.

La notizia fu accolta con grande emozione, presto però sostituita dalla voglia di combattere.

L'indomani, allo spuntar del sole, i locali si raccolsero attorno a frate Tuck per la celebrazione della messa, poi Little John, che s'era unito alla preghiera dei suoi uomini, si piazzò in mezzo alla folla e disse ad alta voce: "Amici, vorrei ricordarvi un paio di cose prima di andare tutti quanti ai posti a cui ci chiama il dovere. Purtroppo non sono un uomo istruito, e non sono molto bravo a parlare. Ogni uomo ha le capacità che gli si addicono, e le mie consistono nel saper maneggiare il bastone e nel saper tirare con precisione una freccia. Perdonatemi dunque se mi esprimo male, e ascoltatemi attentamente. Il nemico sta per arrivare, e dovete essere prudenti, non uscite allo scoperto se non in caso di grave necessità. Se siete costretti al corpo a corpo, fatelo con calma, senza precipitazione. Non dimenticate che, se doveste per disgrazia perdere il sangue freddo, trascurereste per forza le mosse fondamentali per la vostra difesa. Ficcatevelo bene in testa, amici miei, se uno vuole fare bene una cosa non deve farla in fretta. Contestate ogni passo di terreno, colpite senza lasciarvi andare alla rabbia cieca e non mandate a vuoto alcun colpo, perché paghereste con la vita il vostro errore. Dimostrate ai nostri nemici che ogni pezzetto di suolo sassone vale più della pelle di un cane normanno. Ve lo ripeto ancora una volta, ragazzi miei, rimanete calmi, arditi e saldi, fate pagare caro ai soldati di re Enrico il vantaggio del numero e la forza delle armi. Urrà per Gamwell e per i cuori sassoni!".

I vassalli gridarono un entusiastico urrà, e brandirono le armi con mano ferma mentre scrutavano in lontananza per vedere se compariva il nemico.

"Amici, non dimenticate che vi battete per il vostro focolare, che difendete il tetto che protegge le vostre donne e le culle dei vostri bimbi," gridò Robin, sostituendo Little John. "Ricordate che i normanni sono i nostri oppressori, che ci calpestano, che schiacciano i deboli e allungano la mano solo per bruciare, ammazzare o distruggere! Non dimenticate che questa è la dimora dei vostri antenati, la casa che dovete difendere. Battetevi con coraggio, ragazzi miei, battetevi fin tanto che dalle vostre labbra uscirà un alito di vita!"

"Sì, sì, ci batteremo con coraggio!" risposero tutti come un sol uomo.

L'arrivo del nemico fu annunciato tre ore dopo l'alba dalle note di un corno. Le vedette rientrarono a Gamwell, e nell'arco di pochi istanti, come nella battaglia precedente, i difensori di Gamwell diventarono invisibili.

La compagnia nemica avanzava adagio, e si capiva sin dalla prima occhiata che era forte di duecento o forse anche trecento uomini.

I cavalieri si raggrupparono ai piedi della collina che dovevano scalare prima di avvistare Gamwell. Dopo un conciliabolo di qualche minuto, la compagnia si divise in quattro reparti. Il primo si lanciò al galoppo lungo il pendio, il secondo seguì il primo, però piede a terra, il terzo aggirò la collina sul fianco sinistro mentre l'ultimo faceva altrettanto sulla destra.

Era una manovra prevista, contro la quale erano state approntate delle misure tra gli alberi in cima alla collina, dove gli spazi tra i tronchi erano stati riempiti con una ramaglia tanto fitta che all'inizio i soldati normanni salutarono con gioia quel riparo che permetteva di serrare le fila lassù in cima.

Peccato che quando si avvicinarono a quella protezione naturale i normanni furono accolti da una pioggia di frecce che ferirono gli uomini, fecero impennare i cavalli e nel complesso generarono una grande confusione tra i soldati, costringendoli a scendere dalla collina ancora più alla svelta di come erano saliti.

Gli uomini saliti dai fianchi contrapposti dell'altura trovarono un'accoglienza disastrosa quanto quella dei primi due reparti. Fu pertanto deciso che la carica, impossibile con i cavalli, sarebbe stata effettuata a piedi. I soldati abbandonarono i loro quadrupedi e procedettero risoluti, anche perché protetti dagli scudi, lungo le tre rotte indicate dal capo mentre una parte della compagnia, la riserva, doveva aspettare ai piedi della collina l'eventuale successo del primo assalto alle barricate.

I normanni giunsero velocemente alla prima barriera, alta sette piedi e dotata a intervalli regolari di feritoie da cui partivano le frecce. Invece di perdere tempo prezioso a cercare di colpire i nemici perfettamente protetti dai loro colpi, iniziarono piuttosto a scalare la barricata.

I sassoni non tentarono di resistere, sarebbe stato inutile, si limitarono invece a ripiegare fino alla seconda barricata. A quel punto i normanni, esaltati dal primo successo, si lanciarono in un inseguimento disordinato, aggredendo con inaudito furore il secondo ostacolo. Per qualche minuto le due parti ingaggiarono un corpo a corpo sanguinoso, ma poi un segnale richiamò gli abitanti del villaggio dietro la terza barriera.

Quella ritirata fece capire ai normanni che perdevano a ogni istante che passava il vantaggio guadagnato.

Il comandante radunò la compagnia di soldati del re per concertare un piano d'attacco e ascoltare i suggerimenti dei suoi uomini, guardandosi attento attorno. Gamwell si trovava al centro di un'ampia pianura e la collina che fungeva in un certo senso da suo bastione era impraticabile per i cavalli e pericolosa per gli uomini.

Domandò allora ai suoi sottoposti se c'era tra loro qualcuno che conosceva la zona. La domanda, ripetuta di bocca in bocca, convinse a farsi avanti un contadino che sosteneva di conoscere il villaggio perché ci abitava un parente.

"Sei sassone?" gli chiese il comandante, aggrottando la fronte.

"No, capitano, sono normanno."

"Il tuo parente sta con i ribelli?"

"Sì, capitano, perché è sassone."

"Come fa a essere tuo parente?"

"Ha sposato mia cognata."

"Conosci il villaggio?"

"Sì, capitano."

"Potresti guidare i miei uomini fino a Gamwell per un'altra strada?"

"Sì, ai piedi della collina c'è un sentiero che porta direttamente al castello."

"Al castello? E dove si trova?"

"Là, alla vostra sinistra, capitano. È quel grande edificio che spunta tra gli alberi. Ci abita sir Guy."

"Il vecchio ribelle? Accidentaccio, re Enrico poteva assegnarmi un compito più facile invece di mandarmi a stanare quel cane sassone. Senti, briccone, posso fidarmi di te?"

"Sì, capitano, e se seguite le mie indicazioni vedrete che non mento."

"Lo auguro alle tue orecchie," replicò minaccioso il comandante.

"Vi ho già fatto un bel favore guidandovi fin qui," gli ricordò il contadino.

"Senza dubbio, senza dubbio. Ma perché non m'hai indicato subito questa strada?"

"Perché i sassoni avrebbero notato la manovra e avrebbero preso delle precauzioni. Un gruppetto di uomini coraggiosi può impedire l'accesso attraverso quel sentiero a mille soldati."

"Dici che si trova ai piedi della collina?" chiese di nuovo il capo.

"Sì, capitano, e ai margini della foresta."

Il comandante, lieto della novità, ordinò a una parte della compagnia di prepararsi a seguire la guida mentre lui, per distrarre i sassoni, sferrava un nuovo assalto.

Ma il suo piano stava per essere sventato.

Il cognato della guida, che faceva effettivamente parte del gruppo di difensori di sir Guy, riconobbe il parente e lo indicò a Little John, spiegandogli il probabile significato del conciliabolo con il capitano.

Little John sentì puzza di tradimento. Chiamò allora una trentina di uomini e li spedì a sorvegliare il sentiero dell'imminente invasione, sotto il comando dei suoi cugini.

Fatto questo, convocò Robin Hood.

"Caro mio, ce la fai ad arrivare con il tuo arco a un bersaglio sulla collina?" gli chiese.

Il giovane rispose che modestamente credeva di sì.

"Insomma, ne sei certo. Bene! Segui il mio sguardo. Vedi quel tipo a sinistra del soldato con il gran pennacchio? Quello, caro amico, è un briccone malintenzionato, e sono convinto che stia dando al comandante le indicazioni per arrivare a Gamwell dalla foresta. Prova ad ammazzare quel miserabile."

"Volentieri."

Robin tese l'arco, e due secondi dopo l'uomo indicato da Little John s'irrigidì, lanciò un grido di dolore e cadde per non rialzarsi più.

Il capo normanno radunò prontamente i suoi uomini per partire all'attacco delle barricate.

I sassoni si difesero con estremo valore, ma erano inferiori nel numero e poterono solo intralciare la scalata prima di ritirarsi in perfetto ordine verso Gamwell.

Una volta superate le barricate, i normanni guadagnarono facilmente terreno ed entrarono nel villaggio.

Il panico si diffuse tra i contadini, che stavano per fuggire quando una voce gridò a pieni polmoni: "Sassoni, fermatevi! Chi ha cuore seguirà il suo capo! Avanti, avanti!".

La voce di Little John rianimò il coraggio vacillante dei terrorizzati abitanti del villaggio, che si voltarono e seguirono il loro capo, vergognandosi di quel momento di debolezza.

John si precipitò come una belva verso il tizio alto che guidava la compagnia di cavalleggeri assieme al comandante e stava facendo strage con i suoi colpi possenti.

Vedendo Little John che avanzava falciando come fili d'erba i soldati che tentavano di opporsi, il bestione afferrò l'ascia e gli andò incontro.

"Ci ritroviamo, boscaiolo!" gridò. Era infatti Geoffrey. "Ora mi vendico con un colpo solo di tutto il male che m'hai fatto."

Little John rispose con un sorriso sdegnoso, e quando Geoffrey roteò l'ascia e tentò di abbattergliela sulla testa gliela strappò di mano rapido come il pensiero e la lanciò a venti passi di distanza.

"Sei uno schifoso miserabile e meriti la morte," disse. "Ma ancora una volta avrò pietà di te. Difenditi."

I due uomini o, per meglio dire, i due giganti, perché non dovete dimenticare che Geoffrey il Forte era della medesima notevole stazza di Little John, ingaggiarono un terrificante duello. Durò a lungo, ma la vittoria, rimasta a lungo in bilico, si decise d'un tratto a favore di Little John, che con uno sforzo supremo concentrò tutte le sue forze per assestare un colpo di spada sulla spalla dell'avversario, tagliandolo quasi in due.

Il vinto cadde senza nemmeno un grido. I due campi rivali, che avevano assistito in silenzio a quell'insolito duello, guardarono con stupore misto a terrore la tremenda ferita inferta da quel colpo mortale.

Little John non si fermò accanto al cadavere del nemico ma levò con mano salda la spada insanguinata sopra la testa e attraversò le file normanne come un dio della guerra, della devastazione e della morte.

Arrivato in cima a un'altura, si guardò alle spalle e vide che i vassalli di sir Guy erano circondati dai normanni e nonostante il loro coraggio stavano per essere travolti.

Diede così fiato al corno per segnalare la ritirata, quindi si tuffò di nuovo nella mischia per aprire la strada al ripiegamento dei suoi uomini. La sua spada lampeggiante tenne a bada per qualche minuto i soldati e così i sassoni, obbedendo al loro capo, riuscirono poco per volta a rientrare al castello, dove tutti assieme si batterono come disperati per varcare e infine chiudere il portone, già approntato per resistere a un lungo assedio.

I normanni si avventarono con le asce contro il portone, che però era di quercia massiccia e resse. Allora fecero il giro della fortezza sperando di scoprire un'entrata mal difesa, ma la ricerca già inutile diventò in breve anche pericolosa perché i sassoni gettavano dalle finestre enormi pietroni oppure li subissavano di frecce.

Il capo normanno, sgomento per la strage che seminavano tra i suoi uomini i proiettili scagliati dagli assediati, richiamò i soldati, poi scese al villaggio dopo avere lasciato un centinaio di cavalieri attorno al castello. Come sappiamo, le case di Gamwell erano deserte. I soldati le saccheggiarono dopo essere stati autorizzati dal comandante, ma con loro grande scorno le trovarono non solo deserte ma spoglie di qualsiasi bottino e provvista.

Contando in una rapida vittoria, non avevano portato con sé dei viveri di scorta, pertanto adesso erano in grave imbarazzo, tanto che iniziarono a manifestare il proprio scontento. Il capitano spedì immediatamente nella foresta una dozzina di uomini noti per essere abili cacciatori per beccare qualche cervo. La caccia ebbe successo, così gli affamati si poterono rifocillare e il capitano, che aveva piazzato il suo posto di comando nel villaggio, poté far riposare metà della compagnia, mentre l'altra preparava le armi per un assalto notturno all'edificio in cui erano asserragliati i sassoni.

I contadini, più fortunati dei loro nemici, avevano pranzato lautamente e s'erano concessi una nottata di buon sonno dopo avere raccolto i morti e medicato i feriti.

Al tramonto, una luce accecante annunciò ai sassoni la nuova mossa del nemico: il villaggio stava bruciando.

"Guarda, Little John, quei miserabili stanno incendiando le case dei nostri contadini," disse Robin, mostrando quel lugubre chiarore.

"E daranno fuoco anche al castello, amico mio," rispose depresso l'altro. "Prepariamoci a questa nuova tragedia. Il vecchio palazzo è attorniato dai boschi, brucerà come una balla di fieno."

"Come fai a essere così tranquillo?" protestò Robin. "Non è possibile impedirlo?"

"Utilizzeremo tutti i mezzi possibili, caro Robin, ma non illuderti, il fuoco è un nemico difficile da sconfiggere."

"Guarda, John, un'altra capanna che brucia. Vogliono incendiare tutto il villaggio?"

"Ne hai dubitato anche solo per un istante, povero Robin? Sì, distruggeranno il nostro amato Gamwell, e quando avranno finito laggiù il loro operato diabolico, verranno a provare a fare altrettanto qui."

I contadini disperati osservavano l'incendio lanciando grida indignate. Avrebbero tanto voluto uscire dal castello per soddisfare seduta stante il feroce desiderio di vendetta che li attanagliava. Ma Little John, avvertito da un cugino, andò in mezzo a loro per dire commosso: "Comprendo la vostra rabbia, ragazzi, ma vi prego di aspettare. Se riusciamo a reggere fino all'alba ce la faremo. Pazientate, tanto quei miserabili saranno qui entro un quarto d'ora".

"Eccoli!" gridò Robin.

Infatti i normanni stavano avanzando verso il castello levando alte grida e reggendo tizzoni ardenti con entrambe le mani.

"Ai posti di combattimento, ragazzi!," gridò il nipote di sir Guy. "Mirate attentamente e non sprecate alcun colpo. Quanto a te, Robin, restami accanto, colpirai a morte quelli che t'indicherò."

I normanni accerchiarono il castello e, sempre tenendosi a distanza di sicurezza da finestre e barbacani, scagliarono contro il portone le torce accese, che però furono spente senza fare danni dai torrenti d'acqua versati dai difensori.

Ma poco dopo un boato di gioia lanciato dai soldati chiamò Little John e Robin a una finestra.

Una decina di soldati preceduti dal capitano stava trascinando un ariete che sarebbe stato probabilmente utilizzato per sfondare il portone. Nel momento in cui stavano per posizionarlo guidati dal comandante, Little John disse a Robin di scagliare una freccia contro quel maledetto ufficiale.

"Lo vedo abbastanza bene, ma sarà difficile colpirlo a morte perché indossa una cotta di maglia. Dovrei beccarlo dritto in faccia."

"Attento, prepara l'arco," disse John. "Tira, Robin, adesso! Ecco, ha la faccia illuminata dalla torcia. La sua morte ci salverà."

Robin, che stava tenendo d'occhio i movimenti dell'ufficiale, scoccò immediatamente la freccia. Il capitano, colpito tra le sopracciglia, crollò all'indietro. I soldati smarriti gli accorsero accanto, poi regnò solo un'incredibile confusione tra le loro fila.

"Ora, miei bravi sassoni!" gridò John a gola spiegata. "Spedite una grandinata di frecce sugli incendiari!"

La nuova scarica fu tanto devastante che i soldati rimasti in piedi persero la testa. Erano lì lì per darsela a gambe quando un normanno si piazzò d'autorità alla testa dei compagni e propose di sfruttare un ultimo mezzo per costringere i contadini a uscire dalla fortezza. Sul retro del castello, dal lato dei giardini, c'era un boschetto, prevalentemente di pini. Il nuovo comandante ordinò ai compagni di segare gli alberi più vicini al tetto della fortezza dopo aver appiccato il fuoco ai rami più alti. A un certo punto Little John, che stava seguendo angosciato il rapido progredire di quell'infernale manovra, si lasciò sfuggire un grido di rabbia, poi disse a Robin: "Hanno trovato la maniera di costringerci a uscire. Quegli alberi appiccheranno il fuoco al tetto, e in men che non si dica il castello sarà avvolto dalle fiamme. Robin, abbatti i portatori di quelle torce, e voi, amici, non risparmiate le frecce. Morte ai lupi normanni! Morte ai lupi!".

Gli alberi, che avevano preso fuoco in pochi istanti, crollarono sul tetto con un fragore spaventoso. In men che non si dica il tetto del castello fu sormontato da un rosso bagliore.

Little John riunì i suoi uomini nel salone, li divise in tre gruppi e si mise con Robin alla testa del primo, assegnando a Tuck il comando del secondo e al vecchio Lincoln il terzo. Poi ogni pattuglia si apprestò a uscire dal castello da una porta diversa.

Sir Guy aveva assistito impassibile ai preparativi della partenza, ma quando il nipote andò a pregarlo di lasciare il salone con lui gridò: "Voglio morire tra le rovine della mia casa".

Little John, Robin e i giovani Gamwell lo supplicarono invano, e invano gli mostrarono le fiamme che proiettavano il loro bagliore rossastro nella sala, gli parlarono della moglie, dei figli. Il vecchio sassone rimase sordo alle loro preghiere, insensibile alle loro lacrime.

"Attenti, il tetto sta per crollare!" gridò d'un tratto Robin Hood.

Little John prese in braccio lo zio e, nonostante le proteste e i lamenti del vecchio, lo trascinò all'esterno.

Appena i sassoni ebbero varcato le porte del castello si sentì rimbombare un fragore sinistro: i vari piani, sotto il peso del tetto, stavano crollando uno sopra l'altro mentre dalle varie aperture dell'antica dimora fuoriuscivano colonne di fiamme e fumo.

Little John affidò sir Guy ad alcuni uomini in gamba e ordinò loro di prendere di gran carriera la strada per lo Yorkshire.

Una volta tranquillo a questo riguardo, l'indomito giovane brandì ancora una volta la spada implacabile e si scagliò contro il nemico gridando: "Vittoria! Vittoria! Chiedete pietà!".

Fu poi la comparsa di Tuck in saio da monaco a gettare nel panico i normanni. Non uno solo di essi osò difendersi contro un membro del clero, perciò, terrorizzati, tornarono ai cavalli a gambe levate, seguiti dai sassoni, montarono lestamente in sella e si allontanarono a spron battuto. Dei trecento normanni arrivati al mattino, ne restava appena una settantina. Gli abitanti del villaggio, ebbri per la vittoria, attorniarono Little John che parlò ai compagni dopo aver fatto raccogliere morti e feriti.

"Sassoni, oggi avete dimostrato di essere degni di portare questo nobile nome, ma purtroppo, nonostante il valore, i normanni hanno ottenuto quel che volevano. Hanno bruciato le vostre case, hanno fatto di voi dei poveri banditi. Ormai la vostra permanenza in questo posto è impossibile, presto arriverà a circondare queste rovine una nuova compagnia di soldati. Ve ne dovete andare. Ci resta ancora un modo per salvarci, per trovare asilo: la foresta. Chi di voi non ha dormito da piccolo sul muschio e sotto la coperta fluttuante delle verdi fronde e dei grandi alberi?"

"Nella foresta! Nella foresta!" gridarono numerose voci.

"Sì, andiamo nella foresta," ripeté Little John. "Ci

vivremo insieme, lavoreremo l'uno per l'altro. Però prima bisogna eleggere un capo perché la nostra felicità possa basarsi su una costante armonia."

"Un capo? Sarai tu, Little John."

"Urrà per Little John!" risposero tutti con una sola voce.

"Cari amici, vi ringrazio infinitamente per l'onore che volete farmi, ma non posso accettare," riprese il giovane. "Permettetemi di presentarvi colui che ritengo degno di stare al comando."

"Chi sarebbe? Dov'è?"

"Eccolo," disse John, posando la mano sulla spalla di Robin Hood. "Ragazzi, Robin Hood è un vero sassone, e per di più è un prode. Ha la discrezione, il senno e la saggezza di un vecchio. Dovete sapere che è conte di Huntingdon, discendente di Waltheof, un grande inglese. I normanni gli hanno rubato i beni e ancora gli contestano il titolo. Re Enrico l'ha proscritto. Ora, ragazzi, rispondete a questa domanda: volete come capo il nipote di sir Guy Gamwell, il nostro Robin Hood?".

"Sì, sì!" gridarono i contadini, lusingati di avere come capo il conte di Huntingdon.

Robin era al colmo della gioia perché ora i suoi piani potevano essere realizzati. Era molto fiero della proposta e, diciamolo, si riteneva degno di svolgere la difficile missione che gli affidava il suo gentile amico. Dopo aver fatto scivolare sui sassoni il suo sguardo limpido, si scoprì la testa e disse commosso, la mano posata sul braccio di Little John: "Amici, sono lieto di vedere che mi accettate come capo, e vi ringrazio dal profondo del cuore. Statene certi, farò tutto ciò che mi sarà possibile per meritare la vostra stima e il vostro affetto. La mia giovinezza potrebbe suscitare in voi timore e sfiducia, ma vi garantisco che i miei pensieri, sentimenti e azioni sono quelli di un uomo che ha sofferto, quindi di un uomo maturo. In me troverete un fratello, un compagno, un amico, e un capo nelle emergenze. Conosco bene la foresta, la nostra dimora futura, e m'impegno a trovarvi un asilo sicuro che renda la vostra esistenza felice e gradevole. La sua posizione non dovrà mai essere confidata a nessuno, saremo i nostri stessi guardiani. Sarà necessario dimostrarsi discreti e prudenti. Preparatevi a partire, vi condurrò in un rifugio inaccessibile ai nostri nemici. Ancora una volta, cari fratelli sassoni, sarò con voi nella cattiva come nella buona sorte".

I preparativi furono molto semplici perché i normanni non avevano lasciato nulla agli sventurati proscritti.

Tre ore dopo, Robin Hood e Little John entrarono accompagnati dai contadini in una spaziosa caverna nel cuore della foresta. Era perfettamente asciutta e aveva delle ampie aperture su in alto che permettevano la circolazione dell'aria e l'arrivo della luce in tutti gli angoli.

"Robin, credevo di conoscere il bosco bene quanto te, ma sono rimasto a bocca aperta," ammise Little John. "Com'è possibile che esista un rifugio tanto comodo in piena foresta di Sherwood?"

"È probabile che sia stato creato sotto Guglielmo I dai profughi sassoni," spiegò Robin.

Alcuni giorni dopo l'arrivo dei nostri amici nella foresta di Sherwood, due uomini del gruppo, andati a fare rifornimento a Mansfield, dissero a Robin che una compagnia di cinquecento normanni, non avendo di meglio da fare, aveva finito di demolire le mura dell'edificio che era stato un tempo il castello di Gamwell.

20.

Passarono cinque anni.

La banda di Robin Hood s'era comodamente stanziata nella foresta, dove viveva indisturbata, sebbene i normanni, i suoi nemici naturali, fossero al corrente della sua esistenza. All'inizio s'era alimentata con la caccia, ma questa risorsa era destinata a diventare col tempo insufficiente, perciò Robin Hood era stato costretto a trovare una soluzione più sicura alle necessità materiali della sua gente. Dopo aver appostato delle sentinelle lungo le strade che attraversavano in tutti i sensi la foresta, aveva imposto un pedaggio ai viaggiatori, esorbitante se colui che fosse stato sorpreso dalla banda era un gran signore, infimo in caso contrario. Del resto queste estorsioni regolari non avevano l'aspetto di un furto, essendo riscosse con estrema buona grazia e cortesia.

Gli uomini di Robin Hood bloccavano i viandanti e dicevano, togliendosi educati il berretto: "Messer forestiero, il nostro capo Robin Hood attende Vostra Signoria per mettersi a tavola".

Un invito del genere non poteva essere rifiutato, anzi, veniva accolto con aria riconoscente.

Accompagnato, sempre gentilmente, al cospetto di Robin Hood, lo straniero si metteva a tavola assieme al padrone di casa, mangiava bene, beveva ancor meglio, e al dolce era informato della spesa fatta in suo onore. Non c'è bisogno di aggiungere che la cifra era proporzionata alle possibilità economiche dello straniero. Se era ben fornito di soldi pagava, se invece aveva addosso una somma insufficiente dava nome e indirizzo della famiglia alla quale si domandava un cospicuo riscatto. In questo caso il viaggiatore rimaneva prigioniero ma era trattato in maniera tale da non provare il minimo rancore al momento della sua liberazione. Il piacere di sedersi a tavola con Robin Hood costava carissimo ai normanni, ma nessuno s'era mai lamentato di esservi stato costretto.

Due o tre volte fu inviata contro gli uomini del bosco una compagnia militare, ma fu sempre sconfitta rovinosamente, tanto che girava voce che la banda di Robin Hood fosse invincibile. Se i gran signori venivano spennati, di contro i poveracci, sassoni o normanni che fossero, erano accolti amichevolmente. Quando poi non c'era Tuck ci si azzardava perfino a bloccare un monaco, che veniva largamente ricompensato se accettava di buona grazia di celebrare una messa per la banda.

Il nostro vecchio amico Tuck era troppo contento di questa allegra compagnia per pensare anche un solo istante di separarsene. S'era fatto addirittura costruire un piccolo eremo nei paraggi della caverna e viveva alla grande con i migliori prodotti del bosco. Il degno frate beveva ancora vino quando aveva la fortuna di incontrare qualche bottiglia, ma andava bene anche la birra forte in mancanza di altri alcolici, e purtroppo l'acqua pura quando l'incostante fortuna gli volgeva le spalle. Non c'è bisogno di aggiungere che in tal caso il povero Giles faceva una smorfia schifata e definiva insipida e nauseabonda la limpida acqua del ruscello. Gli anni non avevano portato alcun miglioramento nel carattere del simpatico monaco. Era sempre quello, fanfarone, impetuoso, chiacchierone e pronto a inalberarsi. Era solito accompagnare la banda nelle sue escursioni nella foresta, ed era ogni volta un piacere incontrare quegli allegri banditi dalla risata pronta e dalla lingua sciolta che anche quando bloccavano i viaggiatori lo facevano con il sorriso sulle labbra. Erano sempre così felici e contenti della propria vita che la gente ormai li chiamava "gli allegri compagni di Sherwood".

Non si sentiva più parlare di Allan Clare e di lady Christabel da quasi cinque anni, si sapeva soltanto che il barone Fitz-Alwine aveva seguito re Enrico in Normandia.

Quanto al povero Will Scarlet, era stato arruolato in una compagnia militare.

Albert aveva sposato Grace May e viveva con la moglie nella cittadina di Nottingham, già padre di una bella bimba di tre anni.

Maude, la bella Maude, come la chiamava William, faceva sempre parte della famiglia Gamwell, che come già detto s'era ritirata in una proprietà dello Yorkshire.

Accanto alla moglie e alle figlie il vecchio baronetto s'era fatto una ragione delle disgrazie passate, e s'era rimesso in forze e in salute, presagio di lunga vita.

I suoi figli maschi erano invece accanto a Robin Hood, a vivere con lui nella foresta verdeggiante.

Il nostro eroe era molto cambiato: era più alto, più muscoloso, la delicata bellezza dei tratti era adesso più virile senza aver perso la nobiltà di un tempo. A venticinque anni, Robin Hood ne dimostrava trenta, i suoi grandi occhi neri sprizzavano audacia, i capelli ricci e fini inquadravano una fronte pura e appena dorata dalle carezze del sole, la bocca e i baffi nerissimi conferivano al bel volto una certa gravità, non disgiunta comunque dalla mitezza. Era un beniamino delle donne, ma non sembrava esserne fiero e nemmeno lusingato perché lui aveva dato il suo cuore a Marian. L'amava appassionatamente come un tempo e andava spesso a trovarla nel castello di sir Guy. La famiglia Gamwell era al corrente dell'amore tra i due giovani, e aspettava solo il ritorno di Allan, o la notizia della sua morte, per decidere la data delle nozze.

Tra gli ospiti amabilmente accolti a Barnsdale (la proprietà del baronetto sassone) c'era un giovane che adorava Marian, un vicino di sir Guy (il parco del suo castello confinava con i terreni di Barnsdale), tornato da poco da Gerusalemme essendo membro dell'ordine dei Templari.

Sir Hubert de Boissy era cavaliere di Malta, quindi aveva fatto voto di celibato.

Un mattino, di ritorno da una passeggiata a cavallo, sir Hubert vide Marian a una finestra del castello del vicino e la trovò magnifica. Desiderando rivederla, si informò su di lei. Poi si presentò alla porta del baronetto, annunciandosi come un vicino di buoni natali, offrì al vecchio la sua amicizia e tentò di conquistarne la fiducia. Era una prova quasi disperata. Il vecchio sassone detestava i normanni, e infatti accolse con estrema freddezza le lusinghe del signore di Boissy. Questi, tutt'altro che scoraggiato dal primo scacco, tornò alla carica. A quel punto sir Guy si dimostrò più malleabile, una scelta dettata dalla prudenza. Qualche giorno dopo il secondo colloquio, Hubert rese visita alle dame di Gamwell e, una volta ammesso nel novero dei frequentatori della famiglia, si dimostrò talmente schietto, affettuoso e amabile che sir Guy, al quale raccontava storie meravigliose, dimenticò poco per volta la diffidenza che gli aveva ispirato in un primo momento il normanno.

Le visite di Hubert si reiterarono, e in queste occasioni si comportò con tanta scaltrezza da guadagnare, se non la fiducia incondizionata, almeno la stima e l'amicizia del vecchio, del quale diventò un piacevole compagno. Galante con le fanciulle senza essere importuno, distribuiva equanime tra loro le sue premure e attenzioni. Era impossibile lamentarsi della sua assiduità che sembrava soltanto prova di sincera amicizia. Almeno così la giudicò Marian, che non pensò nemmeno di parlarne con Robin. Nonostante ciò, voleva evitare un incontro fortuito tra i due uomini nel salone del castello, che avrebbe potuto spingere Robin Hood a commettere un'imprudenza, perché una cosa era certa: il focoso giovane non poteva vedere di buon occhio l'intimità di una sassone con un nemico della sua razza.

Hubert de Boissy era uno di quegli uomini che, senza possedere grandi doti fisiche o morali, sanno piacere alle donne e farsi amare da loro. Il suo carattere disponibile aveva sempre lasciato pensare che fosse d'animo gentile, garantendogli un certo successo tra le dame, e questo rendeva piuttosto impudente e vanitoso il giovane normanno, che non concepiva un rifiuto serio da parte di una donna onorata dalle sue attenzioni.

Le regole del suo ordine gli negavano il matrimonio e gli imponevano una vita casta, ma a dire il vero quasi tutti i Templari erano come lui, abituati ai lussi, frequentatori della buona società, liberi di disporre del proprio cuore, della propria fortuna e dei propri piaceri.

Bastò il primo sguardo dell'innocente Marian a far sbocciare nel cavaliere una passione travolgente, nascosta agli occhi di tutti e ignorata da colei che ne era oggetto, una passione che diventò un supplizio per Hubert. Questi, tenuto a distanza dal contegno della fanciulla ed esasperato dal disprezzo di Marian per gli usurpatori normanni, iniziò a provare per lei un amore misto a odio, fatto in pari misura di desiderio ed esecrazione.

Il cavaliere era abbastanza esperto e intuitivo da capire che la famiglia sopportava a stento la sua presenza, a parte il buon sir Guy. E lui stesso si sentiva a disagio con quelli che definiva suoi amici e contro i quali in realtà meditava una vendetta vigliacca e crudele.

Nonostante la sua bontà e generosità, il vecchio baronetto lasciava spesso trasparire il disprezzo per i normanni, apostrofandoli con epiteti ingiuriosi. Hubert soffocava la rabbia che provava per quei crudeli insulti, sorrideva indulgente e talvolta spingeva la sua doppiezza sino a fingere di condividere le opinioni del padrone di casa, ma sempre dopo aver tentato di contestarle per suscitare un po' di commiserazione e simpatia.

Era un uomo intelligente, rapido a giudicare quando l'interesse delle sue passioni richiedeva colpo d'occhio. Di conseguenza aveva capito sin dal primo colloquio con sir Guy che il vecchio era un uomo semplice, trasparente, sincero e incapace di sospettare negli altri i cattivi pensieri che lui non concepiva.

Due mesi dopo la sua prima visita al castello, Hubert era trattato, almeno in apparenza, da vero amico.

Winifred e Barbara, le due figlie del baronetto, erano sempre educate e gentili con il normanno, ma non Marian, che diffidava istintivamente della falsa gentilezza del cavaliere.

Hubert era al corrente delle imminenti nozze di Marian, ma non era riuscito a scoprire il nome del futuro sposo.

Uno spirito meno focoso del suo avrebbe fatto un passo indietro davanti al glaciale riserbo di Marian, ma, a dirla tutta, Hubert non voleva amare sul serio, voleva piuttosto vendicarsi. Aspettava solo il momento propizio per una dichiarazione repentina, per inginocchiarsi davanti a lei e confessarle con voce umile la passione che provava. Tuttavia, pur attendendo paziente il momento in cui si sarebbe trovato a tu per tu con Marian, tentava sempre di scoprire chi era il suo amore segreto, ripromettendosi, se ci fosse riuscito, di distruggere quel pericoloso ostacolo.

I vassalli di sir Guy, interrogati al riguardo dai valletti di Hubert, fornirono false informazioni, diedero al futuro sposo un nome di fantasia, perciò il cavaliere rimase all'oscuro nonostante tutte le sue indagini e astuzie.

Riuscì comunque a sapere che il promesso sposo

di Marian era sassone, giovane e notevolmente bello, e che le sue visite al castello erano avvolte nel mistero. Si mise pertanto in agguato per sorprendere l'arrivo del rivale e ammazzarlo, già che c'era, ma questa benevola iniziativa fu sventata. Il giovanotto atteso non arrivò.

Insomma, Hubert non aveva ancora rivelato a Marian la sua passione per lei e nemmeno l'odio che provava per l'intera famiglia quando tutti i Gamwell furono invitati alla sagra di un villaggio vicino al castello. Domandò allora il permesso di accompagnare le dame, permesso graziosamente accordato.

Winifred, Maude e Barbara erano entusiaste della gita. Invece Marian, che aspettava Robin Hood, finse un forte mal di testa per poter rimanere sola al castello.

E così la famiglia al gran completo partì per la sagra assieme ai vassalli vestiti a festa. In poche parole, fatta eccezione del guardiano e di due domestiche tutti i residenti se ne andarono da Barnsdale.

Rimasta sola, Marian salì in camera sua, si preparò a dovere e si piazzò davanti a una finestra da cui poteva vedere le strade che arrivavano al maniero. Ogni secondo che passava le sembrava di udire le note melodiose del corno che le avrebbero annunciato l'arrivo dell'amato giovane. Allora la sua bella testolina si protendeva in avanti, gli occhi pensosi mandavano un lampo fugace, le labbra imbronciate pronunciavano un nome e tutto il suo essere palpitava di gioia, ansia e attesa. Purtroppo quel suono non arrivava, l'ombra tanto attesa non aveva proiettato il suo profilo elegante sulla sabbia dorata del viottolo e Marian, non vedendo nulla con gli occhi, guardava in se stessa per vedere almeno con il cuore.

Fu una lunga attesa, che presto diventò angosciante. Marian osservava l'orizzonte, scrutava in tutta la loro lunghezza i sentieri del parco, ascoltava tutti i rumori, finché iniziò a piangere sconsolata per la delusione.

Seduta in poltrona con la testa tra le mani, si abbandonò a un'ingenua disperazione, fin quando un lieve rumore la costrinse ad alzare lo sguardo.

Hubert era lì davanti a lei.

Marian si lasciò sfuggire un gridolino, poi cercò di scappare.

"Perché così spaventata, madamigella? M'avete preso per un demonio? E io che m'illudevo che la mia presenza nella camera di una donna non potesse causare tanta paura."

"Scusatemi, messere," balbettò Marian. "Non ho sentito aprirsi la porta. Ero sola... e..."

"Mi pare che vi piaccia molto la solitudine, bella Marian, e quando arriva un amico a scuotervi nel vostro eremo gli mostrate un viso contrariato come se avesse avuto la sfacciataggine di interrompere un colloquio tra amanti."

Marian, superato il momento di panico, tornò alla sua calma abituale. Alzò la testa in un gesto fiero e si diresse con passo fermo verso la porta. Ma il cavaliere di Boissy le impedì di passare.

E le disse: "Madamigella, desidererei parlare con voi. Fatemi la cortesia di concedermi pochi istanti. A essere sincero, pensavo che la mia visita sarebbe stata accolta un po' meglio".

"Messere, la vostra visita è sgradita quanto inattesa," rispose sdegnosa la fanciulla.

"Davvero? Me ne dispiaccio assai. Ma che volete, madamigella, bisogna saper sopportare quello che non si può impedire."

"Se siete un gentiluomo, conoscete le buone maniere, sir Hubert. Perciò dovrebbe bastarmi invitarvi a lasciarmi sola."

"Sono un gentiluomo, bella figliola, ma amo tanto la buona compagnia che per decidermi a lasciarla mi serve una ragione più convincente di un semplice desiderio," disse lui sprezzante.

"State infrangendo tutte le leggi della cavalleria,

messere. Permettetemi allora di lasciarvi in una stanza in cui siete entrato senza essere chiamato né desiderato."

"Madamigella, oggi trovo conveniente dimenticare le buone maniere e, se non intendo andarmene, nemmeno intendo lasciarvi uscire," ribatté insolente Hubert. "Ho avuto l'onore di dirvi che desideravo parlarvi, ed essendo le occasioni di un faccia a faccia rare quanto la vostra bellezza sbaglierei a non approfittare di quella che ho conquistato fingendo come voi un forte mal di testa. Perciò ascoltatemi. Vi amo da tempo."

"Basta, messere," lo interruppe Marian. "Non mi è concesso ascoltarvi."

"Vi amo," insistette Hubert.

"Oh, se ci fosse qui il baronetto non osereste parlare in questo modo!"

"È ovvio," sbuffò Hubert, mentre le guance della povera fanciulla si facevano livide. "Avete intelligenza e spirito, perciò è inutile che io perda tempo a ricoprirvi di sciocchi complimenti. Questa tattica avrebbe sicuramente successo con una giovane vanesia e leggera, ma con voi sarebbe inutile e di cattivo gusto. Siete molto bella e vi amo. Vedete che vado dritto al punto. Volete ricambiare una piccola parte del mio affetto?"

"Mai!" rispose decisa Marian.

"Ecco una parola che sarebbe più prudente non pronunciare quando a una ragazza succede di rimanere sola con un uomo molto invaghito delle sue grazie."

"Dio mio! Dio mio!" si lamentò Marian, giungendo le mani.

"Volete essere mia moglie? Se accettate, sarete una delle più grandi dame dello Yorkshire."

"Disgraziato!" esclamò la fanciulla. "Infrangete il giuramento che avete fatto. Mi offrite una mano che non è libera. Voi appartenete all'ordine dei Templari, e il sacramento del matrimonio vi è vietato."

"Posso essere esentato dal voto, e se accettate di

portare il mio cognome nulla potrà opporsi alla nostra felicità. Ve lo giuro sulla mia anima immortale, sarete felice, Marian. Vi amo con tutto il cuore, e sarò vostro schiavo, non avrò altro pensiero che quello di rendervi la più invidiata delle donne. Marian, rispondetemi, e non piangete così. Mi permettete di sperare?"

"Mai! Mai! Mai!"

"Ancora una parola, Marian," aggiunse con voce suadente Hubert. "Non rispondete alla leggera, riflettete prima di parlare. Sono ricco, possiedo le più belle tenute di Normandia, numerosi vassalli. Saranno i vostri valletti, vedranno in voi la donna amatissima del loro signore, e sarete l'idolo di tutta la contrada. Disseminerò i vostri capelli di perle finissime, vi ricoprirò dei doni più preziosi. Marian, Marian, ve lo giuro, con me sarete felice."

"Non giurate, messere, perché infrangereste questo nuovo giuramento come non avete rispettato quello che vi impegna con il cielo."

"No, Marian, lo rispetterò."

"Voglio prestare fede alle vostre parole, messere," aggiunse più conciliante la fanciulla. "Però non posso soddisfare il desiderio che le muove. Il mio cuore non m'appartiene più."

"Me l'avevano detto e non potevo crederci, tanto mi riusciva odioso questo pensiero. È vero? Sul serio?"

"È vero, messere," rispose arrossendo Marian.

"D'accordo! Rispetterò il segreto del vostro cuore se mi concederete ogni tanto qualche parola buona, se mi dite che posso sperare di chiamarmi un giorno vostro amico. Marian, vi amerò teneramente, vi sarò devoto!"

"Non voglio alcun amico, messere, e non concepisco un affetto che non posso ricambiare. Colui che occupa i miei pensieri possiede le uniche ricchezze a cui potrei ambire: un cuore nobile, uno spirito cavalleresco e un animo leale. Gli sarò fedele per sempre, gli sarò unita per sempre."

"Marian, non gettatemi nella disperazione, potrei impazzire. Desidero rimanere calmo e nei limiti del rispetto che vi devo, ma se mi trattate ancora con tanta durezza mi riuscirà difficile tenere a freno la collera. Ascoltatemi, Marian, non potete essere amata quanto vi amo io da quell'uomo che riesce a vivere separato da voi. Marian, siate mia! Che vita fate qui? Siete isolata in mezzo a una famiglia di estranei. Sir Guy non è vostro padre, Winifred e Barbara non sono vostre sorelle. So che scorre nelle vostre vene sangue normanno, e il disprezzo che mi dimostrate è solo frutto della riconoscenza che provate per questi sassoni. Venite, mia bella Marian, venite con me, vi garantisco una vita di lussi, piaceri e feste."

Le labbra di Marian s'incurvarono in un sorriso sdegnoso. "Messere, vi prego di ritirarvi. Le vostre richieste non meritano nemmeno la gentilezza di una risposta. Ho l'onore di dirvi che sono fidanzata con un nobile sassone."

"Quindi, ragazza orgogliosa che siete, respingete la mia offerta?" fece con voce alterata Hubert.

"Sì, messere."

"Mettete in dubbio la sincerità delle mie parole?"

"No, cavaliere, e vi ringrazio per le buone intenzioni, ma vi prego un'ultima volta di lasciarmi sola. La vostra presenza nel mio appartamento mi causa un vivo dolore."

Per tutta risposta il cavaliere prese una sedia e l'accostò a quella di Marian.

La fanciulla si alzò e attese in piedi in mezzo alla stanza, calma e a occhi bassi, l'uscita di Hubert.

"Tornate qui," disse lui dopo una breve pausa. "Non voglio farvi del male, voglio solo ottenere una promessa che mi darà la forza di sopportare il vostro sdegno senza obbligarvi a rompere l'impegno con il misterioso sconosciuto che amate tanto. Ne ho tutto il diritto, Marian," aggiunse Hubert avvicinandosi alla fanciulla che, senza apparente fretta ma con passo sicuro, si stava dirigendo verso la porta. "È chiusa, madamigella Marian, e le vostre belle unghie si rovinerebbero inutilmente sulla serratura. Sono pieno di precauzioni, mia bella fanciulla. Il castello è deserto, e se vi venisse la bella idea di chiamare aiuto i miei ragazzi appostati a pochi passi da Barnsdale prenderebbero le vostre grida per l'ordine di portare ai piedi della scalinata gli eccellenti cavalli già sellati che, volente o nolente, vi porterebbero lontana da qui."

"Messere, abbiate pietà di me," implorò Marian. "Mi chiedete cose che mi è impossibile concedervi, e la violenza non potrà mai piegare il mio cuore. Lasciatemi uscire. Vedete, non grido, non chiamo nessuno. Vi stimo abbastanza da credere che le vostre minacce di rapirmi non abbiano nulla di serio. Siete un uomo d'onore, e non potete nemmeno concepire un gesto tanto vile. Sir Guy vi ama, vi stima. Avreste il coraggio di mentire in modo tanto crudele alla generosa amicizia che avete fatto nascere? Pensateci, gettereste nella disperazione tutta la famiglia Gamwell, e io... io mi ucciderei, cavaliere."

Detto questo, Marian scoppiò a piangere.

"Ho giurato che sarete mia."

"Avete fatto un giuramento insensato, messere. Se il vostro cuore ha mai palpitato d'amore per una donna, pensate alla dolorosa situazione in cui si troverebbe costei se, essendo amata da voi, un altro la obbligasse a rinnegare questo amore. Forse avete una sorella. Pensate a lei. Io ho un fratello, e non sopravvivrebbe al mio disonore."

"Sarete mia moglie, Marian, amata e rispettata. Venite con me."

"No, mai!"

Hubert, che s'era accostato poco per volta a Marian, cercò di prenderla tra le braccia, ma lei evitò l'odioso contatto e gridò con tutto il fiato che aveva mentre scappava dall'altra parte della stanza: "Aiuto! Aiuto!".

Hubert, tutt'altro che spaventato da urla che sapeva essere inutili, abbozzò un sorriso crudele mentre riusciva ad afferrare le mani della fanciulla. Ma proprio nel momento in cui cercava di attirarla a sé, Marian, rapida come il pensiero, gli strappò il pugnale appeso alla cintura e corse verso la finestra rimasta aperta. La disperata fanciulla stava per accoltellarsi o lasciarsi cadere di sotto quando nel silenzio della pianura risuonarono le note armoniose di un corno. Marian, appoggiata al davanzale, trasalì impercettibilmente, poi sollevò il capo e si mise in ascolto, la mano ancora serrata sull'impugnatura, le orecchie tese, il petto palpitante. Quel suono, all'inizio vago e indistinto, diventò poco per volta più chiaro, fino a esplodere in un'allegra fanfara. Hubert, pure lui soggiogato dal fascino di quella melodia inattesa, non aveva ancora fatto alcun gesto aggressivo contro la giovane, ma appena il suono del corno cessò tentò di allontanarla dalla finestra.

"Aiuto! Aiuto, Robin!" gridò con voce vibrante Marian. "Aiuto! Presto, Robin, è il cielo che ti manda!"

Hubert rimase per un istante folgorato sentendo pronunciare quel nome temuto, poi cercò di soffocare le urla di Marian, che si dibatté con incredibile energia.

D'un tratto all'esterno si sentì gridare più volte il nome della fanciulla, quindi arrivarono dal corridoio i rumori di un parapiglia. Pochi istanti dopo, la porta dell'appartamento fu sfondata e apparve sulla soglia Robin Hood, che senza un grido o una parola balzò addosso al cavaliere, lo afferrò alla gola e lo gettò ai piedi di Marian.

"Miserabile, volevi violentare una donna!" disse con un ginocchio sopra il petto di Hubert.

Marian abbracciò piangente il fidanzato.

"Siate benedetto, Robin!" disse. "Non mi avete salvato solo della vita, mi avete salvato l'onore."

"Cara Marian, al cielo chiedo solo la grazia di trovarmi sempre accanto a voi nel momento del pericolo.

Ringraziamo la Provvidenza che ha guidato i miei passi. Calmatevi, mi racconterete più tardi che cos'è successo prima del mio arrivo. Quanto a voi, impudente gaglioffo, alzatevi," aggiunse Robin Hood, rivolto al cavaliere che si stava sollevando. "Ho troppo rispetto per la fanciulla che avete avuto l'audacia di insultare per picchiarvi in sua presenza. Uscite."

Non tenteremo di descrivere la rabbia del miserabile seduttore, una rabbia che rasentava la pazzia. Il cavaliere lanciò alla giovane coppia uno sguardo carico d'odio, poi borbottò qualche parola indistinta, e andò alla porta, quindi, disarmato, insultato, umiliato, scese barcollante le scale che aveva salito con tanta baldanza e uscì dal castello. Robin teneva Marian stretta forte forte al petto. La fanciulla non la smetteva di piangere, ma cercava ugualmente di dimostrare al suo salvatore la gioia che gli dava la sua presenza.

"Marian, amatissima Marian, non avete più nulla da temere, ora ci sono io con voi," stava dicendo Robin con voce dolcissima. "Su, mostratemi il bel visino, voglio vederlo tranquillo e sorridente." Marian tentò di obbedire alla tenera preghiera del suo amico, ma non riuscì a pronunciare una sola parola per l'emozione.

"Chi era quell'uomo, amica mia?" chiese Robin mentre faceva sedere accanto a sé la giovane ancora tutta tremante.

"Un nobile normanno la cui proprietà confina con Barnsdale," rispose lei timorosa.

"Un normanno! Com'è possibile che mio zio riceva in casa propria un uomo di quella maledetta razza?"

"Caro Robin, sapete che sir Guy è un vecchio prudente e saggio. Non giudicate il suo comportamento ora che siete influenzato della rabbia. Se accetta le visite del cavaliere Hubert de Boissy, sappiate che si obbliga a farlo per un motivo serio. Sir Guy detesta i normanni quanto voi, forse anche di più. Accoglie in casa il cavaliere solo perché è prudente, ma va detto che hanno contribuito anche l'astuzia, l'abilità, l'accattivante doppiezza con cui quell'uomo è riuscito a insinuarsi nelle grazie dell'intera famiglia. Sir Hubert si mostrava sempre così rispettoso, umile e devoto che ha ingannato tutti quanti."

"E voi, Marian?"

"Io non lo giudicavo, ma notavo nel suo sguardo un non so che di falso che mi sconsigliava di fidarmi."

"Come ha fatto a entrare nelle vostre stanze?"

"Non saprei. Stavo piangendo perché…" La fanciulla arrossì e abbassò gli occhi.

"Perché?" insistette affettuoso Robin.

"Perché non arrivavate," rispose Marian con un dolce sorriso.

"Amore mio!"

"Ho sentito un rumoretto, così ho alzato la testa e ho visto il cavaliere. S'era allontanato da sir Guy adducendo un pretesto, poi aveva senza dubbio mandato via le domestiche e piazzato i suoi uomini attorno alla casa."

"Lo so, ho steso due tizi che volevano impedirmi di entrare," la interruppe Robin.

"Oh, caro Robin, m'avete salvata! Senza di voi sarei morta. Stavo per pugnalarmi quando ho sentito il vostro corno."

"Dove abita quel miserabile?" chiese a denti stretti Robin.

"Qui vicino. Venite," rispose la fanciulla, portando Robin alla finestra. "Vedete quel palazzo il cui tetto supera di gran lunga gli alberi del parco? Bene, quello è il castello del signore di Boissy."

"Grazie, cara Marian. Ma ora basta parlare di quel tanghero, soffro anche solo a pensare che le sue mani infami abbiano potuto sfiorare le vostre. Parliamo di noi e dei nostri amici. Vi porto buone nuove, cara Marian, che vi renderanno molto felice."

"Ahimè, Robin, sono così poco abituata a essere felice che non posso nemmeno credere alla possibilità di notizie liete."

"E avete torto, amica mia. Su, dimenticate quanto è successo, e provate a indovinare che cosa sono queste buone nuove."

"Oh, caro Robin, le vostre parole mi fanno sperare l'impossibile!" esclamò lei. "Avete ottenuto la grazia, vero? Siete libero, non siete più obbligato a nascondervi?"

"No, Marian, sono sempre un povero proscritto, un uomo bandito. Non parlavo di mc."

"Allora è mio fratello, il caro Allan? Dov'è, Robin, quando verrà a trovarmi?"

"Verrà presto, almeno spero. Ho avuto sue notizie da uno della mia banda che fu fatto prigioniero dai normanni nei giorni fatali della nostra battaglia con i reduci dalle crociate nella foresta di Sherwood ed è stato poi costretto a entrare a servizio del barone Fitz-Alwine. Per farla breve, il barone è arrivato ieri al castello di Nottingham assieme a lady Christabel. Naturalmente con lui è tornato anche il sassone arruolato nelle loro fila, che ha subito pensato bene di unirsi a noi. M'ha detto che Allan Clare ricopre un alto grado nell'esercito del re di Francia e che ha chiesto un congedo per venire a trascorrere qualche mese in Inghilterra."

"Che bella notizia, caro Robin," gridò Marian. "Siete come sempre l'angelo custode di questa vostra povera amica. Allan vi vuole già tanto bene, ma vi amerà ancor di più appena gli avrò raccontato quanto siete stato generoso e buono con una poverina che sarebbe morta di noia, di dolore e d'inquietudine senza la vostra tenera protezione."

"Cara Marian, gli direte che ho fatto tutto il possibile per aiutarvi a sopportare il dolore della sua assenza, e sono stato per voi un fratello tenero e devoto."

"Un fratello? Ah, molto più di un fratello!" sussurrò la fanciulla.

"Amore mio, ditegli che vi amo appassionatamente e che la mia vita vi appartiene," mormorò Robin, stringendola al petto.

Il tenero incontro tra i due giovani si protrasse per ore e, se talvolta Robin strinse troppo forte tra le sue le mani della bella fidanzata, queste affettuose carezze ebbero sempre il casto ritegno di un amore rispettoso.

L'indomani, all'alba, Robin Hood montò a cavallo e, senza avvertire nessuno della sua partenza precipitosa, raggiunse al galoppo la foresta di Sherwood. Dietro suo ordine, circa cinquanta uomini capitanati da Little John si recarono a Barnsdale e attesero nascosti nei dintorni del villaggio le ultime direttive del loro giovane capo.

Quella stessa sera, Robin Hood condusse i suoi uomini in un boschetto di fronte al castello di Hubert de Boissy e spiegò in poche parole la condotta infame del cavaliere normanno. Quindi aggiunse: "Ho saputo che Hubert de Boissy sta meditando una vendetta terribile. Ha riunito i suoi vassalli, saranno una quarantina, per assaltare stanotte il castello del nostro caro amico e parente sir Guy di Gamwell. È intenzionato a incendiare il palazzo, uccidere tutti gli uomini e rapire le donne. Bene, ragazzi, ha fatto i conti senza di noi. Difenderemo Barnsdale, e la nostra vittoria non può essere messa in discussione. Avanti, mostriamo quanto siamo abili e coraggiosi!".

"Avanti!" gridarono entusiasti gli allegri compagni della foresta.

Al calar della sera le porte del castello di Hubert si aprirono per far uscire un drappello di armati che si diresse verso Barnsdale. Ma appena costoro uscirono dai confini della proprietà del normanno, sentirono echeggiare un grido di battaglia che li gettò nel panico. Hubert si lanciò in mezzo ai suoi uomini per incoraggiarli a parole e a gesti, poi si precipitò verso il punto da cui era parso arrivare il minaccioso clamore. In quel momento stesso gli uomini di Sherwood sbucarono dagli alberi e si avventarono sul drappello.

La battaglia stava diventando una strage quando Robin si trovò faccia a faccia con il cavaliere di Boissy. Fu un duello terribile. Hubert si difese da valoroso, ma Robin, le cui energie erano triplicate dalla rabbia, compì mirabilie fin quando la sua spada non affondò sino all'elsa nel petto del cavaliere normanno.

I vassalli si arresero, e Robin fu generoso con loro. Morto il nemico, diede l'ordine ai suoi di abbassare le armi. Il castello di Boissy fu dato alle fiamme e il signore di quella magnifica tenuta fu appeso a un albero lungo la strada.

Marian era vendicata.

Dal mito alla "fabbrica Dumas"
di Giancarlo Carlotti

Robin Hood: lo spavaldo bandito che ruba ai ricchi per dare ai poveri, il nobiluomo a cui lo sceriffo di Nottingham ha sottratto terre e beni, il leggendario arciere e spadaccino impegnato in una guerriglia contro gli uomini dell'usurpatore re Giovanni e contro il suo regime predatorio. Il suo regno è la foresta di Sherwood, il suo esercito sono gli Allegri compagni, tra cui Little John, frate Tuck e Will Scarlet, la sua donna è Lady Marian. Ma quali sono le basi storiche di questa figura proverbiale? E quanto di essa è mito? I pochi dati d'archivio di cui disponiamo, come una pergamena del 1225 di un tribunale della contea di York, parlano di un "Robin Hood fuorilegge", di un volgare brigante, un "hood", appunto, per quanto la leggenda del nobile decaduto abbia spinto tanti studiosi a identificarlo con un Robert Fitz Ooth conte di Huntingdon vissuto a cavallo dell'anno 1200. In realtà, le prime ballate dedicate al fantomatico fuorilegge parlano non di un individuo di nobili origini bensì di un più prosaico *yeoman*, un piccolo proprietario terriero dal rango appena superiore a quello del contadino o del semplice artigiano. L'ipotesi attualmente più accreditata è che l'immagine del capo degli Allegri compagni sia nata dalla fusione di due personaggi realmente esistiti: un certo Robert Hood, figlio di un guardaboschi di Wakefield, che si contrappose ai signorotti locali e per questo diventò in seguito una sorta di santo patrono delle sagre paesane, come vedremo più avanti, e Fulk Fitzwarin o Fitz Warine, un barone ribelle a re Giovanni. Fatto sta che diventò nel tempo una figura popolare, protagonista delle festività del May Day, durante le quali il May King, il Re di Maggio, si travestiva da leggendario arciere e bandito mentre venivano inscenati i "May Day games", recite basate sulle *ballads* dedicate a Robin, accompagnate da gare di tiro con l'arco e duelli con i bastoni.

Durante il Trecento fiorirono numerose le ballate e le leggende dedicate al bandito ribelle. Nella prima ballata completa tramandataci, la quattrocentesca *Robin Hood and the Monk*, la sua figura è ormai arricchita da alcune delle caratteristiche che le rimarranno associate, come l'acerrima rivalità con lo sceriffo locale e l'ambientazione nella foresta di Nottingham. Due commedie scritte da Anthony Munday nel 1598 cominciarono a imporre un'ancor più definita immagine del personaggio, collocandolo negli anni di Riccardo Cuor di Leone e rifacendosi a un bandito-nobiluomo realmente esistito nel XII secolo, il già citato Fulk Fitzwarin, nemico giurato di re Giovanni Senza Terra. In questi anni l'ormai proverbiale Robin Hood viene citato persino in due commedie di Shakespeare, *I due gentiluomini di Verona* e *Come vi piace*, e un accenno a Lady Marian esce dalle labbra di Falstaff nell'*Enrico IV*, Prima parte, mentre nella Seconda parte il giudice Silence intona il verso di una ballata che cita "Robin Hood, Scarlet e John". Ben Johnson iniziò addirittura a scrivere un *The Sad Sheperd, or a Tale of Robin Hood*, un masque mai completato a causa della morte del commediografo elisabettiano nel 1637.

Con la sempre maggiore diffusione dei libri stampati si moltiplicarono le raccolte delle tante ballate orali ma anche gli scritti originali ispirati alla leggenda di Sherwood, al punto che nel 1795 Joseph Ritson (un cognome che troviamo, forse non casualmente, nel presente romanzo) tentò di mettere ordine pubblicando una fortunata antologia intitolata appunto *Robin Hood*, precisando tra l'altro nell'introduzione che l'eroe si chiamava Robert Fitzooth, era nato verso il 1160 a Locksley e rivendicava il titolo di conte di Huntingdon. Il testo di Ritson fu poi sfruttato da Walter Scott per creare il suo *Ivanhoe*, nel quale viene infatti ampiamente citato Robin.

Con l'Ottocento arrivarono i romanzi e i racconti per ragazzi incentrati sulla leggenda di Robin Hood, uno dei quali (il più noto assieme a *The Merry Adventures of Robin Hood* di Howard Pyle, un testo ancora oggi ripubblicato) fu *Robin Hood and Little John* di Pierce Egan il Giovane (1840). Ed è a questo punto che entra in ballo Dumas.

Alexandre Dumas non era uno scrittore normale, era una vera e propria fabbrica, una catena di montaggio che teneva impegnati almeno una settantina di "nègres", quelli che oggi chiameremmo *ghost writers*. Gli scrittori alle sue dipendenze, il più prolifico dei quali fu Auguste Maquet (ma probabilmente furono messi all'opera anche Gérard de Nerval e un altro grande del feuilleton, Pierre Alexis Ponson du Terrail), sfornarono letteralmente centinaia di opere, tutte però sottoposte alla regia e alla revisione finale del principale, che quasi sempre non si limitava a impostare e correggere ma riscriveva o aggiungeva intere parti. Si valuta che da questa fucina siano uscite come minimo centomila pagine. Dumas stesso dichiarò che ogni giorno, nessuno escluso, scriveva di proprio pugno ventiquattromila *lettres* (battute, diremmo oggi). Le sue opere complete, pubblicate da Michel Lévy a partire dal 1860, assommano a ben trecentouno volumi, ciascuno contenente più opere, tra cui venticinque volumi di soli testi teatrali, per un totale, se dobbiamo credere a chi li ha contati, di seicentocinquanta titoli!

Per capire come funzionava la Maison Dumas prendiamo il caso del *Conte di Montecristo*. Durante una gita all'isola d'Elba, lo scrittore rimase affascinato da un isolotto a cucuzzolo abitato solo da capre. Allorché gli spiegarono che si chiamava Montecristo, Dumas annunciò all'augusta compagnia (faceva parte del gruppo di gitanti anche un principe Bonaparte): "Per ricordare questo viaggio che ho l'onore di fare con voi, assegnerò il titolo de *L'isola di Montecristo* a un romanzo che scriverò tra non molto". A questo punto subentra il fidato braccio destro Maquet, delegato a spulciare archivi, libri di storia e cronache in cerca di trame valide, che infatti propone un intreccio al gran capo, il quale abbozza la trama, quindi affida a Maquet la stesura, riservandosi gli ultimi, decisivi tocchi. In questa specifica occasione è una poderosa collezione di casi giudiziari a fornire il pretesto: in uno degli otto volumi de *La Police devoilée* di Jacques Peuchet, Maquet scova un capitolo di una ventina di pagine che sembra adatto a una storia con risvolti italiani, "Le Diamant et la Vengeance". Racconta infatti di un ricco signore che abita a Roma e rende un grosso favore a un turista francese, chiedendogli in cambio l'introduzione nella buona società parigina in occasione del suo prossimo viaggio nella capitale francese. Poi, una volta a Parigi, il conte si vendicherà dei nemici che gli sono costati dieci anni in galera. Fu proprio Maquet a suggerire a Dumas, che sembrava accontentarsi di questa traccia, di dare ampio spazio agli eventi che portano in carcere Edmond Dantès e alla sua lunga carcerazione, donde la macchinazione, l'abate Faria, l'evasione rocambolesca con sostituzione di cadavere…

Quanto ai *Tre moschettieri*, secondo la testimonianza di Fernand Chaffiol-Debillemont, Dumas, dopo le ricerche storiche del suo fidato braccio destro, "aveva soltanto concepito la trama e abbozzato i personaggi, insomma, aveva architettato l'edificio di cui Maquet fu il muratore. E, una volta completato lo scritto, apportò i tocchi definitivi che vivificavano la prosa languente del buon Maquet. Lo spirito, la verve, il lampo sono usciti dalla sua penna". Se questo metodo fa storcere qualche naso, forse conviene pensare alle botteghe artistiche rinascimentali e alla loro divisione del lavoro tra maestro e assistenti. Nella Maison Dumas il romanzo diventa un prodotto, eppure questo non ha impedito alle due opere succitate di uscire dalla catena di montaggio sotto forma di assoluti capolavori.

Torniamo a Robin Hood e a Pierce Egan. Se cerchiamo notizie sul presente romanzo in qualche sito inglese, o anche francese, vediamo che esso è citato come semplice traduzione del testo di Pierce Egan, una versione in francese firmata Dumas e uscita sotto forma di due romanzi separati. Alcuni studiosi contestano anche questa paternità spuria dell'opera, attribuendo la traduzione a tale Victor Perceval (in realtà Maria de Fernand, amante di Dumas), ma rimane il fatto incontestabile che *Le Prince des voleurs* e *Robin Hood le proscrit* sono stati inseriti senza problemi nella collezione delle opere complete, pertanto si tratta sicuramente di un lavoro attribuibile alla bottega dumasiana. Strangamente, la vera paternità del testo non viene messa in evidenza in alcuna edizione italiana. Eppure non si tratta di un libero adattamento, è una semplice traduzione, per quanto non integrale. Prendiamo il testo di Egan e confrontiamolo con quello che potete leggere in queste pagine. Primo capitolo di Egan: "Nell'anno di grazia 1161, durante il regno del secondo Enrico, due viaggiatori dai vestiti infangati a cavallo di bestie stremate, percorrevano gli intricati sentieri della foresta di Shire Wood, o Sherwood, nella contea di Nottingham. Era un freddo tramonto di marzo, il vento li sferzava a raffiche irregolari, ululando tra le giovani foglie verdi e i vecchi rami degli enormi alberi. Il sole stava calando in fretta dietro gli alberi, attorniato da fosche nuvole viola. Si sollevava la nebbia, facendo presagire una nottata di burrasca". Dopo un paragrafo, ridotto da Dumas a pochi tocchi inseriti nel dialogo seguente per introdurre il più anziano e autorevole dei due pellegrini, questi dice, stringendosi nel mantello: "Il vento si fa sempre più forte. Sarà una brutta nottata. Che dici, Ritson?". Pressoché identico alla versione francese. E così via. Le uniche differenze che troviamo nel testo sono i tagli apportati. Proviamo con l'incipit del secondo capitolo. "Quindici anni dopo i fatti narrati nel precedente capitolo, in una bella mattinata della fine di maggio, Gilbert Head stava attraversando a cavallo la foresta di Sherwood per recarsi nel grazioso villaggio di Mansfieldwoodhaus a fare compere. Il cielo era sereno, gli alberi erano ammantati della loro nuova veste verde…" Insomma, potete verificare che da qui in poi la narrazione è identica punto per punto, a parte le lungaggini omesse per rendere assai più agile il testo e alcune discrepanze nella lunghezza dei capitoli, ma non nella continuità della trama: per esempio il terzo capitolo dell'originale di Egan viene diviso in due parti dalla Maison Dumas. Il testo che ne risulta è agile e palpitante, grazie a Dumas o chi per lui (quando furono dati alle stampe i due libri lo scrittore era già morto da un paio d'anni; evidentemente la catena di montaggio non ha osato elaborare ulteriormente la trasposizione, un compito che era riservato a Dumas). È questa la versione che, assieme al romanzo di Pyle, ha radicato nell'immaginario collettivo la figura dell'arciere fuorilegge della foresta di Sherwood. Forse è venuto il momento di rendere merito anche al vero autore di questo testo che è alle origini di un inscalfibile mito.

Cenni biografici

Pierce Egan, il vero autore di questo romanzo

1814
Nasce Pierce Egan, detto "il Giovane", per distinguerlo dall'omonimo genitore, popolare giornalista, romanziere e commentatore sportivo.

1825
Perde la madre. Nel frattempo ha già dimostrato un notevole talento artistico. Il suo primo lavoro consisterà pertanto nella produzione di disegni degli spettacoli teatrali in corso.

1837
È l'anno del suo impegno più prestigioso come disegnatore, una serie di incisioni che arricchiscono un testo del genitore, *The Pilgrim of the Thames in Search of the National*. È in questo periodo che esce a puntate il suo romanzo *Robin Hood and Little John: or, the Merrie Men of Sherwood Forest*, raccolto in volume nel 1840.

1842
Intraprende con maggior decisione la carriera letteraria del padre, contribuendo con i suoi scritti alle prime annate di "Illustrated London News", poi dal 1851 a "Home Circle", prima di trasferirsi definitivamente sulle pagine del "London Journal".

1858
La nuova proprietà del "London Journal" ritiene di poter fare a meno del suo apporto (succederà di nuovo anche nel 1869), però mal gliene incoglie perché le vendite della testata vanno a picco, inducendo il proprietario a riassumere immediatamente Egan.

1872
È l'anno in cui viene pubblicata in Francia la "traduzione" firmata Alexandre Dumas del testo su Robin Hood di Egan. Paradossalmente, questa trasposizione, considerata romanzo originale di Dumas, sarebbe stata ritradotta in inglese nel 1902 da Alfred Richard Allinson. Ancor più paradossalmente, il primo dei due testi di Dumas, *Prince des voleurs*, è stato tradoto in spagnolo, ma attribuito a Walter Scott.

1880
Pierce Egan muore il 6 luglio nella sua residenza di Ravensbourne, nel Kent.

Alexandre Dumas

1802
Il 24 luglio nasce a Villers-Cotterêts, in Piccardia, Alexandre Davy de la Pailletterie, figlio del generale e marchese di origini haitiane Thomas-Alexandre, figlio a sua volta di un nobiluomo francese, il marchese Alexandre Antoine, e di una schiava afrocaraibica di cognome Dumas. Ai tempi della nascita del futuro "Alexandre Dumas", il generale, che aveva avuto una smagliante carriera durante la Rivoluzione, è caduto in disgrazia agli occhi di Napoleone.

1806
Morte del generale. Alexandre sarà cresciuto dalla madre e dai nonni materni, albergatori del posto. Pare che sia nata in quegli anni la sua passione per la cucina.

1823
Il futuro scrittore, che ha assunto, come aveva fatto a suo tempo il padre, il cognome della nonna, dopo studi a dir poco irregolari e qualche lavoretto come copista presso due notai, si trasferisce a Parigi a fare l'impiegatuccio negli uffici del duca di Orléans, iniziando nel frattempo a scrivere testi teatrali.

1824
Dalla relazione di Alexandre "padre" con la sarta Catherine Labay nasce Alexandre Dumas "figlio", il futuro autore della *Signora delle Camelie*.

1828
La sua tragedia *Christine* è accettata dalla Comédie-Française. Otterrà un grande successo, ma soltanto dopo il trionfo di *Henri III et sa cour*.

1829
Nel mese di febbraio esordisce con grande clamore *Henri III et sa cour*. I proventi di queste due fortunate produzioni permettono a Dumas di darsi a tempo pieno alla scrittura.

1830
Partecipa alla Rivoluzione di Luglio che detronizza Carlo X per sostituirlo con il vecchio datore di lavoro di Dumas, il duca d'Orléans, da lì in poi re Luigi Filippo I.

1838
Dumas passa dalla scrittura teatrale, una carriera caratterizzata da trionfi ma anche da numerosi rovesci, alla stesura di romanzi, inizialmente serializzando un suo dramma, *Le Capitaine Paul*, e inaugurando sin da subito la bottega di cui abbiamo già parlato, la Maison Alexandre Dumas.

1839-41
La Maison Dumas sforna gli otto volumi dei *Crimes célèbres*, lunghi racconti sui grandi delitti e criminali della storia, tra cui Beatrice Cenci, Lucrezia Borgia, l'assassinio di Giulio cesare.

1843
Esce il romanzo breve *Georges*, notevole in quanto anticipa temi e trame del *Conte di Montecristo*. In esso vengono trattati anche i problemi razziali, perché non va dimenticato che lo scrittore era mulatto, ed erano frequenti le sue caricature che esageravano alcuni connotati, in primis i capelli crespi.

1844
I romanzi si susseguono senza soluzione di continuità. Questo anno merita però di essere citato sopra gli altri perché è quello dei *Tre moschettieri*.

1847
Dumas inaugura il suo Théatre-Historique, dove mette in scena gli adattamenti dei propri romanzi.

1849
È l'anno della bancarotta, nonostante i guadagni stellari dello scrittore. Le uscite erano infatti altrettanto stellari, dalla costruzione e avviamento del proprio teatro personale all'edificazione di un vero e proprio maniero a Marly-le-Roy, opportunamente chiamato Castello di Montecristo. Il teatro fallirà nel 1850, il castello viene messo all'asta in questi mesi.

1850
Fine con strascichi legali della sua collaborazione con Maquet.

1851
A seguito del colpo di stato di Luigi Napoleone Bonaparte (che diventerà l'imperatore Napoleone III), Dumas fugge in Belgio, apparentemente per protesta politica ma in realtà perché è inseguito dai creditori. Tornerà in patria solo nel 1853.

1858-59
Si trasferisce in Russia, un paese in cui è immensamente popolare.

1860
Passa in Italia proprio agli albori dell'epopea garibaldina, di cui è testimone oculare sin da Calatafimi, partecipando poi alla nascita del regno d'Italia.

1864
Torna a Parigi soltanto nell'aprile di quest'anno. Nel precedente triennio è stato direttore "degli scavi e dei musei" a Napoli, senza soverchie soddisfazioni a causa dell'ostilità dei locali.

1870
Malato da tempo, muore il 5 dicembre, forse per una crisi cardiaca. Sono i giorni della disfatta francese nella guerra con la Prussia. La morte del grande Dumas passa quasi inosservata.

2002
Viene ammesso nel Panthéon parigino.

Adattamenti

Cinema

È d'uopo citare il cortometraggio *Robin Hood and His Merry Men* del 1908, per il semplice motivo che è il primo documento filmato che narra le gesta del nostro eroe. Ma l'immaginario collettivo rimarrà per sempre collegato al film con Douglas Fairbanks del 1922 (il primo lungometraggio) e ancor più a *La leggenda di Robin Hood* (e al volto di Errol Flynn), un lungometraggio del 1938. Meritevoli di citazione anche *Robin e Marian* del 1976 con Sean Connery e Audrey Hepburn, *Robin Hood – Principe dei ladri* con Kevin Kostner e Mary Elizabeth Mastrantonio e il più recente *Robin Hood* di Ridley Scott con Russell Crowe (2010), che narra la storia dell'eroe prima che diventi fuorilegge. Questo per quanto riguarda i titoli "seri", ma rimangono memorabili la parodia di Mel Brooks del 1993 *Robin Hood: Un uomo in calzamaglia* e il cartone animato Disney del 1973, in cui l'eroe è un volpacchiotto e Little John un orso corpulento. Esiste anche un italiano *L'arciere di fuoco* con Giuliano Gemma del 1971. Va ricordato che Robin Hood compare anche nel celeberrimo *Ivanhoe* del 1952 con Robert Taylor ed Elizabeth Taylor, ma è sempre e soltanto citato come "Locksley".

Televisione

Per quanto riguarda ciò che si è visto in Italia, vale la pena di menzionare l'anime nipponico in 52 episodi trasmesso da Canale 5 nel 1991-1992 (prodotto dallo studio Tatsunoko e basato sul secondo romanzo di Dumas, *Robin Hood il proscritto*); una serie Bbc in tre stagioni del periodo 2006-2009 trasmessa da Rete 4; e la recente serie animata indo-franco-tedesca prodotta da Method Animation e DQ Entertainment, *Robin Hood – Alla conquista di Sherwood*, 52 episodi mandati in onda da DeA Kids (214) e quindi da Rai Gulp (2017).

Musica

Francesco De Gregori ha composto nel 1975 una canzone dedicata a Marco Pannella, equiparato a Robin Hood, intitolata appunto *Il signor Hood*, che "era un galantuomo". Anche Antonello Venditti s'è ispirato al leggendario arciere di Sherwood per il suo *Robin* del 1979. Naturalmente non bisogna dimenticare il successo internazionale riscosso dalla colonna sonora del cartone animato Disney, composta dal fidato George Bruns, con il celeberrimo motivetto fischiato di *Whistle Stop*.

Indice

7 ROBIN HOOD, IL PRINCIPE DEI LADRI

337 *Dal mito alla "fabbrica Dumas"*
di Giancarlo Carlotti

343 Cenni biografici

347 Adattamenti

Printed in Poland
by Amazon Fulfillment
Poland Sp. z o.o., Wrocław